ANÍBAL ALVES

Nakba

ANÍBAL ALVES

Nakba

Holocausto na Palestina

GATO BRAVO

editor Marcel Lopes
coordenação editorial Paula Cajaty
revisão Inês Carreira
diagramação Aline Martins | Sem Serifa
projecto gráfico e capa 54 Design

Título
Nakba: holocausto na Palestina
Autor
Aníbal Alves
Impressão
Podiprint
ISBN 978-989-8938-35-0
1ª edição: junho, 2019
Depósito legal 457976/19

GATO·BRAVO
rua de Xabregas 12, lote A, 276-289
1900-440 Lisboa, Portugal
tel. [+351] 308 803 682
editoragatobravo@gmail.com
editoragatobravo.pt

http://anibalalves.bubok.pt
alfaalves13@sapo.pt

*O Senhor teu Deus te dará grandes
cidades que não construíste, casas
cheias de todas as coisas boas que não
fabricaste, e vinhas e oliveiras, que
não plantaste... (Deut. 6, 10 e 11)*

O Holocausto de cerca de seis milhões de judeus durante a Segunda Guerra Mundial é um dos episódios históricos que mais impressionou o Mundo nos últimos cem anos. Vítimas e familiares trazem-nos até hoje a memória documentada de um povo oprimido e massacrado às mãos da Alemanha Nazi. Historiadores, sociólogos e cientistas políticos continuam a refletir sobre um período tenebroso da História mundial recente.

'Nakba: Holocausto na Palestina' apresenta-nos um segundo olhar sobre essa realidade. Aníbal Alves levanta importantes questões em torno da formação do Estado de Israel, reservado pelas Nações Unidas ao povo judeu, no pós Segunda Grande Guerra. Através do encontro e desencontro de personagens densas, o autor descortina a realidade da ocupação do território da Palestina e das suas vítimas. Terá um primeiro holocausto levado a outro, tão cruel quanto o primeiro, de um povo inocente e igualmente massacrado?

Num cenário de guerra em que vítimas se tornam algozes, quem são os culpados? E, no meio disso, pode brotar o Amor, através das suas formas mais diversas e surpreendentes? Talvez este livro não responda de forma direta a essas perguntas, mas mexe com pensamentos estanques sobre a História e as suas estórias. 'Nakba: Holocausto na Palestina' é um romance histórico que promete absorver os seus leitores.

***

Aos 63 anos começou a erigir a presente realidade e, no limiar dos 72, o autor Aníbal Alves reuniu 12 livros escritos e umas dezenas de contos. Além do *sonho*, diz que foi o afã de se livrar do tédio e da rotina que lhe fez escrever. Outro dos objetivos é o de acordar aqueles que já desistiram: que já não sonham, não se indignam, já não choram — limitam-se a ver o tempo passar, perderam a capacidade de reagir, de viver cada dia. 'Nakba: Holocausto na Palestina' é um livro que confirma que o ódio poderá ser o anjo caído do amor, mas o mais nobre sentimento humano vence até o mais cruel horror.

Sumário

Do autor

POR PRINCÍPIO DETESTO DAR A CONHECER o meu currículo e prefiro dar o parecer: sou um cidadão do mundo!

Nasci nesta pequena aldeia onde o roble botou raízes profundas e a paz acontecia com o arruivar do crepúsculo, aqui, onde nasce ainda a "nortada" do setentrião. No descer desta colina, o orvalho da aurora arroubava a alma e o sol mimava e aquecia as flores tenras da rosa. À minha porta passava um ribeiro de águas tão transparentes que, no seu espelho, eu contemplava a dama da noite e meditava no porvir. Não existe mais, tão pouco a paz. Tudo é um destroço nos papéis rasgados da ecologia e da quietude.

Depois de muitos anos a calcorrear o mundo — Europa, África e Ásia — chegou o tempo em que o corpo tem saudade da velha casa. Outros sonhos e outra luz impulsionaram a mente para o bucólico ambiente onde a abelha suga o mel. Foi aqui que o sonho nasceu: escrever um livro! Aos 63 anos, depois de arrumar a "ganga", prisioneiro dessa fantasia, mas livre nos passos, comecei a erigir a presente realidade e, neste momento, no término de 2011 e no limiar dos 72, tenho 12 livros escritos e umas dezenas de contos. Além do "sonho", foi também o afã de me livrar do tédio e da rotina que me espicaçou a escrita. Outro dos objetivos que me levaram a escrever foi o de acordar aqueles que já desistiram: que já não sonham, não se indignam, já não choram — limitam-se a ver o tempo passar, perderam a capacidade de reagir, de viver cada dia. A esses que se limitam a assistir à própria decadência física e intelectual, informo-os que o tempo é uma medida que está dentro de nós, mas não está em relação connosco.

Aníbal Alves

Livros escritos pelo autor:

O Cruel Josué — Narrativa bíblica — O genocídio dos povos habitantes da Palestina por Josué, o cruel comandante judeu. (2009)

Segredos da Aldeia — Romance — Uma história amorosa e passional passada numa aldeia portuguesa, na memória do tempo da ditadura fascista de Salazar. (2006)

Sofia e os Nenúfares — História juvenil (9 aos 14 anos) — Um livro que aproveita a fantasia para render culto à ecologia. (2004)

Swinging 60/70 — Romance erótico — Desinibidor, revolucionário e sensual, uma reflexão sobre a prática do swing como terapia para a estabilidade de um matrimónio. (2008)

Sinais de Jeová — Contos bíblicos — Relatos sentimentais em eros e phillos de algumas das personagens do Antigo Testamento. (2008)

Ecos de Vida — Contos do quotidiano — Episódios de vida e exposição sentimental de paixões e amores de personagens no dia a dia. (2009)

Ecos de Vida II — Relatos de vidas — Contos de vivências sentimentais narradas ao pormenor. (2010)

A Catequista — Um romance de amor que é ao mesmo tempo uma reflexão sobre a hipocrisia do celibato — Quando um jovem padre é obrigado a escolher entre o amor e um voto divino. (2011)

Eu venci o cancro da mama (esta é a história da minha luta) — Uma descrição verdadeira, pormenorizada e íntima que pode servir como guia pedagógico para quem sofre deste terrível flagelo. (2011)

Alinhavos (do ontem para o agora) — Livro de poemas recolhidos de uma arca de velharias e que retratam a diversificação do pensamento consoante as várias épocas da nossa vivência. (2012)

Boninas cadentes — Livro de poesia que é, ao fim e ao cabo, uma projeção das emoções encerradas no sentimento do autor. (2012)

A Sábia Bola do Guilherme — Um livro de contos infantis dedicado ao meu neto e que faz parte da pedagogia ao serviço da educação de crianças. (2014)

Nakba — Holocausto na Palestina — Um livro que confirma que o ódio poderá ser o anjo caído do amor, mas o mais nobre sentimento humano vence até o mais cruel horror. (2015)

Prólogo

AO ESCREVER ESTE ROMANCE DESEJO FIRMAR a minha fé no *amor* e demonstrar que este sentimento é possível mesmo num meio onde o anjo do ódio domina.

Também é meu objetivo ressalvar o antagonismo judeu para com estes facínoras sionistas que iniciaram o terrorismo na Palestina, como arma para praticarem a limpeza étnica sobre os verdadeiros nativos do território e se aproveitaram do fim da II guerra mundial para criarem um movimento nacionalista que tinha por base a doutrina racista do nazismo, espezinhando assim a verdadeira filosofia do judaísmo. Tendo por líderes gente que sabia enganar e manipular as massas, conseguiram incutir nos emigrantes inocentes que chegavam à Palestina o mesmo ódio e a mesma violência que o seu povo tinha sofrido sob o regime hitleriano.

Os russos e americanos, cada um a tentar esconder os seus crimes anti humanidade, cozinharam o drama do holocausto para que a caridade dos europeus aliviasse os seus remorsos perante a cobardia sob os carrascos nazis, dando assim azo à criação da Indústria do Holocausto, que por rentável deu o pretexto para a exploração dos bancos suíços e para auferir as chorudas indemnizações que foram facultadas pela culpabilização do povo alemão (cerca de 60.000 milhões de dólares) naquele tempo. Este povo, que sofreu as humilhações mais vexantes por culpa de uma elite que também o espezinhava, ficou manietado pelas grandes potências e até pelo capital judeu. No fim da guerra, calcula-se que cerca de 1 milhão de mulheres alemãs foram violadas pelos Aliados, isto sem contar os milhares que foram obrigadas a prostituírem-se ao serviço das tropas russas durante a invasão. Foram vitimados durante a ocupação cerca de 10 milhões de mulheres, homens e rapazes civis alemães. Os sionistas continuam a sugar este povo com o pretexto do holocausto que os judeus sofreram às mãos dos nazis e assim continuam a manobrar este caudal de dinheiro para adquirir mais arsenal e terror.

Os líderes criminosos que hoje estão à frente do exército e do governo de Israel, ao praticarem a limpeza étnica, conseguiram transformar o estado nascente sionista numa nação racista e terrorista. Destruíram a milenária amizade entre árabes e judeus, praticando o terrorismo de estado que levou ao ódio e à opressão, só para satisfazer a sua ânsia de poder. Um exemplo da malvadez dos sionistas está na criação da Mossad e de outras agências ditas de inteligência, que não passam na realidade de gangues de psicopatas homicidas: grupos de facínoras para execuções extra judiciais e assassinatos seletivos em qualquer país ou região do planeta.

A história do povo judeu é demasiado rica para se rever nos atos sórdidos e cobardes dos sionistas e ainda hoje se pergunta como tais bandidos conseguiram acabar com a amizade e fraternidade para com os povos árabes, que vem desde os primórdios da história. Aqui está um episódio dessa amizade: crianças judaicas e muçulmanas nascidas no mesmo bairro e na mesma semana eram tratadas pelas suas famílias como irmãos de leite: o bebé muçulmano era amamentado pela mãe judia e o bebé judeu era alimentado pela mãe muçulmana. Este costume estabelecia uma relação íntima e duradoura entre as duas comunidades.

Os judeus sempre foram bem-vindos pelos árabes durante os períodos de adversidade. Veja-se o notável exemplo de desenvolvimento da comunidade judaica em Portugal e Espanha durante a época do domínio árabe. Quando expulsos pelos reis católicos em 1442, foram recebidos de braços abertos no Califado Otomano. Então, o porquê das afirmações do líder sionista Vladimir Jabotinsky, que declarou que «é inadmissível num futuro previsível uma reconciliação entre judeus e árabes»?

O sionismo tornou-se uma vergonha para o Movimento Judeu no mundo. Os verdadeiros judeus nada têm a ver com os bandidos sionistas que praticaram o terrorismo para assassinar e expulsar da Palestina os seus naturais. Eles fundaram Israel sobre os cadáveres dos palestinos. Para se aquilatar da bárbara limpeza étnica, basta olhar os números: foram expulsos ou assassinados 7,5 milhões de palestinos, 500 cidades e aldeias destruídas. As melhores casas de Jerusalém foram ocupadas por líderes terroristas, militares e políticos depois de enxotados os seus proprietários.

Como pode o mundo esquecer esta frase de Menachem Begin, líder terrorista que foi primeiro ministro, após o massacre de Deir Yassim: «esplêndido ato de conquista»? E acrescentou:

— Em Deir Yassim como em toda a parte vamos atacar e massacrar o inimigo; Deus, Deus o Senhor, nos escolheu para a conquista!

O sionismo é o último baluarte racista que ainda sobrevive e o estado de Israel é o último posto avançado do apartheid no mundo.

Tem razão o rabino Joshe Freund que, horrorizado com os massacres perpetrados pelas organizações terroristas da Arganah, Irgun e Stern, desabafou: «Não é porque eles são sionistas que eles são malfeitores. É porque eles são malfeitores que eles são sionistas!»

Capítulo 1

AQUELA FRASE POSTADA NUM GRANDE QUADRO pregado à entrada de Auschwitz I, *Arbeitnacht frei*, era elucidativa de uma filosofia redentora da mente para um povo que sempre se pautara por disciplina e trabalho desde a fundação da Grande Alemanha. Mais se justificava a frase quando, no presente, a sua sociedade se deixava embalar no engano de um conceito político que distorcia a verdade desse mesmo povo, que sempre tinha cultivado o humanitarismo e agora via esse juízo sagrado transformado em fomentador de desigualdade, de injustiça e sinónimo de prepotência, por um regime totalitário que apagava as consciências com mentiras e regulava minuciosamente a vida dos seus concidadãos com um sistema policial de espionagem entre amigos, vizinhos, instituições e até na intimidade das famílias. Transformava a sociedade em duas classes — os espiados e os espies — assim só o trabalho era capaz de fazer esquecer a tragédia que se abatera sobre todos. *Arbeit nacht frei*! Enquanto trabalhava, o povo adormecia a consciência e não torturava a mente com o conceito de dúvida sobre: igualdade, justiça e fraternidade, máximas humanas desejadas pelos homens de bem em todas as épocas e em todos os tempos. O inverno de 1944 foi rigoroso para todos e impiedoso para os prisioneiros dos campos de Auschwitz. Além do frio, começava a notar-se a falta de víveres, em virtude dos ataques e bombardeamentos aliados, que eliminavam os transportes de abastecimento. No campo de Birkenau já se havia dado início ao desmantelar do equipamento de geração elétrica, do sistema de co-incineração e dos fornos de cremação onde eram incinerados os cadáveres sem identificação, de prisioneiros mortos por doença, epidemias ou exaustão — tudo o que não devia beneficiar o inimigo ou comprometer os militares alemães que ali cumpriam serviço. Também os valores aproveitados dos cadáveres: cabelos, dentes de ouro, assim como dinheiro e jóias não entregues à entrada do campo. Havia o receio do avanço do exército soviético, que já se acercava da fronteira com a Polónia.

Era um dia especial. Uma grande expetativa reinava em todos os campos porque, embora tivessem terminado as levas de prisioneiros com destino a Auschwitz em virtude da derrota alemã na Rússia, era esperado um comboio oriundo da Hungria com 3000 ciganos. Esta leva especial se tornava necessária para suprir a mão de obra vítima do tifo e do esgotamento. Também havia que afastar dos campos de trabalho escravo os 850 prisioneiros russos e polacos que, de maneira alguma, convinha que caíssem em mãos soviéticas, a ameaça que pairava como um sinal da derrota iminente.

Para Birkenau seriam enviados 300 desses prisioneiros ciganos húngaros, assim como 50 mulheres da mesma etnia que se destinavam a prover o comando e a refrescar o prostíbulo do campo, que tinha sido depauperado pelo tifo e por doenças venéreas. Aquele centro de prazer era um incentivo aos trabalhadores e soldados cujo comportamento fosse considerado exemplar.

O kapo judeu Abner Abramowicz, depois de informado que seria o responsável pelo alojamento provisório e pela seleção das ciganas a distribuir pelo comando e pelo bordel, rejubilava de contentamento. Até já tinha feito negócio com o outro kapo judeu, Berger Stein:

— Camarada Berger, vai preparando umas garrafas de conhaque, porque amanhã à noite vamos fazer uma farra com as ciganas. Eu tenho ordem de as ter aqui até fazer a escolha das mulheres para o comando e do gado com destino à casa de putas. O sargento vago mestre já mandou trazer queijo e salsichas para as contentar e agora vou dar ordem para que limpem e desinfestem o barracão de oeste que por estar mais afastado se torna o mais seguro para alojar as mulheres. Ainda tenho que falar com a responsável da zona das mulheres para prover de vestidos e artigos femininos as nossas convidadas. Temos que as abonecar para fazer uma escolha eficaz de maneira a contentar esses filhos da puta dos boches do commando.

Ambos se riram da picardia e ao mesmo tempo rogaram pragas em surdina.

— Amigo Berger, adoro comer estas putas, que têm fama de ser sempre fiéis aos seus homens!

O companheiro olhou-o com ar de sorna e desabafou:

— Pois eu anseio estuprar estas cabras ciganas e ouvir os seus guinchos histéricos, principalmente aquelas que ainda são virgens e prometidas, de tenra idade; essas, para poupar o hímen, consentem em tudo, desde que não tentemos derrubar o seu ego virginal. Que grandes pegas! Vamos, amigo. Já ouvi uns zunzuns acerca dos azares da guerra, isto soa-me ao fim da nossa clausura e é tempo de pensar um plano de sobrevivência para não desenterrar o passado.

Abramowicz olhou sério para o companheiro e murmurou com gravidade:

— Sim, os boches tinham um mas estão à beira de naufragar. Nós temos que saber ultrapassar isso com vantagem!

Estes kapos eram tratados como soldados alemães pelos superiores, em virtude da sua baixeza de caráter e do seu servilismo. Chegavam ao ponto de executarem as tarefas mais sujas e degradantes do género humano: aqueles serviços que até os mais rudes soldados tinham pejo em realizar nos condenados aos campos de trabalho forçado. O prisioneiro B76324, agora merecedor de ampla confiança do comandante do campo, antes tinha sido um dos bonifrates ao serviço do Dr. Mengele, mais conhecido por anjo da morte. Este tratamento de favor os tornava respeitados até pelos soldados de serviço naquele campo, o que não evitava os seus pensamentos na mais restrita intimidade: o ódio que latia no seu subconsciente por aqueles porcos que os tinham desumanizado. Era por isso que lançavam figas e palavras de anátema aos oficiais das SS que se serviam deles. Estes dois judeus, odiados até pelos irmãos de raça, sabiam bem que a natureza do homem não é boa nem piedosa. Nem é justa, porque cada ser luta por sobreviver e eles tinham vencido: optaram pela lei do mais forte. Moralmente eram uns farrapos, porque essa conduta impõe quase sempre o sacrifício do lado bom que está no ser humano, esse instinto de abnegação em favor dos semelhantes mais fracos. Eles preferiram adotar a máscara da conveniência para manter os privilégios. Eram como a maioria dos católicos que escolhem a pompa do mundo, mas servem-se da cruz para camuflar a conduta ignóbil. Sentiam-se satisfeitos por terem sobrevivido ao tormento de Auschwitz, mas não conseguiam evitar a acusação da sua alma — o mal que tinham feito já não podia ser superado e o remorso estava ligado às canalhices do passado. Esse sentimento torna-se mais latente e cruel à medida que o tempo passa. O remorso é implacável, exige expiação e impunha-lhes um outro modo de agir que eles nem conheciam.

Era hora de almoço, as sirenes da fábrica de armamento e explosivos, assim como a petroquímica de Auschwitz II, já tinham soado para anunciar a pausa do meio-dia e o maldito comboio proveniente da Hungria sem aparecer. Esta era a última leva de prisioneiros para Auschwitz e todos os outros campos associados. Aquele carregamento era uma exceção muito afetada por força das circunstâncias. Era necessária mais mão de obra para o desmantelamento que tinha sido ordenado pelas altas patentes, em virtude da aproximação do exército russo; as instalações fabris não podiam de maneira alguma cair em mãos inimigas, mormente a importante indústria química de Auschwitz III; havia que acelerar a desmontagem das instalações e aqueles ciganos iriam ajudar à concretização desse plano.

Os soldados já tinham tomado posições ao longo do cais e da via férrea, cujo acesso era vedado por cavalos de arame farpado e cercas de rede eletrificada. Também os prisioneiros que ajudariam os recém chegados a descer e a limpar os vagões já eram enquadrados pelos seus kapos, que com as braçadeiras berrantes, castanhas para os polacos e amarelas para os judeus, se tornavam bem notados para os soldados que, de armas aperradas, aguardavam o comboio. Até o tenente, que comandava aquela unidade de receção, passeava, soberbo da sua autoridade, sobre a neve que atapetava o cais de madeira e provava o seu nervosismo com as batidas do pingalim sobre o cano das botas polidas de negro.

Um estridente silvo se fez ouvir no silêncio gelado daquele soturno ambiente de carris, sinistras vedações eriçadas de farpas e homens de rostos tétricos. Lá ao fundo, a quebrar a linha do horizonte, o olho incandescente apontava ao longo da via e tornava visível o círculo negro que, qual visão fantasmagórica, sugestionava o monstro de ferro que se insinuava na brancura do trajeto. Era envolto numa neblina de vapor e cuspia fuligem incandescente pela bocarra sita no topo, também de escuro tom.

A iluminação do cais se acendeu como reforço à visibilidade ofuscada pela neve que recomeçou a cair, leve e suave como pétalas de florinhas brancas em campo de boninas. A locomotiva estacou com um ruído sinistro de aço rangente no entrechocar de ferro contra ferro, no suspender das rodas e das bielas laterais. Resfolegou pelo escoadouro do cimo e se aquietou do esforço de tirar aqueles pesados vagões de gado; soltou ainda um último suspiro que envolveu de vapor a descida dos dois maquinistas. A neblina condensou-se e o oficial encaminhou-se ao encontro dos dois funcionários, que o saudaram de braço levantado num arremedo marcial e recebeu o rolo de papéis que atestava a carga e a proveniência.

Relanceou os olhos pelos cabeçalhos escritos e de imediato levantou a cabeça e a ordem partiu seca e nítida, no silêncio da pausa do meio-dia:

— Achtung! Achtung! Preparar para abrir e formar a duas filas os homens depois do quinto vagão a partir da locomotiva! Para as mulheres que estão nos vagões da frente, abram a um terço só para respirar e aguardarão a descarga até os homens serem enquadrados para os serviços sanitários de inspeção.

Um sargento fez sinal aos kapos que enquadravam os piquetes de ajuda à descarga e lhes deu instruções:

— A cada homem um pão e uma wisse wurst e cada bebedouro tem lotação para dez, não permitam que se amontoem!

Os homens, como um só, sem qualquer resquício de vacilação, como se treinados a preceito pela prática, encaminharam-se em direção às portas corrediças dos vagões e ali estacaram, esperando as ordens dos seus kapos de braçadeira castanha. Os judeus que carregavam os baldes e as raspadeiras da limpeza também se posicionaram ao longo do vagão e aguardaram as ordens dos seus chefes de braçal amarelo. Pelos retângulos gradeados daqueles cubículos de desmaiada cor vermelha ouvia-se o bramido desesperado dos presos que, na ânsia de uma lufada de ar fresco, soltavam imprecações e injúrias. Uma voz mais atilada, talvez de alguém que era suspenso pelos braços dos companheiros, soou nítida e blasfema mesmo junto ao postigo:

— Cães judeus, apressem-se, condenados de um deus maldito!

Aquilo era uma terrível provocação ao messiânico sentimento dos filhos de Abraão, que se entreolharam e guardaram para si o pensamento que se fixou em suas mentes e que está escrito como preceito no Talmude: *Até que os judeus os tenham por escabelo dos seus pés.* Estes impuros goyim seriam os primeiros a sentir o poder dos escolhidos do Senhor dos Exércitos! Aquela blasfémia terrível seria analisada no conselho sionista do campo e quem a tivesse soltado, melhor fosse que já tivesse desaparecido!

As mãos enregeladas de um polaco manusearam o arame que servia de loquete, pois tal acessório já faltava no aprovisionamento de retaguarda, o que não pressagiava nada de animador ao esforço de guerra nazi. O primeiro vagão foi aberto, o último do comboio, e lançou de imediato, na atmosfera gélida, uma onda de nauseabundo odor que se infiltrou com tal intensidade na fileira de soldados em frente que nos seus rostos era visível a carranca de nojo e, para se manterem estáticos e em ordem, as mãos se aferraram mais às armas automáticas que portavam. Os trabalhadores polacos aproximaram-se mais da saída do vagão e, por estarem mais familiarizados com aquela repugnância que era sua companheira nas enxovias que habitam no campo, quase nem pestanejaram quando o cheiro a merda defecada no chão do veículo chegou às suas narinas. Conforme os ciganos eram despejados, com o amparo dos prisioneiros que os ajudavam, mais se espalhava o repugnante odor a suor, merda e mijo retardado. Era uma onda que já emporcalhava o próprio cais onde o oficial, de rosto franzido pelo asco, se refugiara junto dos êmbolos da locomotiva, cujo óleo derramado e viscoso disfarçava o nojento cheiro, e não deixava de sussurrar entre dentes:

— Schweinen!

O serviço médico sanitário lutava naquele momento com um surto grave de tifo e a inspeção, por rigorosa, era mais lenta, uma medida para obstar a maior contaminação. Os fornos crematórios já trabalhavam a 24 horas para eliminar as vítimas do surto daquela pandemia que ameaçava as linhas de produção das indústrias instaladas nos campos de trabalho, o que tornava ridícula a frase inscrita no quadro da entrada de Auschwitz I, *Arbeit nacht frei* (O trabalho liberta), porque o tifo ameaçava suspender toda a atividade.

Os recém chegados ciganos, indiferentes à porcaria que tinham deixado nos vagões agora livres, agarravam com as duas mãos ainda imundas de sujidade e trampa a salsicha fora de prazo e o pão duro. Devoravam com a raiva da fome que forçava as suas mandíbulas a tragar sem mastigar e a engolir sofregamente o que o estômago já exigia havia 3 dias. Depois, com a boca escancarada a demandar água para empurrar o que a faringe ainda não conseguira deglutir para o esófago, metiam a cabeça nos bebedouros para ocupar mais espaço e emporcalhavam a água que era de todos. A brigada de limpeza já raspava a merda fedorenta e seca dos lastros dos vagões de gado, que agora transportavam seres humanos para trabalho escravo. Era a necessidade como forma de produzir sem custos as armas que iriam dizimar os seus semelhantes, vítimas da limpeza étnica da sua raça de cabelo negro e pele mate, abominável à nobre e ariana descendência dos Ases. Alguns dos judeus mais sionistas, que limpavam a porcaria, expeliam em surdina imprecações chauvinistas sobre os corpos dos ciganos que tinham sucumbido à viagem, lançando anátemas com os lábios crispados de aversão:

— Senhor, que este maldito animal edomita seja apagado da memória do tempo e que o inferno o devore para todo o sempre!

Os corpos dos gitanos, exânimes e rígidos pela ação do frio, eram estendidos ao longo dos carris para posterior corte de cabelo e revista pela brigada de recoletores, antes de entrarem na linha de incineração. Os kapos, tanto de um lado como do outro, gritavam ordens e incentivos depreciativos sobre o seu pessoal para se fazerem ouvir e agradar aos alemães — o fito era o de manter os seus privilégios. Conforme os prisioneiros passavam a primeira porta, logo eram colocados dois a dois em simples filas para a inspeção sanitária e de seguida encarreirados para o banho de água fria, para depois vestirem os fatos listados de castanho, que era a cor atribuída à etnia cigana. Um prisioneiro judeu entregava-lhes um naco de sabão duro e empurrava-os para o outro lado do tapume, onde esguichavam os jatos de água gélida e, logo que passavam no controle de limpeza, lhes era dada para se limparem uma toalha de serapilheira, que lhes serviria também de agasalho e cobertor, esses prometidos e sempre adiados abrigos, que até já eram escassos para o próprio povo alemão.

Já o lusco-fusco tomava conta do crepúsculo quando foi iniciada a abertura dos vagões das mulheres e estas, ao contrário dos seus homens, pareciam despertadas com o folgo da vida. Olhavam os judeus que lhes davam a mão para saírem e provocavam-nos:

— Olá, porcos sionistas! Não tendes dinheiro para comprar a vossa estada? Quando nos veremos livres da vossa maldita raça?

Cada mulher que saltava para a neve era uma rajada de repugnante cheiro a mijo retardado e a merda. O fedor era sórdido, repulsivo e toldava aquele ambiente branco e frio, o que obrigava todos, sem exceção, a embrulhar o rosto e a franzir o apêndice nasal. Até os prisioneiros, já habituados pela rotina deste serviço, sentiam o impacto do torpe poluir e limitavam-se a estender o braço como autómatos, evitando assim o contato corporal e, em alguns casos, até o pensamento racista acerca daquelas bestas fedorentas e contaminadas com a perversão de Eva. Muitos até fechavam os olhos e as narinas, para não sentirem o repulsivo olor a menstruação solidificada e não atentar àqueles rostos lívidos de fraqueza, com ranho empastando os cabelos. Eles faziam por não ouvir os remoques ofensivos ao seu Deus, que saíam daquelas bocas fedorentas de harpias. Era um cheiro de tal sorte asqueroso, aquela mescla de mijo, merda, sangue contaminado e suores sexuais, que até os serviços de saúde trouxeram uma bomba com gás cheiroso para dissipar aquela podridão. No chão dos vagões, além do esterco das defecações, abundavam farrapos sujos com sangue menstrual e a urina das mulheres tinha um cheiro rebarbativo, como vapores de ácido muriático. Depois de vazios, os compartimentos ainda guardavam o pestilento odor de cada mulher despejada daquele antro que antes tinha transportado gado a granel e agora era convertido em transporte para aquelas infelizes e desgraçadas húngaras, cujo destino era o trabalho nos campos de Auschwitz e, para piorar a degradação, também serviriam para abastecer os prostíbulos de divertimento. Este afazer de prostituta que lhes estava reservado era um mister contraditório com a fama de mulheres fiéis a um só homem e a quem a promiscuidade e sordidez da função repugnava. Tal como os homens, também aquelas filhas de Eva seriam expostas à mesma inspeção e, sem qualquer resguardo do pudor, seriam desnudadas para o banho de duche frio. Para isso, lhes tinham também fornecido a trouxa com a vestimenta listada de castanho, assim como o retângulo de serapilheira para secar o corpo e servir de mantilha e abrigo.

As 50 ciganas escolhidas por uma das responsáveis femininas, antes de se vestirem, seguiam agora numa formação a três para o campo de Birkenau, que distava dois quilómetros. Quem desconhecesse o seu destino, ao contemplar aqueles rostos de singular beleza morena, não os seus corpos ofuscados pelas roupas largas e inestéticas, pensaria que elas seriam as convidadas para algum sarau social e não prisioneiras de um campo de concentração nazi.

Os 300 ciganos requisitados pelo comandante do campo de Birkenau como reforço de mão de obra para o desmantelamento já tinham alojamento designado e só faltava que os kapos os dividissem em grupos de trabalho. Na chegada ao acampamento, alguns deles tinham sido espancados pelos judeus encarregados de os conduzir às instalações, como vingança pelas provocações racistas e, por último, como um deles recalcitrasse a violência com a abjuração sionista, deu azo a que o próprio Abramowicz o injuriasse e agredisse:

— Maldito impuro, filho de imunda cadela! Eu ensino-te a respeitar os teus donos, seu...

Não chegou a rematar o achincalhamento nem a espezinhar o desgraçado que se rebolava na neve. O tenente Wolfgang, um dos raros oficiais nazis daquele campo com formação cristã, repreendeu o kapo judeu:

— É essa a vossa humanidade? Não achas que já lhe basta a raça para ser um desgraçado? Porque empregas nele o chauvinismo de judeu sionista? Queres pôr em prática aqui as vossas ideias talmúdicas de que todos os gentios são goyim e devem ser tratados como não humanos? Se essas instruções partem do vosso Deus, então Ele é mesmo um inimigo da raça humana! Eu sou cristão e a minha fé obriga-me a amar todos os homens. Jesus Cristo era um judeu, mas deixou-nos o sublime preceito de amar mesmo aqueles que nos querem mal. Vocês, os sionistas, não passam de execrados da humanidade e tarados messiânicos que querem escravizar todos os homens segundo a interpretação que dão ao vosso Deus cruel, sanguinário e invejoso. Anda, judeu, levanta a tua vítima e pede-lhe desculpa ou marco-te a cara com o pingalim!

O grupo de ciganas passou o portão que dava acesso a Birkenau e, sob o olhar de dez soldados, foram identificadas pelo kapo Abramowicz, que ao apontar os nomes na folha de papel que portava prometia-lhes, com um sorriso donairoso de cavalheiro:

— Meninas e senhoras, aqui vão ter um tratamento privilegiado. Já tenho café a aprontar e também uma refeição de pão e queijo à fartança. Vou oferecer-vos vestidos lindos e artigos de beleza para se porem bonitas e desejáveis para os nossos oficiais.

As mulheres a quem estes arrebiques eram dirigidos continuaram de catadura impassível e, num mutismo absoluto, estavam desconfiadas de tanta generosidade e fartura, tão avessas à fama maldita dos boches e dos judeus.

Os soldados que tinham assistido à peroração do kapo riram-se e abordaram o tagarela:

— Abramowicz, espero ter lugar na tua festa!

— Estejam descansados, há sempre uma goela para vocês!

O montão de vestidos estava a ser revolvido pelas mulheres. O sentido feminino não resistia ao chamariz tão atrativo e aquelas bolsas com artigos de maquilhagem como batons, rímel, lápis e cremes, excitava a sua vanidade de fêmeas.

Quando convidadas a banquetearem-se naquela mesa farta de pão, salsichas e queijo, as mulheres, que havia tanto tempo era sujeitas a rações de míngua, começaram a comer como desalmadas e serviam-se daqueles jarros cheios com aquele estranho suco adocicado que as entontecia de embriaguez e desejo. Começaram a exteriorizar a alegria sem pejo, dançando umas com as outras ao som daquela música suave e sensual que galvanizava o seu espírito jovem de mulheres sujeitas à garridice do momento.

Logo que os homens entraram carregando flores e garrafas de licor, os pares começaram a rodopiar no amplo espaço do barracão que tinha sido fechado por dentro. Sem qualquer resquício de vergonha, aquelas ciganas avassaladas pela bebida deixaram-se seduzir pelo instinto sensual já excitado com esse propósito, através da droga misturada ao estranho sumo que acompanhou a refeição. Abramowicz, que já tinha programado o seu afã pela bela Shira de 16 anos, puxou-a para um dos cubículos reservados do barracão e fechou-se com ela ali dentro, alheio ao que se passava do outro lado do tabique.

— Porque me trazes para aqui? Tu sabes que sou prometida desde os oito anos e na nossa tradição tenho que manter-me virgem para o meu Gilad!

O judeu esboçou um gesto de contrariedade e olhou nos olhos a bela ciganita. Aquele olhar negro e puro de malícia, onde o fingimento era arredio, encantou-o de tal sorte, que lhe atiçou o desejo e o rosto lindo de deusa sensual atraiu-o mais ainda para a luxúria que estava no seu pensamento e que ele desejava arrancar daquele corpo de donzela, como um troféu ao seu orgulho de predador devasso. Contemplou o corpo pequeno, mas de acentuados contornos feminis e o desejo, tal como um vulcão, explodiu dentro dele. De um puxão, arrancou os botões e o tecido azul, ao ser rasgado, deixou desnudas aquelas colinas implantadas no peito da cigana: eram lindos e sedutores, aqueles seios de mamilos castanhos e espetados, como pontas de lança. Aquela visão enlevou o desejo venéreo que dominava o seu espírito e, quando ergueu a mão para acariciar o objeto do seu fascínio, foi a calma firme da inocência que conteve o atrevimento nascido da impunidade.

— Tu podes ter-me, tens-me na tua posse e tens força para possuir-me, mas jamais terás a minha alma! És um homem lindo, embora de uma raça detestada pela nossa. Ao possuir-

-me, me roubarás a honra, o único valor que possuo, mas o meu nome secreto te perseguirá para sempre, porque eu perderei a vontade de viver e me matarei pelo compromisso assumido pelo meu pai, pois se viver serei amaldiçoada pela família e esse esconjuro me fará o destino maldito.

— Abramowicz fitou-a com respeito e aquele sentir novo pela primeira vez apoquentou a sua consciência e o levou a sentir saudade pela sua irmã, cujo paradeiro ignorava, ela também uma donzela linda, de uma beleza nívea e imaculada na sua virgindade. A imagem dela, como se de uma visão ilusória se tratasse, apareceu no rosto impassível da gitana e aquela diáfana figura pairou por fugaz instante ali mesmo, entre ele e ela.

— Explica-me, Shira, o que é isso do teu secreto nome?

— Eu explico-te: quando uma criança cigana é batizada, é-lhe dado um nome para escrever nos registos da terra onde vai habitar, também o nome verdadeiro pelo qual será chamada dentro da nossa comunidade e ainda um terceiro nome, que é murmurado ao ouvido da mãe. A partir daí, é ela quem depois do primeiro mês de vida sussurrará todos os dias esse nome secreto ao seu filho e fará isto até os doze anos de idade. Depois, nunca mais será pronunciado. Este terceiro nome servirá como talismã e defesa, pois caso tenha morte violenta por agressão ou até por suicídio, o nome servirá como vingança contra o culpado ou culpados.

— Então, qual o verdadeiro nome por que devo chamar-te? Shira riu-se e, mirando o seu rosto, murmurou:

— Aqui chamo-me o que escreveste no papel, mas sou Kalila para os meus.

— O teu prometido ainda é vivo?

— Não sei, mas embarcou no mesmo comboio.

— Queres que eu o procure?

— Sim, te ficarei eternamente grata!

— Farei isso por ti e te protegerei!

— Obrigada, meu amigo. Vejo que afinal não és sionista!

— Não saias daqui enquanto eu não te vier buscar.

O barracão tinha deixado de ser pista de dança, a música continuava a girar no gramophone, mas sobre as enxergas havia um pandemónio de corpos semidesnudos e suados que rendiam culto a Eros.

Abramowicz estranhou não ver ali o seu amigo Berger Stein e resolveu procurá-lo. Não demorou muito, uma silhueta à contraluz de um holofote denunciou o companheiro.

— Olá, Stein! Porque estás aqui?

— Queres mesmo saber?

— Sim. Achas que devo?

— Matei aquela edomita estrangeira, como fazia nas experiências do Anjo da Morte!

— Mas que raio te deu? Já pensaste como vou desenrascar-me com a falta dela?

— Ora, a puta era uma coisa impura, negou-se a fazer sexo comigo, porque era virgem e estava prometida. Assim a expedi diretamente para o Inferno, como manda a Torá!

— Maldito animal! Tu não podes pensar assim, isto vai dar para o torto, aquele Wolfgang é um boche maldito que vai querer contar as mulheres que entraram. Eu dei-lhe a lista com os nomes delas.

Voltou para dentro do barracão, bateu as palmas e fez-se ouvir:

— Meus senhores, o baile acabou, agora é hora de recolher e é melhor assim, antes que venha por aí o senhor tenente!

Não houve reclamações e um dos sargentos, que foi o primeiro a sair, murmurou ao ouvido do judeu:

— Depois mando-te tabaco e uma garrafa!

No dia seguinte, logo após o desjejum, reuniu todas as mulheres e falou-lhes:

— Preciso de escolher dez de vocês para trabalhar no Comando. As outras serão entregues à Debra Luski, que é a dona da casa de diversão do Campo. Ali terão comida, algum dinheiro e tratamento privilegiado. Neste ínterim, enquanto as mulheres estavam agrupadas, chegou o tenente Wolfgang, que se dirigiu diretamente ao judeu e inquiriu:

— Já escolheste as mulheres para trabalhar na administração do Campo?

A um gesto de Abramowicz, o grupo das dez filhas de Eva saiu da formação e o oficial deu ordem a dois soldados para acompanhá-las ao seu destino. O oficial começou a contar as restantes e disse.

— Faltam duas. Onde estão, Kapo?

— Uma está ali dentro, estava maldisposta e deixei-a ali a recuperar. A outra...

Não foi necessário responder. Berger adiantou-se e confessou:

— Senhor, a outra sofreu um acidente, está ali no bosque de abetos, eu matei-a!

O tenente não fez qualquer comentário, olhou o assassino severamente e fez sinal a dois soldados:

— Levem-no para a prisão, lá será interrogado, a justiça alemã funciona! Quanto à outra, vai buscá-la e junta-a a estas, para cumprir o mandado!

Foi junto a Debra Luski, a governanta que estava à frente daquele departamento de prazer, e conseguiu a sua proteção para Shira (Kalila).

Debra Luski era uma judia estudante de história antiga quando foi enviada para Auschwitz. Como era bonita e culta, depressa conquistou a graça de um major engenheiro químico e trabalhou como sua assistente. Quando o major foi transferido, conseguiu-lhe um lugar num departamento de gestão e depois, logo após a formação do prostíbulo de Birkenau, ela foi nomeada secretária da alemã Olga Müller, que tinha sido nomeada pela administração.

Abramowicz conseguiu a promessa de Debra para que a bela Shira nunca fosse prostituída. Ela faria, isso sim, outros serviços e bem disfarçada para camuflar a sua beleza natural.

Foi logo após a comemoração das festas de Natal e Ano Novo que Levy Cross, um judeu que trabalhava como intérprete na administração de Birkenau, lhe disse à boca pequena:

— Amigo Abramowicz, a guerra está por um fio. Em breve, os russos vão tomar isto. Não gostava de estar na pele dos boches. — e quando lhe perguntou por Berger, este disse-lhe, com intonação compungida:

— Humm, esse está em maus lençóis. Os alemães são muito rigorosos com a justiça, mormente aqui, em que os juízes são militares. Parece que o conselho de sionistas lhe arranjou um advogado. Oxalá se safe!

Quem ficou sumamente feliz foi a ciganita Shira, que trabalhava como servente de limpeza no prostíbulo, quando o kapo lhe comunicou que o seu Gilad estava de boa saúde a trabalhar em Auschwitz III e, numa manifestação de amizade, beijou-o no rosto. Foi nesse encontro que Shira, depois de informada sobre o destino da guerra, lhe propôs:

— Amigo, nós, os ciganos, somos veteranos na passagem de fronteiras. Primeiro atravessamos e depois apresentamo-nos! Se vieres a precisar, nós te ajudaremos, porque tu também me ajudaste, assim como esta amiga que é a minha chefe.

— Obrigado, querida. Oxalá tudo aconteça pelo melhor. Eu desejo terminar o meu curso de medicina e vou ter que chegar à Suíça.

Despediram-se com outro beijo e Levy Cross, que tinha assistido àquela manifestação de amizade, inquiriu-o:

— Como conseguiste a amizade da cigana?

— Ora, amigo, ajudei-a a manter a virgindade!

— O quê? Tu, que tens fama de devasso?

— Sim, amigo. O nosso conceito sobre os goyim tem de mudar.

Levy abanou a cabeça em concordância e expressou:

Tens razão. Nós temos que aprender o que é a igualdade e a fraternidade!

Foi em fevereiro de 1945 que a assistente social da Cruz Vermelha, de visita ao campo de Birkenau, o informou:

— Isto está mal para os alemães e vocês vão começar a apertar o cinto, porque os comboios de abastecimento a estes campos começaram a ser destruídos pela aviação aliada e os russos estão prestes a entrar na Polónia.

— Senhora Golda, pode fazer-me mais um favor?

— Sim, se é acerca da sua conta, tenho aqui um extrato e você já sabe o seu número secreto.

— Sim, só queria que a senhora me fizesse mais um depósito com este dinheiro.

A voluntária olhou para a quantia com admiração e confirmou:

— Esteja descansado. Este dinheiro será enviado ainda hoje com o nosso correio para Zurich.

O kapo judeu tinha um método seguro de conseguir dividendos: os alemães jamais suspeitaram que muitos dos mortos que enviavam para serem incinerados em Birkenau guardavam os seus tesouros no esfíncter do ânus e ele, que tinha o encargo de fazer a coleta dos dentes de ouro, ou outros valores dos cadáveres, porque era finalista de medicina e porque tinha sido instruído por um prisioneiro romeno de quem foi amigo, começou a fazer a procura no ânus dos mortos e tinha assim amealhado um bom pecúlio de endereços, pedras preciosas e dinheiro. Ainda não havia muito tempo, num corpo vítima do tifo, tinha encontrado no seu canal esfincteral seis notas de 500 francos suíços metidos num tubo plástico. Outro o tinha surpreendido com cinco pedras de rubi e um endereço para a restituição: Henis Kramer — Friedrich Strass — Duisburg. Tinha colhido também diamantes e até duas esmeraldas. Só o dinheiro é que entregava às assistentes voluntárias da Cruz Vermelha para abrir contas no Banco Popular, onde tinha já uma avultada quantia.

Foi na última semana de janeiro, quando grassava a penúria de alimentos em todos os campos de Auschwitz, que o tenente Wolfgang lhe confiara:

— Kapo Abramowicz, você é judeu e finalista de medicina. Se um dia adquirisse a liberdade, para onde iria?

— Ai senhor, já perdi a esperança, mas com os russos a norte, não sei mesmo se iria convosco!

— Pois não perca essa noção de future. Muito em breve iremos propor aos prisioneiros essa opção!

Ali estavam eles. Tinham seguido o conselho do oficial alemão, só que na barafunda da debandada, porque os russos estavam a montar o cerco a Varsóvia, Gilad, o cigano noivo de Kalila, que na liberdade trocara o nome de Shira, lhes pôs a hipótese de seguir para sul, em direção à Áustria, que, embora ocupada pelos nazis, lhes dava melhor acesso à Suíça.

Quando começaram a subida daquele monte, que já fazia parte dos Alpes austríacos, Levy Cross murmurou no ouvido de Debra Luski:

— Esta gente parece conhecer todos os carreiros do mundo!

— Meu caro, nos meus estudos de história, é obrigatório reconhecer neles os judeus errantes!

Já o dia definhava, era o quarto depois da fuga, Gilad falou:

— Abramowicz, tens dinheiro?

— Sim, amigo, precisas?

— Então, vem comigo. Vamos procurar comida nestes lugarejos isolados.

— Mas não é perigoso?

— Sim, é, podemos ser denunciados! É por isso que não vamos todos. O tempo é a nosso favor. É a altura de conseguir comida. Kalila já sabe como é. Até podemos regressar só amanhã. Como vamos longe, podem acender uma fogueira para aquecer. Nós temos as anoraques que surripiamos aos boches. Não esqueçam que os ramos de abeto são bons cobertores e a lenha não falta. Isto é deserto, mas tenham cautela!

— Andaram cerca de uma hora e quando atravessaram um riacho, já no lusco-fusco, avistaram luz numa casa de madeira logo acima do carreiro pedregoso que seguiam. Um cão ladrou, um homem já de idade saiu a investigar e foi nesse instante que o cigano, imitando o gutural sotaque da língua romanche, se fez ouvir.

— Desculpe-me, senhor. Somos viajantes a caminho da Suíça e precisamos de alimentos. Temos dinheiro para pagar.

O austríaco olhou para eles, sem compreender, e foi Abramowicz quem, em perfeito alemão e exibindo notas de banco suíças, explicou o que necessitava. Os olhos do homem piscaram de cobiça e expressou:

— Os senhores sabem que estamos em tempo de guerra e temos muita dificuldade em dispor de comida, mas neste momento posso dispor de algum queijo e pão. Claro que é caro, mas como a caminhada até à Suíça requer alguns dias, vocês não têm muitas oportunidades de se abastecerem e tenham cautela, porque os boches fazem muitas patrulhas na fronteira.

— Ofereceu-lhes de jantar e a mulher dele, uma senhora já perto dos 60, desabafou as suas mágoas por ter dois filhos deslocados ao serviço dos alemães. Conseguiram três queijos e seis pães caseiros por 220 francos e a senhora ainda lhes ofereceu uma sacola com avelãs. Cedeu-lhes dois cobertores e puderam pernoitar num anexo junto da cavalariça.

Já era quase meio-dia quando avistaram o acampamento improvisado e, depois de recolherem água de um ribeiro que tinham atravessado a pé descalço, todos se sentaram para comer pão e queijo. Com o velho mapa na mão, Levy Cross olhou o sol e apontou:

— É nesta direção que temos de seguir.

Num reflexo de espiritualidade espontânea, todos baixaram a cabeça e recitaram a oração *shema* com grande concentração:

— «Escuta, ó Israel, o Eterno é nosso Deus! O Eterno é Único. Bendito sejam o nome e a glória do seu Reino por todo o sempre...»

O casal de ciganos respeitou o momento e, quando terminaram, Gilad pronunciou:

— Que o Deus de Israel nos proteja, porque vamos mesmo precisar da sua ajuda para entrar na Suíça. Vou fazer uma aliança entre o vosso Deus e o meu engenho para alcançar a meta que desejamos.

Abramowicz deu-lhe uma palmada nas costas e animou-o:

— Tenho a certeza que conseguiremos, amigo!

Estava um dia bem luminoso quando ao longe avistaram aquela torre que guardava a fronteira e o cigano, logo que o crepúsculo deu sinal, acalmou-os.

— Eu vou fazer uma batida na fronteira e estudar o melhor local para a passagem. Não saiam daqui, porque quero entrar na Suíça ainda esta noite. Despediu-se de todos e Shira, abraçando-o, sussurrou no ouvido:

— Tem cautela, meu amor!

Já o breu da noite tinha coberto com o seu luto a paisagem rústica que os cercava, ouviram o silvo do assobio conhecido e, logo após, o murmúrio:

— Eu vou à frente, logo a seguir o Levy, depois as mulheres e tu Abramowicz, irás atrás de todos e não permitas nem um cochicho. Caminhar sempre com precaução e alerta aos meus assobios. Encontrei um sítio que me parece propício para a passagem. Cautela com os pés e o restolhar de folhas e ramos secos. O braço do cigano se ergueu e todos pararam, esperaram alguns minutos e novamente o assobio para recomeçar. Foi Abramowicz quem ajudou as mulheres a ultrapassar a barreira de arame farpado que se interpunha no seu caminho, já Levy e Gilad se encontravam do outro lado. Seguiram em silêncio, sempre na mesma ordem estabelecida, na direção indicada pelo cigano, até divisarem na linha do horizonte o alvorecer da aurora e lá em baixo uma povoação que Levy, ao pesquisar no mapa, disse ser Sevelen. Os quatro se sentaram e Shira aventou:

— Precisamos de roupas decentes para não levantar suspeitas, portanto sugiro que o façamos por etapas: agora vou eu mais o Abramowicz e procuramos uma loja de roupas. Daqui a mais ou menos uma hora irás tu, Gilad, mais a Debra e fazem o mesmo.

— Na esplanada da entrada da estação ferroviária, os quatro tomaram o almoço em amena cavaqueira, como se fossem um grupo de turistas esperando o comboio que os levaria a Walenstadt, junto ao lago do mesmo nome. Dali seguiriam para Zurich e o judeu, para convencer o funcionário da bilheteira que era um turista endinheirado, puxou por um grosso maço de francos suíços. Depois de quase quatro horas de comboio, onde fizeram uma refeição no vagão-restaurante para impressionar alguma autoridade que os vigiasse, chegaram à importante estação da cidade dos bancos. Para testar o número da sua conta bancária, Abramowicz entrou no banco, identificou-se e fez mais um depósito de 2000 francos, ao mesmo tempo que comprava um livro com 20 cheques de viagem de 50 francos cada. Estavam em abril de1945 e pela primeira vez em três anos se sentiam livres. Respiraram a plenos pulmões a paz de uma democracia pluralista, num país que tinha sabido manter-se neutral no conflito que tinha arrasado toda a Europa.

Para se sentir plenamente realizado, só lhe faltava cumprir o compromisso assumido com o tenente Kaufman Wolfgang e comunicar com sua esposa, que morava em Mulheim, uma pequena cidade no sul da Alemanha. Estudou o mapa com Gilad e este comentou:

— A única dificuldade está na tua apresentação à senhora, porque nestes tempos de guerra a vizinhança se torna uma arma de informação para a polícia, mas para sorte tua tens a via fluvial pelo Reno e isso, se bem explorado, te facilitará a fuga com a senhora e o filho.

— Como assim, Gilad?

— Ora, tu tens um visto passado pelo tenente. Assim, em vez de bateres na porta da senhora Rena Wolfgang, deixas um bilhete por debaixo da porta, com as indicações para um local propício de encontro.

Capítulo 2

NOS CAMPOS DE AUSCHWITZ, NO INÍCIO DE 1945, era mais premente o desmantelamento do equipamento sofisticado das fábricas que ali laboravam ou até a destruição de documentos comprometedores, do que a aplicação da justiça comum alemã. Isto provocava o desleixo nos tribunais que estavam relacionados com este tipo de delitos. O maior problema do momento era a falta de víveres. Desde que os Aliados começaram a atacar os comboios que forneciam a alimentação aos campos de trabalho, a produção baixara muito e o esforço de guerra da máquina alemã quase estagnara. A má nutrição, aliada às péssimas condições de acomodação dos prisioneiros e trabalhadores — porque existiam e eram bem pagos — tornava-os vítimas fáceis das doenças infeto-contagiosas. Além desta grande dificuldade, alastrava também o nervosismo patológico fomentado pelo medo que afetava os próprios soldados: a presença do exército russo junto à fronteira norte da Polónia provocava esse temor e desmoralizava todo o sistema defensivo nazi. Foi fruto dessa desorientação e da oferta de alguns valores do pecúlio reunido em comum com o seu amigo Abner Abramowicz, que o sargento das SS se deixou corromper e lhe permitiu a fuga em segurança, durante uma leva de prisioneiros para trabalhar na floresta. A visão e o oportunismo jornalístico nele inculcados durante os estudos dessa profissão levaram Berger Stein a conseguir um visto para a Suécia, salvos condutos esses que estavam a ser facultados em Budapeste por Raoul Walenberg, um diplomata acreditado daquele país. Aquela nação que soube manter-se neutra, durante a guerra que tinha devastado a Europa, recebeu cerca de 70.000 judeus durante o conflito.

Em Estocolmo, por intermédio de outros estudantes judeus, soube da existência de uma instituição sionista que arregimentava ex-prisioneiros e refugiados e lhes prometia emigração segura para a Palestina. Ficou surpreendido, para não dizer chocado, quando durante a entrevista com os responsáveis sionistas, em vez de o interrogarem acerca da sua vivência no Campo de Birkenau, o confrontaram com uma realidade desde há muito programada e o aconselharam a subscrever uma declaração em que ele, na qualidade de kapo, tinha ajudado a incinerar os cadáveres das vítimas das câmaras de gás. Quando pretendeu dar uma explicação cabal acerca do que de fato acontecia, argumentou:

— Meus senhores, eu nunca vi em Birkenau uma câmara de gás!

— Não importa isso, só precisamos da sua declaração assinada e do seu número de prisioneiro. Você, como estudante de jornalismo, sabe que de muitas mentiras se constrói uma grande verdade!

Só mais tarde veio a constatar o porquê daquele afã dos seus compatriotas sionistas. Foi um rabino que, apologista da criação de um estado de Israel na Palestina, lhe deu a conhecer a profecia que estava inserida na Torá e o seu significado místico: este holocausto de judeus nos campos de trabalhos forçados era de feição à criação realista do mito judaico talmúdico que prometia. — *Tu retornarás à Terra que te prometi, mas com seis milhões a menos.* Ora, se a II Guerra

Mundial trazia as condições certas para a criação da Pátria de Israel, os judeus só teriam que fazer acreditar que no holocausto teriam perecido os tais 6.000.000 requeridos pela premonição messiânica. Assim, se tornava obrigatório publicitar o sacrifício dos judeus para que o mundo, perante tal atrocidade, sentisse remorsos e ajudasse a criar, de uma mentira, um fato histórico. Os generais russos, aliciados por Estaline, que desejava os ingleses fora da Palestina, estavam já dando o seu contributo propagandístico ao deturpar a informação colhida nos campos de Auschwitz, onde até inventaram as famigeradas câmaras de gás. Os tais 6.000.000 descritos na profecia tinham mesmo que desaparecer como vítimas das pseudo fornalhas do nazismo!

Berger Stein riu-se daquela farsa e, numa retrospetiva do que tinha aprendido na faculdade, recordou-se de ter ouvido um *zunzum* acerca dessa fraude: foi no ano 1900, um artigo publicado pelo jornal New York Times e copiado de um discurso do Rabi Wise, onde este afirmava — «Há 6.000.000 de judeus vivendo, sangrando e sofrendo» — como argumento a favor do sionismo.

Em 1906, um jornalista judeu, em virtude dos pogrom do rescaldo do primeiro levantamento comunista na Rússia, grita aos quatro ventos que está eminente um holocausto de seis milhões de judeus.

Também pouco depois da I Grande Guerra os sionistas invocaram um massacre de 6.000.000, só que o argumento não foi longe e ninguém acreditou na história.

Em 1921, o povo russo, já farto de ver os judeus como usurpadores bolcheviques na sua própria terra, começaram a persegui-los como bodes expiatórios da falta de liberdade e do racionamento de víveres. Estes, na vã tentativa de chamar a atenção do mundo para a chacina de que eram vítimas, recorreram novamente ao mito dos seis milhões.

Se a história desta hipotética mortandade atribuída aos carrascos nazis conseguisse mais apoio dos políticos ocidentais, do que somente de Estaline, era bem mais fácil convencer o mundo. Ora, os americanos precisavam na altura de esconder os seus erros na Europa e também os massacres nucleares de Hiroxima e Nagasáqui. Assim, estavam dispostos a satisfazer a farsa, porque além do interesse político, havia os dividendos das indemnizações a pagar aos judeus, as quais iriam potenciar a sua economia. Também ao alinharem com Estaline no embuste, conseguiam mais argumentos para impor a sua vontade ao povo alemão, que necessitava da sua ajuda para voltar a erguer-se e, como tal, seria um bom cliente da indústria americana. Também os testemunhos do julgamento de Nuremberga arranjados pelos carrascos judeus ao serviço do exército britânico, que recorreram à bestialidade da tortura para conseguir falsas declarações sobre atrozes ações que só estavam na mente dos torturadores, conseguiram o objetivo a que se propuseram. Só esqueceram que a história, mesmo a dos vencidos, vinga sempre a própria história e a declaração dos sentenciados à morte ficou na memória dos vivos!

Tal como afirmei no meu livro, *O Cruel Josué*, o holocausto, forjado ou não, enalteceu a religião judaico-cristã. Também a profecia da mulher heroína que no alto das muralhas de Libna, enquanto fazia holocausto dos seus filhos para não caírem vivos nas mãos dos bárbaros hebreus, comandados pelo cruel Josué, os arremedava com sanha: «Vinde, malditos adoradores de um deus cruel! Vede como ofereço em holocausto ao vosso sanguinário Javé o fruto das minhas entranhas, a carne da minha carne e sangue do meu sangue! Que a memória do tempo fixe a minha maldição: que os filhos dos vossos filhos sejam pelos homens humilhados e escarnecidos da mesma maneira que vós trespassais os corpos dos nossos velhos, mulheres e crianças. Que o sangue deles esteja sempre sobre as vossas cabeças nos tempos do advir. Sereis escorraçados de todos e apedrejados pela canalha; sereis escravos de um futuro que jamais sorrirá à vossa raça de malditos! As vossas mulheres se prostituirão por um naco de pão e as vossas crianças serão apontadas a dedo nos caminhos da vossa eterna peregrinação.»*

Stein assinou tudo o que lhe puseram na frente e ainda se filiou a uma das organizações sionistas que lutava no Médio Oriente por mais terra para Israel: a *Irgun*, que tinha por fito conseguir o que a ONU não permitira na divisão da Palestina. Ele era Berger Stein. De nada lhe interessavam os métodos e tão pouco a independência dos sionistas, mesmo o acicate do nacionalismo que isso podia despertar. Ele só queria enterrar o passado para não ver enlameado o seu presente e para isso nada melhor que camuflar-se numa estrutura também clandestina. Assim, mais depressa se veria livre do pesado fardo que carregava. Descobriu mais tarde que a organização Irgun era comandada por Menachem Begin, um líder favorável ao sionismo revisionista a que o próprio Ben Gurion se opunha com firmeza.

Berger não fez comentário algum acerca da trapalhada fraudulenta. Ele só tinha que tornar-se um nacionalista e inscrever-se como voluntário para a próxima leva de judeus para a Palestina. Desejava isso, sim, e contar com o apoio da instituição para continuar os seus estudos de jornalismo ao mesmo tempo que, com serviços prestados, apagava o seu passado como kapo no campo de Birkenau.

Encarregado pelo Centro Judaico de, com a colaboração de outros estudantes da universidade, fazer propaganda junto das comunidades judaicas refugiadas na Suécia, chegou à conclusão que afinal os laços de solidariedade entre os diversos grupos sociais não eram de molde a confiar na sua cooperação para lutar por um objetivo comum. Era necessária uma união religiosa e uma coesão de esforços para conseguir um estado, uma terra de todos para todos. O conceito de raça, que devia ser um elo aglutinador, andava ao sabor das diversas nacionalidades que compunham a comu-

---

*   Alves, Aníbal. O Cruel Josué: Josué, filho de Nun. Lisboa: Edições Ecopy, 2009.

nidade. Também a ideia de uma comum religião estava dispersa pelas tendências culturais, mormente as mais fundamentalistas, que tinham como prioridade a hegemonia sobre as diversas seitas. Era difícil um acordo unilateral a favor da emigração para a Palestina e a solidariedade suficiente para a formação de uma pátria comum, Israel. As diversas comunidades continuavam agarradas à continuidade do estilo de vida de onde tinham a origem. Chegou assim à conclusão que era sumamente difícil conseguir uma união invocando somente a religião e a mesma raça, para os reunir num mesmo ideal. Num relatório que apresentou no Centro Sionista, escreveu que somente um terço dos judeus asilados na Suécia estariam dispostos a emigrar para a Palestina e, como tal, aventava a hipótese de redefinir a política de relação entre a Diáspora e o novo Estado de Israel.

Para quê estar agora a preocupar-se com o seu serviço como voluntário a favor da causa sionista? Estava uma manhã luminosa e naquele sábado combinara encontrar-se com a sua companheira no grupo de trabalho a favor do Centro Judaico. Erika era uma rapariga moderna, alegre e carinhosa, que nunca fez as tais perguntas que ele temia: quem és? De onde vens? O que fazias? Como a maioria das jovens costumava fazer, as mais das vezes só para satisfazer a curiosidade que lhes estava inculcada nos genes. Erika era diferente. Com ela, encontrava uma afinidade espiritual que jamais topara em qualquer outra mulher. No entanto, havia uma coisa que não conseguia explicar — era não poder olhar para ela como pertencendo à sua raça. Não tinha maneira de entender este complexo que entrava em hostilidade com o seu sentir amavio. Era como uma aversão na forma, mas não no sentimento íntimo. Tudo nela, até os predicados físicos que eram sumamente agradáveis aos seus sentidos, lhe fazia recordar a ideia de uma valquíria das lendas nórdicas, que apagava da sua mente a imagem predefinida daquelas meninas que tinham brincado com ele no gueto de Varsóvia, onde a sua família tinha sido confinada antes da guerra. Aquelas mesmas meninas, adolescentes e mulheres que serviam de modelos de identificação aos esbirros das ss: cabelos negros, pele mate e olhos escuros. Era por esses sinais que os nazis capturavam as mulheres judias.

Erika tinha a sua altura, os cabelos eram da cor das espigas maduras em campo de pão, os olhos tinham um intenso e celestial tom de turquesa e a tez tinha a pureza de nívea fada! Tudo nela lhe fazia lembrar o que lera acerca dos sortilégios e das lendas do norte da Europa, onde as valquírias podiam ser feiticeiras ou sacerdotisas. Erika era linda, tinha tudo o que um homem deseja numa mulher: vastos atributos feminis, cultura e um corpo belo. Era isto que aumentava a sua confusão psicológica: interrogava-se amiúde se aquela seria a mulher do seu destino e a conclusão, malgrado seu, era sempre abstrata. Por muitas interrogações à sua alma quando pensava numa esposa e companheira, não conseguia predefinir o tipo de mulher que desejava e, quando em tal cismava, a mente, sempre sádica, ressuscitava aquela malfadada noite em Birkenau. Não bondavam já os malditos pesadelos que lhe faziam recordar os tempos nefastos que tinham arrasado a sua dignidade de ser humano, aquela angústia de ter sido feito um fantoche ao serviço dos carrascos do seu povo, e mesmo agora que se via cidadão livre e integrado numa sociedade que tinha a liberdade por divisa, vinham ainda as reminiscências do tortuoso passado avivar-lhe a memória que lhe toldava o ânimo e lhe crispava o semblante. Eram de tal forma insistentes os pesadelos, que se via obrigado às vezes a recorrer à bebida para pacificar a consciência e fazer neutral o remorso. Mesmo embrutecido pelas libações que lhe toldavam o cérebro, aquele maldito momento de lubricidade pecaminosa não se apagava do seu presente. O olhar azeitona da cigana virgem continuava colado aos seus olhos, as palavras sinistras que pronunciara o acossavam como as fauces de lobos esfaimados e o faziam recordar:

— «*O meu nome oculto te perseguirá para todo o sempre! Amaldiçoo-te até o último alento da vida que me roubas e a minha alma leva a tua figura maldita para a eterna peregrinação do teu penar!*»

Ainda sentia a presença daquele corpo que contaminara com a sua perversão e via-o agitar-se nas últimas convulsões. Aquela mirada malvada continuava fixa em sua face mesmo depois do aperto final na frágil garganta. Aquele fantasmal rosto jamais abandonara o seu olhar e, sempre acusativo, permaneceu defronte aos seus olhos, mesmo depois de lhe ter quebrado a resistência e profanado a sua virgindade, o seu tesouro mais querido! Continuou ali, mesmo depois que seu corpo ficou exânime e se abandonou às sevícias, mesmo durante o desfrute do estupro. Ali continuara mesmo até o último anelo em que esconjurara seu espírito num blasfemo esgar ao seu porvir. Aquela maldita mirada jamais o abandonou e nem mesmo quando num acesso de raiva e náusea seus dedos esmigalharam de um sacão o elo cervical que lhe transportava o sopro último! Tinha escrito na mente, como um filme em retrospetiva, o malfadado momento em que, horrorizado com o anátema, arremessou o execrando corpo para o sinistro e gelado bosque de abetos.

Exausto e com a alma em farrapos, resolveu que tinha que recorrer a artifícios mediúnicos ou sortilégios de magia negra, quiçá a necromancia. Talvez quebrasse assim as amarras do encantamento maléfico. Lembrou-se que na Lei judaica tal era abominação, mas que as Escrituras se referem à feitiçaria como algo de que ninguém duvida e até o próprio José do Egito tem o arrojo de se vangloriar: «Não sabíeis que um homem como eu não deixaria de recorrer à adivinhação?»

Também tinha lido que Manassés, 14.º rei da Judeia, via profecias de bons e maus eventos nas entranhas ainda palpitantes das pessoas que sacrificava em nome de Azazel.

Continuou a beber até o último gole e quando topou o fundo da garrafa, ficou bestificado de tal sorte, que se deitou sobre o vómito ainda quente.

De manhã se enojou de si próprio e foi à procura de um xamã que lhe tinham indicado e que, segundo a informação, exercia as suas milongas clandestinamente num prédio abandonado. Quando lá chegou e olhou a entrada, ouviu a voz de um vagabundo que estava arrimado a uma das ombreiras:

— Se não és dos nossos, volta ao escurecer, que o bruxo te atende!

Resolvido a consumar de vez o seu enigma, resolveu dar uma volta pelos arredores e esperar o breu da noite. Entrou num bar e pediu vodka para amortecer e dissipar as brumas que teria de avivar na presença do bruxo. O feiticeiro o mirou fixamente uma, duas vezes, e de cada vez torceu a carranca como se o temesse. Fez uma pausa, ergueu a mão com os dedos em figa, recitou num murmúrio um estranho engrimanço e voltou a olhá-lo:

— Que maldição mais sinistra te rogaram, homem! Este foi mesmo um laço de amarração, o serviço foi bem feito e é persistente. Não vai ser fácil livrar-te dele. Conta-me como foi?

Quando iniciou o relato do que se passou naquela noite de maus instintos, do tripúdio estar que alterou seu viver, o bruxo contraiu novamente a carantonha, suspendeu o gesto e a sua respiração se tornou ofegante. Pendurou por momentos a palavra na garganta e em tom grave pronunciou:

— Tenho que rever o cerimonial dos mortos Romani, mas é um anátema muito forte e tétrico; preciso descobrir o nome secreto dela e para isso é preciso encontrar o ritual que usou. Aparece amanhã ao anoitecer, desce à cave e bate na porta de ferro pintada de negro. Ali ninguém tem a coragem de ir. Temos que iniciar nas trevas a procura e isso torna-se perigoso até para mim. Agora só te posso dar proteção para hoje com um engrimanço intercessor. Sê abstémio esta noite, de álcool ou sexo.

O ocultista ergueu a mão esquerda, passou sobre a sua face três dedos distendidos e virou-lhe as costas em direção à saída.

Quando chegou a casa, já bem alta era a noite; tinha sobre a mesa um bilhete de Erika que lhe pedia para se encontrar com ela cerca das dez horas no Centro Judeu.

A proteção das rezas do xamã tinha resultado; conseguiu adormecer em paz e sem evocar a maldita. Por paradoxo, até desfrutou de um sonho lindo que lhe veio à memória quando se levantou para dar atendimento ao pedido de Erika.

A proposta era simples — a Herold descobriu que ele era um voluntário para a Palestina. Como tinha sido prisioneiro de Auschwitz e era finalista de jornalismo, queriam contratar os seus serviços como repórter na Terra Prometida. Ora, para Berger nada de mais importante havia de momento do que ver camuflado o seu passado de colaborador dos nazis e conseguir uma maneira de fazer esquecer o tal tenebroso período da sua vida. Mais uma vez se dirigiu ao Centro Judaico para atestar o seu nacionalismo e outra vez assinou uma série de mentiras que comprovavam a sua versão sobre o extermínio de judeus e uma declaração sobre as câmaras de gaseamento sitas em Birkenau, conforme os relatórios fornecidos pelo exército soviético, que libertara os últimos prisioneiros. Tal revelação só esquecia de mencionar que os citados reclusos que ficaram foram aqueles que, por debilidade física, não puderam acompanhar a guarnição alemã na sua retirada. Até os jornalistas ocidentais se admiraram, porque os russos nunca consentiram que eles fizessem uma visita aos campos de Auschwitz antes que os seus técnicos acabassem a encenação meticulosa e destruíssem quaisquer provas que pudessem desmascarar as evidencias forjadas ou fomentar dúvidas acerca dos crimes relatados. Stein riu-se interiormente sobre as declarações fabricadas que iriam sustentar a tal fábula profética dos seis milhões. Pensou na proposta da Agência Herold e resolveu ir à secretaria da universidade adquirir um certificado sobre os seus estudos como jornalista, para assim assinar um contrato de trabalho vantajoso para os seus desígnios.

Já o crepúsculo dera lugar ao lusco-fusco do anoitecer, quando se lembrou da marcação que tinha com o bruxo.

Comprou umas postas de arenque fumado e dirigiu-se a casa para tomar a frugal refeição da noite. Já a escuridão era total quando se pôs a caminho do local do esconjuro e por estranho que pareça, conseguiu mesmo, com as provações que tinha sofrido com a maldição da ciganita, manter-se calmo e alheio às maquinações sórdidas que a mente, em pródiga imaginação, tinha por costume fustigá-lo com o pertinente anátema do negativismo aterrorizante.

Junto ao decrépito edifício, dois dos vezeiros vagabundos lhe saíram ao encontro e o saudaram como se ele já pertencesse à mesma cambada.

— Boa noite, jovem! Tens por aí uns trocados para um copo de aguardente?

Esteve prestes a lançar uma imprecação de repúdio ante o aproveitamento dos vadios, mas lembrou-se do conselho do xamã para que fosse discreto para tal gente. Assim, tirou do bolso algumas coroas, estendeu-as aos pedintes que, quase sem o olharem, desapareceram rua fora à procura de um bar onde pudessem satisfazer o vício alcoólico.

Entrou no vetusto prédio e desceu as escadas de pedra, que levavam à cave. Deu um leve toque com os nós dos dedos na chapa da negra porta e quase de imediato assomou a carantonha do feiticeiro com uma onda de odor a cera e um misterioso cheiro a outra coisa que não identificou. Olhou com estranheza a enorme bacia de barro cheia com água, assente no chão e as velas de cera negra que a rodeavam eram cinco e estavam acesas. Esperou pela explicação e ao pensamento lhe surgiram as histórias bíblicas macabras sobre a necromancia praticada pelo rei Saul e pelo seu compatriota José, o místico que usava a água para os seus ritos de adivinhação. Todo esse arsenal de magia que, ao fim e ao cabo, veio a ser copiado pelos druidas com o seu caldeirão para trazer de volta a alma dos mortos. O bruxo ofereceu-lhe um banco baixo de madeira e mandou-o sentar-se em frente à tina com água. Dirigiu-se a um altar onde assomava a figura grotesca de uma mulher e clamou de mãos distendidas numa prece:

— Danahh! Danahh! Minha protetora e Senhora! Obriga aquela a quem vou invocar que obedeça, sem contrapartidas, à minha advocação.

Pôs-se de cócoras mirando a água da bacia e com uma vela negra acesa em cada mão ordenou:

— Exijo o teu nome e a tua presença aqui dentro deste fluido donde emanou todo o ser humano, por ordem do nosso Demiurgo!

Fez uma pausa de alguns segundos e voltou a invocar:

— Hida, o teu nome me foi sussurrado pela poderosa Danahh, minha patrona e tua deusa. Assim, pelo seu poder, te exijo que regresses da morte para tomares em atenção o que te ordeno!

Stein esteve quase a cair de costas com a surpresa e se arregalaram seus olhos de terror ante a visão daquele rosto de esgar malévolo, que apareceu por instantes no espelho aquoso dentro da tina. O bruxo impôs as mãos, agora livres, sobre a água agitada e recitou outra obscura reza, desta vez cantada, ergueu-se e, do altar, tomou um fio de cabedal que estava aos pés do manipanso que ele tratou como protetora, mergulhou-o no líquido do alguidar e prendendo nele um amuleto em cetim azul pendurou-o no pescoço de Stein, explicando:

— Este talismã contém as poderosas ervas de proteção da deusa Danahh. Deves usá-lo até cumprires o que o espírito dela, pela minha boca, te vai exigir.

Voltou a inclinar-se sobre a tina iluminada pelas cinco velas negras e, depois de uns segundos de concentração, recitou:

— Maldito continuarás pelo meu secreto nome e só te livrarás do meu anátema quando praticares a salvação de uma jovem em perigo de vida e a protegeres para sempre!

O xamã levantou-se, voltou a abençoá-lo com as mãos impostas sobre a sua cabeça e perguntou:

— Entendeste a sua ordem?

— Sim, compreendi perfeitamente. Oxalá esse mandamento não me custe a vida! Agora, diz-me, quanto te devo?

— Dá-me o que tens no pensamento neste preciso momento, sem esqueceres o valor do meu trabalho!

O judeu riu-se do enigma adstrito às palavras, tirou do bolso um maço de notas e completou com uma expressão de aprazimento:

— Fizeste um trabalho digno. Assim, se um dia precisares de mim, procura-me!

Saudou o feiticeiro e saiu para a aragem fria da noite. Em seu pensamento, uma vez mais os exemplos de magia negra relatados por um livro que anacronicamente chamam de Sagrada Escritura. Sentia-se como o Rei Saul quando convocou a feiticeira de Endor para invocar o profeta Samuel. Afinal, os rituais mágicos a que os antigos judeus recorriam colmatavam as falhas do seu deus Javé e tinham ainda poder no tempo presente!

Agora só lhe restava a fuga salvadora: a emigração para a Palestina como jornalista da Herold, nacionalista judeu e combatente da organização paramilitar terrorista Irgun, e lá, onde ninguém o poderia identificar com o kapo Stein ao serviço dos nazis, organizaria a sua vida. O pecúlio adquirido em Birkenau o ajudaria a singrar nos negócios.

O camião GMC carregado de produtos hortícolas e conduzido por Levy Cross estacou no mercado de Basel, uma importante cidade a norte da Suíça. Logo atrás estacionou Gilad mais a mulher com o outro camião. Era ali que Gilad faria a sua feira e esperaria a chegada de Abramowicz com a esposa do tenente.

O bem vestido cidadão comprou um bilhete de primeira para Mulheim e, sem ser interpelado pela polícia alemã, desceu do comboio e dirigiu-se à praça de táxis cujos condutores eram homens e mulheres já de idade. Consultou uma vez mais o endereço e deu a direção ao motorista, que estacionou um quarteirão antes. Ali escreveu à pressa um bilhete dirigido à Sr.ª Wolfgang. Bateu na porta da morada indicada pelo tenente e perguntou, num sussurro, depois de confirmar pela foto que tinha na mão:

— É a Senhora Rena Wolfgang? Seu marido, o tenente Wolfgang, encarregou-me de proteger a sua esposa. Não há tempo para mais perguntas e respostas, porque pode estar a ser vigiada. Queira ler esta carta escrita pelo punho do tenente e solicito que abandone sua casa, sem levantar suspeitas, e sem bagagem. Traga somente o seu filho e tome um transporte até Bamblach. Lá lhe darei notícias do seu esposo.

Avistou Levy Cross sentado no café perto do cais fluvial e fez-lhe um sinal impercetível. Este levantou-se com descontração e caminhou em direção a um grupo de árvores, onde simulou despejar a bexiga e indagou:

— Então, tudo sobre carris?

— Sim, Cross, só estou à espera que ela apareça. E o transporte?

— Deixa amigo, está tudo combinado. O barqueiro vai acostar aqui esta noite, não há mirones à vista.

Depois de comunicar a mensagem, dirigiu-se ao cais, onde tinha montada a sua cana de pesca e aguardou.

Era já no lusco fusco, quando a Sr.ª Rena tomou das mãos de Abramowicz um bilhete que lhe indicava uma pensão ali perto, onde devia dizer que esperava o marido.

O barco afrouxou e guinou em direção ao molhe. O piloto e a mulher aceitaram a ajuda do pescador, que prendeu a espia que segurava o cabo do atraco e perguntou:

— Então mestre, tudo como combinado?

— Sim, amigo. Onde estão os passageiros?

Quase não necessitou de responder. Abramowicz, a Sr.ª Rena e o garoto já vinham a caminho.

Shira, ajudada por um garoto cigano que contratara, desmontava a tenda na feira semanal de Basel, enquanto o camião GMC conduzido por Gilad estacionou para carregar a banca e as poucas sobras da mercadoria não vendida, oriunda de pequenos agricultores alemães da fronteira com a Suíça. Se beijaram e o cigano perguntou:

— Então, que tal correu o mercado?

Ela sorriu e confirmou:

— Sim, foi muito rentável!

Ao dizer isto, estendeu-lhe um volumoso maço de francos suíços.

Desde que o cigano convencera Abner Abramowicz a investir o seu dinheiro no seu jeito para o negócio enquanto terminava os seus estudos de medicina na Universidade de Zurique, via o seu investimento em crescentes dividendos. Por intermédio de Levy Cross, que se empregara como intérprete na Cruz Vermelha para fazer a ligação desta organização com as forças do exército americano na Alemanha, tinha conseguido a venda de dois camiões GMC para Gilad ampliar o raio de manobra para o seu comércio de bens alimentares, tão procurados depois da guerra. Foi também por intermédio de Cross e com a conivência da Sr.ª Golda que Gilad conseguiu um carregamento de latas de conserva de atum, proveniente de países nórdicos e destinados à Cruz Vermelha.

Também a amiga Debra Luski conseguiu uma bolsa de estudo para uma universidade americana, por intermédio do Centro Judeu, que a empenhou na promessa de regressar a Israel depois de formada, como professora de história antiga. Por intermédio de Abner e Cross, o casal de ciganos identificou-se como cidadãos judeus e até alterarou a sigla numérica marcada em seus braços no campo de Birkenau. O dinheiro voltara a comprar tudo, inclusive no Centro Judaico de Zurich, onde Gilad e Shira assinaram as suas declarações como testemunhas do gaseamento de judeus nos campos da morte de Auschwitz e abalizaram tudo o que lhes foi pedido, assim como a candidatura para emigrarem para a Palestina. Para o Centro Sionista, interessava o testemunho do maior número possível de pessoas. A sua origem era secundária e até aceitavam os testemunhos daqueles, judeus ou não, que nunca tinham estado em qualquer campo nazi. O apoio russo ao holocausto fictício dos 6 milhões começara a conquistar a simpatia e a repulsa dos povos do mundo e os americanos também tinham já mostrado a sua disposição para se aliarem ao repúdio do holocausto.

Em 27 de novembro de 1947, as Nações Unidas, subjugadas ao poder dos Estados Unidos da América, à corrupção do brasileiro Osvaldo Aranha, que presidia à Assembleia e ao poder do capital sionista, aprovaram no seu seio uma criação chamada Israel. Sabe-se hoje da indigna corrupção de alguns membros que votaram a favor da Resolução 181:

O embaixador da Costa Rica recebeu um livro de cheques em branco e as mulheres dos diplomatas dos países latino-americanos, incluindo o Brasil, ganharam casacos de vison. O voto do Haiti foi trocado por créditos bancários, assim como o da Libéria. O presidente das Filipinas foi ameaçado de morte para mudar o seu voto. A desonesta Assembleia das Nações Unidas, presidida pelo corrupto Osvaldo Aranha, desrespeitou todas as normas do Direito Internacional e afrontou a Carta das Nações. É assim que a trama judaica sionista oficializada por corruptos continua a massacrar os desgraçados povos da Palestina, verdadeiros naturais daquelas terras, que o maldito dinheiro dos Rothschild* não comprou.

Foi também como apoio de Cross que os pais de Shira e o pai de Gilad se puderam deslocar à Suíça para abençoar o casamento de seus filhos. Eles viajaram num veículo da Cruz Vermelha e puderam, assim, atravessar fronteiras tornadas intransponíveis pelas ditaduras impostas pelo poder soviético.

Foi com enorme surpresa e comoção que Shira e Gilad abraçaram seus pais e como o dinheiro de Abner era fértil um numeroso grupo de ciganos ali estabelecidos ergueu uma enorme tenda para festejar o consórcio matrimonial no rito romani, marcado para o dia seguinte.

A cerimónia começou com a pronúncia do ancião da tribo local em substituição do original. Este, revestido com

---

* N. do Ed.: "A família **Rothschild** é uma família judia, com origem em Hamburgo, Alemanha, que estabeleceu uma dinastia bancária na Europa. Prosperou no fim do século XVIII, e chegou a ultrapassar as mais poderosas famílias bancárias rivais da época, como a família Baring e a família Berenberg." (fonte: Wikipedia)

o acordo dos pais dos noivos, começou por recitar as orações do ritual com a atenção e o sentido silêncio dos presentes. Levantou a mão e chamou à sua presença os noivos: uniu as suas mãos e deu um pequeno golpe no pulso de cada um, pôs ambos em contato para juntar os sangues dos dois pelo juramento sagrado e os convidados, num brado uníssimo, gritaram: «Brau!!!» De seguida, o pai da noiva aproximou-se do ancião e iniciou a declaração dirigida ao pai do noivo, em língua romani:

— Eu te dei a minha filha em casamento, mas um dia posso pegá-la de novo. Se cuidares dela, terás nora. Não é dinheiro nem ouro que te dou, mas sim um sangue meu.

Os convidados aplaudiram e, quando o pai do rapaz beija a noiva, o ancião da cerimónia fala nesse momento:

— Eu testemunho que estou presente neste casamento e mais tarde posso ver o final dele.

O idoso dirige-se ao pai da noiva e, em voz alta, proclama, para que todos oiçam:

— A tua filha está paga!

Em seguida, beijou os cônjuges. Os convidados aplaudiram ruidosamente e gritaram: «Brau!!! Eles estão casados.» Começa então a grande festa que durará três dias e três noites de farra, música, dança, cantares romanis e muita e muita comida. Uma das letras que nunca faltaria nesta cerimónia e é constantemente repetida é a seguinte: «Não queremos mulheres não ciganas!» No terceiro dia após a cerimónia, é feita uma pausa nos festejos — os convidados querem ver o resultado do desvirginamento, que é executado por uma tia. A mulher introduz o dedo na vagina da noiva, com o objetivo de rasgar o hímen e provocar o sangramento. Passou um pano imaculado nos bordos do genital para o manchar com o sangue derramado e mostra-o a todos os convidados. Esta é a prova da pureza da moça, que é dada ao marido. Uma gargalhada de Debra Luski chama a atenção de Gilad e este, surpreendido pela atitude da amiga, vê esta a aproximar-se de si e sussurrar-lhe no ouvido:

— Porquê? Como conseguiste preservar a honra dela e como resististe à tentação?

Gilad soltou uma gargalhada e murmurou-lhe:

— Minha querida, para uma cigana, a virgindade é algo de muito sagrado. Ela jamais permitiria que eu ofendesse a sua dignidade. Sempre soube satisfazer o meu amor e o meu desejo por ela!

Foi com uma expressão de alívio que tanto Gilad como Shira se desembaraçaram dos convidados e tomaram um táxi para regressar a casa. Estavam cansados de mais para continuar o folguedo, só que Shira não contou com a surpresa que lhe tinha reservado Debra: esta lhe abriu a cama e lhe mostrou um vestido de noite lindíssimo, como uma manifestação da sua amizade:

— Querida, sei que estás cansada de tanta festa e falta de privacidade. Este é o vestido que nós te oferecemos para comemorares em grande a vossa primeira refeição de casados. Fizemos marcação no restaurante mais chique perto do lago Zurich. Abre às oito. Desejo bom apetite e agora deixa que te chame pelo nome da tua comunidade, és Kalila!

Também Gilad teve uma surpresa ao entrar no apartamento. Estava derreado e desejava descansar umas horas antes de privar com sua esposa.

— Olá, amigo. Sei que estás estourado de corpo e alma. É bom que faças um sono sossegado, para entrares na tua lua de mel. Antes de iniciares o merecido descanso, estes teus amigos desejam que proves este conjunto de cerimónia para fazeres jus à estada de três dias, que te reservamos num hotel de cinco estrelas próximo do parque da cidade. Tens aqui este envelope que eu e o Levy te oferecemos, como prova da nossa estima e amizade eterna.

As lágrimas brotaram nos olhos de Gilad e, sem palavras, os três se abraçaram numa manifestação de afeto fraterno.

Os pais dos noivos foram convidados por Levy Cross a se instalarem num apartamento cedido pela Cruz Vermelha e foi-lhes oferecido uma autorização para permanecerem na Suíça até resolverem o que fazer no futuro.

Quem tivesse curiosidade de apreciar aquele casalinho vestido a rigor, que de mão dada contemplava o reflexo da lua sobre as tranquilas águas do lago, diria que eram um par de namorados fazendo vénia ao amor que os embalava na euforia do romantismo. Ambos olharam na mesma direção: era aquele o palacete, cuja entrada em forma oval, estava encimada pelo mesmo nome escrito no bilhete que os amigos lhes tinham oferecido.

A magnificência do local, só frequentado pela flor da sociedade, lhes causou temor; era uma aventura que jamais tinham acometido e aquela figura de uniforme vermelho com platinas douradas e botões brilhantes no mesmo tom inibiu-os de tal sorte, que estiveram quase a desistir. Tomaram coragem e aproximaram-se da bizarra criatura qu, para surpresa deles, saudou-os cordialmente em francês e lhes deu as boas vindas, apontando a entrada:

— Boa noite, Senhora! Boa noite, Senhor! Bem-vindos sejam, tenham a bondade, estamos ao vosso serviço!

Um outro engalanado a preto e branco fez-lhes uma saudação amiga e, antes que perguntasse, Gilad informou-o: — Temos marcação para a mesa 24!

— Façam o obséquio, eu próprio encaminho-os.

— Sentaram-se um frente ao outro e ambos esboçaram um sorriso escarninho. Nunca tinham sentido tal atenção e deferência!

Aproximaram-se os rostos e Kalila murmurou, constrangida com a confusão de copos e talheres que ladeavam os pratos:

— Querido, parece que aqui o hábito é que faz o monge e eu estou numa confusão, não sei qual o garfo ou o copo a pegar, para me servir.

— Deixa isso comigo, amor, eu já resolvo.

Quando o criado chegou para lhes entregar o cardápio, o cigano, contra todas as regras da etiqueta, segurou-lhe um braço e, em jeito de murmúrio, desabafou:

— Companheiro, não quero fazer figura de parolo para esses figurões e você gosta de uma boa gorjeta. Assim, ajude-

-nos nesta salada de talheres e copos. Comece por trazer-nos um vermute digestivo, de seguida arranje-nos uma botelha de um bom tinto da região de Bordéus, para comer um bom bife mal passado com batatas fritas à fartura e um ovo a cavalo, entendeu, meu amigo?

O criado sorriu e murmurou:

— Entendi, meu caro senhor. Não tenha problemas e posso adiantar-lhe que farão um figurão, pois há aqui aqueles que, de tão snobes, até se julgam cavalheiros de nascimento e na sua presunção nem dão pela rudeza da sua conduta, o que causa sorrisos dissimulados nos que os rodeiam.

Depois de uma sobremesa deliciosa aconselhada pelo simpático servidor, estepresto-lhes a respetiva vénia de despedida, ao mesmo temo que os informava:

— O táxi de vossas Senhorias já está à porta!

Novamente o embaraço na receção do hotel, só que desta vez foi Kalila quem tomou a iniciativa:

— Somos os Sauer e temos marcação para três dias!

O rececionista saudou-os e perguntou:

— Tem V.ª Ex.ª bagagem?

— Sim, uma mala de pele azul que vos foi trazida ontem, aquando da marcação.

— Queiram desculpar, o mandarete levá-la-á aos vossos aposentos!

Que alívio! Ambos caíram nos braços um do outro e Gilad exclamou:

— Ai, querida! Juro que nunca mais! Prefiro o nosso prato de folha, as calças de ganga remendadas e a camisa aos quadrados!

Abriram a mala e foi Kalila quem pronunciou, com um sorriso ambíguo:

— Tem bom gosto, esta nossa amiga, mas não sei, Gilad, se me queres de camisa de dormir.

Apagaram a luz e ambos sobre o leito procuraram-se naquele aconchego exigido pela atração dos corpos, porque o amor é uma força que impele outras energias e as conduz para a sexualidade despertada; exige que o fogo da paixão se consuma na venérea volúpia do sexo.

As bocas uniram-se naquele contato já ensaiado ao longo do namoro e saborearam, um do outro, o licor que lhes molhava as palavras. Naquele afã de procura, os dedos deslizavam na pele carente e já excitada na sensualidade, com a leveza de uma nuvem. Seus corpos eram jovens e necessitados de ternura. Na partitura dos carinhos, eles reviviam os trilos de longínquos suspiros de desejo não consumado. Excitados eram os pelinhos macios que bordavam os seus genitais e terminavam em circuitos erógenos, que reclamavam o delir do prazer venéreo.

Naquela procura agitada que fazia vibrar os sentidos como cordas retesadas de um violino, excitavam-se as fibras interiores e humedeciam as pétalas sedosas da flor, que ansiava ser desfolhada. Foi em êxtase que ela sentiu os lábios dele acariciando a sedosa pele dos peitos dilatados de anseio e a língua húmida e quente saboreando o orvalho que ressudava daqueles róseos mamilos empolados de desejo sensual. Ele voltou a saborear sua boca ao mesmo tempo que sentia o roçagar do seu sexo entre os lábios da vulva dela. Ela também deu conta da investida da glande intumescida e foi com um jeito dos quadris que permitiu a penetração daquela haste portadora do seu prazer e daquela guinada de dor aguda, na rápida transição do rasgar do hímen ao ser dilacerado para permitir a profunda penetração daquela carne túmida, que a inundou de estranhas e voluptuosas sensações, que se acenderam como luzinhas de cores brilhantes, no arco festivo do seu triunfal desejo:

— Ai, querido meu! Sinto-te em mim! Faz-me saborear o fogo que vem de ti! Delicia os meus privados jardins!

E naquele ritmo do ir e vir, no vir e ir entre as carnes tenras e cálidas como lava de vulcão, ela usufruía pela primeira vez o encanto sexual que havia nela. Ele sentiu as pernas feminis que gostava de acariciar, se colando em seus rins como uma echarpe estranguladora e ouviu seus gemidos:

— Querido meu, não me deixes sozinha neste delíquio celeste! Ai, amor! Inunda-me com a tua semente! Enche este vaso de ti!

Gilad não conseguiu controlar o seu tesão e naquela tempestade de cicios e gemidos, ele não se coibiu de lançar na ebulição dos sentidos o urro de macho empolgado de volúpia, ao sentir expelir de si o leite seminal que fez extravasar o dique das águas felizes dela, que deslizaram como regato manso entre as coxas já humedecidas de sucos vaginais. Como o abraço das pernas de Kalila sobre seus rins continuasse a reter o seu afã venéreo, ele sentiu desejo de mais uma vez usufruir o prazer que os fazia transpor a fronteira do aqui e agora. Era delicioso assentar a cabeça sobre aquele colo suave e macio no destoldar da modorra, depois de saciados o corpo e o espírito, do apetite sexual que os agitara na fogueira da paixão carnal.

No torpor do descanso do guerreiro, ele perguntou-lhe se alguma vez fizera ideia do ato sexual vivido e ela, com um sorriso ambíguo, delatou a vivência da sua indiscrição na tenda familiar:

— Ai, querido meu, quantas vezes eu, fazendo-me adormecida, assisti à fornicação de minha tia com o tio Rico e não sei se tu alguma vez sentiste o que vou contar-te: algumas vezes minha tia obrigava o marido a levantar-se e, naquela posição, ela ajoelhava na sua frente e abocanhava o sexo dele.

Gilad riu-se com ronha. Jamais conseguiu esquecer o que tinha acontecido quando ele era um miúdo ainda, teria uns 13 ou 14 anos, e tinha uma vizinha de 17 que já estava prometida em casamento havia muitos anos. Pelo anoitecer de um dia de verão assaz calorento, a vizinha pediu-lhe para acompanhá-la ao , pois desejava ver a lua cheia refletida no espelho das águas e como ele não mostrasse qualquer entusiasmo em servir de guarda à noiva, como se fosse um alcoviteiro, esta tanto insistiu que ele a acompanhou. Enquanto ela fazia pedidos à imersa lua com engrimanços aprendidos de ciganas mais velhas, Gilad se entreteve a atirar seixos à água, num jeito que os fazia bater no líquido fluido e saltavam duas e três vezes antes de se afundarem. Como Porcina o observava com curiosidade, ele desafiou-a a imitá-lo e esta, sem se fazer rogada, pediu-lhe para a ensinar naquela técnica de fazer deslizar as pedrinhas antes de se afogarem. Tudo começou quando ele, na tarefa de instrutor, deixou que uma mão deslizasse sobre um dos duros seios da cigana. Esta, com intenção ou por acaso, segurou-lhe a mão prevaricadora e pediu-lhe num sussurro:

— Gilad, eu sei que tu és um rapaz muito discreto e sabes que eu vou em breve casar, assim espero que continues a manter a boca fechada.

Ele sorriu com ronha, pois não era a primeira vez que ela o tinha treinado na arte de beijar e, esperando o seu pedido, deixou que fosse ela a tomar a iniciativa. Recordava-se bem daquele seio pequeno e duro de mamilo rosado que ela pediu para ele acariciar. A sofreguidão foi tal que Gilad não parava de sugar enquanto desnudava o outro também para acarinhar. Porcina ficou de tal maneira excitada que, dando fé do pénis dele a forçar o tecido da carcela, olhou-o com picardia e pondo um dedo em riste sobre os lábios como avisando para manter o silêncio, ajoelhou-se na sua frente, desabotoou a braguilha, beijou-lhe a glande tumefata, como se lambesse uma gulodice e... Kalila nem lhe respondeu, olhou-o daquele jeito enamorado, cujo gesto era um convite e ele, sem complexos, afastou o lençol e exibiu a haste em plena tumescência; Kalila soltou uma gargalhada e expressou:

— Ai, querido, eu nunca fiz, mas desejo satisfazer o meu homem como a minha tia sabia satisfazer o meu tio Rico. Soergueu-se e, sempre rindo, passou a polpa dos dedos pela glande como se fosse masturbá-lo; olhou-o fixamente e, ao sentir a sua aquiescência, beijou aquela cabeça encrespada de vigor. Numa arremetida sôfrega, abocanhou o falo na plenitude do seu orgulho e iniciou um ir e vir lento e suave sobre a pele brilhante e sedosa daquele membro que já lhe tinha provocado três deliciosos clímax, embora na primeira vez lhe tivesse causado um pouco de dor. Sentiu os dedos dele passeando sobre os seus cabelos e de repente aquele empurrar para baixo como se temesse que ela o deixasse a sós com a volúpia que o emergiu, naquela tempestade de prazer que ele não conseguiu silenciar:

— Ai, ai! Querida minha, tu matas-me de gozo, Kalila, meu amor, ai!

Ela libertou-se dele e correu para a casa de banho para cuspir aquela semente que podia ter valido uma gravidez. Lavou a boca daquele sabor e sentiu-se arrebatada de desejo. Sentou-se, abriu as pernas e com a polpa dos dedos deslizou no vértice das coxas, primeiro um roçagar lento e leve como o escorregar de uma pena, depois já afogueada de excitação, introduziu em si dois dedos e resvalou-os com sofreguidão entre os lábios interiores da vulva. Semicerrou os olhos para curtir em plenitude a lembrança daquele pénis que a devassara e sentiu a profusão de cores e luzes como se fossem asas de uma Fénix desabrochando ao sol. Possuída na urgência de expandir a luxúria que se acoitava na sua garganta, respirou fundo para evitar o grito de satisfação que lhe travava a respiração e a obrigava a cerrar os lábios contraídos, que prendiam o sustenido som suspenso em sua alma, porque o prazer de uma cigana também era propriedade do seu homem. Era sua obrigação contentá-lo e jamais se aproveitar da cópula para usufruir da luxúria dele. Riu-se com a sua obrigação, lavou-se e perfumou-se para novamente despertar o desejo de Gilad.

Capítulo 3

ACOMODAR 600 PESSOAS DE DIVERSAS proveniências, embora da mesma etnia, num barco caquético que tinha escapado às investidas dos U-Boots alemães no Atlântico Norte, não era de molde a encantar um promotor de viagens turísticas. Aquele navio era o Algor e navegava sob bandeira panamiana, por conveniência estratégica e porque não correspondia minimamente às condições exigidas pela Lloyd para o transporte de seres humanos. Tinha de fato sido submetido a uma reconstrução reparadora que, entre outros benefícios, transformara os camarotes da tripulação, tornando-os mais amplos e suficiente para acrescentar um andar de beliches. Também os seus quatro porões de carga a granel foram transformados em camaratas tipo militar, com divisões para: homens, mulheres e crianças.

Tinha zarpado de Malmo, no sul da Suécia; havia quatro dias e já a costa ocidental da Ibéria o espreitava desde o Cabo da Roca, junto a Lisboa, quando o capitão foi alertado via rádio, que uma tempestade se formava ao largo das Berlengas; assim ao comandante daquela embarcação se apresentou o dilema: arrostar com o perigo e confiar na providência divina e na robustez de um barco cujo casco rebitado era ainda suficientemente forte para enfrentar as arremetidas de Polifemo ou apostar no seguro de um porto e sujeitar-se a uma quarentena sanitária exigida pelas autoridades portuárias de um país dominado por uma ditadura fascista que nada fizera em prol dos judeus durante a guerra. Isso implicava um atraso substancial no programa sionista de emigração a toda a força e expressiva, em número, para ocupar o espaço deixado pelos escorraçados proprietários palestinos, os verdadeiros donos da terra. Afoitou-se o veterano capitão dinamarquês, depois de consultar os líderes dos judeus a bordo, e nessa mesma tarde, já o crepúsculo caminhava para o lusco-fusco de uma noite que se presumia agitada, sentiu a primeira vaga embater com violência na vante do Algor, como prenúncio da batalha que se avizinhava. A ordem partiu serena, mas apreensiva, e os tripulantes já acostumados a enfrentar aquele tipo de situações, perante o terror dos viajantes, iniciaram os preparativos para o fecho dos porões, agora metamorfoseados em camaratas de três plataformas, que, devido à má distribuição da claridade, no sobe e desce do velho casco deturpava nas sombras a visão dos leitos e os assimilava a nichos escavados nas anteparas e no cavername, quando a iluminação esbatia nas pessoas que se moviam naquele exíguo espaço. Para distrair o pavor que havia em todos, algumas mulheres se atarefavam em redor dos fogareiros, aquecendo água para fazer chá e assim entreter a vigília às vagas que as aterrorizavam quando as sentiam chicoteando o convés. A infusão quente, além de aliviar o medo, também servia de lastro aos estômagos que devido àquela ameaçadora borrasca não puderam aconchegar a refeição da noite.

Berger Stein, nomeado desde a partida de Malmo para dar apoio logístico naquela camarata, ordenou que se apagasse tudo quanto era lume, mesmo os poucos candeeiros a gás ou petróleo, para evitar que o derrame de combustível desse azo a algum foco de incêndio. Concordou, no entanto, com o pedido da Sr.ª Katz, para que todos os ocupantes: homens, mulheres e até crianças se reunissem numa prece ao Senhor, clamando por socorro e salvação. As mulheres foram as primeiras a apoiar a ideia e este apoio tornou-se oficial quando um ancião tirou o kippah e o ofereceu a Berger, para tornar a oração mais solene. Também a Sr.ª Katz, remexendo num baú, exibiu um longo tallit de cor azulada e o ofereceu ao jornalista, adiantando:

— Este era do meu Theodore e só o confio a quem me merece confiança!

Entre os dois brilhou um sorriso cúmplice de um porvir intuitivo, que a situação do momento adiou. A imponência do paramento dava ao orador uma solenidade acrescida do misticismo rabínico e foi investido dessa importância que deu início à prece:

— *Escuta, ó Israel, o Eterno é nosso Deus, bendito seja o Seu Nome para sempre. É neste momento delicado, quando as agruras do mundo nos açoitam, que nós, seguindo os ensinamentos dos nossos pais, recorremos à tua bondade e ao teu poder sobre os elementos que nos ameaçam, para que o teu auxílio nos livre...*

Para alívio de todos, puderam passar o resto da noite tranquilamente e, para gáudio das crianças, o novo dia se apresentou com um luminoso amanhecer. Já podiam brincar ao ar livre. Berger aproveitou o raiar do sol para iniciar a sua sessão de jogging sobre o convés e, quando numa das voltas passou pela entrada para as camaratas, olhou a bombordo e viu a Sr.ª Katz saudando-o e ao mesmo tempo fazendo-lhe sinal, como que desejando meter conversa. Sentindo que algo de urgente lhe teria a comunicar, aproximou-se dela na expectativa:

— Muito bom dia! Desculpe-me a intromissão, mas tinha este desabafo para pôr cá para fora: o senhor ontem aproximou-se da recordação que guardo do meu querido e saudoso Theodore. Olhe que cheguei a visioná-lo como tal, durante a oração! Quando invocou o Senhor nosso Deus, eu admirei-o como a um rabino. O senhor estava solene e investido de profética dignidade!

— Muito obrigado, senhora. Tenha também um bom dia.
Eu já me sinto feliz por ter permitido um bom ânimo a uma
pessoa carente de apoio e faço votos para que possa satisfazer
mais vezes a sua vontade!

— O senhor é uma boa pessoa, já disse isso aos meus filhos
e, pode estar certo, vai contar sempre com a nossa amizade!

Uma pequena festa foi improvisada quando o Algor se intrometeu entre as colunas de Hércules para entrar no Mediterrâneo. Entre as cerimónias diversas a evocar a Diáspora,
foi realizada uma sessão de ofertas que aproximou mais as
comunidades: era uma tentativa de união para o objetivo comum, a fixação permanente na Palestina. Para vincar a sua
amizade por Stein, a Sr.ª Ashira Katz aproximou-se e apresentou-lhe os seus dois filhos:

— Estes são os meus rapazes e espero que no futuro
grandioso que nos aguarda eles se congratulem com a sua
amizade.

Uma vez mais, o olhar daquela senhora oriunda das geladas terras de Odessa transmitiu-lhe mais que um sentir
amigo. Havia naquela mirada um ensejo que ele não conseguia identificar sem a suspeição de envolvimento emocional
e o seu instinto defensivo alertava-o para a rejeição total,
se tal desejo se insinuasse na relação desinteressada com
aquela mulher viúva que ele tinha catalogado como carente.

O capitão reuniu-se com os líderes judeus a bordo e alertou:

— Não sei qual a receção que nos aguarda na terra que já
foi de nossos pais e que uma vez mais passou a ser ensanguentada pelas fações que lutam pela supremacia política,
essa ideia que não foi profetizada pelos nossos homens santos. Também temos que contar com a adversidade dos povos invasores que agora se julgam os donos desta Terra Prometida, que foi entregue ao povo hebreu pelo nosso Deus.
Os nossos amigos sionistas querem que Israel ressuscite
antes do tempo prometido na Sagrada Torá: «Vos trarei de

volta à terra que dei aos vossos pais quando o meu povo se tiver purificado com a eliminação de seis milhões». Face a estes obstáculos, solicito que, seja qual for o ambiente que nos aguarda, a vossa colaboração seja de todo eficaz e afetiva para proteger as mulheres e as crianças.

Ao sair da reunião na ponte de comando, dirigiu-se à proa para saborear um cigarro à feição da brisa que vinha do levante e, envolvido na sensação daquele balançar suave que vinha do mar, degustou com deleite o travo agridoce da primeira fumaça, que lhe trouxe ao pensamento o alerta do desembarque. De repente e sem que suspeitasse, foi surpreendido por aquela voz que saiu do breu da noite, aquela entoação que fez vibrar o ser carente que morava em sua alma. Sentia-se enredado numa afetividade que a mente desejava afastar e que o seu instinto de defesa tinha também rejeitado. Ele tinha-se deixado envolver aquando da apresentação dos filhos dela como amigos num porvir onde a solidariedade dava azo a um apoio social de amplo cariz. Pela primeira vez sentiu o seu querer vacilar perante o ânimo do desejo e, na excitação que o foi envolvendo, chegou à conclusão que não só o prazer da companhia, mas também a lascívia era latente em si. Não era dele a ideia e tão pouco a tinha programado, mas sentia, isso sim, que aquela era a sua oportunidade: não era normal que uma mulher ali, àquela hora e naquele lugar, não tivesse o objetivo pecaminoso que bailava em sua cabeça.

— Uma santa noite, Sr. Stein! Parece que não sou sozinha na meditação sobre o porvir desta aventura que se nos apresenta como uma encruzilhada, onde a Diáspora encontrará o melhor caminho para um horizonte feliz. Sou otimista por opção!

— Parece que sim, minha senhora, ambos temos que encontrar um destino nesta clareira que nos aponta a vereda da esperança. A senhora, tal como eu, também é só e ainda tem o encargo de preparar dois homens para enfrentar um porvir que se nos apresenta nebulado.

— Gosto das suas palavras, Sr. Stein. Elas são incentivo de confiança e de índole positiva; levantam a nossa moral ao mesmo tempo que fortalecem o nosso espírito. Junto a si até esqueço o meu Theodore, que também tinha esse predicado e encarava as situações delicadas sempre pelo lado prático e útil. Ele não perdia tempo com cogitações negativas; era objetivo, inventivo e muito empreendedor. Foi devido a essa capacidade e à sua visão de empresário futurista e arrojado que eu me afoitei como emigrante numa terra da qual só tinha ouvido falar. Claro que tenho interesses a defender e, além do capital investido, tomo a peito a defesa do património cultural do meu companheiro de tantos anos. Confio tanto no futuro do seu plano, que aproveito para o convidar a aplicar as suas poupanças no nosso projeto. O nosso empreendimento ainda está aberto a novos acionistas.

Berger sorriu para si próprio e deixou que a viúva discorresse sobre o plano empresarial que o seu irmão estava iniciando sob as diretrizes escritas do seu falecido Theodore. Embora anotando na mente a oferta de negócio, preferiu antes explorar o lado terno da alma feminina:

— É tão forte assim a convicção sobre a visão do seu homem, ou é mais a saudade da sua presença? Tem a necessidade ainda do seu conselho amigo, Ashira?

Ao ouvir pronunciar o seu nome naquela inflexão carinhosa pela primeira vez, a mulher que existia na viúva exultou e deixou-se enlevar no sonho, que era também na sua intimidade.

Por entre a escuridão enlutada por uma lua nova e pela neblina que ofuscava até o reflexo de Sírius sobre a serena ondulação que lambia o deslizar da proa, o lamento da Sr.ª Katz se fez audível:

— Ai, Stein, esta dor nostálgica é mais forte do que o rasgar de um punhal na nossa carne! É algo que vem de dentro e nos estrangula as palavras que gostaríamos de pronunciar! São pensamentos não expressados que nos sufocam o coração!

— Também eu luto, minha cara, com a última estrofe do meu poema inacabado escrito no destino. Há quanto tempo é viúva, Ashira?

— Já lá vão quatro anos de luta com a tentação, pois as oportunidades surgiram logo após a doença dele. Não fosse a lembrança da promessa que lhe fiz e o incentivo para continuar a sua obra em prol dos meus filhos e não sei se sucumbiria e evitava assim as dificuldades inerentes a esta emigração.

Ouviu junto a si o murmúrio da mulher carente como ele, daquele afeto que vibrava na intimidade dos dois, e aquela mão em seu ombro apressava a busca desse arrimo. O instinto voltou a alertar o seu subconsciente ao mesmo tempo que o pudor inibiu os seus dedos de se sobreporem ao afago feminil. Quase a resvalar para a renúncia anotou em seu siso o apelo:

— E você, Stein, não sente a chamada?

Não foi necessário pendurar-se em qualquer argumento para evitar o que já estava implícito naquele espaço tão estreito entre eles e onde a comunicação já tinha iniciado o prólogo do espírito amavioso que os envolvia. A mão buscou a outra mão e os dedos iniciaram a melodia do consentimento; naquele gesto se subordinaram ambos ao espírito do ardor amoroso que se acendeu no interior de suas coxas. O beijo aconteceu e era de tal sorte a carência afetiva dentro dela que, com sofreguidão, seus lábios beberam o licor que molhava o verbo dele. As mãos de Ashira se penduraram no pescoço de Berger, ao mesmo tempo que o suspiro:

— Ai, querido, que saudade eu sinto deste amplexo forte e másculo que ressuscita em mim a mulher carente de amor! Toma-me e faz-me tua meu bem querido!

Stein empolgou-se com o convite, segurou-a pelos glúteos e pousou-a sobre a roldana do escovém; sofregamente lhe arregaçou a saia comprida e ampla que enfolava na brisa; deslumbrou-se em sonhos eróticos de estudante, quando as polpas de seus dedos deslizaram sobre as suaves coxas femininas e, empolgado de desejo, ajoelhou-se no chão metálico e frio do convés e beijou com emoção o interior daquela intimidade envolvida em pelos púbicos. O cunilingus ficou adiado quando a ansiedade dela instou:

— Amor, entra em mim! Estou necessitada de sentir a tua carne devassando o meu ventre! Anda, querido meu, penetra-me!

Ainda antes de invadir aquele jardim privado, cujo aroma o incitava a trespassar como um furtivo, sentiu as águas felizes dela, tempestuosas e cálidas, inundarem as pétalas orvalhadas da flor e os gemidos de volúpia da mulher mais acenderam seu ânimo másculo, cujo instinto de cópula o incitou a devassar com uma estocada sádica a bainha daquela vagina que implorava o seu pénis. De imediato, sentiu a reação feminine, que lhe respondeu com uma trincada na orelha seguida de um gemido ansioso:

— Ai, amor, usufrui em mim do teu ardor! Anda, querido, dá-me tudo!

Segurou-a pelas meias-luas do traseiro e num ritmo forte de ir e vir, de vir e ir dentro dela, usufruiu o deslizar nas carnes tenras e cálidas, que no ardor esquecido pela longa viuvez se contraíam em espasmos de prazer venéreo. Foi na avalanche do gozo, no deliquar entre a fronteira do presente e da volúpia inserida no tempo imutável, que a vergonha se escondeu por não ter mais pudor e que a deliciosa sensação de se sentir outra vez fêmea a fez expandir em entrecortados gorjeios há muito pendurados em sua garganta. A torrente feliz esguichou dentro da vulva escaldante e ele urrou como fera ferida, na tempestade do orgasmo, e misturou os dois fluidos que extravasaram da flor dela, para deslizarem pelas pernas contraídas na conceção sexual da lascívia.

— Ai, amor! Você é um querido! Ai, Stein, amo-o e quero-o meu. Sou possessiva!

Ambos embalados pelo sentir que os unia, como se passeassem numa praia tropical à luz romântica do luar, sem a preocupação de saber se eram observados, encaminharam-se para o aconchego das respetivas casamatas, onde Morfeu os esperava; era véspera do desembarque. Apitos, gritos, uma cacofonia de sons e do ranger das amarras misturaram-se à emoção da atracagem e fizeram descorar a segurança. Foi necessário fazer valer a liderança para assegurar um desembarque ordeiro e, para gáudio de todos os chegados, as ameaças de turbulenta receção não se concretizaram. Era festivo o ambiente do cais onde muitos dos emigrantes até tinham familiares aguardando. Era o caso dos Katz, cujo irmão do falecido Theodore esperava a cunhada e os sobrinhos. Logo que a Sr.ª Katz desceu o portaló de desembarque, foi efusivamente saudada pelo Sr. Albert Katz e mais dois cavalheiros bem aperaltados, que Berger veio a conhecer como dois advogados ligados ao tal projeto proposto pela sua amiga e que também eram acionistas do mesmo empreendimento.

Quando Stein pousou o saco sobre o empedrado do cais, logo Abba, o filho mais velho da Sr.ª Katz, veio ao seu encontro com um sorriso e fazendo um gesto para tomar a sua bagagem, comunicando-lhe:

— A minha mãe pede para o senhor conhecer os seus sócios, que residem em Eilat.

Ainda indeciso, lá seguiu o jovem até o café onde a uma mesa abancavam a família e os cavalheiros subscritores.

— Venha, Sr. Stein, tenho aqui um lugar para tomarmos uma bebida. Que toma?

Mesmo antes de se servir, o cunhado de Ashira estendeu-lhe uns papéis onde estavam explicados os projetos da Sociedade, ao mesmo tempo que lhe murmurava com entusiasmo:

— Eilat é uma mina de ouro ainda não explorada; temos que iniciar a sua abertura para extrair dela um futuro grandioso e lucrativo, antes que os americanos se apercebam deste filão implantado no Mar Vermelho.

Berger gostou da maneira como o plano lhe foi apresentado e resolveu ali mesmo investir uma nota de crédito do seu banco UBS, no valor de 20.000 dólares. Selou o pacto com a sua assinatura e todos fizeram um brinde de êxito ao novo acionista.

Já a caminho do escritório da Agência de Notícias da Herold, fez uma retrospetiva da sua vida nos últimos tempos e novamente aquele ultimato da maldita ocupou-lhe a mente: «Continuarás amaldiçoado pelo meu nome secreto e só te livrarás do meu anátema quando praticares a salvação de uma jovem em perigo de vida e a protegeres para sempre»—
— uma vez mais sentiu-se vazio por dentro e bandalho no coração; tinha chegado ao desprezo absoluto pelos outros e, como tal, era justo ser desprezado por si próprio. Ganhou um pouco de ânimo e, num folgo, interrogou-se: será que encontraria naquela terra estranha o caminho para mudar de vida? Para encontrar a dignidade de antes, aquela inocência que foi apagada com a sua subserviência ao jogo sujo dos nazis, onde mergulhou na escuridão a sua alma e a honra de ser humano? Era esta culpa que destruía a essência de tudo o que poderia ser um lampejo do bem em si. Sentiu-se mal com o vazio que era o valor do nada em sua vida e o caricato da situação é que nem coragem encontrava na esperança de encontrar uma janela que lhe apontasse uma nesga de claridade no horizonte do caminho, para ao menos tentar a via que o feiticeiro lhe indicara, para se livrar do travo amargo que era a maldição da cigana.Tentou abstrair-se daquele pesadelo. Era um repórter em terreno ensanguentado por uma guerra fratricida e estava sobre uma mina prestes a explodir. Releu a placa da Herold e entrou.

Dois sujeitos amigáveis no trato e ligados à administração receberam-no efusivamente e, depois de uma conversa breve e amena para o porem ao corrente do que esperavam dele, o acordo ficou assinado com dois apertos de mão.

A tiracolo, uma Zenit de repórter e no saco um fornecimento substancial de rolos fotográficos para captar durante meses as tragédias de uma guerra que se adivinhava cruel na vingança e atroz no sentir; era sem quartel! Ele tinha sido apologista da criação da célebre Legião Judaica proposta por Vladimir Jabotinsky, em 1935: homens obedientes até à morte! O tal movimento que foi abençoado por Mussolini, por intermédio de um seu colaborador judeu, César Sarafatti. O Duce propunha, para o êxito dos judeus, uma aliança com os fascistas italianos, para conseguir um estado independente, uma bandeira e uma língua próprias e, para enaltecer o fascismo do líder judeu, deu-lhe o título de Cidadão Fascista. Jabotinsky aceitou no seio do seu movimento dois grupos paramilitares: a Irgun e o grupo Stern. Ambas as organizações tinham por missão prioritária combater os ingleses na Palestina e a Irgun, sob o comando de Begin, era a favor de uma revolta imediata contra os britânicos. A Stern era a favor de uma luta contra os ingleses, mesmo durante a guerra, com o apoio alemão e para o efeito ofereceu a Hitler um exército de 40.000 homens a serem treinados pelos nazis. Esses soldados seriam oriundos da Europa Oriental e seria o início de uma aliança com o Eixo apadrinhada por Mussolini, mas Hitler rejeitou e preferiu apostar na carta árabe por causa do petróleo. Mas para quê estar a desperdiçar o tempo para uma bebida com pensamentos retrógrados? Israel já era um estado independente por decreto das Nações Unidas e já tinha enfrentado com êxito cinco países da região. Agora era só consolidar as fronteiras e ocupar legalmente as propriedades que pertenciam aos verdadeiros palestinianos. O barão Rothschild tinha já contribuído com avultado financiamento, para comprar essas terras agricultáveis que se destinavam a desenvolver as chamadas cooperativas sociais, os kibutz. Tudo se preparava para dar curso às promessas messiânicas e concretizar o sonho de Bem Gurion em 1937 — «Uma maioria palestiniana compelirá os colonos judeus a usarem a força para provocarem o sonho: uma Palestina puramente judia!» Ele tinha afirmado também:

«Os palestinianos podem ser presos em massa ou afugentá-los; é melhor expulsá-los!» — E mais afirmou: «As fronteiras de Israel serão decididas pela força e não pelo diálogo!»

Estas cogitações foram bruscamente interrompidas pelo tinido do telefone:

— Olá, camarada! Amanhã de madrugada deves acompanhar o teu grupo, conforme o juramento. A partir da tua chegada ao sagrado solo da Terra Prometida, serás um dos seus libertadores. Seremos nós a dar-te a verdadeira informação sobre os combates a travar na luta pelo que nos pertence, o que nos foi oferecido por Javé, o Altíssimo! Serás um privilegiado repórter ao serviço da nossa causa. Estranhando aquela algaraviada de palavras destituída de nexo, interrogou:

— Mas quem raio é você? — Uma gargalhada sarcástica soou no auscultador:

— Já esqueceste o juramento de: «obediente até à morte»? Prepara-te para assumires!

Foi como um balde de água fria sobre a sua cabeça já aquecida pela recordação maldita. Sim, ele jurara fidelidade absoluta e obediência incondicional quando se filiara na Irgun de Begin.

No improvisado campo de Schoa, em território jordano junto ao Mar Morto, tinham-se albergado milhares de desalojados e cada um com a sua história sobre o sadismo e a brutalidade dos malditos sionistas judeus. Ali se encontravam amontoados, sem teto, nem alimento, mulheres, crianças e velhos impiedosamente escorraçados e espoliados das suas terras e dos seus lares, pelos desalmados judeus que tinham exercido sobre eles toda a espécie de sevícias: violação, roubos descarados, pedofilia e práticas sádicas de tal horror que os pobres coitados se viram obrigados a abandonar tudo para se livrarem da tortura. Os poucos sobreviventes dos combates estavam por ali disseminados: feridos, debilitados, alguns estropiados e moribundos já. Os terroristas judeus do movimento Aganah tinham-nos deixado escapar para aumentar o seu sofrimento, depois de lhes roubarem todos os valores.

O Exército de Salvação, única reminiscência do domínio britânico na Palestina, teimara em ficar como ajuda humanitária à hecatombe selvagem que se abatera sobre os indefesos palestinianos. Eram poucas as senhoras que se atreveram a ficar pelo amor cristão que residia nelas e foi graças à sua coragem que conseguiram aquele campo de refúgio improvisado logo no início da guerra dos 28 dias, que opôs Israel às forças árabes. Em virtude do afluxo de refugiados, as senhoras inglesas se viram obrigadas a apelar às bondosas monjas passionistas que, arregaçando as mangas e mandando às urtigas as diferenças de conceção religiosa, sujeitando-se assim a uma excomunhão da Romana Cúria, lá vieram em socorro da desgraça. Estas caridosas freiras acharam-se insuficientes também para ajudar aquela população de refugiados tão carentes de tudo e apelaram à Cruz Vermelha Internacional que, com a sua divisa benfazeja, não lhes virara as costas.

No improvisado campo de aterragem de Sheila, em pleno deserto jordano, expectantes freiras passionistas e elementos do Exército de Salvação perscrutavam o céu azul sobre o reflexo salino do Mar Morto. O último texto via rádio tinha informado que um avião de carga Nord Atlas já estaria a sobrevoar a Palestina e trazia a bordo, além de um hospital de campanha apetrechado com tudo, ajuda sanitária e cinco médicos para valer aos feridos e dar assistência aos deslocados.

Tinha sido a enfermeira Angélique da Ordem das Passionistas quem tinha recebido esta mensagem de socorro e a comunicara a todo o pessoal de enfermagem e auxiliar em serviço no campo. Foi a Sr.ª Sara Douglas, a responsável pelo pessoal colaborador no campo, quem convidou algumas das presentes para se deslocarem no seu jeep ao aeródromo, para assistirem à chegada do socorro prometido na mensagem. Angélique declinara o convite, porque havia já dezoito horas que estava ao serviço daqueles infelizes e necessitava urgentemente de algum repouso para aliviar a carga psicológica do esforço despendido. Embrulhada no hábito alvo da profissão e com o hejab da Ordem orlando e velando suas faces, não deixava transparecer o quanto a natureza pintara de belo em seu rosto. Quem tivesse a dita de a surpreender sem o véu da Ordem ficaria de certeza extasiado com aquela beleza meridional, nascida no Sul de França: os olhos vivos e sempre alegres eram de um tom castanho de mel, tão suave, que refletiam sempre a inocência de sua alma, e as linhas suaves que moldavam a sua boca de imediato faziam vislumbrar um arbusto vivaz com framboesas róseas ofertando-se. A magia da harmonia celestial estava inscrita naquelas pupilas virginais e traziam-nos o encanto da felicidade, onde tudo era quietude e paz na euritmia divina. A tez, sem uma única ruga ou embrulho, demonstrava a beleza de uma fonte cristalina, onde, no seu espelho, as musas recitavam poemas líricos. Tudo naquele rosto era idílico e ao mesmo tempo de ingénua inocência. Quem próximo dela tivesse a ousadia de dar um não ao seu apelo de ajuda, teria de ser dono de tal alma desumana que só um lobo por um osso. Ela tinha o condão de desarmar as más cataduras e tornar os corações duros em manteiga sobre torradas quentes. Mas — cautela! — aquele queixo lindo, com uma covinha enganadora e o nariz levemente arrebitado, não era de molde a deixar indiferente quem perturbasse a sua paz interior ou o seu querer, já o tinham experimentado algumas personagens de mau feitio. Angélique, como chefe das enfermeiras, era admirada pela competência e também o seu caráter de menina inocente e compassiva lhe tinha granjeado a fama de anjo bom. Muitos se interrogavam porque uma jovem com tais predicados de beleza e de índole pertencia a uma ordem católica de freiras. Ela não se coibia de dizer, com serenidade, que a dor sofrida pela morte do seu noivo na guerra lhe trouxera o amor pelos outros e essa tinha sido a janela onde vislumbrara este novo horizonte que a fazia feliz: cicatrizar a ferida do seu coração curando outras feridas.

Logo após a ordenação ofereceu-se para servir num dos lugares mais perigosos do mundo. A Palestina foi o seu destino e aqui nesta terra, que diziam santa, milhares de seres desgraçados necessitavam da sua ajuda porque a divina era uma caricatura destes três deuses inventados que disputavam com exacerbada crueldade a hegemonia. O coração de Angélique não era só venerável, era enorme e sangrava! Sim, ali naquela terra estava também o lugar onde a bandeira do seu país fora humilhada pela canalha sionista. Foi numa das igrejas do Convento de Santo Estêvão, sob a proteção da flâmula tricolor, que os paramilitares da Aganah se apossaram do edifício em 27 de junho de 1948 para dar início ao roubo de tudo quanto tinha valor; profanaram as imagens sacras, os livros santificados, sacrários, crucifixos e fizeram da igreja um lugar de latrina, chegando, no paroxismo do ódio, a fazer as necessidades sobre uma estátua mutilada da Senhora Santa Virgem. Isto levou a que Sr. Neville, então Cônsul Geral de França, declarasse perante o grotesco espetáculo perpetrado pelos sionistas:«Estes vinte e oito dias de guerra e dezassete dias de tréguas ensinaram-me mais sobre o nazismo do que vinte anos de regime de Hitler.»

Cabia à Sr.ª Sara Douglas, como chefe do pessoal auxiliar do campo, a ingrata tarefa de receber os passageiros daquele avião cargueiro enviado como socorro pela Cruz Vermelha Internacional. O primeiro encargo dessa missão era integrar aqueles colaboradores voluntários no real ambiente local, que era totalmente diferente do pós-guerra da Europa, onde as nações já se refaziam dos estragos causados pela loucura hitleriana. Ali era a Cisjordânia e as condições eram a carência total de tudo. Ora isso podia abortar as boas intenções humanitárias que traziam em seu coração, se a líder do Exército de Salvação não usasse o seu tato de mulher abnegada, cuja disponibilidade era ao serviço do espoliado povo palestino. Se necessário, faria apelo ao seu charme feminil para cativar aquela gente vinda de um mundo diferente, onde a democracia era um direito que começava a tomar forma, a par da justiça social. Estes voluntários desconheciam em absoluto a bestialidade com que atuavam as organizações secretas paramilitares judaicas que serviam de testa de ferro às forças regulares do exército de Israel. Essas fações tenebrosas praticavam sem o mínimo pudor o extermínio dos habitantes da Palestina e um só fito os guiava: a possessão total da Terra Prometida pelo seu terrível Deus, Jeová; demonstravam assim que a teocracia liderava o regime político do governo sionista.

Como os recém-chegados estavam ainda imbuídos da mentirosa campanha judaica como coitadinhos e vítimas inocentes da hecatombe nazi, seria necessário algum tempo no terreno para entenderem o verdadeiro horror perpetrado pela insolência de um exército desrespeitador das mais elementares normas de humanidade, cujos comandantes cediam aos métodos hediondos de atuação das tais organizações terroristas que praticavam a limpeza étnica, fazendo destes oficiais cúmplices da imoralidade e transgressores do código de ética militar. Isto provava os comentários sigilosos de alguns intelectuais honestos que afirmavam: «O nosso Estado Judaico tem por base de formação o terrorismo e como tal, esse cancro nos marcará no futuro como vítimas!»

A senhorita Douglas era filha de um coronel do exército colonial britânico na Palestina e tomara a peito a sua missão humanitária, dizia ela, para apagar algumas das injustiças cometidas pelo pai enquanto comandante militar de uma povoação. Tinha 22 anos quando se formou em Direito e, quando a Aganah perpetrou um ataque que tornou paraplégico um jovem tenente que era seu amigo, ela jurou vingança ao terrorismo sionista. Lady Sara, como era conhecida entre os palestinos, era uma mulher linda, seu olhar azul tinha a cerúlea tonalidade do céu daquela terra desejada pelo deus dos islâmicos, dos hebreus e dos cristãos e só não dos católicos porque estes inventaram um trio para si: o Pai, o Filho e o Espírito Santo,. Além desta divina comédia, foram os primeiros a implantar o terrorismo na Santa Terra Prometida que os judeus deificaram como a terra que mana leite e mel. As Cruzadas reclamadas às nobrezas europeias pelo papado romano para conquistar o Santo Sepulcro não passaram de invasões de alta pirataria brasonada para, em nome de Jesus Cristo, roubar, assassinar e estuprar mulheres e crianças indefesas. Estes crimes tinham ainda a benesse papal das indulgências que ofereciam o céu como uma graça divina àqueles cavaleiros mais esforçados, que morriam no combate e mesmo com o saque já tomado.

Sara era uma jovem educada no austero sistema britânico, que sabia ser carinhosa e amável com todos, mas também dura para os prevaricadores. Seu sorriso era como uma janela aberta ao horizonte e, por saber-se uma mulher bonita e bem constituída, precavia-se, quando requestada pelos pretendentes ao seu coração. Não era uma conquista fácil para os românticos.

O primeiro passageiro a mostrar-se na saída foi o Dr. Max Muller, que era o clínico mais idoso dos cinco médicos chegados e, embora já sessentão, mostrava uma aparência física invejável — era atlético e tinha um sorriso fácil de bonacheirão. Seu olhar pousou descarado e terno no rosto da jovem inglesa e, sem formalidades de maior ou timidez, murmurou com admiração:

— Bendito é o sol que ilumina tal obra de arte! Confesso que não esperava esta surpresa. Menina, você é linda!

— Bem-vindo, doutor, e obrigada pela sua solidariedade com estes deserdados da fortuna!

— Não tem que agradecer, jovem. Cumpro o prometido no juramento de Hipócrates. Bem haja você que, sendo uma jovem, se sacrifica em prol de uma boa causa!

Entregou o Dr. Muller a uma das assistentes, recomeçou as boas vindas aos restantes passageiros daquele voo de solidariedade e iniciou a saudação ritual com o médico francês especialista em anestesia, o Dr. Bardot. Este era um sujeito ainda jovem, com uma barba negra e pontiaguda, quiçá para encolher a juvenilidade de um rosto bonitão. Era de trato delicado e os olhos perspicazes mostraram não se intimidarem com a beleza da cicerone. Seguiu-se um médico de clínica geral, o Dr. Edmund Wolfgang, um austríaco maduro e de aparência austera que, num inglês um tanto macarrónico, cumprimentou polidamente:

— Precisamos de organização e cooperação, menina; providencie com os meus colegas.

De seguida saiu um casal que, sorrindo para todos com à vontade, anunciou:

— Lamentamos não ser cooperantes nesta campanha de benfazer. Só vamos ajudar na montagem do hospital e seguiremos o nosso destino: sou Gilad e esta é minha mulher, Shira. Este pequerrucho é nosso filho, tem 3 anos.

Lady Douglas sorriu e fez uma carícia no rosto do pequerrucho de olhar vivo que, segurando na mão delicada da Lady, a abriu e fixou o olhar negro e brilhante nas linhas misteriosas que a sinalavam, como se instintivamente quisesse ler nelas o destino daquela senhora tão simpática. A inglesa voltou a inclinar-se sobre a criança e afagou-lhe as faces angelinas ao mesmo tempo que procurava na bolsa uma guloseima, daquelas que costumava oferecer às crianças palestinas do campo para lhes amenizar o choro.

Do portaló do avião descia o Dr. Ibraim Jali, um egípcio de meia-idade e porte cavalheiresco que num inglês impecável respondeu à sua saudação feita em arabish:

— Em nome do meu povo, que Alá, o Misericordioso, lhe mostre a sua benignidade!

Sara voltou a falar-lhe em arabish mas ele não mostrou qualquer sinal de entendimento.

Desceu logo a seguir o Dr. Abner Abramowicz, designado como chefe de equipa do departamento médico, e o intérprete oficial, Levy Cross, ambos funcionários da Cruz Vermelha Suíça. Ao dar-lhes as boas vindas, a sua mente perspicaz anotou que, pelos nomes e traços fisionómicos, eles pareciam judeus do leste europeu. Sara Douglas dirigiu-se-lhes em inglês e cumprimentou demoradamente o Dr. Abner, que ela sabia ser de nacionalidade polaca, e seguidamente falou em arabish para experimentar o intérprete. Ambos eram jovens ainda e ela perguntou-se sobre o porquê de o Dr. Abner ter sido indigitado como chefe clínico. Informar-se-ia discretamente junto dos outros médicos, no entanto estava segura de que a Cruz Vermelha só aceitava nos seus quadros pessoal altamente competente e com provas dadas. Será que a idade eclipsaria a experiência? Gostou da simpatia de um e de outro, assim como a modéstia de ambos, quando Abner indagou:

— A senhora é a enfermeira chefe?

Sara dedicou-lhe o seu melhor sorriso e corrigiu:

— Não, doutor, eu pertenço ao Exército de Salvação e sou a chefe do pessoal auxiliar. A enfermagem está ao cuidado da Ordem das Passionistas.

— Entendo, Lady Douglas, as freiras fizeram um bom trabalho durante a guerra e adquiriram maturidade e experiência.

Num aparte de humor exclamou:

— Então a nossa enfermeira chefe deve ser uma matrona esposada com Jesus!

Sara riu do comentário e esclareceu:

— Engana-se, doutor. A irmã Angélique é ainda muito jovem e por acaso é bem bonita e simpática.

— Entendo, Lady Sara. Juventude nem sempre é apanágio de inexperiência. Nos tempos conflituosos que vivemos e agora também aqui, o saber da medicina cresce infelizmente na proporção inversa à da paz. A guerra torna-nos maduros e peritos à força!

Capítulo 4

O TELEFONEMA DA NOITE ANTERIOR TINHA-O feito regressar ao passado, àquele maldito tempo que desejava enterrar nos recônditos secretos da memória. Aquela ameaça implícita no conteúdo da frase, «obediente até à morte», tinha-lhe sonegado o sono e tornara-lhe os sonhos agitados.

Eram quatro da madrugada e a ansiedade roubara-lhe o descanso noturno. Nunca fora homem de ceder perante intimidações, portanto, estava desejoso por saber o que o esperava. Desceu à receção, pediu um café e, aparentando uma calma que não sentia, sentou-se num dos maples da entrada e ali aguardou a chegada dos desconhecidos, que como ele, eram arregimentados no mesmo juramento solidário: patriotas e companheiros de luta.

De repente o silêncio foi quebrado por uma desagradável chinfrineira de derrapagens e rangido de travões. Saiu para a rua mal iluminada e o pó levantado pelo resvalar das rodas ocultou a cor dos dois veículos estacionados junto à entrada. Quase sem se aperceber dos moldes das silhuetas motorizadas, sentiu uma mão no seu ombro e uma voz junto a si:

— Bem-vindo. Camarada. Segura nesta arma que doravante passará a ser a tua menina e guarda no bornal estes dois carregadores de reserva.

Quando se refez da surpresa e se atreveu a pedir esclarecimentos, só anotou:

— Entra aí no Unimog e senta-te. Vamos arrancar.

Um solavanco e mais uma nuvem de poeira ocultaram a visão de tudo — até dos seis companheiros que lhe faziam companhia dentro do carro. Deu conta que tinha nas mãos uma arma automática pelo tato duro e frio e pelo peso. Levava a tiracolo a alça do bornal e a correia da Zenit. Nenhum dos camaradas pareceu notar a sua presença e o mutismo parecia o código de conduta daquelas quatro presenças. Só passada já uma hora é que ouviu uma voz a seu lado:

— És tu o tal repórter da Herold que vai fazer a cobertura da nossa luta?

Com espanto constatou que era uma mulher quem o interrogava. Assim, aproveitou a chance para satisfazer a curiosidade que há muito bulia com o seu sistema nervoso.

— Como se chama, camarada, e aonde vamos?

— Chamam-me de Chakira e é melhor que não saibas o nosso objetivo. Isso diz respeito ao chefe Jeremiah e esse, além de parco em palavras, é demasiado circunspeto no atuar. Assim, ninguém gosta da sua atuação nem das suas respostas. O azedume do seu humor não é de molde a encantar a nossa alma.

Juntou às palavras escarninhas uma desagradável gargalhada e apontou ad hoc um ponto indefinido, como se quisesse desanuviar a tensão causada pela informação:

— Ainda bem que já começa a despontar a aurora para aclarar o vislumbre da paisagem desta linda Terra Prometida aos nossos antepassados. Bendito seja o Altíssimo!

O silêncio continuou a enevoar a perspetiva de aclarar a situação e o mutismo era virgem na sua divisa. Só a modorra provocada pelo som monótono do deslizar dos pneus sobre o solo arenoso.

De surpresa o veículo da frente acendeu as luzes da retaguarda e estacou, a porta lateral do condutor abriu-se e uma figura saltou e dirigiu-se a outra que esperava na berma da estrada. Deu para perceber que a viatura era um Land Rover e que o indivíduo que o conduzia era largo de ombros e de média estatura. Saudou com familiaridade a recém-chegada e envolveu-a num abraço afetuoso, expressando:

— Bem-vinda, Nora; correu bem a vossa missão? Trazes as instruções?

— Sim. E também o dinheiro para negociar, mas primeiro vamos falar com o líder provincial para escolher a solução mais viável. É melhor contornar na próxima à esquerda em direção ao convento onde foi marcado o encontro.

Berger cotovelou a companheira e sussurrou em seu ouvido:

— É aquele, o chefe?

A resposta foi lacónica:

— Sim, é ele!

Andaram mais cerca de meia hora e, de repente, já com o clarear da manhã, avistaram os contornos do prédio no meio de nada. Era um edifício de traça medieval, de contornos românicos e já marcado pela decadência, mormente nos topos este e oeste da sua construção, e em cujo centro estava erigida uma igreja, cuja cruz lá no cimo da ogival frontaria marcava a sua origem cristã.

Estacionaram junto à escadaria que dava acesso às portadas escancaradas e sem qualquer presença, a restringir a passagem, os dez ocupantes do jeepão e do Unimog entraram em grupo com o chefe e a rapariga que tinha chamado de Nora na dianteira. Deslocaram-se no centro da nave. Foi ali que teve oportunidade de conhecer o líder do grupo. Era um indivíduo de aparência judaica, barbudo e com nariz rubicundo, que olhou os seus homens com uma mirada glacial, fitou-os por dois segundos e, segurando o braço da companheira, seguiu em frente como se procurasse alguém.

Chakira segurou-o por um braço e informou:

— É aqui que vamos tomar o desjejum e, como não há serviço, é melhor que te desenrasques porque a comida não preza pela fartura nem pela qualidade.

Naquela igreja, onde imperava a semi-obscuridade e um odor nauseabundo a mijo retardado e defecações humanas, uma coisa lhe chamou de imediato a atenção, pois ele era um bom conhecedor do ritual católico e, por curiosidade ou interesse cultural, já tinha frequentado diversas igrejas daquela religião. Foi por isso que ficou desagradavelmente pasmado ao verificar que o braseiro onde estavam a grelhar a carne do desjejum, se achava colocado na parte mais sagrada daquele templo, tão querido a muitos milhões de fiéis, o sacrossanto altar. Não teve tempo de se interrogar do porquê daquele Sacrilégio. Os troços sanguinolentos sobre o brasido pareceram-lhe de ovino e, ao erguer por instinto o olhar mais acima, reparou naquele enorme crucifixo em madeira, onde estava pregada a figura sofredora que representava o nazareno. Ao mirar com mais atenção, tinha reparado que alguém, com o capricho de profanar, abrira a tiro um buraco nas entre-pernas onde estava a cobertura de pano que por pudor ocultaria as partes púdicas da figura e estava fixada sobre os rins. Também soube, por mero acaso, da origem daquele repasto que rechinava no fogaréu, pois Chakira em tom de troça manifestou a sua euforia por encontrar tanta abundância de carne:

— Caramba, camaradas, hoje tivemos a sorte de encontrar algo suculento para desjejuar, de fato!

Uma voz com intonação de gozo respondeu-lhe:

— Sim, linda, foi mesmo o acaso e a sorte, porque o maldito amonita infiel que se dizia dono do animal não quis vender um dos carneiros pelo preço justo que ofereci. Assim, tive que lhe tratar da saúde e pelo mesmo dinheiro trouxe os dois que estavam presos na mesma guita. Claro que tive que segurar a ovelha dele, dar-lhe dois abanões, atirar-lhe o dinheiro da compra e deixá-la a carpir sobre o corpo do amaldiçoado.

Num prato de folha mal lavado, serviu-se de um naco gordurento e tomou um pão duro que estava num cesto, mas ao procurar o que beber, foi Chakira quem lhe indicou:

— Tens direito a um vaso de vinho e vais ali colher também um cantil com água. — apontou ela — depois, vem sentar-te ali à frente comigo, num sítio que não tresande tanto a urina, porque os porcos da Aganah que por aqui passaram emporcalharam isto tudo.

Sentaram-se sobre uma imagem pintada de branco e azul deslavado que estava sobre o chão e, pelo que deu a perceber, tinha sido retirada do seu nicho e, só por aquele fato e pela cor do manto, Berger descobriu que aquela figura representava a mãe de Jesus, a virgem tão querida aos católicos. Ainda fez um gesto de repúdio e ia já levantar-se quando sentiu a mão de Chakira no seu braço a sossegá-lo e dizendo-lhe:

— Não repares, homem. Não fomos nós quem a derrubou e afinal não passa de um bocado de madeira que até tem entre as pernas o molde onde cabe o teu traseiro. Sabes que, depois desta guerra, os ídolos transgressores ao nosso Deus nos devem merecer simplesmente repúdio, como está escrito:«Não farás para ti imagens esculpidas...». Não te prostrarás diante delas e não lhes prestarás culto.»

— Sim, Chakira, mas assim como gostamos que respeitem o nosso culto, os nossos valores religiosos, a nossa fé, também temos a obrigação moral de respeitar a crença dos outros e esta igreja é um lugar sacro para muitos milhões de pessoas. Nós estamos a fazer deste lugar de oração uma latrina, uma cozinha, uma caserna dormitório, além de profanar os seus valores, as suas imagens.

Chakira olhou-o com desdém e retrocou:

— Olha, companheiro, se conhecesses um pouco da história da Palestina, saberias que na Idade Média foram os soldados católicos que vieram até cá, por ordem do seu chefe em Roma, para violar, roubar e assassinar judeus e palestinos. Para vandalizar e queimar as suas sinagogas e mesquitas. A esses criminosos era oferecido o paraíso, se morressem a defender o signo da cruz. Esses bandoleiros chamavam-se cruzados. Também se tivesses estudado o Talmude, saberias que aquele que está ali pendurado naquela cruz sobre o altar representa um maldito feiticeiro negador do nosso Deus e que se quis fazer passar pelo Messias prometido pelos nossos santos profetas.

Esta imagem que tu dizes representar a sua mãe tentou fazer-
-se passar por uma virgem aos olhos do ilustre judeu José, que
a desposou sob esse engano, quando afinal já era prenhe de
um soldado romano de quem era concubina. Como vês, ambos
eram nossos inimigos. Se te debruçasses mais sobre o que está
escrito, tomarias conhecimento do que afirmou o rabino Be-
chai, ao explicar um texto do Deuteronómio sobre o ódio que
nos deve merecer a idolatria: «A Escritura ensina-nos a odiar
os ídolos e a dar-lhes nomes ignominiosos, desta maneira, se
o nome de uma igreja for Casa de Magnificência, nós devemos
chamá-la: casa insignificante, chiqueiro e latrina.»
Berger olhou-a com espanto e indagou:
— Onde descobriste isso, camarada?
— Ora, lê o Talmude e saberás do que falo.
Enquanto elucidava Berger, Chakira olhou a porta à esquerda no topo da nave e informou:
— O repasto terminou, companheiro. Já ali vem Jeremiah e
Nora com a ordem sobre o nosso destino.
O líder parou na portada da igreja e, mirando os seus ho-
mens uma a um, informou:
— Temos trabalho a fazer, vamos!
Logo que arrumados no Unimog, a curiosidade de jorna-
lista foi mais forte que a sua ligação à Irgun, como tal não con-
teve a indiscrição e, encostando a mão ao ouvido da sua com-
panheira de banco, indagou:
— Minha querida Chakira, sabes qual o nosso destino?
Ela olhou-o com apreensão e pousando a mão na sua perna
alertou-o:
— Camarada, tem cautela, essas perguntas entre nós nunca
se fazem, violam as regras e se o chefe não indicou o objetivo é
porque a coisa não se deve ventilar.
O veículo tomou a direção sudeste e naquela paisagem de-
solada continuou a rolar sobre aquele chão de espesso areão
que nem dava para levantar poeira.
Já o merídio apresentava-se a pino quando os primeiros
indícios de presença humana começaram a assinalar-se

com uma pista bem definida que pervertia a rota inicial ao mudar a direção para sul, onde o carro iniciou uma subida em terra batida num caminho que parecia ter sido aberto recentemente. Não tardou, conforme a transformação do plano de visão, que logo ali mais à frente se apresentasse uma torre, que postada no alto daquele morro se erguia no centro daquele retangular espaço vedado com uma rede e reforçada com uma esteira cimeira de arame farpado. No topo da íngreme subida, dois cavaletes guarnecidos a acerado alambre foram desviados para permitir a entrada naquele campo, cuja portada era guardada por dois indivíduos vestidos de creme caqui e que portavam negras Uzis. Um deles escancarou a cancela blindada com rede e com uma saudação marcial permitiu a entrada do jeep da frente. Uma olhada parcial para aquele largo imenso mostrou alguns grupos formados por homens em roupa normal e outros, algumas dezenas, já fardados e bem alinhados que recebiam formação militar de algum oficial vestido com a normal farda do exército nacional. Ainda mais à frente, o movimento militar de algumas equipas em movimento de ordem unida. Lá mais ao fundo, um aglomerado de barracões fazia o arremedo de casernas. Foi cerca de uma dessas divisões que Jeremiah, depois de se apear do jeep, fez sinal aos seus homens para seguirem em frente e se sentarem a uma mesa onde lhes seria servida uma refeição. Quando passou por ele, alguém segurou por um braço de Stein e, sem qualquer preâmbulo, informou:

— Stein, depois do almoço você vai receber o líder deste grupo de emigrantes para lhe fazer uma entrevista que depois mandará para a sua agência, que a distribuirá aos jornais. Agora e ainda antes de comer quero que venha comigo para que faça uma ideia da organização deste campo onde se formarão os defensores dos kibutz, que tencionamos fundar ao longo da fronteira sul do nosso estado, assim como na margem do Lago Salgado. Aqui eles receberão treino militar para defender o que é nosso e aqueles que demonstrarem aptidão serão treinados como atiradores especiais, que vigiarão noite e dia o kibutz do cimo das torres de vigia. Agora vamos comer, porque ainda temos muitos quilómetros a fazer e muito pó a engolir antes de chegar aos lugares onde temos que despejar essa gente que ocupou o que lhes não pertence, para dar essa terra aos seus verdadeiros donos. Estes que estamos a treinar serão os proprietários legítimos dessas terras.

Sentou-se ao lado de Chakira na comprida mesa do refeitório, onde as mulheres dos emigrantes lhe serviram um prato de guisado de lentilhas com borrego e uma sobremesa de queijo fresco. A comida era bem confecionada e, quando uma senhora de saia comprida se lhe dirigiu com uma chaleira de café, ele tirou o cantil do cinto e desprendeu a tampa para o encher com aquela aromática beberagem.

Estava a trocar impressões com a companheira de viagem, quando um soldado lhe tocou num ombro e lhe comunicou:

— Desculpe, senhor, o seu entrevistado já o espera! Acompanhou o militar até o outro barracão contíguo e um sujeito que aparentava cerca de 50 anos levantou-se para cumprimentá-lo. Tinha uma presença agradável e parecia um homem culto e seguro de si. Mesmo sem ser interrogado apresentou-se:

— Chamo-me Arias e lidero este grupo de patriotas oriundos de Odessa. Somos cerca de 600, contando com mulheres e crianças, e foram-nos prometidas terras de cultura ao longo da fronteira do Neguev e da Jordânia. Como vamos valer-nos pelos nossos meios, temos que adquirir alguma cultura militar que o exército de Israel nos faculta, para depois nós próprios instruirmos as nossas mulheres. Agora queira começar o seu trabalho:

— Sr. Arias, você e os elementos do seu grupo foram informados do perigo que espreita a sua gente nesta ocupação de terras que pertenciam aos palestinos e que, mesmo depois da guerra de independência, continuam a pertencer aos seus legítimos proprietários?

— Sim, meu caro. E também estou informado do papel fundamental que tiveram os kibutz na defesa do nosso sagrado território, pois além de terem defendido o que já estava na nossa posse, ainda abortaram muitos raids inimigos. Mas antes de continuar, permita que retifique a sua pergunta, quando fala nas terras que pertencem ainda aos seus legítimos proprietários; devo informá-lo de que essas terras já são nossas há mais de três mil anos, eu depois lhe provarei porquê. Agora vamos cingir-nos à sua questão. Se estamos neste campo é porque eu exijo uma boa formação militar para o meu povo, pois a arma será tão útil como a enxada e já instruí os meus companheiros para que no campo tenhamos sempre uma automática, carregada por cada cinco trabalhadores. Até as crianças, a partir dos quatro anos, serão instruídas em formação militar, pois a Uzi, que foi concebida para as mãos de uma mulher, pode também ser manejada por elas. Os meus companheiros estão bem cientes do perigo e dos riscos que vamos correr e é por isso que o nosso ânimo é forte. Confiamos no nosso exército e em Javé, o Altíssimo, o Deus Único!

— Sr. Arias, você concorda com esta política que nos obriga a comprar terras aos palestinos para instalar nelas os nossos emigrantes?

— Vou-lhe ser franco. Sou contra a compra de terras para instalarmos as nossas comunidades. Nós podemos atuar como nos aprouver nessa questão, porque esta terra é nossa. Foi-nos oferecida pelo Altíssimo há já milhares de anos. Ele escolheu-nos para governar o Mundo e esta promessa foi pessoal entre Javé e o nosso ancestral Abraão, a quem foi acometida a tarefa de engendrar família quando Deus lhe prometeu uma multidão tão numerosa como as estrelas do céu. Essa mesma promessa foi renovada a Moisés, o príncipe judeu, que nos tirou do opróbrio para nos guiar a esta terra que nos foi oferecida para sempre pelo Altíssimo. Ou será que já esqueceu a dávida feita ao santo profeta, Jacob, quando venceu um anjo de Deus e foi glorificado com

esta certeza: «Quero que cresças e frutifiques; converter-te-
-ei numa multidão de povos e darei este país à tua posteridade, depois de ti, como propriedade perpétua»*. Não foi
por acaso que Javé nos marcou com o sinal da circuncisão,
essa marca que nos tornou conhecidos para todo o sempre. A Torá foi entregue ao nosso líder Moisés pelo próprio
Altíssimo e nela está escrito de maneira muito explícita:
«Voltareis à Terra Prometida depois de depurados** com
menos seis milhões.» Assim, que mais garantias necessita-
mos para retomar esta terra que nos foi dada para sempre
pelo nosso Deus? Agora, repare na política de Israel, que os
nossos inimigos acusam de sionista e revisionista, porque
em vez de expulsarmos de uma vez por todas e sem mais
satisfações os invasores da nossa propriedade, como especificou Javé: Quando tiverdes afugentado diante de vós os
habitantes deste país, destruireis todos os símbolos, todos
os seus ídolos de metal e devastareis todos os seus lugares
altos.»*** Ora, como está constatando, em vez de os expulsarmos pura e simplesmente, ainda nos vendem o que lhes
não pertence. Isto é inconcebível. Não consigo entender.
Não entendo também porque alguns judeus criticam o sionismo, uma vez que é um movimento político e filosófico
criado pelo grande Ben Gurion, com vista ao nosso direito
à existência como Pátria, à ressurreição do Reino de Israel,
oferta do nosso Deus, esse reino que devia englobar os territórios que nos foram usurpados pelas nações árabes que fazem fronteira connosco. O sionismo advoga o retorno da to-
talidade do nosso povo à Palestina e os políticos dirigentes
são a favor da criação de fazendas coletivas sob o controlo
de um governo sionista e socialista, que por sua vez exige,
para a nossa defesa, organizações paramilitares que comba-
tam simultaneamente a presença dos árabes muçulmanos

*   (Génesis 48,4)

**   (purificados)

*** (Num. 33, 52)

e também dos judeus brandos de costumes que podem destruir a nossa unidade. Precisamos também da presença espiritual de rabinos sionistas que aconselhem a nossa gente e lhes fortaleça o ânimo.

— Mas o senhor sabe tão bem como eu que nem todos os rabinos estão aptos a enfrentar as novas correntes do judaísmo: enquanto os pais são pela via ortodoxa, os filhos contestam-na e grande parte são seculares ou até firmemente ateus. Ainda, a maioria dos kibutzes não podem prescindir do trabalho ao sábado. Também as mulheres jovens não se adaptam à forma servil de tratar os maridos e exigem a igualdade dos sexos.

— Bem, isso será resolvido democraticamente aquando do assentamento definitivo e cada caso será tratado como um caso ou globalmente de acordo com as regras a serem votadas.

— Posso lhe fazer uma pergunta embaraçosa?

— Ora, ora, estou aqui para isso e é bom que se publique o mais possível sobre a história dos kibutz, mormente os fundados pelos judeus oriundos dos países subjugados pela Rússia do pós-guerra, que ao fim e ao cabo pouco mudou na sua política antissemita.

— Bem, Sr. Arias, a emigração de judeus para a Palestina, que teve o fito de implementar kibutz autossuficientes, nem sempre atingiu os objetivos primordiais: a ocupação dos territórios comprados ou conquistados pelo exército de Israel, para assim fazerem parte da missão estratégica militar como bases avançadas da defesa do território. A criação de sociedades comunais que, baseadas no trabalho coletivo, as tornariam autossuficientes e promoveria um estado judeu forte e desenvolvido. Ora, o senhor e eu sabemos o que se passou com a primeira grande emigração, a cujos elementos foi atribuída a missão de ocupar e trabalhar as terras que lhes foram doadas pelo Movimento Sionista. Ora, estes emigrantes, em vez de cumprirem o encargo, preferiram ficar conhecidos pela sua aversão ao trabalho físico e, mais grave ainda, com essa conduta desacreditaram a política do movimento, que era a do retorno ao cultivo da terra, como fizeram os seus ancestrais, e a de darem um exemplo, como alguns poucos que se transformaram em lavradores bronzeados pela natura, com mãos calejadas pelo trabalho sadio, e que fizeram singrar algumas comunidades.

— Tem razão, eu sei que aquela chusma a que chamaram a «Primeira Aliá» foi, de fato, um fiasco, uma cambada para colocar na história negra de Israel. Mas, repare, começaram logo a melhorar na «Segunda Aliá». Aí os maus exemplos foram suprimidos e até os parasitas foram domados e veja o que aconteceu com o grande movimento que produziu a «Degania» em homenagem aos cereais produzidos. Podemos hoje assistir a uma geração de jovens que nunca tinham feito trabalho braçal a drenar pântanos e a fazer de pedreiros. Eles estão imbuídos do sonho: trabalhar para si próprios, contribuir para a comunidade e espalhar a revolução social a tal ponto que muitos até se exprimem dizendo que o corpo pode estar cansado, mas o espírito continua forte. São estas pessoas que desenvolveram de tal sorte a filosofia de uma nova sociedade comunal, que até lhes chamam os apóstolos da construção de novos kibutz.

A um sinal impercetível de Jeremiah, que conversava com Nora numa mesa em frente, Berger se levantou e com um rasgado sorriso de despediu de Arias.

Na parada esperava já um outro Unimog com uma metralhadora Stern montada sobre o estrado e mais quatro elementos também em uniforme militar. A caravana desta vez completava-se com dois Unimogs, um jeepão Willis e mais quinze elementos, todos com uniforme da Aganah. Como tinha acontecido na viagem anterior, era o jeepão do líder quem abria a marcha e novamente aquela monotonia da paisagem agreste e um horizonte de nada sem peva, só com os pedregulhos tisnados pelo sol do entardecer. Se havia algo na perspetiva do caminhar e que ia despertando a atenção eram aquelas mudanças na flora, que iam adocicando a vista com algumas árvores dispersas ou em pequenos grupos lá bem ao longe que relatavam a existência de algum charco ocasional. Elas iam quebrando a monotonia da visão assim como um ou outro poste com tabuletas que assinalavam a aproximação a algum lugar de interesse arqueológico. De repente, numa bifurcação de caminhos, apontaram por um pontão de pedra que atravessava um arroio, por sinal bem fornido de água, o que era para admirar naquela desolação, e que Chakira murmurou em seu ouvido ser o ribeiro Avlaht, que corre cerca da Pequena Cratera. Seria a partir dali que começaria o ameaçador Neguev, tão profusamente célebre nas descrições bíblicas?

Com os faróis no máximo, viram o jeepão da frente estacar e acender as luzes de stop e um dos seus ocupantes descer e informar:

— A partir daqui usem o máximo de precaução e caminhem com as luzes nos médios ou nos mínimos. Só Jeremiah irá mais ligeiro, para chegar à fala com Abdullah, que nos receberá sem muito alarido e, se possível, com os seus trabalhadores já recolhidos. Mais uma vez, Chakira informou:

— Este gajo é um árabe que casou com uma viúva judia e enricou com a produção e a venda de queijo, que é afinal a fachada para os seus negócios sujos e mais rentáveis; é um informador precioso e tem acoitado na sua fazenda os nossos homens, aquando de missões de despejo nesta area. Consegue fazer o duplo papel de traidor e colaborador, com tal engenho que até os lavradores palestinianos continuam a acreditar nele. Os primeiros a ser despejados foram os seus vizinhos, que aconselhados por ele venderam as suas propriedades sem ter que sofrer o nosso assédio.

Aquela palavra excitou a curiosidade de Berger, que cutucando os rins da companheira, lhe sussurrou a pergunta:

— O que é isso de assédio?

Ela riu em surdina e ciciou-lhe:

— Deixa, que hás-de ver com os teus olhos e até tomarás parte na cena, mas na essência, é usar a prática da Máfia: assustar antes de comprar. Ora isso poupa dinheiro ao estado e evita mais violência.

De repente, um dos homens da viatura do chefe apareceu num cruzamento de carreiros e com um flash light apontou para uma vereda à esquerda, que apresentava sulcos profundos na terra saibrosa e vermelha, parcamente iluminada com os mínimos.

No maior silêncio, as viaturas foram arrumadas dentro de um coberto onde estavam as alfaias agrícolas da propriedade e todos rodearam uma mangueira que despejava água num tanque, para irrigação, e se sujeitaram a uma higiéne rápida de mãos e rosto. Sempre em silêncio, se dirigiram para uma divisão da casa onde estava uma mesa comprida com diversos recipientes com um aromático e apetitoso guisado de carneiro, pão ainda quente e queijos de médio tamanho a esmo sobre a cobertura.

Findo o repasto, todos se encaminharam para um anexo de terra batida, mas coberto o chão com profusão de palha de colmo, onde se deitaram pra descansar da faina do dia e por gestos nomearam um elemento para montar vigilância no primeiro turno.

Ainda a alva não tinha mostrado a aurora e já Jeremiah dava instruções em voz baixa sobre a atuação de cada viatura. Estranhando aquela manobra, Berger dirigiu um olhar interrogativo a Chakira e esta, sorrindo com ar enigmático, aproximou-se dele e à boca pequena ciciou disfarçadamente:

— Agora vais entender o que é o assédio.

O jeepão de Jeremiah e Nora seguiu em frente na direção sul e o Unimog, com uma metralhadora Stern montada num tripé, seguiu-o logo na mesma direção. O último veículo ficou ainda ali estacionado cerca de meia hora até que o condutor, quiçá com instruções nesse sentido, começou a cumprir o encargo que lhe tinha sido transmitido e moveu-se em direção à colina que despontava a leste, cujos contornos iam-se tornando visíveis conforme o alvor da madrugada a desviava da penumbra. Por isso, o faro de jornalista tornou-se mais curioso que a discrição.

— E agora, minha cara, o que vai acontecer? Ora, ora meu amigo, simplesmente vigilância e assédio!

O carro subiu a íngreme picada até um bosque de datileiras e alguns sicómoros já floridos e de repente estacou. O condutor desceu apressado e, sem qualquer palavra, abriu duas caixas laterais do veículo e começou a tirar duas redes da mesma cor dos camuflados, que estavam dobradas e enroladas. Foi com a ajuda de todos que em breve o Unimog ficou confundido com a paisagem que o rodeava e escondido da vista. À sombra das árvores, sobre o chão, todos estenderam as lonas amarradas e começaram a montar as tendas de campanha que eram também do mesmo tom que cobria a viatura e que serviriam para abrigar os ocupantes da inclemência do sol e ocultá-los de vistas indiscretas. O condutor ofereceu uns binóculos ao mais graduado, que era Jero, um sujeito mal encarado e barbudo, que tomando o outro par ofereceu-o a Douglas, um judeu imigrante da América, de onde tinha fugido para escapar a uma acusação de violação. Apontou-lhe a direção sul e intimou-o:

— O chefe quer um relatório pormenorizado sobre aquelas fazendas lá em baixo, para que lhes façamos uma visita de cortesia logo mais à noitinha.

Riu-se das próprias palavras, como se gozasse antecipadamente das emboscadas que tinha em mente sobre o que os pacatos habitantes iriam sofrer e continuou, desta vez apontando para Berger:

— Tu podes, desde já, tomar algumas vistas destas fazendas palestinas que vão ser vigiadas, para depois ficares com uma recordação do que foram e do que virão a ser, depois de compradas para serem propriedade de Israel.

Depois deste desabafo premonitório soltou uma gargalhada e continuou a dar as instruções como se fossem récitas do que lhe ia na mente canalha.

À hora da refeição, foram servidas rações de combate usadas pelo exército americano e cuja origem era a delegação da Cruz Vermelha. Esse intervalo de reunião foi aproveitado para nomear quem iria visitar e executar o plano de Jeremiah sobre as fazendas alvo.

Já no lusco fusco, apareceu o jeepão do chefe e este sempre acompanhado por Nora, que pertencia ao comité do governo para aquisição de terras ainda na posse dos seus legítimos donos. Jeremiah exibia um grosso maço de notas de dólares na mão; começou a distribuí-los por todos, ao mesmo tempo que esclarecia:

— Este dinheiro foi o que sobrou da transação de três pequenas fazendas palestinas lá mais para sul e que vocês, ainda que não envolvidos diretamente no negócio, devem também beneficiar.

Berger aceitou o dinheiro e, embora a sua cabeça fervilhasse de interrogações, não quis comprometer-se a formular as perguntas que o seu faro tinha penduradas na garganta.

Era já adiantada a noite, sentiu o ruído de pessoas deslocando-se das outras tendas e, com a curiosidade alerta, ainda espreitou no negrume, mas nada conseguiu vislumbrar. Deixou que a dúvida amolecesse os sentidos despertos e deitou-se novamente.

Tinha passado pelo primeiro sonho agitado de um sono curto, quando sentiu a entrada da sua tenda ocupada por Chakira, que o abanou lançando o convite:

— Olha lá para baixo e pega na tua câmara!

O que viu, deixou-o petrificado: eram bem visíveis as chamas que se levantavam em diversos locais, tanto na fazenda a sul como aquela mais afastada e a leste da colina. Pegou na câmara de longa distância e focou-a sobre os incêndios que devastavam cobertos e redis. Chocado, pôs-se a observar os moradores numa roda viva tentando apagar o resultado das bombas incendiárias que os seus companheiros tinham lançado durante o tal assédio noturno de que Chakira tinha falado. Então era aquela a tática usada para promover o terror nos camponeses palestinos e assim aliciá-los para se desfazerem das suas propriedades, como se tal fosse um negócio legal. Com uma expressão de nojo, observou para a companheira:

— É então com terrorismo que Israel aumenta o seu direito à Terra Prometida. Não bastou já o que o exército conquistou na guerra?

Ainda a alva se não pronunciara e já Jeremiah, desta vez acompanhado por dois oficiais que vestiam fardas do exército regular, estacionou o veículo, chamou pelos homens a quem tinha ordenado a ação incendiária e perguntou-lhes à boca pequena:

— Então fizeram tudo sem alarde de maior?

— Sim, chefe, os malditos nem chegaram a sonhar de onde veio a assombração!

— Muito bem, agora toca a levantar e vamos recolher o pão ainda quente!

Todos empenharam-se na recolha das tendas e na arrumação da camuflagem do Unimog e subiram para se aconchegarem nos seus lugares da viatura em direção à fazenda que se encontrava mais próxima.

Já à vista da propriedade, todos começaram a sentir o odor nauseabundo a carne queimada, numa mistura de lã chamuscada, que se intensificava à medida que avançavam.

Sentado no Unimog, ao lado de Chakira, observou a fazenda da qual na noite anterior tinha tomado imagens. Ali estava na sua frente e ainda no ar era percetível o odor a carne queimada, quando Jeremiah parou o jeepão frente à entrada e berrou pelo nome do proprietário:

— Hamed!

O grito ecoou na manhã brumosa e uma cabeça de mulher assustada assomou na porta entreaberta e, de olhos arregalados pelo terror de ver aquele Unimog com uma arma apontada à sua casa, chamou pelo seu homem. Este saiu acompanhado da mulher e de dois filhos pequenos, a fingir uma calma, porém a urinar de terror, mas que ele lutava por não dar a conhecer à companheira e às crianças. Dirigindo-se a Nora, a quem conhecia por tê-lo já abordado há dias com a proposta de compra da sua propriedade, perguntou-lhe:

— Tem os papéis para eu assinar?

Antes de responder, a mulher olhou-o com um sorriso mordaz e interpelou-o:

— Aqui não está a tua família toda para assistir ao negócio?

— Sim, falta o meu filho Rahim, que está a trabalhar no Egito. As minhas filhas mais velhas estão lá dentro.

Ao ouvir a observação, de imediato Jero e Douglas saltaram da viatura e se prontificaram:

— Nós vamos buscar as raparigas, que devem estar lá dentro escondidas!

De imediato, Jeremiah levantou a mão e ordenou:

— Vocês fiquem aí quietos. Chakira e Berger, ide lá dentro e trazei-as!

Estavam as duas abraçadas uma à outra e ambas tremiam de medo. Berger fechou os olhos por um segundo e rememorou as palavras do feiticeiro: «Continuarás amaldiçoado pelo meu nome secreto e só te livrarás do meu anátema quando praticares a salvação de uma jovem em perigo de vida e a protegeres para sempre!» Chakira aproximou-se de ambas e, com palavras de compaixão, disse-lhes:

— É melhor que vão ter com vosso pai para evitar que ele seja maltratado. Eu compreendo o vosso medo, mas podem estar certas de que ninguém abusará de vós. Eu me comprometo pela vossa honra!

Ambas dirigiram-se para a saída e caminharam em direção ao resto da família. Um grito sufocado saiu de suas bocas quando olharam o lado direito do terreiro, onde o que restava do rebanho ali estava imóvel, como que petrificado pelo dantesco silêncio. Aquelas que se agitavam com as dores das queimaduras, faziam uma fúnebre e silenciosa saudação às irmãs tombadas no massacre cobarde por quem, em vez de lhes respeitar o aprisco, as torturara na noite. O cheiro que dali emergia tornava-se cada vez mais opressivo.

As jovens, sempre acompanhadas por Chakira, juntaram-se ao resto da família e abraçaram-se à mãe, mas Jero, que as observava de cima do Unimog, apontou-as com ar canalha e exclamou desabridamente:

— Ora, vejam lá! Escondeu as cabras de nós com medo que as achássemos a gosto! Ai, lindas, tenho a certeza que vocês desejavam que eu fosse lá dentro para vos foder!

Soltou uma gargalhada canalha com tal sonoridade, que a própria Nora insurgiu-se, ergueu o olhar para ele e com ar enojado atirou-lhe:

— Parece que ninguém pediu a tua opinião de porco. Assim é melhor que mantenhas essa matraca podre em silêncio!

O palestino mirou uma vez mais aquela arma fixa em cima do Unimog, olhou os homens armados postados nas viaturas que o olhavam com inimizade e novamente interpelou, aparentando a calma que não sentia:

— Quem me vai pagar aqueles animais queimados?

Nora encolheu os ombros e retorquiu:

— Como posso pagar-te o que a vossa incúria provocou?

— Como assim? Nós fomos atacados pela calada da noite por incendiários enviados por vós!

— Muito bem, então aponta-me os culpados, para que a justiça os castigue!

Hamed voltou a circundar a vista em redor e, como se tudo já estivesse consumado, perguntou:

— Vão-nos levar ao campo de Assentamento?

— Sim e amanhã um autocarro vos transportará ao outro lado da fronteira, junto ao Mar Morto.

— Que posso eu fazer? Dá-me os papéis e a tinta para molhar o dedo.

Com a mão tremente de nervoso terror, estampou o dedo sobre os documentos de venda daquela propriedade já herdada do pai e que seguia na família há mais de 3 séculos.De um instante para o outro, perdeu-se na memória do tempo. Lembrou-se do filho, Rahim, que estava no Egito e lhe tinha lembrado:

— Pai, lembra-te que sou o teu herdeiro!

Nora recolheu os papéis oficializados com a marca a negro das impressões digitais de Hamed e quando lhe deu o dinheiro para o palestino contar, este protestou:

— Só me estás a pagar dois hectares e a minha propriedade tem quatro.

— Esqueces, Hamed, que esses dois que tu dizes que são teus são terrenos de pastagem comunal e como tal são de todos. Eu consultei os arquivos dos turcos.

Virou as costas ao árabe e dirigindo-se a Jeremiah, explicou:

— Pronto, esta pertence-nos. Foi um bom negócio!

Como se aproximava o sábado, Chakira perguntou a Berger:

— Tens onde passar o dia santo?

— Não, ainda não pensei. Tu tens?

— Sim, o meu irmão é um dos acionistas da exploração de salitre no Mar Morto e cede-me uma casa. Se quiseres aproveitar...

— Aceito, com prazer. É só pedir a um dos companheiros que me traga o meu Land Rover que está no hotel e entregue lá cem dólares para pagar a minha despesa.

Capítulo 5

O SUOR EMPAPAVA E TORNAVA RIÇADOS OS CABELOS soltos de Shadha. O rosto estava escanzelado e arrepanhado de desdém, mas desperto pelas contrações do ventre dilatado de prenhez, que lhe acentuavam a excessiva magridade das faces, cujos maxilares eram contraídos e assim mais vincavam a sua debilidade física. A premente ansiedade de fazer sair aquele fruto querido tinha sido o alimento motivador para a fazer reter o último sacrifício, esse que a fazia segurar o ténue vínculo à vida. Tinha conservado aquela última reserva de energia para poder fixar na mente aquela abençoada recordação de Hamid, o primeiro e o derradeiro homem que amara com o coração e a quem entregara a alma. Este homem seu que engendrara com carinho aquele ser dentro de si, que a obrigava a manter-se viva para lhe insuflar a vida, mesmo depois de acossada pela ignomínia. Aquele filho era a lembrança do seu amor por Hamid e que resistira ao brutal tormento imposto pelos execráveis sionistas. Esses malditos que humilharam a sua dignidade de ser humano e estupraram a feminilidade de seu corpo impoluto com extrema violência e que, para cúmulo do horror, acometeram-na em frente do esposo querido que, manietado como um animal feroz, foi compelido a assistir à sua tortura física e adúltera. Ele mesmo compreendendo a sua impotência perante a infame ação estorcegou de tal sorte os punhos amarrados, que os tendões se deslocaram das cartilagens e mostraram o branco ensanguentado dos nódulos ósseos, pelos quais escorria o fluido vital que ensopava uma vez mais aquela terra estéril, mas desejada pelos perversos sionistas, esses que riam envilecidos pelos seus berros de fera ferida na inexequível tentativa de ser solidário à sua querida esposa. Primeiro foi aquele maldito que, qual aventesma saído das trevas do inferno, se apossou da sua memória pela fealdade horrenda da cara timbrada por uma cicatriz que lhe ia desde o olho ao lábio superior e fazia de seu rosto uma carranca medonha e má. Esse foi o primeiro que a apontou com menosprezo e, rindo-se como um desalmado, aproximou-se do carro a cuja lança ela estava fixada com ataduras nos tornozelos e punhos, tal como uma rês indigitada à imolação. O bandido baixando as calças lhe exibiu os genitais despudoradamente, aproximou-se dela em plena exibição e antes de a penetrar disse-lhe, como escárnio:

— Puta infiel, vou-te dar a semente do porvir da geração servidora dos filhos de Javé, como prefiguração de senhores do mundo!

Sentiu o acre fedor a mijo retardado que o mostrengo exalou nas últimas investidas do orgasmo que inundou o jardim já semeado da sua intimidade. Ela, envergonhada pelo adultério forçado, encarou sem ver o seu querido Hamid e implorou:

— Perdoa-me, amor, mas a tua semente prevalecerá! Ele, sim, era o seu homem que, escolhido por Alah, tinha a missão de a proteger e fazer gerar mais crentes para o seu Deus.

Hamid tinha desviado a face do horror que torturava a sua esposa e ouviu distintamente o pedido da mulher, que o seu Deus lhe dera para amparar e amar!

Eram cinco os malditos que tinham ali chegado como arrivistas por aquele naco de solo renegado pelo próprio deserto do Neguev e que até os escorpiões evitavam. Tinha sido Abdul Rachid, o tetravô de Hamid, que tinha domesticado aquela terra para alimentar as suas ovelhas e que com muito suor e lágrimas a obrigara a alimentar algumas oliveiras e tamareiras e nela escavara um poço até as suas entranhas, para lhe sugar a humidade que a tornara profícua para a sua horta e um pascigo para a meia dúzia de animais que podia sustentar. Ali tinha construído aquele casebre para dar um lar à companheira que Alah lhe tinha escolhido e que cumprira a sua missão de mãe ao presenteá-lo com quatro filhos, que seriam a continuação da sua memória na posteridade. Sem prevenirem da sua chegada, os malditos de arma aperrada botaram fogo à choupana que lhes servia de habitação e cujos tabiques ressequidos tornaram-se um brasido dantesco. Intitulando-se donos daquela terra que, segundo eles, lhes tinha sido ofertada pelo seu Deus Javé, manietaram os moradores junto ao escavado e obrigaram o ancião a marcar com o dedo um recibo de venda fictícia, por um valor a escrever depois de assinado. Aquele papel com o timbre governamental de Israel precisava de ser comprovado com o aval da marca preta da impressão digital. Como o seu marido Hamid protestasse em defesa de seu velho pai, agrediram-no à coronhada e prenderam-no pelos pulsos à oliveira mais próxima enquanto o pobre albergue ardia com os parcos haveres da família.

A ela tinham trazido de rojo desde a pastagem onde o ovelhum gado tinha iniciado o nascer do dia. Arrancaram-lhe o khimar que lhe ocultava os cabelos, arregaçaram-lhe o hijab para lhe apalparem as coxas níveas e, antes de a manietarem, desnudaram-lhe os seios e a prenderam à lança daquele carro de mão onde a abusaram. Também à velha companheira de seu sogro lhe despiram as roupas sem pudor nem respeito pela sua avançada idade e esta, fixando-os um a um com um olhar tétrico e horrorizada por aquela hedionda maldade, anatematizou-os como filhos de um deus maldito e enganador:

— Malditas sejam no inferno as mães incestuosas que vos pariram!

Não lhe deram mais oportunidade de os amaldiçoar — de uma coronhada desfizeram-lhe o crânio. Felizmente que fora de instantâneo assassinada e assim se livrou do vexame da violação. Foi a morte a libertadora do seu opróbrio, enquanto ela, a sua nora, teve ainda que suportar aquele zarolho que tinha esbofeteado o seu amado por ter virado a cara enquanto o companheiro da cicatriz lhe violava a esposa. Olhou o cadáver já hirto do pai de Hamid e desejou também com uma prece rápida ao seu Deus:

— Senhor, fazei que ele morra para não sofrer mais este infamante ultraje ao corpo de sua mulher!

Só deu fé do olho zanaga e hediondo a fixando quando sentiu a guinada da penetração em seu sexo já dilatado pelo primeiro estupro. Não chegou a sentir a dolorosa agressão dos outros três porque tinha entretanto perdido a noção do tempo e do espaço.

Foi acordada por aquele ancião que, alertado pela fumaça que ainda volateava no ar do lusco-fusco, a desatara da lança onde os facínoras a tinham humilhado. Não viu os corpos do sogro, nem do marido, só a velha mãe de Hamid ainda ali permanecia prostrada sobre a terra, nua, com um trapo sujo ocultando as partes pudendas e ela, num repentino e instintivo gesto de afeto por aquela mulher que felizmente não tinha assistido ao seu tormento, deitou-se sobre o cadáver, chorando histericamente. Foi aí que o ancião desconhecido, com muito carinho a puxou mansamente e lhe falou como um pai:

— Minha filha, eu também perdi os meus. Vamos descansar e amanhã darei sepultura a esta crente que já está nos braços de Alah.

Foi também ele quem lhe vestiu o hijab da sua sogra, quem lhe ofereceu das suas vitualhas, repartindo a última reserva de pão duro e queijo. Quando a água era escassa, ele, já com a língua tão ressequida como cortiça, guardou para ela as últimas gotas contidas no odre e protegeu-a sã e salva até à fronteira. Quando contou àquele homem bom que estava em estado de prenhez e que o querido fruto de seu ventre era de seu esposo, foi também ele quem a animou ao implorar:

— Por favor, Shadha, dá à luz essa dávida de Deus e oferece a Hamid a sua posteridade!

Sempre sob a proteção de Karim — assim se chamava aquele homem que lhe incutiu a coragem para continuar a gestação daquele ser— — chegaram ao posto de abrigo hachemita na divisa e ali recebeu algum alimento para continuar a jornada até àquele campo de asilo onde conheceu a fraternidade e a ternura de um abraço pejado de calor humano, o olhar bondoso da freira cristã que se compadeceu da sua tragédia e que, com amor, escorou a sua coragem para dar à luz o fruto do seu Hamid, aquela semente que resistira ao germe maldito dos cinco hediondos sionistas.

O doutor Wolfgang observou-a detidamente e com a bondade de um pai perguntou-lhe:

— Minha filha, há quanto tempo?

— Não sei ao certo, senhor doutor, mas julgo que estou de seis meses.

O médico abanou a cabeça e continuou a auscultação. Depois, com o mesmo carinho, como se falasse para uma criança:

— Minha filha, desejas dar à luz uma criança saudável e robusta?

— É o meu último anseio, senhor Doutor. O desejo com toda a minha alma é o fruto do meu amor, é toda a minha vida!

— Eu compreendo-te, minha filha, mas não te vou ocultar que o teu estado é crítico, estás fraca de mais para conseguires manter esta criança com vida. Que Deus te ajude, jovem mulher!

Chamou a enfermeira chefe e a instruiu:

— Angélique, esta mulher está num estado de fraqueza tão acentuado, que não sei se lhe podemos valer. Ela precisa de todos os medicamentos que tenhamos para fortalecer a sua condição de grávida, desde vitaminas aos complexos. Veja o que se pode arranjar e dê-lhe prioridade. Depois informe-me.

Angélique abraçou-a com o enternecimento de irmã e encaminhou-a para a zona do campo onde estavam outras mulheres, também vítimas como ela das atrocidades sionistas.

Conseguiu recuperar alguma energia e quando o doutor Abner mais tarde a consultou, sorriu-lhe e informou-a:

— Shadha, você vai ser submetida a uma cesariana, porque o seu estado físico não aguenta um parto normal. O doutor Bardot vai anestesiá-la e assim você não vai sentir nada.

— Não, senhor doutor!

Aquele grito estrídulo saiu da garganta de Shadha como um apelo de desespero e todos a olharam com estupefação.

— Eu prometi a Hamid um parto natural e é assim que desejo dar à luz o filho dele!

Abner abanou a cabeça com tristeza e voltou a explicar:

— Shadha, você não tem saúde para um sucesso ingénito e a minha missão é evitar que morra!

— Senhor Doutor, resisti a todos os horrores e a semente do meu Hamid prevaleceu. Que importa a minha vida, se a continuação do meu homem viver? Guardarei o último alento para oferecer a Alah o vingador da minha honra. Respeite a minha vontade, senhor doutor!

A senhora Douglas forneceu todos os suplementos existentes no campo e receitados pelo doutor Wolfgang, mas a magreza de Shadha continuava a ser um problema para o seu estado físico. Quando chegou a hora, até ela se admirou com a força anímica daquela mulher tão frágil e que tanto tinha sofrido.

O doutor Abner ali estava expetante de luvas calçadas e de avental, entre as pernas de Shadha, para aparar o nascituro. Angélique, com especial carinho, ia limpando o suor que escorria profusamente da testa da parturiente e animava-a:

— Agora, minha querida, faz força, força! Faz força!

Os pulmões de Shadha incharam insuflados pela aspiração e o ventre contraiu-se uma vez mais para expulsar o feto, que teimava em não aparecer na coroa vaginal.

— Mais uma vez, querida, agora! Força, força!

A vulva dilatou-se e abriu como uma flor ao sol da aurora, as pétalas rubras desfolharam-se e do interior ensanguentado começou a despertar a corolla negra de uma minúscula cabeça, como se tal fosse o pistilo da bonina florida, dentre as coxas magras e húmidas de transpiração da mulher que continuava a despender as últimas energias do seu corpo débil de força, para expelir o fruto do seu ventre. A lividez do lunar acima do umbigo acentuava-se à medida que a inchação dava lugar à lisura do ventre e a zona pélvica se apresentava húmida de bolhinhas prestes a desfazerem-se em humidade que tudo alagava. Os lábios da vulva dilatados até ao limite, em conjunto com a clitóride, absorviam aquela carne brilhante de mucos que ia escorregando do interior e quando as pernas do nascituro foram seguras pelos dedos ágeis e práticos de Abner, foram surpreendidos por aquele grito agónico expelido pela garganta contraída da parturiente:

— Vinga-me, Hasan!

O doutor Abner abanou a cabeça compungido com o desfecho e retorquiu com desânimo:

— Deu a vida pelo filho!

Num murmúrio só por Angélique ouvido, desabafou:

— O ódio perpetua-se para a próxima geração!

Foi num monólogo só dele que ciciou, com desprezo, o que tinha ouvido dos rabinos sionistas: «Nos lugares onde os judeus são fortes, não devem permitir a permanência de nenhum idólatra...»

Já o entardecer se debruava a vermelho, lá para o poente do natural horizonte, quando Chakira informou:

— Meu caro, vamos entrar em En Guadi; é aqui que o meu irmão tem a sua empresa de exploração de fosfatos e potássio. Chama *Aron & Mike Society*. Tem tido bons resultados e também tem colaboradores palestinianos, assim como sócios árabes no outro lado da fronteira hachemita, cerca de Al-Karak, onde se explora também essa imensa riqueza de minérios do Mar Morto. São centenas de toneladas que todos os dias são exportadas daqui via Betlém e para os portos de Asquelom, até Eilat, no Mar Vermelho.

Um ambiente opaco, como se fora nevoeiro branco, ofuscava o crepúsculo que se encaminhava para o lusco-fusco e se sentia na respiração opressiva. Aquela poeira de alvaiade pairava no ar e toldava a visão das coisas. Chakira elucidou:

— É o eterno problema do fosfato que, recolhido pelas pás mecânicas, solta-se no ar e encobre a paisagem como se fosse a queda de neve, mas logo pela noitinha o ambiente fica livre deste pó que enriquece judeus e árabes, pois os lavradores não podem já dispensar este fertilizante natural que torna as suas terras mais produtivas. Só que tem um contra, eles às vezes esquecem-se dos cuidados a ter com o seu manuseamento junto de cursos de água e fontes naturais e o fosfato acelera a eutrofização, favorecendo assim a proliferação de algas que estrangulam tudo o que é vida, ao eliminar o oxigénio.

Andaram mais dois quilómetros para sul e Berger começou a sentir um cheiro intenso a querosene e foi ao fungar que mais uma vez Chakira o informou:

— Esta é uma zona de exploração de potássio, que é um mineral que se encontra em águas salgadas e, como se oxida rapidamente em contato com o oxigénio do ar, tem que se recolher em vasilhame com petróleo de iluminação, para neutralizar a sua reação com o ambiente. Este potássio é um metal que dá origem ao cloreto e ao nitrato, que são grandes fertilizantes. O nitrato de potássio é usado no fabrico de pólvora e o cloreto é também usado nas injeções letais, provoca a paragem cardíaca sem dor. Meu caro, embora eu seja uma química, acho que nós viemos aqui com a intenção de nos divertirmos e não para eu te dar enfadonhas lições da matéria. Assim, vamos procurar o árabe que é o encarregado do meu irmão e pedir-lhe a chave de um dos apartamentos de madeira que são alugados aos fins de semana a turistas que gostam de banhos de lama terapêutica e outros tipos de relaxamento, como flutuar nas águas paradas e altamente salgadas deste mar interior, que é o ponto mais baixo do globo: cerca de 430 metros de irregularidade em relação ao nível do mar. Dizem alguns estudiosos que foi aqui que Sodoma e Gomorra se afundaram como castigo do Altíssimo.

De repente, por entre o ruído intenso dos geradores que forneciam a iluminação àquela espécie de aldeamento, o jeep sacudiu-se com a brusca travagem e a voz aguda de Chakira fez-se notada:

— Olá, Ali! Ali, chega aqui, por favor!

— Ora, boa tarde, patroa! O que deseja de mim? O seu irmão está em viagem para o sul.

Chakira riu-se e indagou:

— Ali, tens algum apartamento livre para mim?

— Ora, patroa, nem precisa perguntar.

Meteu a mão no bolso, extraiu uma chave e informou:

— É o 49, o melhor, tem vista para o mar. Quer que lhe marque também o jantar no nosso restaurante?

— Sim, Ali, uma marcação para dois. Obrigada, amigo!

Por entre aquela barulheira de máquinas, vozes e pregões, seguiram para sul e depressa encontraram um edifício pré-fabricado que estava divido com duas portas de entrada.

— O 49 é aqui — especificou Chakira — Vamos tomar um banho e mudar de roupa!

Já lavados e vestidos, encaminharam-se para o restaurante que distava cerca de 50 metros e, por acaso ou assentamento natural, o ambiente parecia livre da poeira dos fosfatos.

Logo que assomou na entrada, o gerente veio ao seu encontro e depois de um beijo de saudação indicou-lhe uma mesa discreta junto a um canto e defronte para um cortinado de janela. O empregado pôs-lhe um cardápio na frente que ela não consultou e, piscando um olho a Berger, pediu:

Quero um bife meio sangue, batatas e ovos a cavalo. Também uma garrafa de vinho tinto natural e como aperitivo dois whiskies com gelo e água tónica.

Já de estômagos saciados, saíram para o ar da noite alumiado por um quarto crescente bem bojudo e, instintivamente, deram as mãos e Berger, um tanto embaraçado com aquela oferta de signo afetivo, desanuviou o enleio expressando:

— Até pareces uma natural daqui, minha querida!

— Sim, Berger, mas sou galileia. Foi lá que nasci e me criei e foi lá que aquele maldito Jacob Weisz me viu e me cobiçou. Foi ali que os meus pais, sem me consultarem, receberam o chorudo dote daquele maldito que me desejou. Foi lá, naquela terra que ainda amo, que um rabino contratado me casou sob a chupa e deu a sua bênção ao matrimónio que me tornava propriedade de Jacob Weisz.

— És casada?— Não, sou viúva!

Ao dizer isto largou de repente a mão de Berger e convidou:— Vamos comprar uma garrafa!

— Ok, se é esse o teu desejo!

Ambos pareciam render culto ao relaxamento e, absortos da realidade do momento, quase esqueciam o romantismo *moonlight melody* que provinha do gira-discos e reclamava um sentir mais poético no convite que emanava da música. Foi Berger que, num intermezzo inserido na melodia, tomou atenção ao musical momento e fixou a sua atenção na companheira, sorriu para ela e sobrepujou o alheamento, levou o copo aos lábios e, enamorado, lançou o convite:

— Queres dançar?

Ela, como se já esperasse o convite, pôs-se de pé e deixou-se enlaçar. Vogaram lentamente ao compasso da música e Berger começou a sentir aquele esquisito formigueiro que se iniciou com Erika, a loira sueca que lhe tinha amenizado a estada naquele país.

O ventre de Chakira era quente e suave e suas coxas maviosamente se roçagavam nas dele, naquele embalar slow que os libertava da tensão da mente. Pressentindo o apelo romântico de Chakira, o jornalista, na mesma atitude idílica, foi baixando delicadamente a sua mão da cintura para os glúteos feminis e ela, correspondendo ao instinto erótico, encostou mais a sua face ao pescoço de Berger e suspirou com profundidade. O seu corpo estremeceu e de repente estacou ao pronunciar num cicio:

— Desejo-te, Berger!

Não houve resposta da parte dele, apenas aquele gesto espontâneo do sentido de posse no pensamento sensual: as mãos viris, como garras, envolveram-lhe a delicada cintura e fundiram o seu corpo ao dele, num enlace de exclusividade. A boca fremente de desejo ancorou sobre os lábios dela e sorveu-lhe, num delírio, o licor que lhe molhava as palavras. Ela sentiu de encontro ao seu ventre aquele ariete que a agredia como um taco de bilhar impulsionando a bola e descendeu a sua mão para experimentar entre a polpa de seus dedos aquele troço de carne turgente que lutava com o tecido das calças. Sentiu-se empurrada para o bordo da mesa e quando deu pelo seu traseiro amparado pelo estrado tinha já o pénis de Berger entre os dedos e foi com inusitado prazer que susteve na palma da mão aquela turgescência quente, suave e dura. Chakira susteve a respiração quando ele a ergueu para cima da mesa sem lhe pedir que o sugasse. A cabeça de Berger se afundou com delicadeza em seu peito e com a mesma afetividade delicada, começou a desabotoar o decote para ter acesso àquelas colinas que o encantavam e abriu um novo caminho até às corolas róseas dos seios, inchados de desejo. De repente, ela deu pelas coxas desnudas a serem acariciadas por aqueles lábios húmidos que se apegavam com doçura ao interior das pernas e deslizaram em beijos ao longo dos músculos interiores. Sentiu-se no etéreo espaço entre a fronteira do aqui e agora e quando os dedos dele, com a sensibilidade de uma pluma, desviaram a bainha das suas cuecas e acariciaram o seu clítoris, ela experimentou a volúpia daquela golfada de líquido vaginal que inundou sua flor e a obrigou a gemer:

— Ai, querido meu! És delicioso, amor! Não pares! Tu foste o primeiro! Oh!

Aquele vagido foi um incentivo para Berger. O erotismo latente na sua mente, que contagiava o seu sexo, mais se inflamou com o prazer da mulher e o obrigou a desviar a aba do slip para debruçar-se mais entre as coxas femininas e, com a experiência de um amante já bem afeito, acariciou em movimentos deslizantes os lábios interiores e exteriores da sua vagina inundada de fluidos cálidos. Ela sentiu-se delirar com mais aquele orgasmo entre as pétalas de sua flor e, quando pressentiu a língua dele penetrar na abertura que conduzia ao seu íntimo mais profundo, ela o entreviu como o amor que procurava na sua aspiração à felicidade, que brotava ali mesmo dos seus sentidos. Livre de qualquer incentivo, ele a devassou com muita meiguice e ela ainda encantada de enlevo só deu por aquela glande inchada de desejo invadir suas carnes tenras e ardentes quando as mãos dele seguraram seus quadris e a boca varonil murmurou em seu pescoço:

— Sê minha, querida! Amo-te!

Enlevada por aquelas palavras que há tanto tempo não ouvia, levantou mais os joelhos para fruir plenamente o todo dele, até sentir os testículos de encontro à sua púbis.

— Ai, querida, que gozo, este! Estás a transportar-me ao paraíso. É a minha primeira vez sentimental!

— Meu querido, o teu prazer é meu e fico-te grata para sempre!

Ela segurou-o com o frenesi da fêmea em cio e ele no seu ir e vir, no vir e ir entre as carnes tenras e cálidas daquela mulher que o surpreendia e se agarrava ao seu sentir mais íntimo, não suspeitava porque ela murmurara que ele foi o seu primeiro. Novamente, aquele gozo voluptuoso o fez saltar fora daquele espaço que delimitava o aqui do agora e o paraíso que a sua mente imaginara já tinha sido invadido ao trespassar e comungar daquele corpo quente e carente.

— Ai, Chakira, que doce és, amor! Permite que eu desague este rio no mar desse coração carinhoso! Que delícia, embriagas-me de amor, querida minha!

Ela abraçou-o com mais afinco e murmurou-lhe:

— Obrigada, meu querido!

Ambos correram para o duche e atiravam pelo caminho as poucas roupas que os cobriam. Pareciam os primeiros seres amantes que fugiam nus e descalços da tentação que os empolgava.

Foi quando sentiu aquele tufo de cabelos acariciando o friso dos seus glúteos que o seu pénis voltou a intumescer e ela, segurando-lhe a glande, atreveu-se a dizer:

— Queres mais, querido?

Ele sorriu enternecido e não teve coragem de lhe pedir mais daquela divina dávida de amor sensual, daquele néctar que qual abelha não se cansava de colher. Ela compreendeu-o e voltou a oferecer:

— Aqui ou na cama?

Ele soltou uma gargalhada e perguntou, em palavras sussurradas:

— Queres dormir comigo, meu amor?

— Sim, Berger, tu conquistaste-me! Eu ciciei o teu nome na bruma do meu pensamento e sonhei contigo terno e amante vindo ao meu encontro. Agora sinto pela primeira vez que o amor é muito mais elevado do que alguma vez imaginei e combino-te como uma janela de esperança à minha vida. A minha alma ao pensar em ti alegra-se como os raios do sol que aquecem as flores tenras das rosas!

Ambos, seduzidos pelo encanto daquele poema inacabado, embrulharam-se no lençol de banho para enxugarem os corpos e purificaram-se com água de alfazema.

Desta vez foi ela que contemplou com enlevo o corpo de Berger, que quase sem pelos no peito tinha uma compleição atlética e era belo como um Apolo. Ele, por sua vez, ficou sensibilizado com a beleza e densidade daqueles seios de médio volume, cujos mamilos se pousaram na avidez de sua boca.

Chakira, suspirando de carinho, num misto de dor e gozo, acolheu Berger nos jardins de sua intimidade. Era o contato ansiado desde os primórdios do tempo, era o fogo que palpitava em seus ossos, nas fibras de seus músculos, nas suas veias onde corria o fluido da vida e no interior de sua alma. O fluxo húmido e cálido desaguava no calor oculto de seus ventres. Ele sentiu-se renascer e renovou as excitantes carícias, tão do agrado dela. Era o afã de recuperar o tempo perdido e de soltar de dentro dela a represa de suas águas felizes, porque a excitação já estava a escorrer entre as suas pernas. A cada toque suave, ela gemia e logo de seguida exigia-lhe mais e mais carícias, inventadas no momento. Chakira soergueu-se e fixando Berger nos olhos pronunciou num cicio:

— Medito o teu rosto e sinto-me tentada a sugar o teu membro até esgotar a nascente do teu sémen.

Por sua vez, Berger pronunciou gravemente e soletrando cada palavra como se fosse um poema:

— Contemplo-te e sinto-me renascer no espelho de teu olhar e não me abstenho de subir as colinas de teu peito lindo!

Nos seus braços, estava aquela mulher linda e apetecida ao instinto sexual e isso só por si era o suficiente para o desencadear da paixão que os avassalava a ambos. Uma vez mais. ele provou o cálix da luxúria, inebriou-se com o capitoso sabor e não conseguiu conter o arrebatamento que o ultrapassava e expandiu-o, perdendo o controlo da tempestade de volúpia que os lábios de Chakira lhe ofereceram ao saborear o seu fluido misturado com o licor que lhe molhava as palavras. Ele urrou como fera ferida e em palavras entrecortadas pelo gozo que ela lhe proporcionava:

— Querida! Querida minha, tu és a deusa da minha vida, do meu alento e me elevas às alturas deste sentir que me amarfanha a alma. Isto é a minha dávida de ti! Obrigado, querida minha! Amar-te-ei até à morte!

Foi só aquando do silêncio da modorra dos corpos saciados que ele, curioso por ela o ter mirado intensamente nos olhos, perguntou-lhe:

— Porque me olhaste daquela maneira?

Ela sorriu embaraçada e a sua mão, com delicadeza e num ademane instintivo, acariciou a face dele:

— Amor, é uma longa história. Foi o encanto que tu quebraste e é por isso que te amo mais: eu casei-me, como já te disse, forçada por meus pais quando só tinha 16 anos, uma menina ainda. Ele era um judeu ortodoxo rico. Casamos sob a chupa e fomos abençoados por um rabino. Era muito mais velho que eu, mas pareceu-me meigo no falar e nos gestos comedidos. Foi nessa mesma noite que eu senti o verdadeiro homem a quem meus pais me entregaram. Em vez de me conquistar com mimos e me desflorar depois, como era normal, ele obrigou-me a encostar de cara à charrete que nos transportava a casa e, tomando uma caixa de creme do bolso, mandou-me arregaçar a saia e, sacando o seu sexo pela carcela das calças, exibiu-o em frente das minhas nádegas, exigindo que não o olhasse, pois isso era um abuso descarado. Forçou-me as ancas para trás, lambuzou-me o ânus com o creme e de uma estocada violenta tentou penetrar-me. Eu gritei de dor e encolhi-me como uma cachorra a ser espancada e o maldito, sem uma palavra, tomou uma chibata de vime, açoitou-me as nádegas vociferando palavras humilhantes tiradas do manual bíblico de achincalhamento das mulheres hebreias: «A mulher é sujeita ao homem em tudo, assim o ordena o Altíssimo. Eu desejo desfrutar o que comprei, portanto mantem-te quieta e humilde!» Voltou a lambuzar-me o esfíncter e penetrou-me com violência pela primeira vez. Senti aquela guinada de dor atroz, como se me rasgasse, e ele, sem dó pelos meus gemidos e pelas minhas lágrimas de dor, vazou-se em mim como um varrasco numa porca e com a agravante de ainda me achincalhar verbalmente:

«Anda, puta miserável, aí tens o gozo do teu dono. Tu não passas de uma devassa ordinária, serás sempre submissa ao teu amo e senhor, uma sua escrava abominável!» O maldito nunca usou o meu sexo para satisfazer a sua luxúria e outras vezes obrigou-me a ajoelhar-me e ordenou: «Chupa-me, escrava infiel!» Segurava-me pelos cabelos e obrigava-me a engoli-lo até à garganta e, sem se vazar, sodomizava-me em seguida com brutalidade e injuriava-me como a uma mulher de rua.

— E tu, Chakira, nunca tentaste chamá-lo à razão ou pedir a intervenção dos teus pais?

— Como, Berger, se qualquer tentativa esbarrava no machismo ortodoxo? Ele tinha até o vício de usar a chibata nas orelhas da mula e ela até se mijava de medo quando ele lhe exibia aquela maldita vergasta. Mas tudo tem um fim e um dia em que ele trazia uma carga de cereais e passava junto à Barreira da Morte, como lhe chamavam, mandou a mula parar e obrigou-me uma vez mais a arregaçar a saia. Eu vinha suada e muito cansada e implorei-lhe que ali não me violasse. Ele riu-se escarninho e, com sadism, chibatou-me as nádegas. De seguida, penetrou-me. Ainda eu estava a compor a saia e a limpar-me, ele abeirou-se do precipício e aquela sombra maléfica que costumava toldar-me a visão quando ele me rasgava o ânus ordenou-me a instintiva ação. Tomei o sarrafo que servia de travão à carroça nas inclinações do trajeto, abeirei-me dele por detrás e, com todas as minhas forças, descarreguei-o sobre a sua cabeça. Não o deixei recuperar da pancada e, com ele ainda em desequilíbrio, empurrei-o para o abismo; só ouvi aquele berro maldito que me tem acompanhado até te conhecer. Para evitar dúvidas, manobrei a carroça com a carga de maneira que a traseira ficasse na direção do desfiladeiro; chicoteei as mulas com violência e elas recuaram até que tudo foi engolido pelo precipício. Arrependi-me em seguida e quando contei à sua família que ele tinha caído pressenti a sua desconfiança, que interpretei como desejo de vingança. Essa ameaça tem-me perseguido e levou-me a alistar-me na Irgun como autodefesa. Este pesadelo tem-me inquietado até agora e foi depois de te conhecer, hoje, que me senti curada desta fantasmagórica ameaça. Lembras-te quando me empurraste de encontro à mesa?

— Sim e depois?

— Eu esperava que tu me pedisses um oral e foi por isso que te olhei tão intensamente. Naquela pausa de incerteza jogava o meu conceito de ti e, como um juiz impiedoso, estava pronta a ditar a sentença. Foi ali, naquele momento preciso, que exibi a minha espada de Dâmocles sobre a tua cabeça. Obrigada, meu querido Berger, por teres renunciado ao prazer fácil a favor do amor redentor. O teu gesto de carinho ao desistir das aberrações que me traumatizaram sacaram a minha alma do inferno, da inclemência do remorso impiedoso, que exigia total expiação e a todo o momento interagia com o meu outro eu, impedindo o afloramento do meu lado bom, este que tu soubeste conquistar; é por isso que eu te amo, querido!

Foi a vez de Berger a fitar com estupefação e, naquele momento de confidências, quis relatar-lhe o seu encantamento maléfico, mas o sono e o enamoramento acabaram por vencer o instante. A tentação de sentir o calor daquele corpo amado sobrepôs-se ao ensejo do desabafo.

Era já madrugada quando aquele grito inumano de pesadelo despertou Chakira. Ela, aturdida ainda com o som do horror, se soergueu no leito, acendeu a luz e observou a carranca medonha e má que se refletia no rosto amado. Desviou-o do sonho mau, limpou-lhe o suor da testa e acalmou o seu espírito possuído pelo passado opressivo. Berger voltou a adormecer nos braços suaves da jovem mulher, até esta despertá-lo, já ia alta a aurora, que se assinalava curiosa, pelas frinchas da gelosia, o que levou-o a lamentar:

— Querida, perdi o nascer do sol. Podias ter-me despertado!

Ela sorriu com meiguice, fez-lhe uma carícia no rosto e ele deixou-se seduzir pelo aroma do café que vinha no tabuleiro, num conjunto de torradas e sumo de laranja.

Fizeram ambos a higiene pessoal do início do dia e quando Berger ainda se enxugava no lençol de banho, Chakira aproveitou para o abordar acerca do pesadelo. Reparou que Berger se arrepiou ao entender o teor da pergunta e um esgar de pejo mascarou seu rosto, como a desviar o seu espírito da tentação de pôr a nu o segredo que bulia com o seu estado psíquico.

— Meu querido, tu fizeste-me esquecer a minha importunação, ao me proporcionares o estado de espírito propício ao meu desabafo. Por favor, não tenhas pudor, alivia comigo esse negativismo que te persegue e que eu constatei o quão pernicioso é para a tua alma.

Berger fitou-a demoradamente e, de imediato, começou a narrar o que se tinha passado naquele campo maldito onde a sua alma tinha sido subvertida pela doutrina nazi. Conforme a torrente dos elos da cadeia que aprisionava, o seu espírito ia se desenrolando e ele sentia a luz opaca clarificando como um halo benfazejo, colorindo de esperança a sua aura. As mãos suaves de Chakira deslizando em seus cabelos proporcionavam-lhe aquele refrigério que levitava nos recônditos profundos da alma e uma fisionomia nova de beatitude ia resplandecendo em seu rosto, encostado ao peito feminil; transparecia no seu olhar. Quando chegou à narração da obrigação imposta pelo feiticeiro, foi Chakira quem se comprometeu:

— Meu amor, eu vou-te ajudar a cumprir o acórdão a que estás obrigado. Farei pelo nosso amor!

Berger sentiu-se leve de corpo e espírito e, abraçando Chakira, rodopiaram os dois como crianças num recreio escolar. Foi entoando uma canção em voga que se dirigiram até ao restaurante para almoçar e, aproveitando a clarificação do ar livre da poeira dos fosfatos, passearam na margem do Mar Morto, observando alguns turistas que, deitados de costas, deixavam-se deslizar naquelas águas tão saturadas de cloreto de sódio que quase sustinham os seus corpos em flutuação permanente.

Eram duas almas felizes quando na segunda-feira, de madrugada ainda, Chakira informou:

— Jeremiah disse-me que este próximo trabalho é muito perigoso. É uma numerosa família de palestinianos que já rejeitou a proposta de venda por duas vezes e parece que têm armas para se defenderem.— Sabes, Chakira, não estou a gostar da atuação dos camaradas. Estou arrependido do juramento que fiz e vou comunicar isso a Jeremiah.

— Isso é um problema bicudo, mas que podes livremente assumir, alegando deveres profissionais. Mas eu, sem o apoio da Irgun, fico vulnerável, posso ser acusada de homicídio e tu nem imaginas como é arbitrária a justiça dos ortodoxos para com a mulheres. Estou sujeita ao apedrejamento.

— Deixa, querida. Eu vou defender-te e, se aceitares, casarei contigo. Amo-te, teu olhar é uma flor no agora e teu terno sorriso é como um raio de sol penetrando em minha alma. Havemos de ser felizes!

— Obrigada, Berger!

Capítulo 6

A CARRINHA ESTACOU À ENTRADA DO CAMPO E, sem qualquer cerimónia, o condutor abriu o taipal traseiro e falou:

— Pronto. É aqui que você vai ficar mais a garota e trate dessa perna, porque isso tresanda a carne podre.

O homem de barbas amparou-se à moçoila que o acompanhava e, arrimando-se a um tosco bordão, lá caminhou para a entrada do acampamento de Schoa. Um jovem com uma ligadura envolvendo-lhe a cabeça veio ajudá-lo até a entrada da receção. Ele mais a garota identificaram-se:

— Sou Ali Karim, natural de Kichas, de onde consegui escapar depois da destruição da minha aldeia por um grupo de sionistas assassinos, que incendiaram a minha casa e massacraram a minha família.

Ao pronunciar isto, as lágrimas deslizaram em sua face curtida e embrulhada pelos reveses da vida.

— Esta é também uma criança que escapou ao opróbrio do estupro, mas que tem na mente a visão do terror daquela manhã sinistra.

Como a funcionária olhasse para ele com ar de estupefação quando falou acerca daquela menina que tinha salvo e que todos julgavam sua filha, Karim voltou a frisar:

— Não se admire, jovem. Uma das minhas meninas só tinha quatro anos e foi violada com requintes de malvadez, mas não desejo lembrar mais aquele aziago dia que marcou para sempre o meu destino e, não fosse o encargo que tomei para proteger esta inocente, há já muito me tinha entregado ao desespero. Escapei daquele lugar maldito e busquei refúgio em casa de meu irmão, onde me tornei pastor do seu gado. Infelizmente ele foi acossado pelos agentes do governo sionista e, para salvar os seus, também acabou por ter que vender ao desbarato o que lhe pertencia por direito e que tanto suor e tantas lágrimas tinha custado aos seus antepassados. Estamos numa época de nakba e só Alah pode valer ao nosso povo, que é sujeito a todos os vexames por estes bandidos sionistas.

A funcionária, uma freira passionista com uma cruz vermelha no véu, talvez já habituada àqueles relatos macabros, fez sinal a um outro refugiado ali sentado e, com a ajuda da garota, acompanharam-no até à enfermaria do campo.

Quando a enfermeira começou a desenrolar aqueles trapos nojentos que envolviam a perna direita do paciente, fez um esgar de nojo e colocou uma máscara sobre a boca. Assinalou à garota para que saísse, mas esta, como um cachorro fiel, manteve-se junto do seu salvador. Como a malina da perna gangrenada evoluía no ar, fazia a atmosfera tão fétida, que se tornava impossível de respirar. A enfermeira, com pena da petiza, pediu ajuda a uma colega para retirá-la dali. Entretanto, chegou o doutor Edmund Wolfgang que, sentindo o pútrido odor, tomou também uma máscara e foi perentório:

— Não tem chance, isto é gangrena, tem que ser amputado! Chamem o doutor Abramowicz!

Duas freiras deitaram-no com extremo cuidado sobre uma maca e de seguida trouxeram-lhe um caldo quente, que ele deglutiu em duas goladas, tal era a lazeira de dias. Sobre a perna, puseram-lhe uma gaze embebida em éter para dissipar o fedor que exalava e esperaram o doutor.

A freira, que tinha levado a garota salva por Ali Karim,que aparentava ter seis anos, perguntou-lhe:

— Como te chamas, menina linda?

— Sou Miriam, assim me chama o meu avô Karim. Ele diz que sou de Kichas.

A freira abanou a cabeça com ar de lástima e acariciou o rosto descorado da criança, ao mesmo tempo que lhe falava com ternura.

— Vou dar-te pão com marmelada e um copo de leite; queres?— Sim, senhora, tenho fome!

— Depois, vais tomar um banho e vamos ver se encontramos uma roupa que te sirva. Queres, Miriam?

Sim, senhora, mas o banho não.

Ouviu-se a voz forte do doutor Abramowicz:

— Meu Deus, mais cinco centímetros e não tinha por onde cortar. Angélique, por favor, chame-me o doutor Bardot e que o anestesie para a cirurgia. Onde você arranjou isto, Karim?

— Ora, eu safei-me há um ano do massacre de Kichas e refugiei-me na casa de meu irmão, com o encargo de pastorear o seu gado. Foi lá que arranjei coragem para viver depois da tragédia que me levou a família. Foi em Kichas que tomei a minha pequena Miriam, era uma criança que na altura do atentado estava como eu na lixeira comunal. Quando ouvi a primeira bomba daquele ataque terrorista, enterrei-me sob as vísceras que apodreciam ao sol e fiz sinal à garota que, aterrorizada, se tinha erguido para ver o que se passava. Conseguimos escapar com vida, já não tinha casa, nem família!

Não deu tempo a dizer mais nada, só viu o rosto do doutor anestesista, da freira Angélique e do cirurgião.

Uma freira conseguiu levar Miriam para a casa de banho e, para surpresa sua, ao despir a menina, encontrou um crucifixo preso na sua roupa interior. Estranhando o caso, chamou uma colega e mostrou-lhe a cruz com o crucificado. Esta não conteve a sua admiração e indagou diretamente da garota:

— Minha querida, tu és cristã? És filha de pais cristãos?

— Sim, o meu papá e a minha mamã levavam-me à igreja e fiz até a primeira comunhão. O meu avô Karim, que me salvou, sabe que eu sou cristã e até me obriga a rezar logo pela manhã.

— Mas o teu avô é islâmico!

— Isso não sei. Ele diz que me devo manter cristã, porque devo respeitar a memória do papá e da mamã e conta-me: Miriam, os bandidos sionistas mataram os teus pais em Kichas, mas eles, que estão no céu, hão-de gostar que tu sigas a sua crença em Jesus Cristo e eu respeito a sua recordação!

Uma jornalista inglesa do *Star* andava a entrevistar sobreviventes do massacre de *Deir Yassim* perpetrado em abril de 1948 e comandado pessoalmente por Menachem Begin: 120 terroristas judeus cercaram e atacaram a localidade situada a oeste de Jerusalém. Foram de casa em casa e, ainda os seus moradores estavam estremunhados do descanso noturno, abriram fogo sem se importarem se eram velhos, mulheres ou crianças. A matança foi executada a sangue frio e aqueles que conseguiram sair das casas foram alinhados contra uma parede e liquidados a tiro. As mulheres que escaparam foram selecionadas pelos miseráveis sionistas e divididas entre eles para serem abusadas; foi uma orgia a campo aberto, em que as forçadas escravas sexuais foram usadas para satisfazer todas as aberrações dos tarados sexuais judeus. A localidade deixou de existir, pois logo após o assassínio dos 610 moradores, as buldózeres encarregaram-se de limpar o terreno da carnificina com tal meticulosidade, que no fim parecia virgem de casas. Este método sinistro foi usado em todas as localidades onde foram perpetrados massacres étnicos, através de toda a Palestina. Esta tática de limpeza evitaria o regresso de algum árabe remanescente que apresentasse provas de posse da terra. Era esta a política de Bem Gurion, que assentava na evacuação de terras e na supressão de tantos palestinianos quanto possível do estado judaico. Foi ele o pai da destruição deliberada das localidades atacadas e limpas de árabes. Desta política destrutiva são exemplo: Khulda, em 20 de abril, Abu Zureique, Al Mansi, Naghânaghiva, ou ainda o massacre de 250 habitantes em Lydda e Ramleh, em junho de 1948, que levou à fuga de cerca de 70 mil palestinianos, e também o massacre da indefesa localidade de Doueimach, perto do Hebron, em outubro de 1948. As matanças de Quibya, Kafr kassem, e a expulsão de milhares de beduínos pouco depois da guerra de 1948, para abrirem a região à colonização judaica. Em meados de 1949, havia 350 localidades que tinham sido despovoadas e totalmente reduzidas a cinzas. Assim se concretizava a política expansionista de Bem Gurion: «as fronteiras de Israel serão decididas pela força e não pelo diálogo.»

Se houve um holocausto judeu, na Palestina, desde 1947, também tem havido um holocausto palestiniano, que só terminará com o fim do Estado de Israel, tal é o ódio acumulado nos corações dos pais que contagiam os filhos nesse mesmo fosso sinistro. Aonde poderá chegar o horizonte de um estado que tem por alicerce o terrorismo?

O diretor do Fundo Judaico do Território Nacional escreveu: «deve tornar-se claro que não existe espaço neste país para dois povos e o processo das "compras de terra" não concretizará o Estado de Israel, que deve formar-se num todo à maneira de uma Salvação, tal é o segredo da ideia Messiânica... »

— Este funcionário superior, como fundamentalista judeu, só se esqueceu de invocar o célebre código da *Halachá*, para testificar a legalidade na usurpação de terras aos seus legítimos donos: «a Halachá permite aos judeus roubar aos não judeus onde os judeus são mais fortes que os não judeus.»Senhor Ali Karim, eu tenho provas de que o Governo Judaico quis ocultar o massacre de Kichas, beneficiando assim da não existência de sobreviventes e afinal você se afirma natural de Kichas e que assistiu à chacina onde sua casa foi destruída e sua família assassinada?

— Sim, eu e a Miriam somos os únicos sobreviventes do genocídio perpetrado pelo maldito Menachem Begin.Naquela manhã de Dezembro de há um ano a esta parte, a pequena aldeia com cerca de 150 cristãos e uma centena de muçulmanos que viviam em paz e harmonia foi despertada pela invasão de uma horda de terroristas sionistas, que aproveitando o nascer da alva iniciaram a destruição das casas e o assassínio dos seus moradores, ao acaso. Primeiro, com rajadas de metralhadora, para criar pânico e caos e, de seguida, com o lançamento de granadas incendiárias para atiçar o incêndio que se seguiu. Conforme os moradores saíam espavoridos das casas a arder, eram-lhes apontados fortes holofotes que os encandeavam e os tornavam alvos bem visíveis para as metralhadoras pesadas, montadas sobre viaturas que os ceifavam a sangue frio, fossem eles velhos, homens novos ou crianças. Só eram poupadas as mulheres mais jovens, que no fim do massacre serviram para divertimento dos bandidos, que depois de cevados os instintos as assassinavam a sangue frio.

Enquanto Ali Karim relatava à jornalista inglesa as atrocidades cometidas pelos terroristas sionistas, o doutor Abramowicz, com a cabeça entre as mãos, meditava no passado transportado ao presente. Sem que nenhum dos presentes na entrevista — Ali Karim, a repórter, a freira Angélique — se apercebessem, dirigiu-se ao seu modesto quarto, situado entre as duas enfermarias e deitou-se sobre o seu catre, porque a cama já há muito tinha dispensado a uma mãe de quatro crianças pequenas. Virou-se de cara à parede e começou a fazer uma retrospetiva da sua vida em Auschwitz e, desfiando a maldita recordação até o drama a que assistia no presente, não aguentou a pressão moral do que estava acontecendo e irrompeu num choro convulsivo, cujos soluços chegaram aos ouvidos da irmã Angélique, a sua enfermeira. Desde que ele tinha abandonado a entrevista a Karim, Angélique tinha desconfiado daquela saída abrupta e, procurando, não o encontrou em nenhuma das enfermarias onde ele, sempre solícito, costumava dar esperança aos internados que recuperavam das cirurgias por si realizadas. Então, ao passar junto da porta do quarto, ouviu aquele soluço estrangulado e deteve-se. Em si pairava o receio de que algo de mal pudesse ter acontecido ao seu doutor chefe, mas pensando na sua reputação feminina como freira, demorou ainda alguns segundos antes que a sua consciência humanitária vencesse os escrúpulos do pudor; bateu com os nós dos dedos na porta e chamou:

— Doutor Abramowicz, o senhor está bem?

Não obtendo qualquer resposta, voltou a expressar a sua presença com mais duas batidas na porta e não ouvindo qualquer sinal do doutor olhou para um e outro lado do corredor, segurou o manípulo da fechadura e, afoita, abriu:

— Meu Deus, o que se passa, doutor? Mas o que é isto, criatura de Deus?

Os soluços continuavam, agora mais sonoros e profundos. Angélique sentou-se na borda do humilde catre e pousou uma mão sobre o ombro do médico, implorando:

Por favor, doutor, nós precisamos de você lúcido e calmo para socorrer os nossos doentes. Diga-me o que se passa e dê ânimo ao meu espírito.

Abramowicz soergueu-se e, com as lágrimas abrindo sulcos em seu rosto, curtido pelo sol daquela terra inclemente para os refugiados palestinianos, desabafou:

— Ai, Angélique! Sinto nojo de ser um maldito judeu. Este asco acompanha-me desde que cheguei e tem-se introduzido em minha alma como um vírus de maldição. Que pensarão os doentes deste médico que não passa de um irmão dos facínoras que os espoliaram e agrediram?

— Oh, por favor, doutor, você não tem nada a ver com as atrocidades cometidas pelos bandidos de Israel.

— Não me desculpes, querida Angélique. Tu, sim, és uma boa cristã e praticas a filosofia de amor de Jesus, esse judeu que foi renegado pelos seus compatriotas, mas que nos legou a bondade e o amor! Continua a seguir esse caminho e persiste em ser iluminada pela luz emanada do Calvário. Nós, os malditos, estamos possuídos por Hazazel, o espírito mau dessa religião farisaica e vamos ser condenados na batalha final do Apocalipse. Estamos a ser governados pelos mesmos perversos que entregaram à morte o filósofo do Amor e inverteram o testemunho dos homens santos. Perdi a fé neste Deus maldito, que permite que os seus rabinos sejam os arautos do embuste, dos roubos e assassínios. Que devasso Deus é este, Javé, que permite o genocídio e toda a classe de atrocidades em seu nome, contra os gentios? Que espécie de gente é esta que construem os seus lares sobre os cadáveres das suas vítimas? Que sinistros rabinos são estes que abençoam o hediondo genocídio do povo palestiniano?

— Ora, doutor, nem todos os judeus são bandidos, nem todos os rabinos são cúmplices!

Um soluço mais forte cortou a respiração do médico e Angélique, alarmada com tal manifestação de lástima, segurou a cabeça dele e, como se consolasse uma criança, fez-lhe uma carícia na face com tal carinho e delicadeza que Abramowicz, fixando aqueles olhos meigos, segurou a mão da freira e, num reflexo carente de ternura, encostou a sua cabeça no regaço terno da enfermeira, desabafando:

— Ai, irmã, porque os judeus não têm a tua piedade, a tua pureza de alma e a abnegação pelo bem como existe em ti, Angélique, querida! Que felizes são os nossos pacientes sentindo essa meiguice, esse sorriso terno e luminoso como um raio de sol na aurora! Ai, querida Angélique, só a tua compreensão é já um refrigério para a minha alma dilacerada pelo ódio que estes malditos rabinos judeus cultivam pelos cristãos. Permite, irmã, que a tua luz dissipe as trevas que envolvem o meu coração!

— Oh, querido doutor, que a paz seja consigo, porque se os homens conseguirem o amor e a concórdia, erradicarão a violência!

Aquelas palavras, carregadas de amor pelo próximo, começaram a cavar um alicerce fundo no coração de Abramowicz e a entoação carinhosa saída da garganta da enfermeira freira começou a transformar-se numa aurora luminosa na escuridão que envolvia o espírito do médico da Cruz Vermelha. Ele sentia já a sua cabeça tão leve como uma nuvem deslizando no etéreo. Ergueu-se do regaço fofo da enfermeira e olhou-a nos olhos, aqueles olhos de tonalidade castanha dourada, como avelãs com cobertura de mel, e foi naquele fascínio doce como o encanto que os continha, que ele moldou aquele rosto delicado em sua mente e não resistiu à beleza do oval daquela face bela e sensível, que tantas vezes surpreendera nas cirurgias de risco e que o incentivaram a confiar na esperança, esse estímulo que tinha salvado tantas vidas humanas. O médico deixou-se tentar pela luminosidade que lhe acendia a alma e dissipava a bruma da sua consciência. Manteve o seu olhar fixado nos olhos iluminados por aquela aurora imaginada no sonho que a antevia bela e doce caminhando ao seu encontro, como um raio de sol na alvorada dissipando o rocio das flores tenras das rosas. Não resistiu ao encanto e os seus dedos atrevidos pela tentação de penetrar no interdito daquele hábito austero, que, qual halo divino, lhe moldava a silhueta, ergueu a mão e deixou que a polpa de seus dedos deslizasse com sensibilidade e delicadeza na alva pele que lhe moldava a boca, o queixo, a testa e os olhos. Com a leveza de uma pluma, tomou a textura suave de todos os contornos lindos do angélico rosto. Angélique, com o sentir da sua ternura primordial, deixou-se seduzir por aquelas carícias doces ao seu sensorial e envolveu-se nas primícias de um sortilégio agradável, esse que, como uma melodia amaviosa, ia-lhe penetrando as defesas da castidade e estimulava a supremacia da existência física sobre a condição anímica há tanto tempo amordaçada e exercitada para resistir ao fascínio afável da pulsão amorífera, que agora naturalmente sucumbia ao mistério do nascimento da alvorada do enamoramento. Era esta nova emoção que a irmanava com Abramowicz, na busca do sonho de desvendar os desejos velados pela abstinência imposta pelo celibato conventual. Pela primeira vez, começou a compreender que o amor é algo como um mistério e é difícil deslindar as suas particularidades. Foi a partir deste novo conceito que ocupava a sua mente que ela se deixou cativar pela atração que já havia algum tempo a envolvia como uma auréola na presença daquele homem que tinha dedicado também a sua vida à causa humanitária. Ela fitou-o com um outro enternecimento e a nova perspetiva tinha-lhe penetrado o coração: o feitiço da paixão amorosa. Deixou-se arrastar pelo instinto primordial. Na expetativa, permitiu que a boca dele ancorasse na sua e aquele flash tão repentino anestesiou-lhe o instinto celibatário que lhe tinha sido inculcado. O vulcão amavioso inebriou-se no capitoso sabor do licor que molhava as palavras dele. Deu pela sua língua bailando com a do doutor uma dança alegre, romântica e sensual. As mãos dele em suas ancas faziam-na estremecer no prazer de sentir o calor daquele corpo que a enlevava. As mãos da freira, carregadas de emoção amorosa, envolveram a cabeça do médico e, num frenesi de possessão, puxaram-na para si, absorvendo aqueles lábios cálidos e sumarentos em carícias que os seus desenhavam. As mãos dele deslocaram--se para a sua cintura e fundiram os seus corpos numa pose escultural de um no outro, em um só. Angélique descobriu que o corpo dele era o alimento da sua alma e doravante seria a sua nova vida. Eles eram como o primeiro homem e a primeira mulher antes do pecado original, que manchou a busca do amor e fez do Éden um lugar proscrito, pois ao condenar o afeto sensual tinha contrariado a máxima divina: «amai-vos e enchei a Terra.» Ela estava a saborear, como uma virgem, a luxúria da paixão que estava em si e a descobrir a matéria da qual era feita. Aqueles lábios sugavam o alento na sua boca e eram uma flor cujo aroma a fazia provar a poesia do mundo e da vida. Angélique começou a entender que só o amor pode trazer respostas às perguntas da vida e compreendia o porquê daquelas jovens mães que lhe apareciam com outras vidas em seus ventres, como resposta ao apelo do enamoramento. Abramowicz era o desejo que a consumia e a levava em glória ao cimo da montanha, a fazia compreender que aquele afeto tão íntimo era muito mais elevado que aquilo que sentia e fazia pulsar o seu coração como o de uma adolescente. Naquele encanto, ela absorvia o fascínio da dávida de Deus e a emoção que sofria era uma oferta de esperança à vida, quiçá um sorriso virado ao porvir. Se o amor é o encontro com Deus, então ninguém pode viver sem Ele e só o amor é digno de fé!

Ouviu o murmúrio dele em seu ouvido:

— Querida, ciciei o teu nome na bruma do meu pensamento,sonhei-te bela e doce, caminhando para mim! Desejo fruir a quentura suave que emana de ti.

Angélique não se conteve com a emoção provocada por aquelas palavras melíferas e pejadas de carinho:

— Amor, neste momento tão sublime, só desejo ser tua e me rendo à tua sedução. Agora sei que o amor é pertença de quem reúne condições para amar e eu desejo ser o espelho do teu olhar, impregnar-me da matéria da qual és feito, como se a mãe Natureza estivesse toda em ti. Assim como há dois tipos de mundo, eu desejo ser para ti essa dupla: o sonhado e o real.

Naquele intercâmbio de cicios, não havia espaço para outros pensamentos, ou análogos sonhos, porque longe encontrava-se a fealdade do mundo ou a iminência do seu fim.

Ela acolhia, gemendo, num misto de dor e gozo nos jardins da sua intimidade, o fogo que palpitava em suas artérias, em todas as fibras de seus músculos e nos recantos de sua alma. A cada toque suave das mãos dele ou dos seus lábios, ela ressumava ternura e logo de seguida exigia-lhe mais e mais carícias, inventadas no momento. Abramowicz, enlouquecido pela beleza que via ante si e pela suavidade da pele do corpo dela, não raciocinou se era ou não perversa a natureza do ato e deixou-se arrastar pela gravitação impetuosa do instinto primordial que havia nele. Porque os dedos possuem olhos e ouvidos e assim completam o fatorial do sentir da alma inebriada de amor, que deseja ser acariciada em todas as sinuosidades do corpo físico, é neste estado que recolhe as sensações da alegria, do riso e dos mil sabores da aventura terna que os envolvia na auréola triunfal da sensualidade. Foi o descaro dos apêndices das mãos que desnudaram as virginais coxas ao erguerem o debrum final da comprida saia do hábito. Acariciou a polpa suave daquelas pernas de alva textura e, maravilhado, descobriu o excitante bosque semeado de negros cabelos e, uma vez mais, os dedos não resistiram à tentação e delicadamente desenrolaram os pelinhos púbicos, como se desenhassem um naperon de croché.O médico, estonteado de excitação, deitou-a sobre o seu catre e, arrebatado com tal dádiva da Natureza, foi imbuído pelo espírito do amor que está no dar e receber. Ergueu-lhe os joelhos, contemplou o olhar meigo da sua enfermeira e leu nele o pedido de mais ternura, mais prazer, mais amor. Baixou a cabeça entre as pernas dela e com a língua desenhou veredas entre as pétalas daquela flor já desabrochada. Explorou todas as minúcias daquela obra de arte até sentir na boca o sabor dos íntimos e felizes sucos. Deixou expandir a volúpia que a sacudia como o vento à frágil haste de trigo mal escorada sobre a seara e ela sentiu-se afogueada pelo êxtase que a transportou ao etéreo e segurou com as mãos a cabeça dele entre os seus joelhos. Abramowicz, encantado e inebriado pelo crepitar da fogueira dos sentidos, descobriu a forma da sexualidade de Angélique: o seu calor, o seu aroma e, depois de decifrados todos os enigmas, murmurou em seu ouvido:

— Ai, querida! É assim que desejo tomar-te! Quero possuir-te e fazer vibrar o teu corpo na excitação do meu enlevo em ti, nesta visita primeira aos teus privados jardins.

Estreitou-a carinhosamente em seus braços, sentiu-a estremecer quando ela o apertou de encontro a si e, de repente, sentiu-se retrair ao afã que tinha premeditado. A partir daquele momento idílico da entrega inocente, foi perturbado por uma vontade omnipotente que o incitava a adiar a volúpia imaginada. Naquele preciso momento, algo que não sabia entender ou explicar acicatava-o a devolver intacta à sua enfermeira a original candura de donzela e, mesmo com a fragrância do sexo húmido que lhe atiçava o desejo, e com aquela pele cetinosa que lhe estimulava os beijos e a ternura amaviosa, prevaleceu a vontade indómita de poupar aquele corpo núbil à dor do desfloramento. Atarantado com aquela inibição que travava o instinto primordial do amor, foi despertado por Angélique que, gemendo de volúpia, exigiu-lhe:

— Ai, querido, por favor faz-me tua. Quero sentir-te sobre mim e dentro de mim!

Aquelas palavras despertaram nele o apelo do amor, foram como que um antídoto à proibição e um acicate à transgressão. Foi possuído deste sortilégio amavio que ele a fundiu em si, trespassou a fronteira e sentiu o seu sexo rasgar a virgindade dela. O apelo do amor foi mais forte que aquele chamamento instintivo de proteção e, assim, enlevado pela sexualidade que os excitava, penetrou aquelas carnes tenras, suaves e cálidas como lava de vulcão e iniciou aquele ir e vir, o vir e ir ao encontro da alvorada do afeto que os irmanava na procura triunfal do sentir amoroso e sensual.Ambos provaram o cálice da volúpia e, inebriados do capitoso sabor, não puderam conter o arrebatamento que os fazia expandir em carinhos que cativavam o erotismo de ambos. Era como se folheassem o livro de seus corpos à procura da alma que os excitava.

Ainda a aurora era uma criança e até a atmosfera de En--Guadi era livre daquela opaca neblina causada pela poeira dos fosfatos, quando Chakira e Berger entraram no jeep que os conduziria ao encontro marcado nos arredores de Enbokek, junto ao Mar Morto, a caminho de Neves Zohar. Ambos sabiam que o destino seria o Neguev e uma propriedade que o Fundo Nacional Judaico cobiçava, que pertencia aos Assad há muitas gerações e cujo dono se negara a negociar. Ambos se entreolharam e nos olhos daquele casal enamorado raiava um dia luminoso. Foi Chakira que, numa entoação maviosa, pronunciou:

— Meu amor, sou tão feliz na tua companhia, que até tenho medo de ter esperança!Ora, Chakira, nunca esqueças que os milagres acontecem todos os dias e nós já deixamos o assombro para entrarmos na realidade. Tu foste a minha miragem e agora és a minha oportunidade a caminho de um futuro que eu já sonhei. Tenho a certeza que na tua alegria encontrarei a minha paz interior. Assim desejo deixar os pesadelos que carregam o nosso passado para vivermos o sonho do porvir.

Sempre embalados pela imaginação amorosa que os unia, nem repararam que a paisagem, conforme caminhavam para sul, mais se adensava na solidão árida do deserto agreste e até as árvores eram avis rara nas vertentes dos morros que semeavam a geografia local. Só aqui e ali se via alguns charcos esporádicos, que eram alimentados pelas águas pluviais ou pequenas nascentes que escorriam pelas vertentes e assim davam de beber às sequiosas raízes de algumas figueiras raquíticas, que conseguiam sobreviver naquela desolação batida pelos inclementes raios solares. Também pontuavam alguns tapetes coloridos de amarelo vivo pintado pelas flores do pampilho, que desabrochavam num arraial festivo e contrastavam com o vermelho das vertentes.

Uma tabuleta branca apareceu ao lado do trilho e em letras negras, bem visíveis, estava assinalado com uma seta a direção de Beersheva. Assim sabiam que, a partir dali e pelas instruções recebidas de Jeremiah, teriam de tomar um caminho à direita que iria dar a Enbokek.

— Chakira, meu amor, vou tentar nesta operação uma oportunidade para limpar o meu karma, nem que para isso tenha que arriscar a vida.

— Berger, querido, estarei a teu lado, conta com a minha ajuda!

— Obrigado, Chakira, eu sinto-me manietado de pés e mãos, porque fiz o maldito juramento de lealdade e agora sinto a minha consciência acusando-me de jornalista renegado, mas será que o mundo alguma vez terá conhecimento do que a nossa gente vem fazendo aqui? Desta aberração moral e política fomentada pelo dinheiro sujo de alguém que até teve o descaro de servir os nazis? Todos sabemos que os Rothschild sempre estiveram ao serviço da ganância e nunca se importaram de servir os carrascos do nosso povo, fossem eles Hitler ou Estaline. Será que os rabinos aliados dos sionistas levam à letra as ordens de um deus sanguinário que odiava todo o género humano que não seguisse os preceitos messiânicos das profecias? Basta citar o que os antigos escreveram acerca e que os sionistas estão a levar à prática com todo o horror:«Ora, se não expulsardes da vossa frente os habitantes do país, aqueles que tiverdes poupado serão como espinhos nos olhos e como aguilhões nos flancos; atormentar-vos-ão no território que ocupardes»*.

*   (Números 33,55)

Não tiveram tempo de trocar mais palavras. Logo em frente, surgiram as silhuetas dos veículos armados e os companheiros que os esperavam. Não saíram do jeep, o Russo informou-o que tinha trazido o seu Land Rover e acrescentou:

— Olha, Berger, tive que pagar mais dez dólares, porque o gerente do hotel exigiu também o pagamento do parque.

— A voz de Jeremiah soou nítida como uma ordem:Vamos almoçar aqui a um moshav conhecido da Nora e depois seguimos para sul. É lá que se encontra a fazenda dos Assad, para comprar!

Aquele moshav, propriedade de um familiar de Nora, fazia parte de um conjunto de cinco famílias moshavim que tinham formado uma comunidade próspera na produção de cereais e alguns até tinham contratado trabalhadores palestinianos para o seu serviço. Foi enquanto fazia as suas ablações para se sentar à mesa para o almoço, que Jeremiah chamou-o à parte e lhe anunciou:

— Berger, o Serviço de Informação do Exército tem lido os artigos que tens enviado para a tua agência e tem-se congratulado com a qualidade da tua escrita. O coronel Dyan, que é meu amigo, pediu-me mais informações sobre ti, convida-te para trabalhares diretamente com ele como coordenador de informações e oferece-te o posto de capitão.

Berger alegrou-se com a proposta e perguntou a Jeremiah:— Então, quando entro ao serviço?

Jeremiah abraçou-o e, na frente de todos, anunciou:

— Meu camarada Berger, a partir deste momento és um oficial do nosso exército, basta que assines este ofício que tem a chancela dos Serviços de Informação do Exército de Israel.

Dando dois passos atrás, arremedou a saudação militar e exclamou, com humor:

— Às suas ordens, meu capitão!

Berger tinha aceitado a proposta a pensar em Chakira e foi assim que lhe murmurou no ouvido:

— Minha querida, aceitei a proposta do coronel Dyan para poder desposar-te, dar-te estabilidade social e proteger-te do fanatismo dos familiares do teu marido.

— Obrigada, meu amor, aceito ser tua mulher e agradeço a tua preocupação comigo, mas eu ainda sei defender-me.

O almoço estava apurado e o cordeiro guisado com ervas amargas mereceu elogios de todos os comensais. O familiar de Nora, levantando-se, exprimiu, num brinde:

— A todos vós, que lutais pela prosperidade de Israel, o meu muito obrigado e que Javé vos abençoe.

O sol estava já a inclinar-se para o entardecer quando avistaram as primeiras vedações em arame farpado da propriedade dos Assad. O Unimog que seguia na retaguarda recebeu instruções do líder e desviou-se para oeste, enquanto o jeep de Nora e Jeremiah dava passagem ao outro veículo que tinha uma Stern montada sobre um tripé e que seguiu em direção à casa da fazenda, que se encontrava mais além e se erguia sobre uma colina na paisagem barrenta do crepúsculo já visível.

A voz de Nora fez-se ouvir no silêncio que se seguiu, depois de estabilizadas as três viaturas no terreno em frente da casa da família Assad.

— Assad, estudámos a sua contraproposta e aceitamos as suas condições; assim, precisamos que aponha a sua assinatura no contrato de venda. Vamos pagar-lhe e você e a sua família serão transportados a expensas nossas para a fronteira.

Um palestiniano de mediana estatura e porte austero, que aparentava mais de sessenta anos aproximou-se em passo lento, mas firme, postou-se frente a Jeremiah e Nora, tomou os papéis da mão da mulher, que representava o governo de Israel e, depois de ler com atenção as condições do contrato, expressou em voz alta:

— Está aqui um erro. A minha propriedade inclui, além das terras de semeadura, ainda mais três pastos que perfazem cerca de quatro hectares e não constam deste compromisso. Assim, além de um preço demasiado baixo pelo valor das terras, ainda fico prejudicado em mais de 50% no valor total. Também o transporte da minha família até a fronteira não está aqui assegurado; exijo que façam um *post scriptum* neste contrato para demarcar o que me pertence e aumentar o respetivo valor de venda, assim como a deslocação em segurança da nossa família.

Foi um momento de grande tensão aquele que se seguiu às palavras do ancião e, mais uma vez, veio ao de cima a rudeza de Douglas, um dos homens de mão de Jeremiah, que, com gestos provocadores e obscenos, aproximou-se dos interlocutores e, baixando as calças sem pudor nem respeito pela mulher presente, virou para o dono da fazenda o branco traseiro e exclamou:

— Olha aqui, ó porco, não queres também o teu cu lavado com malvas e untado com banha?

Não deu tempo a Jeremiah ou Nora para interferirem na abjeção daquele bandalho louro, que humilhou gravemente um chefe de família íntegro e crente no seu Deus. A bofetada soou na atmosfera lúgubre e a resposta veio num estampido sonoro que partiu do hall da casa e abriu um buraco san-guinolento na testa de Jero, que em cima do jeepão tinha apontado a arma ao ancião, como resposta à agressão ao seu amigo Douglas. De imediato a Stern vomitou fogo e chumbo sobre a casa e o atirador que visou Jero. As quatro mulheres, apavoradas com o tiroteio, saíram com as mãos erguidas e encaminharam-se para o chefe de família, que tinha o rosto destroçado por uma coronhada de Douglas em resposta à bo-fetada. Ouviu-se mais uma rajada nas traseiras do edifício e uma granada fez explodir o primeiro andar da moradia. O rebanho de ovelhas que vinha a caminho do aprisco para ser ordenhado espantou-se e os animais espalharam-se a esmo pelo campo. Logo de seguida, um dos filhos do ancião foi atingido no peito e antes de expirar gritou:

— Vinga-me, Elis! Não permitas que o nosso filho caia nas mãos desses infiéis.

A mulher, que tinha uma criança ao colo, rangeu os dentes de raiva e, possuída do espírito de vingança, sacou da dobra do hijab uma faca tosca e atirou-se a um dos facínoras, que se desviou e sem contemplações disparou uma rajada da sua Uzi que dilacerou o rosto da criança e o peito da mãe. O dono da fazenda, depois de agredido tão selvaticamente, foi levantado do chão por Jeremiah e, obrigado por Nora, segurou o lápis sobre os papéis do contrato e garatujou a sua rubrica ante a ameaça que pairava sobre as três mulheres sobreviventes:

— Ou assinas ou elas serão violadas!

Não havia opção; deu de mão beijada o que os bandidos sionistas queriam.

Enquanto recolhia os papéis já garatujados, do lado nascente surgiu um trator que parecia desgovernado, galgou a descida do socalco e, mesmo com o condutor trespassado pelas balas da Stern, não inverteu a marcha ao se precipitar sobre o caminho e, em aceleração máxima, veio em direção a Nora, que gritou de pânico e foi literalmente esmagada sobre os rodados traseiros do monstro motorizado. Jeremiah, que se tinha desviado instintivamente do impacto com um salto, gritou horrorizado ao ver Nora ser atropelada junto ao ancião, dono da propriedade.

De um coberto partiu mais um tiro que atingiu o Russo de raspão e este, correndo em zig zag e sempre disparando, aproximou-se do barracão. Um grito inumano foi a prova de que o último filho resistente se tinha finado e do celeiro saiu aos gritos uma rapariguinha que aparentava uns dez anos e gritava:

— Não me matem! O meu irmão foi atingido e precisa de ajuda, está ali dentro!

O zarolho, ao ver a rapariga, excitou-se e dirigiu-se a ela. Arrastou-a para junto de uma oliveira e atou-a na bifurcação dos ramos que saiam do tronco. Riu-se como um alarve e de um brutal puxão arrancou-lhe o véu, pondo a descoberto os incipientes seios da moçoila que, aterrorizada pelo que antevia, não parava de gritar. O zanaga, excitado pela visão do corpo da menina, arrancou-lhe a fralda de um sacão e, mirando alarvemente a púbis florida da sua vítima, exclamou obcecado:

— Hum! Que coisa mais apetecida para saciar a minha fome! Vou comer-te, minha putinha infiel. Vou implantar nessa barriguinha a semente dos futuros dominadores do mundo!

De repente, um puxão violento afastou-o da rapariga ali aprisionada e desnuda. Atarantado com o que lhe acontecia,

encarou com Berger, tentou apanhar a Uzi que tinha deposi-
tado no chão e ameaçou:

— Vou desfazer-te, filho de puta!

Não chegou a empunhar a arma. A ponta do pé de Chakira
atingiu-o com inusitada violência nas partes pudendas da carcela aberta e a voz da mulher assustou-o:

— Tenta e desfaço-te, maldito violador de crianças!

Dirigindo-se a Berger, incitou-o:

— Vai, querido, esta é a tua oportunidade para quebrares
o encanto!

O jornalista olhou com ternura o rosto lindo da menina palestiniana, fez-lhe um carinho na face e como ela continuava a
gritar de terror, murmurou-lhe junto ao ouvido:

— Acalma-te, querida, não desejo fazer-te mal; quero tirar-
-te deste inferno para um lugar seguro onde possas esquecer
este horror.

Pediu a faca de Chakira e, enquanto esta mantinha o zarolho
sob a mira de sua arma, encostou-se à moçoila e foi cortando os
atilhos que lhe prendiam os pulsos à árvore. Despiu o dólman
e enrolou-o no corpo desnudo da rapariga. Tomou-a no colo e
correu a poisá-la no seu jeep. Quando o Russo lhe apontou a
arma para dar-lhe voz de alto, foi o próprio Jeremiah, ainda em
choque pela morte da sua namorada, quem o conteve:

— Deixa-o, maldito! Ele é um oficial!

Ali e Majib eram os filhos mais novos da família Assad e
estavam encarregados de pastorear o rebanho de ovelhas e
cabras da fazenda. Viram chegar a horda sionista quando
já tangiam os animais para o aprisco, instintivamente chei-
raram a desgraça e esconderam-se entre os pedregulhos do
campo independente da casa. Ali segurou o irmãozinho de
nove anos e disse-lhe:

— Majib, por favor, não levantes a cabeça para nada. Estes
bandidos vão matar a nossa família, vamos fazer por sobreviver para vingá-los, temos o dever de exercer a vingança.

Só ergueu um pouco a cabeça do irmão mais novo quando,
rangendo os dentes de raiva, visionou a sua irmã Faiga a ser

violentada pelo bandido sionista que a levou embrulhada num casaco para um jeep. O rosto do facínora ficou gravado na memória destes meninos de treze e nove anos.

Na casa dos Assad, mirravam as últimas labaredas no brasido incandescente, quando Jeremiah deu ordem para lançarem os corpos dos quatro homens e uma mulher para dentro do braseiro, que ainda crepitava. Eram os restos da memória de uma família chacinada em nome da fobia por terras, atiçada com os donativos da família Rothschild. Pior sorte tiveram as três mulheres sobreviventes que, atadas e semidesnudas, serviram de vítimas para saciar o instinto lúbrico dos terroristas judeus e as coitadas, ainda antes de serem assassinadas, tiveram que suportar a humilhação chocarreira dos seus algozes que, sem qualquer sentimento, ultrajaram a memória dos seus esposos. Até o bandido mais viciado em estupros, a quem apodavam de Russo, não se coibiu de violar a esposa do decano dos Assad, como se fosse propriedade só dele. Desatou-a da árvore onde estava amarrada e, rindo como um alarve, virou-se para os outros e declarou:

— Esta tocou-me em sorte. É velha, mas vai ser tratada como uma dama.

Arrastou-a para junto do poço e olhando-a com descaro disse-lhe:

— Agora, querida, estamos os dois sozinhos e eu não desejo violar-te. Assim é melhor que sejas tu própria a despires-te; desejo apreciar a beleza do teu corpo.

Como Zahra o olhasse com desprezo e nojo, o Russo riu-se e, num repente, desnudou o peito da mulher, afastou-se um passo da sua vítima e, mirando-a lubricamente, aproximou-se novamente dela e, segurando-se pela nuca, encostou a sua boca aos lábios cerrados de Zahra. Com as mãos abertas e rindo, absorveu os seios da mulher e, com o indicador e o polegar apertou os túrgidos mamilos, provocando um grito de dor na desgraçada que, estóica e de boca cerrada, deixou escapar aquele trejeito de dor. Ao ouvir o queixume, o Russo soltou uma gargalhada e com mordaz sadismo expressou:

— Agora, minha querida, chegou a hora do teu prazer.

Num gesto de violência gratuita, rebentou o atilho que segurava a comprida e ampla saia da mulher e o mesmo fez ao curto saiote que restava. Olhou a sua vítima com descaro sádico e afastou-lhe as mãos com as quais o pudor a fazia ocultar o sexo bem coberto de pelos púbicos.

— És linda, minha querida; aquele velho seco não te merecia. Vais ser a minha putinha infiel e vais gozar como nunca com o teu crente porco; quero que sintas a dureza do meu pau dentro dessas carnes tenras e quentes que me desejam. Pena que depois tenha de mandar-te para o inferno e assim desperdiçar a semente que daria um árabe judeu, que seria o amparo da tua vida! Segurou a mulher pelos ombros e obrigou-a a virar-se de costas e a abaixar-se com as mãos sobre a borda do poço. Afastou-lhe as pernas e, com um urro de aventesma, ordenou-lhe:

— Agora, puta, sente-me e goza!

Sacou o seu sexo já ereto e vibrante e, de uma estocada violenta, penetrou sem dó a intimidade de Zahra, que gritou de dor, mas não conseguiu evitar a violação e soluçando teve que aguentar a humilhação. Foi o berro inumano da mulher que fez com que Chakira olhasse naquela direção e gritasse.

— Porco, solta essa desgraçada, não sejas cruel para quem não se pode defender, cobarde!

O Russo suspendeu a violação e, quando olhou para trás, o tiro partiu e acabou com o suplício de Zahra.

— Maldita! Um dia pagarás com juros por esta cena!

Suspendeu nos braços a sua vítima e arremessou-a para dentro do poço.

As outras mulheres, humilhadas, já esgotadas fisicamente, nem imploraram pela vida. A morte era o alívio das suas almas e foi com um sorriso de escárnio que enfrentaram as balas dos seus algozes.

Capítulo 7

OS FACÍNORAS SIONISTAS DA IRGUN TINHAM desaparecido deixando nas suas costas aquela sangueira de assassínios, estupros e o roubo de mais uma propriedade a juntar aos milhares de hectares já pilhados a ferro e fogo, para erguer os kibutz da vergonha. Restavam as cinzas da destruição e o sangue dos inocentes massacrados em nome de um Deus perverso e figadal inimigo da raça humana que, proclamando-se Senhor e proprietário, tinha tornado os judeus herdeiros perpétuos daquela terra a que os rabinos chamavam de «Prometida».

Um silêncio pesado pairava sobre aquela porção de terra que tinha sido o lar próspero dos Assad havia oito gerações. Ali pôs-se de pé e, ao rememorar o que tinha sido o seu lar, sentiu um sobressalto profundo em seu peito de criança. A raiva e o desespero estavam vincados nos traços de sua boca, mas não havia lágrimas em seus olhos quando surgiu a visão dantesca no seu subconsciente. A casa de seu pai, ainda ressudando fogo, fê-lo ranger os dentes ao mesmo tempo que, com esmerada delicadeza, acarinhava a cabeça de seu irmãozinho Majib, que se tinha também erguido e, em soluços entrecortados, murmurava:

— Mamia... minha querida Mamia! Mataram-se também?

— Deixa, irmão; agora temos que ser fortes para, com a ajuda de Alah, vingarmos todos!

O ruído de máquinas aproximando-se obrigou-os a esconderem-se novamente entre os pedregulhos amontoados naquele campo de pasto. Aquele acervo de pedras já os tinha camuflado da vista dos assassinos e assim se tinham salvado de serem detetados pelos bandidos que tinham chacinado os seus familiares.

Um buldózer enorme com os faróis iluminando profusamente o local do massacre dirigiu-se em direção às quatro paredes enegrecidas do que fora a linda vivenda dos Assad e, erguendo o hidráulico como um braço armado, arremessou-se como um catapulta contra uma das paredes do topo que, ao ser derrubada, juntou ao fumo do brasido uma enorme nuvem de poeira. Um indivíduo uniformizado de vermelho fez sinal a uma pá mecânica que, de imediato, começou a carregar os destroços da demolição e espalhou-os de tal forma que os mesmos pareciam fazer parte do leito modificado do caminho que tinha existido. A primeira máquina, resfolegando como um monstro pré-histórico, depois de acabar com os vestígios do que fora uma moradia, iniciou outra sinistra aniquilação; começou pelas tamareiras que circundavam o poço e, arrancando-as pela raiz, encostou-as na ribanceira que unia um campo de cultivo ao pátio da casa. De seguida, dirigiu-se ao coberto onde estavam as alfaias e iniciou aí a destruição daquele local, reforçando assim a extinção total de tudo o que lembrasse que ali tinha existido uma fazenda palestiniana. Da disposição inicial daquele espaço, só o aro em concreto que protegia o poço tinha escapado à sanha aniquiladora. Também as velhas laranjeiras que se encontravam já bem afastadas do pátio tinham sido arrancadas e só escapara ao aniquilamento uma figueira sem folhas, porque não tinha sido iluminada pelos faróis da máquina.

Majib cutucou o irmão na escuridão e ciciou-lhe:

— E agora, Ali, o que fazemos?

— Espera mais um pouco, irmão; deixa que os bandidos se afastem. Eu sei o caminho para a pista das caravanas e o trilho dos nómadas.

— Mas, Ali, eu tenho fome!

— Eu sei, Majib, eu também! Tenho aqui no bornal um pouco de pão e uma dentada de queijo que deixaste do farnel do almoço. Vamos ter que aguentar até que, por misericórdia de Alah, apareça algum caminhante, uma caravana ou talvez algum dos pastores nómadas que se compadeçam de nós.

A imagem do estuprador de Faiga tornava-se uma obsessão na sua cabeça. A mente conservava-a cada vez mais nítida, assim como o asco pelo ato praticado. O maldito, depois de abusar da sua irmãzinha, tinha-a levado com ele para algum sítio onde, segundo a sua imaginação, teria tornado a abusar do seu corpinho desnudo. Enquanto esperavam que os facínoras das máquinas terminassem a obra destruidora do que fora o seu lar, aquela casa que tinha sido o seio da sua família, a maldita imagem voltava viva e tétrica à sua visão interior e a repugnância se aliava ao ódio, especialmente por aquele imundo cujo rosto estava gravado a fogo no seu subconsciente. De repente, notou a mãozinha de Majib despertando-o do pensamento obsessivo e notou que o silêncio era agora o seu aliado. Foi com extrema cautela que se ergueu um pouco para espionar o que se passava e viu as duas máquinas paradas, mas iluminadas pelos seus faróis, assim como o holofote extra sobre a blindagem superior, que continuava aceso e alumiando o caminho terraplanado onde os escombros tinham sido espalhados de tal sorte, que parecia que naquela extensão nunca tinha existido presença humana. Jamais ali tinha estado uma fazenda ou qualquer construção que atestasse que naquele local tinha vivido uma família durante oito gerações. Da maneira como tinha sido trabalhado aquele terreno, dava para duvidar da existência da quinta dos Assad. A sua visão assinalou o grupo de quatro homens vestidos de vermelho, que pareciam confraternizar ou concertar sobre o trabalho executado, mas, de repente e como autómatos, se dividiram em dois pares e subiram para as cabines das máquinas. O disparo dos motores ao mesmo tempo que o avivar da iluminação foi quase simultâneo com o resfolegar das bestas que, com um ranger das engrenagens mecânicas, se puseram em movimento.

Ali respirou de alívio, agora podiam iniciar o seu caminho de fuga em direção à fronteira, aquela raia que os salvaria da tirania, quiçá de serem mortos pelos usurpadores da terra que os tinha visto nascer. Ele sabia o trajeto a seguir. O seu irmão mais velho, quando o tinha ensinado a decorar os terrenos onde podiam apascentar o rebanho da família, chamara-lhe também a atenção para todas as veredas e acidentes daquele território imenso, que criara bom pasto para as suas cabras e ovelhas. Também não esquecera aquele abrupto rochedo de onde podia avistar em segurança tudo o que se passava em sua casa e todo o movimento que ali acontecesse. Ensinara-lhe a maneira mais prática de subir ao seu topo e onde se poderia refugiar sem ser detetado. Todas as instruções que o irmão lhe dera tinham ficado gravadas no seu cérebro e agora ali estava ele e Majib para fazerem uso desse conhecimento adquirido.

Falou ao ouvido do irmãozinho com carinho e incentivo:

— Irmão, eu sei que é noite e a lua não está de feição a ajudar-nos, mas espero que sejas forte para podermos atingir a fronteira antes que algum dos bandidos que destruíram a nossa família nos possa avistar!

— Sim, Ali, podes contar comigo. Serei corajoso e não uma canseira para ti.

Comeram ambos do pão e do queijo que tinham restado e beberam a última água contida no odre de pele de cabrito. Logo depois, esconderam-no entre as pedras e fizeram o mesmo ao bornal que era feito do mesmo material, mas cortaram-lhes as correias que os suspendiam a tiracolo e enrolaram-nas em volta da cintura. Só guardaram a navalha que o pai lhes tinha dado para partir o queijo e cortar alguma choca enredada na lã das ovelhas.

A escuridão amenizara-se um pouco com a aparição do quarto minguante, que os observava como um olho semicerrado lá de cima e parecia escorregar para o merídio que foi a direção tomada pelo facínora que raptou Zaida. A direção a tomar ele sabia de cor. Tinha calcorreado aqueles campos desde os sete anos e na sua cabeça estavam bem vivas as instruções de seu irmão primogénito. Por instinto, entrou no trilho que lhe indicava o levante e Majib seguia-o sem uma palavra. De vez em quando, mirava de soslaio para a retaguarda, para se assegurar da companhia do irmãozinho. Depois de duas horas naquela toada de caminhante, falou:

— Irmão, vamos descansar um pouco ali mais à frente do penedo grande. Fixa o mais que puderes desse ponto que nos vai servir de referência mais tarde. Masab ensinou-me como subi-lo para ser um ponto estratégico de observação. Era dali que ele costumava fazer a vigia do gado que pastoreava, enquanto espreitava o que se passava em nossa casa deserta.

Sentaram-se ambos num calhau em frente do rochedo que parecia uma colina, dominando aquele território imenso, coberto de arbustos vários, mas completamente secos naquela altura do ano. Ali, afagando com carinho o ombro de Majib, incentivou-o:

— Tens-te portado como um homenzinho. Vamos andar mais algum tempo até percebermos o raiar da alvorada e depois cortamos um rincão de avoadinhas para fazer uma cama junto a qualquer montículo de pedras, para descansar durante o dia sem que o sol nos importune muito, pois não podemos arriscar passar a raia enquanto houver visibilidade.— Andaram mais algum tempo, acompanhados pelo negrume da noite deslavado pelo quarto minguante que ia ficando cada vez mais opaco. No seu deambular a caminho da fronteira, só se encontraram com um texugo e algumas raposas fugidias que farejavam ratos do campo. Depararam com um clarear ainda mal percebido lá ao longe, no topo do horizonte, e isso foi o sinal para começarem a arrancar alguns arbustos mais compridos e folhudos, principalmente de avoadinhas, que por serem mais compactos se ajustavam perfeitamente ao chão que escolheram para servir de leito.

Foi do lado poente de um montão de pedregulhos que adormeceram sem o cuidado da vigilância. Foi Majib o primeiro a acordar e, pela posição do sol entrando no crepúsculo, deram conta da posição em que se encontravam. Ali, olhando o grande penedo de referência, sentenciou:

— Estamos a três horas do aramado da raia. Temos que esperar a noite para conseguirmos passar em segurança, pois os guardas não costumam patrulhar de noite e a lua vai-nos ajudar.

Tal como previsto, em frente avistaram os esteios que suportavam quatro fileiras de arame farpado e escolheram um trecho onde o terreno parecia afundar-se numa depressão para efetivarem o trespasse. Gatanhando quase deitados, iniciaram a aproximação à vedação e, sempre em silêncio, rastejaram até o espeque mais próximo, cuja fieira de baixo tinha espaço suficiente para permitir a passagem de uma criança. Ali cutucou o irmão e avisou:

— Cautela! Nem uma palavra até estarmos a salvo do outro lado. Masab disse-me que a cerca de um quilómetro nesta direção vamos encontrar o trilho das caravanas e dos viajantes.

Tudo tinha acontecido como Ali previra e ainda a aurora não dera sinal já eles ali estavam sentados em duas pedras e engolindo em seco a saliva provocada pelo mascar de algumas ervas verdes, para suportar as guinadas do estômago vazio já há tantas horas e que clamava algo substancial que produzisse energia. Tinham-lhes valido alguns gafanhotos que conseguiram apanhar ao despontar do dia anterior e que, sem lume para assá-los, tiveram que lhes suportar o sabor acre das suas entranhas. O sol entrou de chofre e abrangeu num repente aquele território na sua incandescência. Quase sem se aperceberem, a auréola luminosa aproximou-se do cimo austral, espargindo toda a inclemência dos seus raios. Para aplacar a incidência solar, cortaram alguns arbustos mais folhosos e com eles resguardaram a cabeça e os ombros.

Já a entrar no desespero da fome e da sede, começaram a ouvir um pequeno ruído que se ia aperfeiçoando no ouvido, como notas graves de uma partitura melódica de esperança. Ambos sorriam de orelhas rentes ao chão, tentando perscrutar os alegres sons de cavalgaduras.

O milagre aconteceu: o homem caminhou para eles aos tropeços, como se embriagado, e eles, a um só tempo, ergueram-se e também aos solavancos dirigiram-se ao homenzarrão que tinham visto appear-se do burro lazarento, que ficara ali especado à sombra de um camelo bem ajaezado e montado por um sujeito anafado, que os olhava austero de expressão e parecia aguardar as novas do subordinado.

— O que fazem aqui, fedelhos?

— Ai, Senhor, por Alah nos ajude!

— Qual é o vosso problema, desgraçados?

— Eles, os malditos, mataram a nossa família...

Não chegou a acabar a frase. Como um fardo sem equilíbrio, Ali tropeçou e ia já direto para o chão, não fosse agarrado a tempo pelo homem que tinha uma perna mais curta que a outra e que, por isso, caminhava aos sacões. Foi Majib que tartamudeando exclamou:

— Os bandidos mataram a minha mami e queimaram a nossa casa!

O homem entendeu e, já com Ali nos braços, dirigiu-se ao patrão, montado no camelo, e esclareceu:

— São fugitivos dos salteadores do outro lado!

Ao dizer isto, apontou o outro extremo do ocidente:— Malditos judeus! Que Alah os confunda no inferno!

— Leva-os lá para trás, dá-lhes alimento e põe-nos no carro, para recuperarem! Com Faiga no banco traseiro a chorar, Berger nunca se tinha encontrado em tal dilemma. O mais estranho é que não encontrava as palavras certas e carinhosas par acalmar a petiza, que tinha como vestuário simplesmente o seu dólman enrolado no corpinho frágil.

Não esquecia o estranho conselho de Chakira:

— Berger, leva a menina para o moshav da família de Nora. Lá ainda não sabem que ela morreu e é um bom lugar para guardar Faiga enquanto eu converso com Jeremiah para me desenvencilhar disto e, com o argumento de que tenho família a cuidar, me livrar do juramento; volta depois a Betlém para resolvermos o destino da garota. Estou a pensar em conseguir perfilhá-la como fruto do meu casamento, mas para isso não sei se Jeremiah me poderá ajudar.

Foi no interlúdio deste pensamento que ele se lembrou do seu amigo Gilad, que junto de sua mulher Shira, se tinha estabelecido em Beersheva e lhe tinha dito, numa conversa, que os funcionários judeus também se deixavam corromper — era uma questão de cifrões; tinha dado como exemplo o seu filho, que nascera fora de Israel e fora registado como cidadão israelita. Riu-se consigo próprio ao pensar na cara de regozijo daquela mulher por quem se tinha apaixonado, aquela a quem tinha jurado amor e que planeara desposar. Não, para abreviar a boa nova a transmitir a Chakira, depois de entregar a criança no moshav, pôr-se-ia a caminho, para negociar com o seu amigo cigano a forma de registar Faiga, como fruto do matrimónio dela. Enviar-lhe-ia um recado por alguém próximo de seu irmão.

Novamente veio-lhe à ideia aquela dúvida, sendo ela uma mulher prática que atuava pelo princípio do resumir e concluir, sobre o porquê de recalcar o pedido:

— Berger, por favor não te esqueças de recomendar Faiga como minha filha.

— Voltou a rir-se para consigo e ficou com aquela incógnita no pensamento. Tinha vontade de procurar uma estação de rádio com música, para aliviar a carga psicológica que estava em sua mente, mas os soluços da menina aconselhavam-no de que tal seria uma indelicadeza sentimental e, assim, limitou-se à única frase que sabia para lidar com crianças:

— Eu compreendo, minha pequenina, mas um dia entenderás que tive que te tirar das mãos daquele malvado, que queria abusar de ti. Vais agora ficar com uma família amiga de Chakira, que te dará roupa nova e te tratará como sua filha. Serás bem estimada e terás outros meninos para brincar.

Não, não tinha o espírito de ternura necessário para entreter crianças, muito menos aquela menina, traumatizada pelas agressões a que assistira sobre si e sobre a sua família, e que fora espetadora do assassínio de seus pais e irmãos, que quase fora estuprada por um facínora, que ajudara no massacre dos seus entes queridos.

Tão absorto ia nos seus pensamentos, que até passou o cruzamento que ia dar àquele pontão que já tinha atravessado, aquando da maldita operação de retaliação e assalto à fazenda dos Assad. Voltou à confluência dos caminhos e depois de atravessar a ponte ficou com a ideia de que não faltaria muito para chegar ao moshav. Por sorte sua, logo a seguir ao ribeiro, uma carrinha pick up apareceu na sua frente e o condutor até parou para o cumprimentar. Como se aquele troço fosse uma via particular de acesso à fazenda, perguntou-lhe:

— Oi, companheiro! Vai para o moshav dos Levy?— Vou, sim. Porquê? Ainda falta muito?

— Desculpe, não é isso. Faltam talvez uns três quilómetros. Eu sou viajante e esqueci-me de deixar lá este pacote de livros. Se fizer favor, pode levá-los?

— Sim, não me custa nada.

Lembrou-se da menina no banco traseiro e, para evitar embaraços, saiu do veículo e foi ao encontro do condutor da carrinha, que lhe entregou a encomenda para o moshav Levy e com um sorriso agradeceu-lhe. Ao voltar para o seu jeep, voltou a pensar no porquê de Chakira lhe ter recomendado:

— Não te esqueças, querido, de dizer lá que Faiga é minha filha.

Ia embrulhado neste pensamento quando deu pela tabuleta à sua direita, que assinalava em letras bem visíveis a fazenda dos Levy. A cancela estava escancarada e a entrada de acesso era livre.

— Boa tarde. Trago uma encomenda que o vosso viajante esqueceu e desejava abrigo para esta menina, que é filha de Chakira e me pediu que a acolhessem aqui, enquanto ela trata de assuntos pessoais lá no Mar Morto.

— A mulher olhou para Berger de uma forma tão perspicaz que este se viu na obrigação de ser mais esclarecedor.Foi uma emergência, a garota foi salva num incêndio e nem deu tempo de procurar-lhe roupa. Chakira agradece que a vistam com roupa adequada, que depois pagará. Também é necessitada de carinho para esquecer o que viu e, se possível, ponham-na a brincar com outras crianças.

A matrona fez uma festa no rosto da menina e aconchegou-lhe o dólman ao corpo, deu-lhe a mão e carinhosamente convidou-a para ir com ela.

O sujeito que estava no escritório levantou-se, reconheceu Berger e saiu para lhe perguntar em voz baixa:

— Então a operação de compra correu bem?

— Sim, Jeremiah sabe como negociar as terras que hão de ser mais um kibutz próspero no futuro. Eu não pertenço ao seu grupo. Sou somente um elo de ligação para a informação militar, sou capitão.

Ao ouvir o posto de oficial o encarregado do moshav pôs-se em sentido e a partir dali começou a tratar Berger com deferência e, para mostrar a sua boa vontade, virou-se para o sítio onde a mulher tinha levado Faiga e gritou:

— Ester; trata bem essa menina, que é filha de uma amiga de Nora!

Convidou Berger para o escritório e abrindo o frigorífico ofereceu:— Sr. Capitão, vai uma cerveja?

— Sim. Mas ainda não almocei.

— Ora, qual o problema? Temos almoço daqui a uma hora e acho que aceita o nosso convite para tomar a refeição connosco. Assim, vai já refeito para viajar e também pode atestar o depósito do jeep.

Foi enquanto tomava a cerveja que resolveu fazer uma surpresa a Chakira, pediu uma folha do bloco de notas do encarregado do moshav e escreveu:

«de Berger para Chakira:

Meu amor, aqui deixei a encomenda, como indicaste. Tive uma ideia e resolvi aplainar caminho para o objetivo que combina-

Conhecia bem o trajeto para Beersheva e em vez de se deslocar pela estrada cartografada no mapa, resolveu afoitar-se pelos trilhos utilizados pelos beduínos do deserto. Assim, assumia o risco de alguma surpresa ameaçadora, mas, habituado como estava aos raides da Irgun, sabia que encurtava caminho. Enquanto conduzia, veio-lhe à mente o seu sentir mavioso por Chakira e as suas palavras de aceitação:

— Meu querido, amo-te e desejo seguir contigo o trilho sinuoso do porvir; estou disposta a ser a tua companheira de vida! — Também a sua resposta que, como um juramento, estava bem nítida no seu pensamento:

— Deixa, querida, eu te defenderei e, se aceitares, casarei contigo. Teu olhar é uma flor no agora e o teu sorriso é como um raio de sol penetrando na escuridão de minha alma; havemos de ser felizes!

Embrenhado nos pensamentos, não fez caso da paisagem que mudava a cada encosta da colina mais próxima e, quando deu por si, tinha à sua direita uma tabuleta indicando: «atenção, zona de trabalhos arqueológicos». Encontrou logo de seguida o primeiro estaleiro de uma exploração e fixou a cor da barraca de apoio: amarelo vivo, tal como lhe tinha sido indicado. Ora, a partir dali havia mais duas prospeções e seria na terceira, cujo contentor era pintado de azul e tinha uma antena de transmissões.

Sim, era ali. Lá estava o mastro das comunicações via rádio e uma barreira protegia o acesso com arame farpado, o que o obrigou a estacar. Esperou cerca de dez minutos até aparecer um sujeito em roupa de trabalho, que portava uma Wineron e o interrogou em código:

— Olá, amigo! Vais à pesca?

— Sim, mas não tenho o isco!

O homem sorriu e, desviando o cavalo farpado para a direita, levantou o pau da barreira e convidou:

— Entra, o coronel espera-te!

O oficial estava também vestido com o caqui de trabalho, como qualquer nativo trabalhador, e interrogou-o:

— Satisfeito, Berger?

— Sim, meu coronel; espero ordens.

— Ora, bem, vamos ser sucintos. Você já sabe a nossa missão. Assim, aqui tem as suas credenciais como oficial do nosso glorioso exército. Agora tem este rádio, que é um FH10 miniaturizado, e tem um raio de 800 quilómetros para mensagens em fonia e 1500 para morse. Aqui tem também os códigos que mudam a cada fase da lua e só caducam aos seis meses. Agora, decore o seu código pessoal e destrua-o logo que o fixar na mente. Quanto às cifras, guarde-as em lugar seguro e, se estiver um dia em algum aperto ou for capturado, tem este botão verde na parte posterior do rádio que, de imediato, elimina-o pelo fogo. Entendido, capitão?

— Sim, meu coronel, e também já posso destruir o meu código pessoal.

— Ok, vamos tomar uma cerveja e logo que comece a escurecer, você abandona estas instalações.

Eram 19 horas quando entrou no jeep e tomou a direção da cidade. Sabia que Gilad devia estar a encerrar o seu bazar e, com um pouco de sorte, ainda o encontraria naquele afazer. Ficou impressionado com a amálgama de trabalhos de construção nos arredores da cidade. Constatou que a política de fazer do Neguev um oásis estava a resultar. Com a instalação de tantos kibutz nos arrabaldes da antiga e histórica localidade, esta tinha de prosperar e dar razão aos profetas do progresso. Uma vez mais as lições do passado eram agora modelos no presente e a velha Beersheva despertava para o porvir.

Foi sem surpresa que ao estacionar o seu jeep frente à porta do bazar, as luzes se apagaram e, de repente, junto à entrada, uma sombra lhe apontava diretamente o cano de uma pequena Uzi, com a bandoleira pingando junto aos quadris, ao mesmo tempo que a voz cantante de Gilad o saudava:

— Finalmente, sacana de amigo, resolveste aparecer! Bem-
-vindo! Estava já a encerrar o estabelecimento para ir ao encontro da minha Shira, que nem imagina que vai ter à mesa
mais um conviva.

— Alto aí, Gilad, eu vou para o hotel.

— Nem sonhes, amigo. Ias dar-me um desgosto e isso seria uma falta de cortesia e desconfiança. Vem atrás de mim,
porque a minha Shira faz sempre comer a mais e o teu estômago já anseia por um comer de gente civilizada. Meu Deus,
que saudade tinha de ti, amigo Berger! Vem sentar-te à minha
mesa. É a hora tradicional da ceia de um cigano!

Shira olhou-o com carinho e abraçou-o com a ternura de
uma irmã, ao mesmo tempo que lhe ciciava em tom de brin-
cadeira:

— Será que o nosso capitão tem vergonha de acamaradar
com um cigano?

Berger mirou-a com carinho e, passando um braço por cima
de cada um deles, expressou com uma entoação de nostalgia:

— Obrigado, amigos, mas entre nós essa divisão de raças há
muito deixou de ter razão de existir. Nós os seis somos uma irmandade e, por falar nisso, já visitaram o nosso querido doutor?

— Sim, Berger, levei lá o meu garoto com uma espécie de
papeira e aproveitei para ele me fazer um check-up e adquirir
alguns medicamentos impossíveis no mercado. Aquele amigo
tem mãos milagreiras e é adorado por aqueles infelizes refugiados. Mas agora vamos saborear o repasto; temos muito
tempo para pôr a conversa em dia. Agora a minha mulher vai
preparar o teu quarto.

Era gostoso voltar a lembrar os velhos tempos que, embora
amargos, tinham sido uma boa experiência para o agora feliz.

— Já sabemos que encontraste o amor da tua vida e an-
siamos por conhecê-la. Queres então perfilhar a menina
que salvaste das garras da Irgun? Pois terei muito prazer
em ajudar a tua mulher a conseguir a legalização da garota
como judia. Não posso esquecer que nós também o conseguimos com a vossa ajuda. Antes que te surpreendas, quero

pôr-te ao corrente da minha atividade de comércio que às vezes raia a ilegalidade.

Berger ergueu a mão e pediu:

— Amigo Gilad, eu sou agora um oficial do exército e não um agente alfandegário; sei tudo acerca do contrabando que entra na fronteira e da atividade dos contrabandistas, alguns que até estão camuflados como agentes das nossas indústrias, mas se não fossem algumas mercadorias contrabandeadas, a nossa vida aqui deste lado era mais insípida. Que seria dos fumadores sem o maravilhoso tabaco turco, o café, os artigos de beleza para as nossas mulheres e até algumas conservas que chegam a trazer a estampa da Cruz Vermelha. Assim, podes ficar à vontade.

— Eu sei, amigo Berger, que Israel ainda necessita do meu contrabando para fazer face às necessidades de muitos senhores da vida política e empresarial. Não é por acaso que eu vou conseguir legalizar a tua garota palestina, mas vamos ao que importa.

Depois de saborearem o aromático café turco, Gilad olhou o amigo e fazendo um gesto de silêncio com as mãos que motivou uma concentrada atenção do oficial, desabafou quase num murmúrio:

— Sabes quem está em Eilat?

— Porque falas nessa terra quase esquecida e genuinamente israelita? Também investiste no turismo americano?

— Na indústria hoteleira, não, mas apostei forte na companhia dirigida por Kaufman Wolfgang.

Com a surpresa, Berger levou as mãos à cabeça e quase gritou o nome do oficial alemão lá do campo de Auschwitz.

— Tu estiveste com o tenente Wolfgang?

— Sim, tal como ouviste.

Berger levantou-se do sofá e, olhando o amigo nos olhos, como se não acreditasse no que tinha ouvido, voltou a indagar:

— De certeza que ele está vivo?

— Sim e continua a ser educado e atencioso. Recebeu-me sem demonstrar surpresa no seu gabinete de administrador da gigante companhia suíça. Eu, a conselho dele, investi forte na Ciba Mining, que explora o minério de cobre de Eilat; foi Abramowicz que me aconselhou a ir ter com ele. Parece que o nosso doutor, por intermédio da Cruz Vermelha, não perdeu o contato com o tenente.

— Sim, foi um bom homem. Devo-lhe a minha liberdade. Foi por seu intermédio que o sargento a quem paguei acedeu ao meu pedido. Tenho que falar com ele. Vou deslocar-me em breve a Eilat e assim vou conseguir uma entrevista com o nosso amigo.

Logo que recebeu a notícia da parte do moshav Levy acerca da ida de Berger para Beersheva, os medos interiores de Chakira soltaram-se e puseram em pânico sua alma atormentada; lembrou-se que agora já não pertencia à Irgun e, como tal, ficara sem proteção da organização. Berger, que a julgava uma mulher forte e desenrascada, resolvera fazer-lhe aquela surpresa. Sabia que tinha como obrigação prioritária ir buscar Faiga ao moshav, tomá-la sob a sua proteção, legalizar o seu nome, fazer dela sua filha biológica e salvar Berger do opróbrio da maldição. Ela não esquecia que, perante o tributo do remorso, esse maldito que está sempre ligado a um erro do passado, torna-nos a vida num inferno porque o maléfico é exigente e requer uma radical expiação. Ela tinha salvo Berger do esconjuro da cigana, mas sabia que o efeito nefasto só expiaria com a proteção assumida e levada a bom termo na pessoa de Faiga. Filiara-se na Irgun para se livrar dos malditos Weisz, a família do seu marido; sabia do que eles eram capazes, mormente o agora primogénito, a quem cabia a responsabilidade de arranjar descendência para o nome do falecido irmão e assim cumprir a lei do levirato. Chakira tinha-se capacitado do ódio de Daniel Weisz, quando este lhe estendeu o dedo e, mirando-a com raiva, apostrofou-a:

— Tu mataste-o, cabra maldita. Sim, liquidaste o meu irmão. Não acredito em nada do que disseste. Tenho a certeza que foste tu que o empurraste para o abismo, mas esqueceste que é sobre mim que investe o levirato e farei uso dele com ódio e sentido de vingança, para te humilhar como a uma puta.

Ela sabia que aquela família era poderosa e eram bem capazes de a perseguir para cumprir o estabelecido na lei mosaica. Eles sabiam que o seu marido não deixara descendência, mas ela não falara sobre isso e deixara a questão em aberto numa incerteza. Para se proteger, filiara-se nas fileiras da Irgun, pois só essa organização nacionalista a podia livrar das garras da família Weisz. O terror de se sentir só e desamparada aliava-se agora à incerteza de poder dar uma vida condigna a Faiga e esta dúvida adensou-se muito em sua mente, devido à dificuldade em ir recolhê-la ao moshav do familiar de Nora. Lutava agora com os seus fantasmas interiores e estava ciente de que o seu medo poderia voltar a despertar a maldição da cigana sobre Berger e, assim, ficaria sem efeito o ato abnegado praticado com risco de vida. Shira sabia que tinha que levar a criança para Beersheva, conforme as instruções de Berger, que tinha a promessa de poder legalizar Faiga, torná-la uma cidadã israelita e, se possível, fazer dela herdeira dentro da poderosa família Weisz, uma vez que a criança fosse perfilhada como filha legítima de Jacob Weisz. Para tornar este plano viável, só havia uma solução — pedir a ajuda de Jeremiah, que estava a curtir um mau bocado, devido à morte da sua companheira Nora. Pensou também em ir à exploração mineira e solicitar a ajuda de seu irmão, mas isso seria comprometê-lo numa coisa demasiado perigosa e torná-lo um pecador face à sua crença religiosa.

Olhou para um lado e para o outro com precaução; saiu à rua e, naquela hora matinal, constatou a maldita neblina causada pela poeira dos fosfatos. O comércio, uma das molas reais do progresso na pequena localidade de Em Guadi estava já bastante concorrido. Foi de relance que avistou o Russo e quase caiu na tentação de lhe pedir ajuda, embora sabendo que ele era amigo do Zanaga, e que este tinha ameaçado de morte Berger, por tê-lo privado da presa que se preparava para violar. Sabia como encontrar Jeremiah e foi assim que resolveu. Entrou na loja de ferragens do velho Eliah e fez-lhe sinal com o polegar e o indicador unidos. Ele, absorvido com a lida do atendimento, fez-lhe um gesto de assentimento com a cabeça. Entrou na porta à esquerda do balcão, que era a de serviço para os companheiros da Irgun e dos familiares de Jacob e sentou-se num dos maples encostados à parede.

Quando o dono da loja fechou para almoço e a veio ver, indagou:

— Procuras Jeremiah, querida?

— Sim, Jacob, e tenho urgência em falar-lhe. É um assunto confidencial; sabes quando ele chega?

— Olha, minha querida, ele só virá lá para o meio da tarde.— E como posso esperá-lo?

— É simples. Ainda não almoçaste? Vem comigo e esperas junto da minha mulher, que também precisa de companhia.

O almoço serviu para desanuviar os espíritos, relembrar tradições e, acima de tudo, confraternizar ao recordar as memórias do seu povo. A esposa de Jacob, com ar de compincha, acirrou o marido:

— Então o meu homem, conhecendo uma conterrânea minha, não me apresentou esta amiga? Deixa, querida, a partir de agora vamos lanchar mais vezes juntas e desenferrujar a língua.

Estavam nesta cavaqueira já de fim de almoço quando ouviram bater na porta. Jacob levantou-se e foi abrir. Para surpresa de Chakira, era o próprio Jeremiah que, depois de saudar os presentes e sentar-se à mesa para comer, indagou:

— Tu aqui, minha querida? Há algum problema contigo?

— Sim, Jeremiah, preciso da tua proteção!— Deixa-me comer e já falamos sobre isso; é grave?

— Não, só preciso que me leves ao moshav dos Levy para tomar a garota e ir ao encontro de Berger.

— Está bem. Já me contas tudo melhor! Chakira olhou Jeremiah nos olhos e não gostou do que viu. Ele mostrava uma tristeza infinita no fundo das pupilas e foi quase como um desabafo que alvitrou:

— Anda por aí o Russo. Se lhe pedisses, ele teria te atendido.

— Não sei, Jeremiah, acho que esse odeia Berger.

— Pronto, minha linda, vou só buscar a minha arma e vamos. Reparando no ar de tristeza do seu ex-líder, indagou, como se fosse um desafogo de lástima:

— É duro, não é, amigo?

Com um olhar de soslaio, deu conta de que uma lágrima não contida deslizava sobre o rosto do companheiro. Resolveu não abordar o assunto, que era amargo para Jeremiah e, envolvidos ambos no mutismo tácito, chegaram à entrada do moshav. Foi sem muitas efusões de parte a parte que Chakira reparou que o abraço dos dois homens não passou de um pretexto para uma cerveja. Ao contrário de Jeremiah, Chakira foi recebida com extrema delicadeza e alegria, quando foi reconhecida por Faiga que, esbaforida, correu para seus braços.

Despediram-se e Chakira, envolvendo as empregadas do moshav, agradeceu:

— Que Deus vos abençoe e ficarei sempre em dívida para convosco!

Com o crepúsculo já a anunciar-se, Jeremiah resolveu viajar para Beersheva, afirmando:

Partindo agora ainda chegarás a tempo da janta, porque eu vou seguir os trilhos dos camelos.

Foi com os faróis no máximo que o homem da Irgun superou os obstáculos do trajeto e ainda não eram 20 horas, chegaram à entrada da cidade.

— Agora, indica-me onde é a casa do cigano!

Ela se riu com a alusão racista de Jeremiah e o instigou:

— Tenho a certeza que serás bem recebido por este infiel, que é amigo de Berger!

— Obrigado, querida, mas vou fazer o retrocesso e passar a noite no moshav. Com o jeepão ronronando no outro lado da rua, Chakira bateu na porta de Gilad e só quando ela entrou é que Jeremiah acelerou e iniciou o caminho de volta.

Gilad nem queria acreditar quando deparou com Chakira e Faiga na porta de sua casa. Foi com estupefação que inquiriu:

— Não posso acreditar que você está aqui, Chakira. Ainda há pouco falamos na dificuldade de você viajar sozinha por estas terras do demónio e Berger convenceu-me que sua mulher era uma guerreira forte e curtida pela Irgun, mas deixa eu beijar esta garota bonita e, como devem ter fome, vou entregar-vos a Shira, que deve estar ansiosa por uma conversa com você. Vem, querida, o teu marido está ali na sala de estar.

Berger, sentado num maple, a saborear um globo de conhaque e o fumo de um charuto, levantou-se de imediato ao encarar com Chakira mais a menina:

— Oh, meu amor, porque não mandaste aviso para eu ir ao teu encontro?

— Ai, Berger, como é que um oficial do exército não pensa nos perigos do caminho que podem assustar a sua mulher e a deixa assim à sua sorte? Valeu-me Jeremiah, que é um cavalheiro e bom amigo; foi ele quem me trouxe, mas deixa, querido; saboreia a tua bebida mais esse charuto mal cheiroso, enquanto eu vou conversar com Shira.

Quando Gilad entrou na sala de estar, foi com alegria que expressou:

— Pronto, amigo, agora já posso exigir do judeu corrupto uma parte do que me deve, mas ainda temos que convencê-lo a vir aqui, para fazermos uma reunião antes do batismo de Faiga, para que Chakira fale com ele e para que a coisa fique bem esclarecida e seja concretizada a legalidade da garota como cidadã de direito, depois de perfilhada por ti, e a ser vossa herdeira na maioridade.

— Sim, Gilad, e que Faiga possa um dia exigir a parte de Chakira na herança dos Weisz.

Gilad riu-se, chocarreiro, e argumentou:

— Cuidado, Berger, não queiras tudo de uma vez, cada coisa a seu tempo, olha que os Weisz não são pêra doce e não queiras arrancar bens a uma família tradicionalista que tem por norma dar herança só ao primogénito.

— Eu sei, Gilad, mas estamos a construir um país do século XX e é por isso que desejo dar a Faiga uma formação moderna.

Ao encarar com o doutor de direito civil, Chakira sentiu um choque de asco. A expressão do rosto do homem denotava um vicioso em tudo quanto era maléfico: álcool, fumador inveterado e adicto ao haxixe, quiçá um lúbrico sexual! No entanto, concordou com a sua perícia técnica na maneira como contornar a legalidade e também com o seu conhecimento sobre a religião judaica. Ao ser-lhe posta a questão do batismo, ele lembrou as duas versões: uma em que não necessitava estar presente na sinagoga para adquirir o nome e a outra mais para adultos, que se chamava Mikvá, que era usada na purificação das mulheres, após a menstruação ou quando davam à luz e que podia ser usada também para uma conversão ao judaísmo.

Ficaram de comparecer no cartório no dia seguinte da parte da manhã e estaria presente também um rabino que aplicaria a Faiga a cerimónia da Mikvá, antes da legalidade de cidadania.

Como a cidade estava em reconstrução, Chakira e Berger apresentaram-se no rés do chão de um edifício em obras e, tendo por testemunhas Gilad e Shira, o rabino fez a purificação de Faiga quase sem lhe fazer perguntas acerca da sua origem. Deixou-lhes uma declaração sobre a cerimónia do Mikvá, recebeu os seus honorários e desejou-lhes felicidade.

Na parte da cidadania, o doutor só perguntou a Chakira o nome do defunto marido e o apelido da família, a naturalidade, e em que sinagoga tinha casado; também onde Faiga tinha nascido. Chamou Gilad e Shira, pediu-lhes para assinarem e, depois de carimbar a declaração, manifestou:

— Faiga Weisz, filha de Jacob Weisz e de Chakira, foi inscrita neste cartório em 1938.

Como Chakira sabia que a garota tinha 13 anos, perguntou:

— Doutor, mas assim a menina fica com menos dois anos.— Sim, mas você só se casou em 1937.

Berger riu-se e perguntou:

— Doutor, quando posso perfilhar esta garota?

— Se estiver de acordo, podemos tratar disso agora mesmo!

Era o princípio do outono, a Cruz Vermelha tinha enviado cobertores e também mais um gerador para potenciar e reforçar a energia elétrica do campo de Schoa, para aguentar o inverno que se aproximava e era severo naquela zona. Enquanto os voluntários faziam as arrumações para acomodar os novos equipamentos, Abramowicz, num dos seus raros períodos de lazer, brincava num dos corredores com a pequena Miriam, que o tratava por papá e ele também, brincando com a garota, repetia-lhe, ao mesmo tempo que se abaixava na frente da menina:

— Miriam, tu gostarias que eu e a Angélique fôssemos teus papás?

A garota agarrou-se ao seu pescoço e, abraçando-o com força, repetiu:

— Ai, Papá, para mim seria como alcançar o Céu em vida; ter assim uns pais tão bons e carinhosos, a quem já amo muito, é como sonhar com uma terra de maravilhas. Eu até já imaginei e dou graças a Jesus só de ouvir essa promessa. Prometi segui-lo durante toda a minha vida, mas respeito muito também a Alah, que é o Deus de meu avô Ali Karim.

Sem suspeitar que estava a ser observado por Angélique, que agora vestia a bata branca das enfermeiras da Cruz Vermelha, Abramowicz tomou Miriam no colo e, ao virar-se, foi surpreendido pela sua amada.

— Gostas dela, meu querido?

— Sim, adoro esta garota e se tu estiveres de acordo... Não terminou a frase, Angélique pôs-lhe uma mão sobre a boca e, sorrindo, disse a Miriam:

— Minha querida, importas-te de nos deixares a sós? Precisamos de ter uma conversa muito importante, mas só nós os dois.

— Sim, Mamã, eu gosto muito de vocês!

Ambos deram-se as mãos com enlevo e, nos olhos daquele casal de enamorados, brilhava uma lágrima em equilíbrio. Entraram no consultório do doutor e de imediato a enfermeira sentou-se no seu colo e, com uma ternura suave, como se o não

visse já há anos, abraçou-o com frenesi e, encostando sua boca
à dele, beijou-o amorosa e apaixonadamente.

— Meu querido, estás a pensar o mesmo que eu em relação
àquela criança linda?

— Bem, ela até já nos chama papás!

— É verdade, mas falta o mais importante, a burocracia
não se contenta só com o sentimento!

É verdade, meu amor, temos que casar primeiro e, então,
sim, teremos uma filha que até já amamos!

As palavras despertaram o amor e a paixão se sobrepôs ao
sentir em fogo. Abramowicz sorrindo levantou-se e foi fechar
a porta à chave, murmurando para Angélique:

— Não estamos para ninguém, somos um do outro a partir
deste momento!

Pela janela olhou a lua brilhante, cuja luz prateada refletia-
-se sobre o dourado das areias das dunas e, segurando Angélique pela cintura, ciciou-lhe no ouvido:

— Contemplo-me e sinto-me renascer no espelho do teu
olhar; sinto-me tentado a desenhar os contornos da tua boca e
a saborear o licor que te molha as palavras!

— Ai, querido, quando te olho, incendeia-se o meu desejo
de ti! Quero sentir o prazer da tua língua bailando com a minha e a polpa dos teus dedos a acariciar-me!

Angélique estremeceu de prazer ao percorrer o corpo dele
com as suas mãos, para descobrir a matéria do qual era feito.

Ela deixou-se arrastar pelo instinto da sexualidade des-
perta em si, beijou-o no peito e sugou os seus mamilos enquanto os seus dedos experimentavam a textura da sua virilidade e, de repente, baixou-se para abocanhar o seu pénis,
aquele sexo desejado, moreno e maduro, com a pele sedosa,
marcada pelas artérias inchadas de sangue, a glande era
romba, dilatada e imponente. Ela deslizou seus lábios até à
base daquela verga querida e sentiu a suavidade dos testículos
avolumados de esperma. Abramowicz segurava-a pela nuca e
ia gemendo o prazer que ela lhe proporcionava. Contemplava
aqueles lábios lindos e carinhosos derramando a todo o com-

primento do seu sexo o licor que o lubrificava. Quase a vir-se, controlou a ejaculação e retirou-se daquela boca rubra de volúpia que o sugava até a alma.

Uma vez mais ele tinha provado do cálice da venérea luxúria, inebriou-se do capitoso sabor e não pôde conter o arrebatamento que os ultrapassava e, assim, os dois enlouquecidos pela excitação sexual fundiram-se num abraço tão íntimo e carinhoso, que ele, não podendo conter mais a doce volúpia, aninhou a cabeça sobre o peito dela e, com os lábios distendidos, sugou no mamilo róseo, o rocio da paixão.

— Oh, querida! Por favor, faz-me sentir-te sobre mim e dentro de ti!

O alento escaldante dele batia-lhe no rosto e ele sentia o seu afã nas mãos que lhe apertavam o pescoço com a mesma sanha que uma gata em cio.

— Ai, amor, toma-me e faz-me tua! Não aguento mais, desejo-te em mim!

Ele entendeu o apelo dela e, elevando-a até à mesa de trabalho, abriu-lhe as pernas e, segurando as suas ancas, quedou-se admirado ao contemplar o excitante bosque semeado de negros cabelinhos macios e já humedecidos pela excitação. Os seus dedos não resistiram em desenrolá-los, como tentando escrever um naperon de croché. Ela gemeu com aquela inesperada carícia e ele, com um urro de tesão, encostou a glande àquela vagina rechonchuda, que ansiava ser possuída. Angélique levantou mais os joelhos para lhe facilitar a entrada e sentiu a cabeça rubra e triunfante do sexo dele despontar na entrada de seus jardins privados. Foi ela própria que, com um subtil trejeito, a fez penetrar totalmente. Entre suspiros e arquejos, ambos comendo-se as bocas, embalaram no ritmo enlouquecido do ir e vir, do vir e ir entre as carnes tenras e cálidas, como lava de vulcão e ela acolhia-o, gemendo num misto de dor e gozo, na sua intimidade. Ambos saboreavam do cálice da volúpia e, inebriados do capitoso sabor, não podiam conter o arrebatamento que os ultrapassava. Os dois continuaram a folhear o livro de seus corpos em movimento, como se procurassem a alma que os incitava no delírio da paixão. Num urro de fera ferida, ele desaguou o fluido seminal no ventre dela e ela suspendeu-se no retesar do corpo dele, expressando num lânguido murmúrio o prazer venéreo que a transportava ao outro lado do aqui e agora. Ambos imbuídos do mesmo querer, tinham encontrado o sonho do amor, que é carinho e tolerância. No mesmo afã, descobriram juntos a ternura do afeto que os uniria numa simbiose de sentimento amoroso e sexual, porque o espírito do amor está no dar e receber.

Na harmonia dos corpos saciados e como se recitassem um poema inacabado, ambos, fixados num pensamento recíproco de acordo e tolerância, sentiram-se pais pela primeira vez de uma menina já crescidinha.

Capítulo 8

NO MAIOR SILÊNCIO E DE OUVIDO ALERTA, Ali abriu a tela da tenda coletiva e saiu para a escuridão. A lua em quarto crescente já se tinha deslocado para poente e Sirius mantinha a sua aura azulada um pouco desmaiada em virtude do reflexo da aurora, que já mostrava um ténue laivo da madrugada, lá por detrás do cume do sagrado Sodoma. Tomou o bornal de lona cor de terra e pendurou-o a tiracolo, assim como os dois cantis de água que tinha reservado na véspera, e afoitou-se à caminhada no semi-escuro do carreiro que o levava em direção ao aramado farpado da divisa entre Israel e a Transjordânia. Com precaução, escolheu o sítio, já pré-visionado, que estava encoberto por arbustos secos, que camuflavam a existência da abertura subterrânea; transpôs a linha de fronteira. A corta mato seguiu para oeste, procurando o ponto de referência que o tinha guiado do outro lado da divisa, aquela pequena colina que teria de subir a rastejar, porque a alvorada já mostrava os veios de claridade se esparramando sobre aquele que for a, outrora, pasto do seu rebanho. Ao lembrar-se de tal, uma lágrima rebelde venceu as suas pálpebras contraídas e deslizou nas suas curtidas faces como uma recordação triste na sua mente. Mais uma vez,

mercê da faculdade em guardar a lembrança, refletiu nas palavras de seu irmão maior, Fadil, quando, já no sopé da colina que vencera, tinha à vista ali a cerca de 50 metros aquele
penedo que parecia impossível de trepar:

— Ali, nunca esqueças que do cimo dessa rocha podes avistar a nossa casa, para o caso de estares em perigo ou até para
dares qualquer sinal, se pressentires alguma ameaça.

Fadil tinha-o ensinado a trepar aquele obstáculo e a esta-
belecer a melhor linha de horizonte em direção à sua propriedade, desde o cimo. Também a sua querida Faiga lhe despertou a mente,. Aquela tragédia bulia-lhe com o ego e requeria
o sangue do maldito, aquele diabólico judeu que ele tinha
gravado como uma tatuagem indelével em seu cérebro, como
o violador da sua querida irmãzinha. Tinha-o marcado no coração havia oito anos e continuava a mexer na sua ânsia de
vingança. Um sorriso macabro marcou, com um esgar, a visão
interior como um selo de sangue na premunição da vindicta.

Já na base do enorme pedregulho, tirou do bornal uma
espia faniqueira e procurou uma pedra aguçada que atou na
extremidade da corda. Atirou a lasca em direção ao topo da
penedia, ao acaso, e, por azar, o projétil não encalhou no côn-
cavo do cimo. Voltou a recolher a espia e fez um novo arre-
messo. Agora, sim, tinha ficado firme. Deu dois violentos pu-
xões e a corda aguentou a brusquidão dos safanões. Sentiu-a
bem fixada lá no topo. Prendeu o bornal e iniciou a escalada
daqueles quatro metros de rocha ali plantada. Quando chegou ao cimo, contemplou a alva que se espreguiçava sobre a
vasta planura da pastagem. Introduziu-se na vereda esca-
vada na pedra e iniciou o percurso que lhe dava acesso ao
ponto camuflado de vigilância. Puxou a corda para recolher
o bornal e os dois cantis com a preciosa água e depositou-os
debaixo de uma reentrância que os protegeria do sol. Ajus-
tou o coldre e a pistola para deslizar abaixado sem que se
soltasse do cinturão militar que tinha comprado a um ex-sol-
dado britânico na Turquia e, suado já pelo esforço despendido, resolveu tirar a camisa só para a torcer, mas vestiu-a

de seguida, para poder rastejar sobre aquele leito de pedregulhos aguçados, como punhais que estavam inseridos naquela fenda do rochedo. Sacou do saco um retalho de caqui da mesma tonalidade da camisa e enrolou-o em volta da cabeça, como um turbante protetor, pois o sol começava a invadir aquele cume com os seus raios incandescentes e ele sabia, por experiência, que quando atingisse o pino do meio-dia, ia transpirar as estopinhas. Só a prática como pastor ainda criança e, depois, a vida de nómada ao cuidado daquele patrão e benfeitor beduíno que o colhera havia oito anos lhe davam o necessário traquejo e a resistência para desafiar a inclemência daquele sol primaveril, que iniciava logo de madrugada o evolar do orvalho, que refrescava as ervas bravias para resistirem à seca. Enfiou-se no declive natural que lhe permitia assentar as costas entre as duas paredes e, com o bornal e um dos cantis a seus pés, tomou o binóculo, pendurou-o sobre o peito e acomodou-se definitivamente naquela posição, na qual se manteria até o lusco-fusco, para não denunciar a sua presença a quem observasse aquela elevação anómala na imensa planura do pasto. Assentou as lentes no horizonte e, depois de um pequeno acerto, fixou a velha oliveira e o sicómoro na rotação dos visores. Baixou-os alguns graus e apagou da mente a tortura que teimava em fazer retrospetiva e trazer de volta a dor da recordação daquele bandido sionista que, naquele mesmo local que agora voltava a avistar, estuprara a sua querida irmãzinha Faiga. Baniu a mágoa do pensamento e voltou a ajustar as lentes alguns minutos para captar o terraço da casa onde algumas peças de roupa seguras a um arame flutuavam à brisa. Fez mais um ajuste no binóculo e lá estava um pequeno jardim plantado com roseiras, que apresentavam já alguns botões inflorescentes e logo de seguida a silhueta de uma mulher insinuou-se na ombreira de uma porta pintada em tom castanho claro. Vestia uma saia creme que lhe chegava aos artelhos e uma blusa verde. Ela deslocou-se a um barracão em frente e, em alguns segundos, regressou ao terreiro com um balde na mão que poisou no chão. Logo de seguida apareceu outra mulher que lhe pareceu mais nova e, pondo-se na frente da primeira, entabularam o que lhe pareceu uma conversação, porque as mãos de ambas gesticularam por instantes. Esta dona mais nova vestia também uma saia longa e uma t-shirt negra que lhe moldava um sumptuoso busto. Foi ela quem tomou o balde que estava entre as duas e se deslocou para uma armação em rede onde estavam galinhas e patos. Ali começou a atirar às mãos cheias o grão brilhante que cintilou por momentos sobre as cabeças das aves. Tendo ainda no visor a porta pintada de castanho, foi surpreendido pela chegada de um homem barbudo e de chapéu negro, que saudou com uma vénia a mulher mais jovem e se deslocou em passo apressado para um alpendre onde estava um trator de cor vermelha. Observou-o a atestar a máquina de combustível que tirou de um bidão com um tubo de borracha e em seguida espreitou o nível do depósito com uma vareta de metal. Quando Ali rodou um pouco o binóculo avistou outro homem de presença mais jovem, mas também com barba negra comprida e chapéu da mesma cor. Deu pela máquina agrícola a deslocar-se com um arado atrelado e só o voltou a vislumbrar alguns minutos mais tarde, revolteando a terra a cerca de uma centena de metros para oeste da casa; era o mesmo campo onde a sua família costumava fazer uma seara. O homem mais novo acompanhou a mulher de blusa verde, que lhe indicou um esteio de madeira que segurava uma vedação e reparou que este abanava a cabeça ao concordar com as instruções recebidas da matrona da família. Vislumbrou o homem que recebera as indicações encaminhar-se para o barracão e sair de lá já munido com algumas ferramentas e um martelo. As duas mulheres caçaram duas galinhas e enquanto uma as degolava e sangrava, a outra demolhava-as, dentro de uma bacia, com água que fumegava para depois as depenar. Entreteve-se por uns momentos a controlar a atividade das duas judias e tão concentrado estava que voltou a recordar a sua mãe e as suas irmãs fazendo aqueles mesmos lavores caseiros há vinte anos atrás. Reparou que a mulher mais jovem tinha um rosto atrativo e o cabelo atado num carrapito na nuca beneficiava-lhe o encanto feminil. Adivinhou as suas formas pelo enfunar da saia ao longo das coxas e pernas; tinha também uma figura airosa na plenitude do busto e de imediato Ali deixou-se dominar pela tentação libidinosa, que justificou como vingança pelo que tinham feito à sua irmãzinha Faiga. A lembrança mais lhe aguçou o apetite sexual sobre o corpo da hebreia sionista. O homem que reparava a vedação também lhe pareceu jovem, teria entre 25 e 27 anos e era robusto. Rodou o óculo para o campo que estava a ser trabalhado e admirou a destreza daquele judeu ortodoxo a preparar a terra, quiçá para a próxima sementeira. Um sorriso, cujo esgar assombrou-lhe o rosto num ricto de sarcasmo, que brotou numa contração de asco ou raiva que lhe vincou a face ao voltar a recordar a abominação da qual a sua família tinha sido vítima. Sim, se tudo corresse como tinha planeado no pensamento, aquele maldito não chegaria a semear ali nada, naquela terra que tinha sido regada com o suor e sangue dos seus.

Na lembrança do que aquilo era no tempo da sua família, só tinha reconhecido aquela velha oliveira onde um dos bandidos tinha pendurado Faiga e o maléfico Berger a tinha violado. Com a visão do horror no pensamento, nem admirou a beleza do sicómoro florido ali ombreando com a caduca árvore. Também mais a sul da casa recordou-se de algumas árvores que não tinham escapado à transformação da paisagem de outrora. Tudo o que lhe lembrava a meninice tinha sido varrido pelo brutal programa de usurpação de terras levado a cabo por terroristas contratados pelo governo sionista, cujas máquinas se apressavam a fazer a mudança da paisagem logo que os verdadeiros donos eram eliminados. A lembrança trouxe-lhe novamente a visão um pouco desfasada, devido à distância de cerca de 300 metros do local da tragédia que se abatera sobre a sua família há cerca de oito anos, mas a mente guardava em pormenor o estupro brutal sobre a sua irmãzinha, assim como o nome do maldito que, ao raptá-la, tivera a desgraça de passar perto de onde ele se escondia e ele ouvira aquela terrorista ainda nova chamar por seu nome abominável — Berger. As lágrimas corriam copiosamente pelo rosto de Ali ao fazer a retrospetiva dos corpos baleados pelos assassinos, antes de atearem fogo àquela casa onde nascera, onde brincara, que tinha sido erguida com trabalho, suor e lágrimas dos Assad. Também era o local onde estava inserido o poço e até a cercadura era diferente. Um novo movimento despertou-lhe a atenção sobre a herdade: acabava de sair da casa um menino já ajoujado com uma mochila escolar, que se dirigiu para um jeep, cujo assento ao volante era ocupado por uma jovem rapariga que não lhe pareceu fazer parte da família. Ela desceu da viatura; vestia umas calças de ganga folgadas e uma camisa amarela que lhe moldava o peito jovem; o cabelo era curto. Ajudou a criança a sentar-se atrás e, voltando ao seu lugar, dirigiu o veículo para sul deixando atrás de si uma nuvem de poeira. Aquela nova personagem mexia-lhe com o plano que tinha engendrado. Não queria de forma alguma assassinar uma criança e a jovem não fazia parte dos moradores da casa; teria de estudar a ação com mais cuidado e controlar o tempo até à volta do jeep com o menino e aquela rapariga que ele supunha ser sua professora ou alguma estudante fazendo estágio num kibutz próximo. Apontou a hora de saída para uma futura prevenção e se seria ou não necessário esperar pelo regresso da criança. Então, teria muita pena do que poderia acontecer ao menino. Mas não desejava atuar como os bandidos que exerciam a violência de abusar de criancinhas — assim tinha acontecido com a sua Faiga. Tinham também violado as suas duas irmãs casadas na frente de seus maridos e nem a sua mãe escapara, mas o que ele jamais olvidaria era aquele nome que ele ouvira quando o bandido pegara no colo o corpinho desnudo de sua irmãzinha e ouvira bem nítido o chamamento — Berger Stein. A imagem do facínora correndo para o jeep onde depositara Faiga era uma imagem e um som a que se apegara na mente, com a marca do sangue dos Assad. Ao concentrar a recordação macabra daquela cena de há oito anos, já lhe tinha ajuntado a vingança a executar. Saboreou a morte horrível que tinha reservado para aquele abominável Stein, depois de o ter à sua mercê, bem manietado e prostrado pelo remorso que o faria recordar com amargura o medonho ato sobre uma menina sensível e carinhosa a quem tinha usurpado a virgindade de forma tão atroz. Aquele Stein era um possesso do demónio e teria de ser abatido como um cão selvagem. Também aqueles asquerosos e barbudos judeus ortodoxos que por, crisma de religião, desprezavam, tal como o seu Deus Jeová, toda a humanidade, que até apodava de porcos possuídos pelo demónio — goyim —, mas ele matá-los-ia, não pelo credo maldito ou pelo desprezo que votava aos homens. Ele iria abate-los por terem violado a terra dos seus antepassados e beneficiado da usurpação e do assassinato dos seus pais e irmãos. Matá-los-ia sem o martírio que os bandidos sionistas infligiam às suas indefesas vítimas. Com as mulheres, faria o mesmo que os terroristas tinha feito às suas irmãs e à sua mãe. Não sabia ainda o que seu irmão Majib pensava acerca disso, mas, na parte que lhe tocava, ele violaria aquela judia de t-shirt negra e desfrutaria dela no mesmo local onde tinha sido atada Faiga. Sorriu com deleite ao inspirar-se no ato. Foi para desfrutar a vingança que pediu ao seu salvador e benfeitor, o beduíno Abdul Azim, que não o enviasse para uma madrassa onde se tornaria um voluntário feddayin para combater na Jihad.

O sol incandescente do merídio abateu-se verticalmente sobre a sua figura agachada e imóvel, as bolhas de suor deslizavam em seu rosto impassível no sentir e que suportava o calor de olhos semicerrados, enquanto ia repondo a desidratação com pequenos golos de água, já quente, que ia bebendo de um dos cantis; era assim que aguentava a canícula que se abatia sobre o seu físico bem treinado de nómada.

Assistiu à chegada do jeep conduzido pela jovem que transportara o menino da mochila escolar, viu-a tirar alguns embrulhos da viatura e, logo de seguida, o judeu que reparava a vedação veio ajudar a carregar as compras e a moça de camisa amarela voltou a entrar no jeep e foi-se pelo mesmo caminho, depois de saudar o homem que carregava os pacotes. Ficou um pouco pensativo com a missão daquela moça e interrogou-se se ela seria uma espécie de ama ou moça de recados. A chegada do trator absorveu a sua atenção e o condutor juntou-se ao mais novo e ambos se dirigiram para a entrada da casa, quiçá para almoçarem.

Só voltou a constatar movimento cerca das 15 horas, quando o sol já se tinha deslocado para o quarto de círculo em direção ao crepúsculo. Começou a sentir a brisa morna trazida pelo suão e deu conta do trator voltar à faina. Do barracão saiu o outro homem tangendo quatro cavalos em direção a um pasto do campo próximo e a mais idosa das mulheres, quiçá esposa do tratorista, começou a recolher o guano do galinheiro, que acabou por ajuntar num monte e transportá-lo depois num carrinho de mão para uma montureira de esterco, talvez para posterior adubo orgânico a ser usado no jardim ou na horta. A mulher mais nova, a que vestia a t-shirt preta, saiu de casa transportando um balde talvez com restos de comer e despejou-o diretamente sobre o monturo. Dirigiu-se em seguida para a escada de acesso ao terrace, onde iniciou a apanha da roupa seca, que dobrou cuidadosamente e colocou num açafate de vime. Já o ocaso tinha começado a avermelhar-se, quando o jeep voltou com o menino da mochila e a jovem que, depois de o encaminhar para casa, voltou a descarregar dois sacos de compras da traseira do veículo. Talvez as tivesse adquirido na aldeia do kibutz e, de seguida, voltou pelo mesmo caminho de onde viera. Isto deu-lhe a entender que ela não morava ali com aquela família e estaria a fazer algum estágio ou serviço social.

Era já lusco fusco quando iniciou a descida do penedo de observação e, ao chegar ao local onde estava encaixada a pedra aguçada que se prendera numa das reentrâncias da rocha, desamarrou-a da espia que começou a enrolar e atirou-a para a base do rochedo, assim como os dois cantis já vazios.

Começou a deslizar sobre a barriga, com as mãos ásperas, ajudando na íngreme descida, que executou com calma e sem se ferir nas asperezas do penedo. Colheu a faniqueira e guardou-a no bornal; escorripichou as últimas gotas da água escaldante contidas nos dois cantis. Ainda não fazia ideia do tempo que teria de esperar pelo seu irmão. Ele viria numa caravana que se deslocava para o sul da Transjordânia, mas era sempre incerto o tempo de chegada, pois bastava que um dos animais de carga se trilhasse numa pedra do caminho para tal envolver um atraso no programa. De momento só lhe restava esperar pela noite para passar a linha divisória e evitar que os guardas, tanto de um lado, como do outro, não detetassem a sua clandestina presença. Depois ainda tinha que fazer a espera no trilho combinado da passagem dos beduínos, que traziam Majib e os dois empregados que ficariam responsáveis pelas mercadorias. O seu irmão mais novo, já com 17 anos, era um homem consciente e de compromissos e ambos tinham jurado o mesmo plano de vingança prometido à memória dos pais.

Camuflado entre os arbustos que contornavam a pista, sentiu novamente o martírio da sede que o apoquentava desde a descida do rochedo. Lembrou-se que ainda era imberbe o crepúsculo que amenizaria a torreira do sol. Desde o primeiro sinal da aurora que se encontrava naquela vigilância incerta na hora, mas no lugar combinado e, para sorte sua, a boa estrela estava consigo, porque ao observar uma vez mais a linha do horizonte visível, detetou algo que ao princípio lhe pareceu uma miragem, mas cujo som lhe alegrou o espírito: sim, aquele eclipsar da visão tornou-se realidade, ao ouvir o primeiro berro emitido por um camelo. Ainda esfregou os olhos para dissipar qualquer dúvida, mas aquele opaco espaço era o desvendar da certeza que aquela poeira encobria. Sim, era o anúncio da chegada dos primeiros cavaleiros beduínos, que faziam a dianteira da caravana. Era com os nómadas que os dois irmãos, depois de independentes do seu bondoso tutor, Abdul Azim, que os tinha recolhido e iniciado no negócio do contrabando, faziam as suas viagens para adquirir e transportar tabaco e café turcos, tapetes do Irão e até ópio e haxixe do Afeganistão. O caridoso protetor deixara o negócio ao irmão mais velho, assim como as duas idosas esposas, que ficaram encarregadas da prospeção dos mercados e que, devido à idade, viviam as duas numa casa que era sustentada por Ali.

— Olá, irmão! Tens sede?

Abraçaram-se com amor e Ali respondeu:

— Ai, Majib, mais umas horas e não sei se resistiria, mas diz-me: trouxeste tudo o que te encomendei?

— Olha, Ali. Comprei um lote de tabaco turco e uma boa quantidade de canábis indiana a baixo custo; sabes que em Eilat a droga tem muita saída, porque até os militares sionistas a usam para amenizar a vida e estão já viciados no fumo do cânhamo.

Ambos riram-se dos próprios comentários sobre a atividade do negócio e de como os dois sabiam contornar as autoridades alfandegárias, tanto de um lado como do outro da fronteira, mas no momento presente era premente aquilo que ambos tinham jurado havia oito anos: a vingança. Essa ia-se iniciar sobre aqueles que se tinha atrevido a profanar o sagrado solo dos Assad e, depois de satisfeita essa revanche sobre os profanadores daquelas terras, eles iniciariam a procura do maldito violador sionista, que se chamava Berger. Sim, era esse o nome que tinha ouvido e ambos o tinham gravado na mente, assim como as detestadas feições do maldito. Enquanto Ali devorava a ração de queijo e carne seca de carneiro trazida pelo irmão, este ia pensando que era tempo de mudar o seu estado de homem livre e passar a cumprir os preceitos de Alah: constituir um lar e engendrar herdeiros para glória do seu Deus e perpetuar a sua memória. Foi assim que falou ao seu irmão:

— Ali, eu desejo casar e assentar vida logo que seja cumprida a nossa vingança.

Não ouviu a resposta e também não a esperava. Não falaram mais e ambos, como um só homem executando um comum pensamento, aproximaram-se, rastejando, da vedação que demarcava a fronteira e com a destreza do hábito ultrapassaram-na. A escuridão era total e tiveram que aguardar que uma nuvem deixasse de ocultar o quarto crescente ainda incipiente para lhes amenizar a orientação do caminho no lado israelita.

Já a salvo de qualquer vigilância, Majib tirou do bornal que carregava os três componentes de uma espingarda automática com visor de longo alcance e uma metralhadora ligeira, Wineron. Montaram as armas em silêncio e Majib indicou as propriedades das mesmas:

— Esta porta 28 munições de nove milímetros, é de reduzido volume, mas eficaz a curta distância; sabes que esses malditos andam sempre armados e, como tal, têm que ser caçados de surpresa.

Ali sopesou a arma e abanou a cabeça num acordo tácito, aprovando a previdência do seu irmão mais jovem. Em silêncio, mas estugando o passo, percorreram o caminho já explorado por Ali e, quando os primeiros laivos da aurora anunciavam a alvorada, já os dois estavam de atalaia à casa da herdade, essa que tinha substituído a que pertencera aos seus pais.

Majib postou-se nas traseiras e Ali ficou de tocaia na porta principal, esperando que esta se abrisse quando os moradores iniciassem a rotina diária. Ambos com os nervos em franja, mas tentando o controlo absoluto da ansiedade que dominava a iniciativa, esperaram com os dedos aperrados sobre o gatilho das armas que iriam iniciar a justiça que aguardavam havia oito anos. Era a aplicação das sanções prescritas em seu código de honra: vingança! Executariam aqueles malvados judeus que se tinham atrevido a profanar a terra sagrada de seus venerandos pais. Ali sentiu movimento do outro lado da porta e, quando esta se escancarou, baixou a arma e com uma mão travou a boca à mulher que se atrevera a aparecer. Com uma coronhada violenta, adormeceu-a sem ruído, arrastando-a de seguida para um canto do telheiro, onde se encontravam já alguns recipientes e ferramentas e onde a escondeu provisoriamente das vistas. Para surpresa sua, na mesma entrada apareceu a cabeça do menino que era seguido pela rapariga que ele tinha visionado na véspera e fez sinal ao irmão para não se precipitar. A jovem deixou o garoto no terreiro e foi a correr direta a um coberto onde tinha estacionado o jeep, que pôs em movimento até junto da criança. De repente, saiu a mulher mais nova, a que ele tinha visionado de t-shirt negra. Foi esta que ajudou a meter a criança dentro da viatura que, depois de uma saudação, arrancou pelo caminho poeirento. Ouviu vozes de homens, quiçá a tomarem o pequeno-almoço e, fazendo sinal a Majib, permitiu que a jovem mulher se dirigisse ao celeiro e, quando esta estava a encher um balde com cereal, foi surpreendida pelo irmão mais novo, que lhe atabafou a boca e a avisou:

— Um só grito e mato-te!

Com a coronha da Wineron, aplicou-lhe um golpe violento no cachaço e ela caiu inerte a seus pés. As vozes de homem continuaram dentro de casa e Majib, a um sinal de Ali, escondeu-se ao lado do paiol das ferramentas, mas sempre atento à porta das traseiras.

O homem mais novo, que Ali já tinha marcado como tratorista, saiu para o terreiro, espreguiçou-se com parcimónia e dirigiu-se ao trator. Ali acenou a Majib e este permitiu que o veículo chegasse ao princípio do caminho de saída e, antes que tomasse a direção à direita, o mais velho, sorrindo com um esgar sardónico, num movimento calmo e pausado, levou a mira da espingarda à cara e premiu o gatilho. O estrondo do tiro fez com que o outro homem assomasse na entrada das traseiras e, de imediato, fosse abatido por Majib com três disparos da sua arma. A bala saída da espingarda de Ali tinha-se alojado no pescoço do tratorista que, no último estertor da morte, carregou no acelerador e fez a máquina tombar na saída do terreiro, bloqueando assim o cesso à casa. Liquidados os homens, ambos entraram na casa com precaução e, mesmo depois de constatarem que se encontrava deserta, Ali subiu a escada de acesso ao primeiro andar e, sempre de arma aperrada, revistou os três quartos, cujas camas ainda não tinham sido arejadas. Só depois de inspecionar o quarto do menino é que falou a Majib:

— Toma conta da mulher que está entre os apetrechos do alpendre, que eu vou acordar a outra cabra e vingar o estupro de Faiga.

Majib ainda fez um gesto para chamar Ali à razão e desistir do indigno intento, mas viu-o tão tenso e predisposto, que acabou por virar a cara para o lado. Quando tentou acordar a mulher que Ali arrumara entre os apetrechos ao lado da porta principal, constatou que a coronhada do irmão mais velho tinha sido demasiado contundente e a tinha enviado para o Além.

A mulher que agora vestia uma t-shirt castanha estava tombada ao lado da arca do cereal e Ali carregou-a sobre as costas na direção da velha oliveira. Ao passar por Majib, com o rosto contraído de raiva, soletrou:

— Esta maldita vai pagar pela nossa Faiga e no mesmo local. Alah a pôs no nosso caminho para nos ser servida na vingança!

Pousou o corpo inerte no chão e, como se prestasse ajuda à jovem mulher, sacudiu-a por um ombro e bateu-lhe de mansinho no rosto chamando:

— Vamos, minha querida, não desejo foder uma mulher desmaiada. Quero-te consciente para saberes o porquê da punição. Foi aqui que os teus irmãos sionistas estupraram a minha irmãzinha cândida e inocente, ainda uma criança! Os imundos emporcalharam-na com sanha e, não satisfeitos, levaram-na para continuarem a cevar em seu corpo de menina a lubricidade sacrílega de pedófilos empedernidos.

Como ela não acordava com os seus mimos, resolveu dar-lhe um forte bofetão e, por incrível que pareça, a mulher despertou com o violento açoite e, com uma voz entaramelada, indagou:

— Quem és?

Ali riu-se sardonicamente e respondeu:— Sou um enviado de Deus para te fazer pagar pela ocupação da fazenda de meus pais, pelo seu assassínio dos meus irmãos, pelo estupro das minhas irmãs e principalmente pelo atentado à inocência da minha irmãzinha ainda criança, inocente. É em ti que vou satisfazer esta raiva que me consome há oito anos!

Arrastou a jovem mulher para junto da velha oliveira, segurou-lhe um dos pulsos e o atou fortemente a um dos galhos que saía do tronco, com o outro procedeu de igual forma e fitando fixamente o rosto da mulher disse-lhe chocarreiro:

— Agora, tal como os teus irmãos fizeram, vou gozar o teu corpo de cabra judia e deixar a minha semente nesse coirão maldito de sionista!

Com um golpe violento rasgou o tecido da t-shirt castanha desnudando o peito ainda jovem, que admirou com anelo, e levado pela lascívia, segurou os dois róseos mamilos com o indicador e polegar e, num gesto brusco de sadismo primário, apertou-os e torceu violentamente ao mesmo tempo que murmurava:

— É um desperdício, mas tem que ser satisfeita a vingança, foi para isso que Alah me fez voltar ao solo sagrado dos meus ancestrais!

Ao sentir-se desnuda e à mercê daquele violador da sua honra de mulher proba, com a intimidade exposta a um facínora que desejava desfrutar do que, sob a chupa tradicional abençoada por um rabino, em nome de Jeová, fora entregue de corpo e alma ao querido esposo. Com a consciência do ato abominável, a fidelidade jurada ao marido veio ao de cima e a força da revolta fez com que ela disparasse os dois pés em direção às partes pudentes do bandido. Ali, apanhado de surpresa, contorceu-se com dores e silvou:

— Grande puta judia, foi aqui que os teus abomináveis irmãos abusaram de Faiga, uma criança ainda. Será também aqui que eu vingarei o seu sangue virginal e que te vou violentar com o tormento da raiva, porque aceitaste esta terra que foi regada com suor e lágrimas pelos meus ancestrais, que a tornaram produtiva com tanto esforço. Vós, sem respeito algum pelo seu trabalho de gerações, a tomastes como vossa.

A mulher soltou um berro lancinante, quando Ali, num lance de fúria, arrancou-lhe a comprida saia e desnudou as suas coxas esbeltas de pele sedosa. Sem desfitar a vista daquela beleza, o árabe, ainda furioso pela agressão, com outro safanão pôs a desnudo o sexo feminil bem semeado de negros cabelos e, soltando uma risada sádica, vangloriou-se:

— Agora, cabra judia, vou-te purificar com o meu desejo!

Para evitar os pés da sua indefesa vítima, encostou-se a ela e começou a desapertar o cinto, expondo o pénis ereto como um ariete pronto a ferir. Segurou as pernas da judia e encaixou-as em volta dos seus rins. Instalando-se de encontro ao púbis feminino, absorveu com seus lábios a boca da mulher e esta, sem poder defender-se, limitou-se a cuspir o seu profanador, apostrofando-o:

— És mesmo um porco, não mereces viver nesta terra santificada pelo Altíssimo!

Ali, ofendido com a injúria, voltou a beijar a maldita na boca que tinha proferido tal blasfémia e, num movimento de ira, mordeu-lhe o lábio inferior. A judia arregalou os olhos com a dor e, de repente, sentiu-se penetrada pelo ereto sexo do maldito que, com violência, entrou num ir e vir, num vir e ir em seu ventre e, para a humilhar ainda mais, saiu de dentro dela e vociferou:

— É pena que não vivas, para poderes oferecer à memória do teu marido esta semente, para vos purificar a raça. Voltou a penetrar aquele odiado corpo e, quase a atingir o orgasmo, levou as duas mãos à garganta da mulher e foi apertando, apertando, até que a sentiu estrebuchar e ficar inerte. Fez o último movimento da dança sensual e gritou como um possesso:

— Ai, puta judia, que a tua maldita alma vá alimentar o inferno!

Deixando a jovem mulher presa pelos pulsos à velha oliveira e com a cabeça pendida sobre o peito, dirigiu-se ao rés do chão da casa onde ainda estava Majib, com a cabeça entre as mãos, quiçá enojado com o ato do irmão. Estava sentado à mesa, ainda com os restos do pequeno-almoço, e Ali, quase sem o olhar, indagou:

— Então, já fodeste a outra cabra?

Só viu o gesto negativo do irmão que, absorto em pensamentos, nem lhe respondeu. Foi ele próprio que, debruçando-se sobre o corpo da outra judia, constatou que estava morta. O golpe que lhe tinha dado com a coronha da sua automática tinha-lhe fendido o crânio. Riu-se entredentes e, dirigindo-se ao irmão, explicou:

— Agora temos que esperar que a outra cabra nova volte, para lhe tratarmos da saúde, porque não convém deixarmos testemunhas e o jeep vai levar-nos quase até à fronteira. Entretanto, vou buscar combustível para atear fogo à casa.

Foi com esta afirmação que Majib reagiu:

— Por favor, Ali, pensa um pouco! Não deites a perder a nossa vingança. Tu não sabes se esta família de judeus tem ou não vizinhos próximos e estás ciente de que um incêndio se avista a alguns quilómetros de distância.

— Sim, Majib, tens razão. Então vai para a estrada esperar a cabra nova, enquanto eu me dedico a espatifar todo o recheio desta casa.

Não tardou muito para que o palestino mais moço não avistasse uma nuvem de poeira do que se ia aproximando. Escondeu-se de arma aperrada até o jeep parar no terreiro e a moça, alarmada com o trator virado ali mesmo, no caminho, correr para o homem inanimado caído ao lado e gritar:

— O que aconteceu, Isac?

Mas, reparando no sangue já coalhado em seu pescoço, ficou alerta e, em vez de parar à ordem de Majib, deu em correr em direção ao talude em frente, que albergava um monte de pedras e, quanto mais o palestino a ameaçava:

— Para, maldita, ou disparo!

Mas Majib, ao atentar bem naquela silhueta juvenil, desejou-a e, assim, resolveu correr atrás dela até o monte de pedregulhos, onde ela se escondeu.

— Escusas de te ocultar, porque eu darei contigo e tenho muito tempo.

Remeteu-se ao silêncio, para não denunciar a posição, abaixou-se e, de repente, encontrou-se nas costas da rapariga que, sentindo-se agarrada, debateu-se um pouco até deixar de lutar e gemeu:

— Pronto, maldito, sei que me odeias e me desejas, porque esperas? Viola-me, satisfaz o abominável instinto, como é apanágio vosso.

Majib, excitado com a beleza da rapariga e fixando, como hipnotizado, aquelas coxas jovens e o perfil feminil daquele corpo, sentiu o seu pénis erguer-se entre as pernas e, quando se preparava já para exercer o seu direito de vencedor, pensou na sua irmãzinha ainda imberbe, criança, a ser violada pelos bandidos sionistas e, subjugado pela repulsa do que ia cometer, recuou no intento, com o rosto crispado pelo horror do ato. Foi ao visionar em retrospetiva aquela cena horrorosa passada há oito anos, que se sentiu enojado pela conduta de seu irmão e, num esforço de concentração espiritual, conseguiu aquietar o instinto libidinoso. Contemplou com lástima a jovem e indagou:

— Pertences à família que vivia aqui?

A rapariga fitou-o com medo e ódio e respondeu:

— Não, eu sou uma estagiária, uma estudante de medicina em férias, fazendo serviço social. Estou pronta, toma-me! O jovem árabe de 17 anos sentiu o seu afã sexual diminuir e a piedade preencher o seu coração. Foi com suavidade e um sorriso triste que a informou:

— Eu jurei matar todos aqueles que profanaram esta terra, que foi roubada a meus pais e onde eles foram mortos com sanha pelos teus irmãos sionistas, mas tu não pertences a esta família e o meu coração nega-se à injustiça. Tenho pena de ti. Por favor, grita bem alto, para que o meu irmão te ouça e não venha até aqui. Agora, perdoa-me, mas tenho que agredir-te, para sujar as mãos em sangue teu, para me justificar perante o meu maior, entendes?

A jovem olhou-o com simpatia e balbuciou:

— Tu és bom! Que o meu Deus esteja contigo, sempre! Podes crer que esta tua ação te vai ser benéfica no futuro, jamais te esquecerei! Suja então as mãos com o meu sangue, bate-me no nariz!

Majib olhou-a enternecido, fixou os seus olhos de mel e, acariciando o seu rosto, perguntou-lhe com ternura:

— Posso ao menos saber o teu nome, moça linda?

Ela, também enlevada com a bondade de Majib, pôs-lhe a mão na face e entoou:

— Chamo-me Zaida e oxalá o meu e teu Deus te pague a misericórdia que tens para comigo.

Majib deu uma simples tapa no rosto da moça e o sangue espirrou. Ainda a amparou e, com um gesto bondoso, aconselhou-a:

— Fica aqui escondida até veres o jeep desaparecer além. — Apontou com um dedo a direção.

Capítulo 9

CONTRA A VONTADE DE ALI, A CASA TINHA SIDO poupada ao fogo purificador — foi a consciência de que a sua vingança pudesse ser conhecida antes de se encontrarem em segurança. Estava de acordo com o irmão. Agora a prioridade era escapar e ainda tinham alguns quilómetros a percorrer. Durante o trajeto para a fronteira, Majib ia triste e pensativo. A demente atuação do seu irmão maior sobre uma família que, ao fim e ao cabo, não tinha atentado contra o sangue dos seus e unicamente tinha ocupado o local que outrora tinha sido da sua família — considerava a atuação de Ali perniciosa e sumamente injusta. Nesse conceito de apreciação, até se dava por feliz por ter feito o sacrifício de resistir à tentação de violar aquela moça linda, que dava pelo nome de Zaida. Recordou aqueles olhos lindos de virgem e que, sem medo, o tinham fitado com repugnância, ao sentirem a lascívia no seu olhar. Aqueles peitos desnudos e belos que o tentavam à volúpia; só ainda não descobrira o porquê daquele flash que encandeara a sua mente e o levara a renunciar àquele corpo juvenil e atrativo, que tinha sido sempre o seu fetiche durante os sonhos eróticos de mancebo. Mentalmente, agradeceu a Alah aquele dávida de piedade que o levara a desistir de exercer a horrenda violência de uma violação e só se abstraiu daquele pensamento quando sentiu o jeep frear antes de iniciar a subida daquela pequena elevação, em frente do tal pedregulho que ele ainda não subira, mas que servira de ponto de vigilância à sua antiga casa. Ouviu a voz de Ali despertando-lhe a atenção para a proximidade da raia e então voltou à realidade da segurança. Ainda vigorava o lusco-fusco daquele sangrento dia, quando Ali resolveu trespassar a vedação da fronteira e gritou-lhe:

— Apressa-te, Majib, antes que nos surpreendam.

Não tinha ainda terminado a frase de alerta, quando sentiram o assobio da bala silvando sobre suas cabeças e, logo de seguida, o estampido do tiro que lhes paralisara a ação. Aquela bala partira de uma espingarda automática e fizera com que ambos se deitassem no chão. Arrastaram-se para um montículo próximo, que os podia abrigar de quem os alvejara. Foi mesmo já na queda para o natural abrigo que Ali gritou de dor e o irmão, ainda aturdido com o que lhes estava a acontecer, perguntou-lhe:

— Estás bem, Ali? Onde te feriram?

A escuridão era total e ainda perceberam o facho de luz de um holofote a vasculhar o negrume. Só quando se sentiram seguros do afastamento dos guardas fronteiriços é que Majib voltou a indagar:

— Onde te acertaram, irmão?

— Tenho o joelho desfeito, Majib. Ampara-me até à pista e oxalá os nossos homens estejam de atalaia.

Foi já no despontar da aurora que o irmão menor contemplou com horror o joelho esquerdo ferido, com o sangue ainda escorrendo, tirou o próprio cinto que lhe segurava as calças e, com a navalha, abriu dois orifícios para que o mesmo se cingisse à coxa — improvisou um torniquete para estancar o sangue. Para não forçar o irmão, arrancou alguns arbustos e construiu um pequeno abrigo para proteger Ali da inclemência do sol. Sozinho, pôs-se a caminho na pista, ao encontro com os seus homens. Deu-lhes a notícia e de imediato começaram a construir uma maca improvisada e apropriada para o ferido ser transportado o mais comodamente possível até onde encontrassem assistência médica. Ali encontrava-se deitado de lado e com o ferimento à vista. Aliviaram um pouco o torniquete para evitar o estrangulamento das artérias e improvisaram um curativo com o que havia à mão. Uma ligadura não muito asséptica resguardou o grave ferimento da poeira do caminho. Consultando um mapa daquela região, Majib deu ordem para levar o irmão na direção de Schoa, com o máximo de brevidade, nem que para isso tivessem de estourar os cavalos. Os dois homens barbudos e suados que amparavam um ferido macilento e enfebrecido apresentaram-se na entrada do campo gritando:

— Por favor, acudam ao meu irmão, que está ferido!

Sem perguntas, nem reparos de qualquer espécie, o ferido foi colocado numa maca e levado a correr para uma enfermaria.

O doutor olhou com lástima aquele árabe que, ao contrário dos palestinos, não era um escorraçado e, constatando que o doente não tinha forças para responder, começou a desenrolar a ensanguentada ligadura. Horrorizado, exclamou:

— Meu Deus, mais umas horas e teria que amputar esta perna! Angélique, por favor chame o doutor Bardot para que o anestesie e vamos já operar antes que a gangrena avance. Chame um dos homens que o trouxeram para me informar sobre este ferimento.

O doutor Abramowicz encarou o barbudo Majib e informou-o:

— Mais umas horas e o seu irmão não salvaria a perna. Nunca se esqueça de que um torniquete deve ser aliviado, conforme o movimento a que um ferido é sujeito!

— Obrigado, Doutor, você é uma boa alma. Pelo seu Deus, faça o melhor pelo meu irmão. Nós somos filhos de Abdul Azim, o contrabandista.

O médico riu-se e, pondo uma mão sobre o ombro do palestino, expressou com um sorriso:

— Que o seu e o meu Deus estejam connosco, mas aquela bala vai fazer mossa no caminhar do seu irmão, e para toda a vida. Isso não vou poder evitar.

— Obrigado, Doutor, sei que fará o melhor para ele!

Foi ao tomar conhecimento da amplitude daquele campo que sobrevivia a expensas da Cruz Vermelha Internacional e boa vontade dos voluntários do Exército de Salvação e das freiras passionistas, que Majib entendeu o que quis dizer o seu benfeitor Abdul Azim, quando uma noite ao serão em volta de uma fogueira, murmurou com gravidade:

— Só fornecendo as madrassas com crianças oriundas dos campos de refugiados, podemos um dia vingar as afrontas dos judeus. Esses meninos jamais esquecerão como foram chacinados os seus pais e irmãos. Assim, se nós os ajudarmos com os meios de sobrevivência, eles desagravarão um dia esta humilhação.

A perna de Ali estava salva, mas tal como o Doutor Abramowicz tinha vaticinado, o seu andar passou a ser trôpego e, como tal, a sua atividade iria ser restringida na liberdade de viajar. Assim, decidiu assentar sede em Karak. Dali saíriam as mercadorias para o ocidente e para o sul. Como se estabeleceria naquela cidade, ali chegariam também todas as fazendas oriundas da Pérsia, Turquia, Índia, do Afeganistão e até do Egipto. Duas das mercadorias mais rentáveis eram o haxixe e a canábis indiana.

Dentre as suas ocupações enquanto esperava os tratamentos à perna, estava o contato com os refugiados daquele campo. Foi assim que ficou a saber da história de Hasan e do sacrifício de sua mãe Shadha, que arriscou a vida só para dar à luz a semente de seu marido. Ali interessou-se por aquela criança e desejou ser ele o municionador daquele braço que iria vingar o seu pai e a sua mãe; perguntou à Sr.ª Douglas sobre a possibilidade de adotar aquele menino e esta, olhando-o com simpatia, não lhe causou entraves, pois estava informada acerca dos teres daquele árabe comerciante de sucesso, que era filho de um benemérito daquele campo. Uma vez que a criança era órfã, só teria que assinar um termo de responsabilidade e providenciar o cuidado do seu pupilo, que naquele momento já ia nos sete anos.

Ali e Majib levaram Hasan para Karak e ambos providenciariam uma base pedagógica na sua educação, de maneira a lembrar o drama de sua mãe e, com esse método, fariam-no um dia desejar a revanche. Seria nesse período que ambos custeariam o melhor treino ao seu pupilo, numa das muitas madrassas que, sob a fachada de ensinar o Corão, davam formação militar a aguerridos feddayin para combater pelo Islão.

Ali, depois de conhecer o Doutor Abramowicz, admirou-se do seu trabalho em prol dos refugiados e passou a referenciá-lo como um benfeitor da humanidade e um grande amigo do povo palestino. Na sua admiração, jamais se interrogou sobre o porquê de um homem judeu de formação cristã estar a ajudar muçulmanos, mas isso para a sua psicologia de comerciante era secundário. Também ficou intrigado com aquela enfermeira cristã tão linda, que se tinha dedicado com especial empenho aos refugiados e que vestia aquelas roupas sem formas, que a faziam parecer uma digna muçulmana.

Na sua despedida do campo, fez capricho em oferecer vinte cordeiros para um bom jantar de confraternização e passou um cheque avantajado à Cruz Vermelha daquele campo de refugiados.

Ali despediu-se do doutor Abramowicz como se de um irmão a amar e respeitar e convidou-o a visitá-lo em Karak. Sara Douglas ainda tentou interessar os irmãos Assad em algumas meninas que também eram órfãos naquele campo, mas os irmãos preferiam tutelar só rapazes e tal atitude levou ao desabafo de Abramowicz:

A vingança das atrocidades cometidas passará de pais para filhos ininterruptamente, porque estes assistiram ao opróbrio, ao assassínio e roubo dos seus e estes crimes hediondos ficarão gravados nos seus genes, como memória que perdurará no tempo e levará à vindicta do sangue derramado. Por isso, a paz jamais será possível.

Estamos em março de 1956 e Abramowicz ficou admirado com aquela carta de Berger, entregue por mão própria a convidá-lo, quase como uma ordem, para uma reunião em Eilat para lembrar os velhos tempos e tratar de negócios com o tenente Kaufman Wolfgang. O médico riu-se da frigidez da missiva e pensou:

— Hum, este não é o meu amigo Berger jornalista, mas antes o oficial incumbido das informações do exército. Cheira-me a coisa engendrada nos preâmbulos desta carta.

Comunicou a Angélique o teor do convite e, uma vez que ela já não pertencia à Ordem Passionista, o campo poderia conceder-lhe uns dias de férias em Eilat e tal serviria de pretexto para concretizar algo que já há muito agitava o seu pensamento: uma licenciatura em medicina numa universidade suíça para Angélique e também uma formação condigna para a pequena Miriam, mas ainda era cedo para lhe comunicar este desejo seu. O projeto precisava de ser bem amadurecido e só depois, com muita persuasão e muito amor, poderia ser concretizado. Um afastamento de três anos, mesmo com o apoio da esposa do tenente, não seria fácil para o afeto de Angélique e, mais difícil ainda, seria demonstrar-lhe que o seu desejo nada tinha a ver com presunção, mas antes como valorização profissional.

Mesmo sabendo que aquela seria uma viagem de lazer, a enfermeira mostrou-se renitente em afastar-se dos seu protegidos de Schoa e só os argumentos da Sr.ª Douglas e do seu colega, Levy Cross, que já estava indigitado para trabalhar na sede da Organização da Cruz Vermelha, é que convenceram Angélique a sair daquele campo, onde trabalhava há tantos anos e onde conhecera o amor.

O casal de enamorados deslocou-se em jeep até Karak e aí tiveram que aguardar no hotel o horário do avião privado, que os levaria a Eilat. Foi em Karak que Angélique recebeu o seu banho de multidão, pois nas ruas dos bazares, a população se entendia aos gritos e as palavras misturavam-se com o ornear dos camelos e dos burros. Quando, no crepúsculo, Abramowicz levou-a enlaçada pelo seu braço forte até o cimo da colina frente ao hotel e ela expandiu o olhar pela panorâmica daquela terra que tinha sido palco de civilizações várias, de guerras, de interesses, de culturas religiosas e onde agora a própria história se vergava ao peso da antologia dessa mesma história. Angélique, comovida pelo carinho do seu amante, acomodou-se mais a ele e, numa frase sofrida, pronunciou:

— Porque o interesse dos homens desafia a suprema vontade de Deus e esquecem que só o amor é tolerante e só a tolerância pode ser geradora da Paz? Obrigada, meu amor, sinto-me extasiada por esta grandeza infinita, cujo horizonte é um quadro da Natureza que nos atesta a beleza da Criação. Esta paz coaduna-se com o meu coração. Beija-me, meu querido!

Ao sobrevoar o golfo de Aqaba, Abramowicz apontou-lhe Eilat e expressou:

— Esta terra pode vir a ser o ponto de partida para a grandeza de Israel, quando a paz for possível e judeus e palestinos chegarem a entender que só em harmonia lograrão a felicidade.

A surpresa de Abramowicz aumentou quando, ao descer do avião, entreviu Berger acompanhado de Gilad, que quase sem aviso e à vez, abraçaram-no com entusiasmo. Depois foi o próprio Gilad que, numa atitude brincalhona após abraçar Angélique, apresentou-a a Berger:

— Meu caro, o nosso doutor também se despediu da solidão e esta fada é a sua amada!

— Angélique, este é o meu amigo Berger, que agora é oficial do exército cá da terra!

O militar sorriu para a enfermeira e, numa atitude cavalheiresca, exprimiu a Abramowicz:

— Meu caro amigo, tu não procuraste uma mulher, tu conquistaste um anjo!

Ao jantar, numa conversa amena e em tom informal, Berger informou que tinha combinado com Kaufman Wolfgang um almoço para o dia seguinte e assim iriam conhecer a esposa dele, que tinha chegado há pouco para uma estadaa em Eilat e assim poderiam falar acerca do que o médico ainda não tinha dado conta a Angélique: a tutela de Miriam e o seu envio para uma universidade suíça, com o patrocínio da esposa do tenente, assim como o seu desejo de, depois de desposar a enfermeira, convencê-la a tirar um doutoramento.

Quem estivesse com atenção àquele grupo de cinco pessoas jantando alegremente na esplanada do Hotel Continental, ficaria surpreso se soubesse como aqueles cavalheiros se tinham conhecido e feito amizade, mas, neste pequeno preâmbulo, deixemos Angélique e Rena, a esposa de Kaufman:

— Sabe, minha querida, que foi graças à honestidade e coragem do seu marido que hoje somos uma família feliz?

— Não, Sr.ª Rena, ele não me contou nada sobre isso, só me disse que esteve em Auschwitz e foi lá que conheceu o tenente Kaufman. Foi o seu caráter íntegro, a sua bondade e a sua simplicidade que me fizeram apaixonar por ele. Antes que seja ele a solicitar, deixe-me contar-lhe uma inconfidência: depois de nos casarmos oficialmente e perfilharmos uma garota palestina, ele vai solicitar um favor seu.

— Minha querida, tudo o que me pedir, eu farei para vocês. Jamais esquecerei que o doutor Abramowicz arriscou a sua vida para salvar a minha e a de meu filho. Será um prazer enorme um dia poder receber você em minha casa e, se conseguirem perfilhar Miriam, ela será tratada como nossa filha lá na Suíça. Já o mesmo estou a fazer com Faiga, que estuda em Zurique e passa os fins de semana em minha casa. É uma moça impecável, que dentro de dois meses voltará à sua terra com uma formação altamente especializada em economia e direito comercial.

As duas mulheres estavam tão imbuídas na conversação que nem deram conta que Kaufman estava a fazer um avultado investimento no grupo turístico do qual Berger era acionista. Tal atitude levou também Gilad, com o acordo de Abramowicz, a tornar-se também um investidor. Depois dos documentos assinados, o advogado cumprimentou-os e antes de abandonar a reunião expressou ao ouvido de Berger:

— Por favor, não se esqueça que amanhã tem um almoço com a Sr.ª Katz. Ela não pôde estar aqui hoje porque tinha uma reunião com um agente de turismo americano.

Uma vez que Kaufman era o diretor do grupo suíço da exploração mineira em Eilat, ele tinha guardado um lote de ações para os seus amigos adquirirem e deu-lhes como garantia:

— As jazidas são mais prometedoras do que o previsto e, se Israel assegurar a pacificação, os lucros serão fabulosos.

Depois de ouvirem Kaufman, o capitão Berger levou-os para um canto do bar e, com ar de gravidade, comunicou-lhes:

— Não se assustem, mas muito em breve Nasser vai saber o custo da fatura por ter provocado Israel com os seus feddayin terroristas. Estejam atentos!

O Egito foi sempre o calcanhar de Aquiles para os judeus. Sempre significou o opróbrio para a sua raça e a derrota do seu Deus de promessas vãs, tão ciumento que até considerava dignos de morte todos os que se não lhe curvavam aos seus desígnios. Se a civilização babilónica enriqueceu-os em cultura social e filosofia espiritual, o conhecimento técnico egípcio deu-lhes a conhecer a grandeza do homem como executor de uma vontade terrena, que não se compadecia com o semitismo dos seus profetas que se subordinavam à vontade de um deus inventado, que não os socorria quando a doença e a fome os obrigava a recorrer ao abastado Egito.

Os cerca de quatro séculos sob o regime dos faraós sempre foi a humilhação de um deus cruel que apelidaram de Javé e uma promessa para uma raça que sempre viveu em desavença com o resto da humanidade.

É assim que neste ano de 1956 vigora a política de Israel, que assenta a sua estrutura estatal num clero que obriga o povo a curvar-se às decisões dos líderes políticos, tal como aconteceu perante a liderança de Moisés e a vontade do cruel conquistador Josué.

Quando Nasser colocou na Jordânia os seus feddayin para fustigar com atos terroristas o estado judeu, estes viram-se obrigados a fazer contenção perante a vigilância dos americanos, que não desejavam entrar em confronto com os russos. No entanto, quando Nasser cometeu o erro de nacionalizar o Canal do Suez e surgiu a reação de França e da

Grã-Bretanha, Israel de imediato aproveitou a oportunidade para se vingar da agressão dos feddayin, enviados pelo líder do Egito, assim encostando-se a França, que lhe ofereceu armamento moderno e um pretexto para invadir o Egito. O governo ordenou a marcha do seu exército em direção ao Sinai e pelo caminho foi ocupando a Faixa de Gaza e parte da Jordânia, que eram aliadas de Nasser e consentiam no seu território os terroristas egípcios e os palestinos como refugiados. Foi pois com o pretexto da libertação do Suez que o exército judeu uma vez mais mostrou a sua apetência por mais terra e obrigou a Jordânia, no fim do conflito, a expulsar os refugiados e os feddayin em troca de um tratado de amizade e cumplicidade.

Quando os militares judeus chegaram ao campo de Schoa ficaram admirados por saberem aquele abrigo sob a égide da Cruz Vermelha Internacional, que tinha por diretor clínico um médico judeu. Assim, para não levantarem problemas com aquela poderosa organização, limitaram-se a expulsar os homens que consideravam uma ameaça futura, mas mantiveram as mulheres e as crianças sob a proteção da potente organização suíça.

Foi durante a ocupação do exército israelita que Abramowicz e Angélique resolveram oficializar o seu enlace e ao mesmo tempo concretizar a tutela sobre Miriam, que passou a ser cidadã israelita.

Oito anos depois da independência, a boa vontade e a tolerância do mundo para com Israel começam a decliner. As atrocidades cometidas pelos sionistas contra o povo palestiniano começam a fazer esquecer a sua vitimização sob a sanha do nazismo alemão e muitos intelectuais já se perguntam se os judeus foram as vítimas escolhidas ou se não passaram afinal de alunos bem comportados do ensinamento racista hitleriano. Perante a miséria do povo palestino expulso por Israel das suas terras e com a propaganda do Movimento Islâmico Internacional, a ditadura do sionismo começa a ser posta em causa.

Com a subida ao poder de Nasser no Egito, este inicia o seu antagonismo aos judeus com a criação de um campo onde serão treinados os «discípulos do faraó», uma organização de «feddayin» para praticar ações hostis a Israel. Estes terroristas atuariam a partir das novas fronteiras de Israel e com a cumplicidade da Jordânia. Esta organização de combatentes anti-Israel era a vingança do novo líder egípcio pela derrota infligida em maio de 1948. Os discípulos do faraó iniciaram a sua campanha de atentados contra civis desarmados e interesses judeus, a partir de 1955.

1956 é o ano em que Nasser do Egito resolve fincar o seu exacerbado nacionalismo com a nacionalização do Canal do Suez, que põe em causa a propriedade da Inglaterra. Esta ação é tida como uma agressão a França, que de imediato se alia a Inglaterra, e ambas enviam forças militares para defenderem o livre trânsito no Canal.

É com esta propaganda de liberdade para a navegação que Israel toma a decisão de se juntar a França e à Grã-Bretanha contra o inimigo Egito, pois o porto de Eilat ficou sem saída para o Estreito de Tiran, no golfo de Aqaba. Assim, o estado judeu ficava interdito à navegação. A situação criada mostrava que não era só França e Inglaterra a sofrerem com a apropriação do Canal do Suez.

Israel tinha agora oportunidade de limpar a sua imagem e ao mesmo tempo aproveitar a deslocação do seu exército para se assenhorar da Faixa de Gaza e também ocupar a Transjordânia, ação essa que aos olhos do mundo seria uma operação de logística militar e nunca uma usurpação territorial, como mais tarde se veio a confirmar.

Ao fim de uma semana de combates, e por imposição da União Soviética, que ameaçou os beligerantes, Israel abandonou o Sinai com 189 mortos e quase 900 feridos, mas manteve os territórios que tinha ocupado na Faixa de Gaza, acabando assim por definir as novas fronteiras com três quartos de toda a Palestina.

Esta política de usurpação de terras na Palestina faz lembrar o movimento nazi que, galvanizando o coletivo do povo alemão, leva a nação ao encontro do pensamento de Hitler. Também o sionismo judeu, aproveitando a diáspora e as promessas messiânicas, leva o clero judeu, que se fundamenta numa religião monoteísta, assente na Torá, a um misto de hierocracia e ditadura fascista, que assim deu livre curso ao instinto da sua criação.

Na visão do sionismo, um sistema de governo que tem por base filosófica o engrandecimento da nação judaica com vista ao domínio prometido pelo seu Deus, precisa da hierocracia para unir o povo em volta de uma fé que os líderes não têm e conseguir o primordial: a unidade. Assim, o sistema, não contando com as tensões políticas internas, torna-se uma ditadura que impede o povo de ter outro pensamento. Ora, se a hierocracia dá livre curso ao instinto e à vontade do seu Deus egoísta e volúvel, que criou o seu povo com os mesmos defeitos e e o mesmo desprezo absoluto pelo restante do género humano, porque agora, como nação bem escorada pelo capitalismo liberal dos americanos, não fazerem o mesmo que os egípcios lhes tinham feito no tempo de Moisés — escravizaram-nos durante 430 anos. Agora, também o sistema ditatorial estava apto a exercer a sua vontade sobre os verdadeiros donos da Palestina. Estes desgraçados árabes, sem eira nem beira, tinham ofendido a vontade divina e, à falta de argumentos válidos para fazer face à política internacional, havia o que a hierocracia estava apta a argumentar: a vontade do seu Deus, que tinha feito doação daquela terra há tantos séculos ao fundador da sua raça, Abraão: «Dar-te ei, a ti e à tua descendência depois de ti, o país em que agora resides como estrangeiro, toda a terra de Canaã, em possessão eterna, e serei teu Deus (Génesis 17, 8).»

Para os judeus este será o mais válido argumento para expulsar os palestinos da sua terra e ao mesmo tempo um ato de obediência ao Eterno. Este Deus, tão semelhante ao seu povo, é também a defesa do seu semitismo, que lhes promete o domínio na terra com uma saída no céu que eles desejam criar na Palestina.

O mundo se pergunta agora como foi possível ter sido ludibriado na sua boa-fé e não deu crédito às palavras do conhecido rabino, Joshe Freund, que ficou horrorizado com os massacres perpetrados pelas organizações terroristas da Aganah, Irgun e Stern, cujos chefes mataram, roubaram e torturaram famílias inteiras e arrasaram centenas de aldeias e povoados palestinos desde 1917. Há documentos terríveis sobre essas desvairadas atividades e hoje esses criminosos são ministros e generais de Israel: Menagem Begin, Ytzhak Shamir, Ehud Barack, Ariel Sharon, Shimon Peres e outros. Desabafou: «Não é porque eles são sionistas que eles são malfeitores; é porque eles são malfeitores, que eles são sionistas!»

Também o fundador de Israel, Bem Gurion, foi explícito:«As fronteiras de Israel serão decididas pela força e nunca pelo diálogo!»

Como afirmou a professora de história antiga, Debra Luski: «Os terroristas do sionismo, ao queixarem-se do terrorismo, querem fazer esquecer que Israel é uma nação construída sobre uma base terrorista!»

Estes sionistas queixaram-se perante o mundo da crueldade nazi, que, segundo eles, meteu-os em campos de concentração sem condições de habitalidade só porque tiveram a desgraça de nascer no país errado, onde a propaganda de um louco os condenou e levou o povo desse país a ostracizá-los como cidadãos e humanos. Segundo eles, vitimou seis milhões de cidadãos da sua comunidade de forma cruel e inumana, como a condenação à morte por gaseamento e trabalhos forçados até à exaustão. Como é possível que agora se comportem como esses mesmos algozes que acusaram? Ostracizam o povo palestino, que outra culpa não tem que a de ter nascido na terra errada, da qual foi expulso pela violência e pelo poder de compra desses mesmos sionistas, que foram auxiliados por toda a comunidade internacional, que se solidarizou com eles enquanto vítimas de um regime fascista. A Comunidade Internacional chorou com eles as vítimas dentre o seu povo, apoiou-os na sua reivindicação de dividendos aos bancos suíços, mesmo sabendo que o que reivindicavam era um roubo. Mas, como eram apadrinhados pelos americanos, esses benfeitores da Europa, tal era considerado dentro dos padrões da justiça e ainda tinham também a aceitação e o apoio dos russos que, ao darem esse exemplo de magnanimidade para com os judeus, até quebravam o status da guerra fria, que os fazia inimigos do mundo ocidental. Foram os russos, outrora perseguidores de judeus, os que primeiro reconheceram o estado de Israel. Foi este estado de coisas que levou os sionistas ao abuso e a exigirem mais e mais até à desfaçatez de aplicarem na Palestina os mesmos métodos que os nazis praticaram com eles. Uma vez que tinham os média de feição, tudo o que as suas vítimas diziam era mentira, pois o povo estava convencido de que o terrorismo desejava destruir o mundo e assim todos os palestinos não passavam de terroristas.

Em virtude dos ataques terroristas perpetrados pelos feddayin, treinados por Nasser, e que ainda têm bases na Jordânia, as fronteiras de Israel têm uma vigilância apertada e assim é difícil o acesso ao território dos judeus. O poder económico dos Assad é assaz,importante e eles movem a sua influência junto dos acionistas da firma Aron & Mike Society. Com um bom investimento, conseguem, inclusive, um lugar na administração. Por intermédio desta companhia, Majib adquire um passe especial que lhe permite atravessar a fronteira para tratar de negócios da firma.

Ao receber a carta de permissão para Majib, os dois irmãos reúnem-se e Ali, com as lágrimas deslizando no seu rosto curtido, abraça Majib e incita-o:

— Meu querido irmão, a nossa tarefa agora já pode prosseguir. Vingámos há dois anos os nossos pais e irmãos nos malditos que profanaram a sua terra, mas ainda resta desagravar o estupro e o assassínio da nossa irmãzinha Faiga. Como agora estou impossibilitado, é a ti que incumbo perante Alah a tarefa de a vingares. Deposito toda a confiança em ti, Majib. A honra dos Assad clama o sangue do violador de Faiga. Esse é agora o teu principal objetivo e o meu, mas de momento tenho que colocar este menino que trouxemos de Schoa numa madrassa especial, onde ele possa adquirir os meios para cumprir o destino marcado por sua mãe, que ao exalar o último suspiro clamou:

— Vinga-me, Hasan! Em nome de Alah, o Misericordioso, farei de tudo para que o clamor desta mãe seja executado.

Majib tem agora um passe especial para passar a fronteira e exercer a sua atividade como diretor comercial em En-Guadi. Aí já se pode mover à vontade para indagar sobre o violador de Faiga, aquela irmãzinha querida abusada pelo bandido Berger, um dos judeus sionistas da Irgun. Uma das primeiras tarefas comerciais atribuídas a Majib pelo seu irmão Ali é a de travar conhecimento com um dos seus melhores clientes, que tem um bazar em Beersheva, cujo nome é Gilad e que é um dos sobreviventes do holocausto nazi.

Majib estaciona a carrinha da firma a cerca de 50 metros da entrada do bazar e, como um caixeiro-viajante, segura a sua pasta junto ao peito e entra. Uma mulher com a amabilidade de uma empregada prestável aborda-o:

— Bom dia, cavalheiro, posso ajudá-lo em alguma coisa que deseje comprar?

Majib olha-a com um sorriso e indaga:

— Sabe onde posso encontrar o senhor Gilad?

— Ah, o senhor conhece o meu marido?

— Por acaso, ainda não, mas nós somos os seus fornecedores de tapetes, carpetes, tabaco turco.

A mulher não o deixou terminar a lista de mercadorias e disse-lhe somente:

— Já compreendi. Tenha a bondade de esperar só uns minutos enquanto vou chamar o meu homem.

Um Gilad bem disposto, sorridente e de trato afável plantou-se em frente de Majib e, em voz baixa, apresentou-se:

— Sou Gilad, o proprietário deste estabelecimento, e recebi uma carta da firma Abdul Azim comunicando-me a visita de um seu representante. Julgo que é o senhor o irmão do meu amigo Ali Assad.

— Sim, sou eu e trago-lhe alguns dos artigos que o senhor Gilad encomendou ao nosso serviçal Aziz, que eu tenho a honra de substituir.

O dono do bazar sorriu-lhe cordialmente e expressou:

— Tive muito prazer em conhecê-lo. Agora, por favor, venha ao meu escritório para falarmos mais à vontade, porque os negócios pedem sempre uma mesa e um bom chá. Como estamos quase na hora, tomo a liberdade de convidá-lo para o nosso almoço em família. O senhor até já conhece a minha esposa e ela é uma excelente cozinheira.

— Sim, acho que é aquela senhora que me abordou aquando da minha chegada.

Majib voltou a encará-lo com amabilidade e expressou:

— Amigo Gilad, o senhor é um homem com sorte; tem uma esposa linda e simpática; aceito com prazer o seu convite.

Ao almoço, Majib apresentou-se também como diretor comercial da Aron & Mike e, uma vez que ficaria na sede da companhia em En-Guadi, as trocas comerciais seriam mais rápidas tanto nos fornecimentos como nos pagamentos e, se Gilad tivesse dificuldade de financiamento, ele poderia dilatar-lhe o crédito, pois considerava-o, além de um bom cliente, também um amigo. Conversaram animadamente de negócios e Majib ficou informado de que o haxixe tinha cada vez mais aderentes entre os militares judeus e que se lhe aumentasse o crédito, ele, Gilad, faria uma encomenda mais volumosa e ficaria como único fornecedor no Neguev e na localidade turística de Eilat, uma vez que já estava a negociar um novo bazar naquela cidade, que era bastante prometedora. Gilad era já o principal fornecedor de café e tabaco turco aos hotéis e bares e, se lhe aumentassem o crédito, então poderia também ser um fornecedor de ópio e haxixe, para acabar de vez com a concorrência dos traficantes sauditas na fronteira com Aqaba.

Foi já na saída de casa para o estabelecimento, que reparou naquele sujeito que falava com Shira animadamente e, curioso como era, disfarçou a sua presença ao folhear distraidamente uma revista que estava no escaparate. Assim, conseguiu ver a face do interlocutor da esposa de Gilad. Tentou conter a carranca de ódio que instintivamente assomou à sua face e, atabalhoadamente, retirou-se do bazar. O seu corpo tremia de raiva e o rancor acumulado desfigurava a sua fisionomia. Com as mãos trementes de agitação, abriu a carrinha e sentou-se ao volante para acalmar o desassossego que lhe ia na alma. Aquele era o bandido que havia mais de dez anos procurava. Não tinha sombra de dúvida, aquela imagem maldita tinha sido esconjurada quase todos os dias na sua mente e apostrofada no seu coração. Agora que o tinha encontrado, só precisava de se acalmar e planear a sua vingança com a frieza necessária para não ser vítima do furor acumulado. Já com o plano em mente e mais calmo, resolveu aguardá-lo fora do bazar para saber onde ele se dirigia e, só depois de identificar a sua morada, é que abordaria Gilad para tomar conhecimento sobre a sua vida.

Ainda a definir como agir para saber a morada do maldito, deu conta que Berger despedia-se de Gilad à porta do bazar e, em vez de procurar o carro para se afastar, viu que ele seguiu rua fora em passo estugado e que a cerca de cem metros virou à direita.

Majib ligou a ignição e seguiu o trajeto de Berger. Quase não teve tempo de vê-lo, pois somente notou a porta a fechar-se após a entrada do militar. Como não teve tempo de analisar em pormenor a entrada, aquando da sua passagem, estacionou mais à frente e saiu da carrinha como predisposto a um passeio de lazer e descontraído para não levantar suspeitas. Perscrutou ao detalhe as poucas habitações em obras ali naquela rua e então anotou a porta que Berger usou e a sua habitação. Como era já o entardecer, adiou a observação para o anoitecer. Assim, pela iluminação interior, poderia pesquisar com mais minúcia quem ali habitava.

Disposto a conseguir mais dados pessoais sobre o amaldiçoado violador, aproximou-se do bazar e aproveitou a ausência de Gilad para conversar com a sua esposa que, não suspeitando do motivo daquelas perguntas insinuantes e cordatas sobre Berger, satisfez a sua curiosidade e ficou assim prevenido contra qualquer descuido, porque sabia que a reação defensiva de um militar é sempre para ter em alta estimativa. Como não tinha ali a sua Luger de nove milímetros, resolveu voltar a En-Guadi para se armar, municiar e, ao mesmo tempo, precaver-se com as autoridades judaicas, porque se fosse surpreendido com aquela automática, poderia ser acusado de terrorista.

Na volta para En-Guadi, sentiu na boca o sabor acre da vingança e tal fez-lhe pulsar o coração — era algo de tão íntimo, que só contaria ao irmão o desfecho da sua missão sagrada: o sangue pelo sangue. Tinha na mente a face do maldito que nestes doze anos não tinha nem vestígios da marca terrível do remorso. O bandido era visto como uma pessoa decente, mas ele, Majib, sabia que não passava de um asqueroso estuprador. Tinha-o marcado ao longos destes anos com o seu ódio e jamais esqueceria aquela carranca. A sua promoção a oficial do exército só mostrava que aos judeus agradava ter soldados malditos para continuar a chacinar os desgraçados donos daquela terra; foi isso que o mundo não teve em conta ao reconhecer o estado terrorista de Israel.

Chegou a En-Guadi ao anoitecer e, com o pensamento ocupado pela vindicta, quase não jantou, limitou-se a ocupar o estômago com bebida forte, para conseguir dormir sem ser perturbado pelos fantasmas ressuscitados que o acirravam à vingança.

Depois de ter disfarçado a arma por debaixo de um dos guarda-lamas, chegou a Beersheva já no entardecer e, sem dar muito nas vistas, estacionou a carrinha frente a uma casa em obras, para disfarçar a sua presença. No entanto, tal era desnecessário, porque aquela rua era parca de transeuntes. Ali esperaria a sua oportunidade; estava decidido o destino do maldito. Tentou descontrair-se e aconchegou ao sovaco a sua automática. Já era entrada a noite, lobrigou no topo da rua três silhuetas que se aproximavam. Não havia dúvidas — eram três homens que estacaram frente à morada de Berger e, para surpresa sua, a porta abriu-se. Não tinha a certeza, mas pressentiu alguma violência na entrada daqueles indivíduos. Teve a suspeita de que quem facultou a entrada foi empurrada para dentro. Não se deu ao trabalho de averiguar o porquê daquela desconfiança. De imediato, saiu da sua viatura e, com extremo cuidado, contornou a casa em obras, que era vizinha da morada em causa. Entreviu luz na parte de trás da casa e, como o murete que resguardava a varanda era acessível, ele espreitou e de um salto o galgou. Aquela porta era envidraçada e dava para a cozinha. Experimentou o puxador e estava trancado. Procurou algo que servisse para proteger a mão e foi um pequeno tapete no chão que cumpriu com o objetivo. Com o punho protegido, partiu um vidro junto à fechadura e, de imediato, desviou-se devido ao ruído dos estilhaços de sobre o mosaico do chão. Com a automática empunhada, penetrou na habitação e, de imediato, aquelas vozes expressivas chamaram-lhe a atenção.

— Então, puta assassina, pensavas que depois de teres assassinado o meu querido irmão e teu marido à face de Deus e dos homens, escapavas impune ao castigo? Esqueceste que um crime de sangue exige vingança? Aqui estou investido pelo direito divino para exercer a lei do levirato. Vou vingar o sangue do meu irmão Jacob, que tu mataste. Sou Daniel Weisz e aqui, diante destas testemunhas e do espírito de Jacob Weisz, declaro que como seu irmão estou mandatado para desagravar o seu nome. Atem essa puta e abram-lhe as pernas.

Quando o Russo e o Zanaga seguraram as pernas de Chakira, esta estava presa pelo tronco e pelas mãos à mesa, mas, mesmo manietada e chorando, ainda teve força para os apostrofar:

— Malditos, quando o meu homem vos apanhar ele vingar-me-á, patifes! E tu, Daniel Weisz, estás a cometer abominação sobre uma mulher casada e, por isso, serás condenado pela lei divina e pelo ódio de meu marido. Não escaparás, cachorro!

Foi ao olhar com ódio para o cunhado que deu conta da presença de Majib e este fez-lhe sinal de silêncio. Ela, entendendo que tinha ali alguém para a defender, até aumentou o tom de voz para os impropérios que achincalhavam os canalhas, que finalmente tinham conseguido a posição desejada por Daniel Weisz. Este, com um esgar de gozo infame, exibiu o sexo tumefato diante dela e, soltando um urro libidinoso, apontou o pénis para a entrada vaginal. Inopinadamente, interrompeu o ato e em seu rosto uma expressão de pânico substituiu o arremedo da luxúria. Aquele estampido surdo alvoroçou os cúmplices e quando o sangue irrompeu em borbotões do orifício aberto no pescoço de Daniel Weisz, que caiu inanimado sobre a sua vítima, estes tentaram proteger-se, mas já era tarde — a bala já estava destinada ao peito do Russo e o projétil atirou-o de encontro ao Zanaga. Este, rindo-se como um malvado, tentou desviar-se da visão de Majib e abrigou-se por detrás do estofo de uma cadeira; sacando da arma, ameaçou:

— Ah, cão árabe! Vou acabar contigo e enviar-te para o inferno do teu Alah.

O impacto da bala atirou Majib de encontro à moldura da porta, mas conseguiu arrojar-se para o chão e, erguendo a Luger, atingiu o zarolho numa coxa, desalojou-o assim do resguardo da cadeira e, quando o bandido se agarrou à perna, urrando como uma fera, voltou a visá-lo com a arma, mas o Zanaga rebolou e esquivou-se. Sentindo-se desesperado, o zarolho, num gesto de raiva, soergueu-se e atingiu Majib no ombro esquerdo, muito próximo do órgão vital. Este, também no chão, fixou a cara do judeu e, por sorte ou casualidade, o seu tiro desfez-lhe a carranca.

O palestino deixou cair a automática e, aos tropeções, aproximou-se de Chakira e, com um esgar de dor no rosto contraído, ergueu a mão e baixou-lhe o vestido arregaçado, para lhe tapar o sexo. Este gesto cavalheiresco embeveceu a mulher que, abanando a cabeça, lhe agradeceu:

— Obrigada, senhor, o meu marido compensá-lo-á!

Majib, já no limite da resistência, puxou da sua navalha de ponta e mola e, abrindo-a com dificuldade, cortou uma das cordas que manietava Chakira e, já sem forças, entregou-lhe a faca ao mesmo tempo que se despenhava sobre a carpete que guarnecia o chão. Foi a mulher que cortou o resto dos atilhos que a prendiam à mesa e, debruçando-se sobre o palestino, foi a correr à casa de banho, de onde trouxe toalhas para estancar o sangue, que escorria dos ferimentos. Abriu-lhe a camisa e pôs uma compressa sobre o ombro, mas, ao debruçar-se sobre o ferido, sentiu uma das mãos de Majib segurando o medalhão que exibia no pescoço e a sua voz balbuciando:

— Oh, minha querida irmã, o bandido não te matou?

— Está enganado, Berger a protegeu de ser violada por esses dois bandidos que você enviou para o inferno!

Apontou os cadáveres do Zanaga e do Russo.

Ao ouvir, ainda que muito desfasadas, as palavras de Chakira, ele desmaiou e a mulher, sem telefone e sem ajuda, tomou uma drástica resolução: correu para o bazar de Gilad.

Entre os dois, transportaram o ferido para o hospital e, à pergunta do funcionário, respondeu Chakira que aquele ferido era um desconhecido e que o capitão Berger, seu marido, viria esclarecer o assunto.

Capítulo 10

QUANDO RECEBEU O RÁDIO DE GILAD, o pensamento de Berger derivou de imediato para o passado recente e culpabilizou-se pelo acontecido: nunca deveria ter deixado Chakira sozinha e vulnerável à ameaça do mais velho da família Weisz, mormente depois daquela afronta infame de lhes arranjar mais um herdeiro na pessoa de Faiga. Tal era, de fato, um ultraje torpe, um enxovalho grave, que pedia uma desafronta sangrenta. Embora Chakira lhe tivesse confessado os seus medos, ele tinha desvalorizado a tal lei do levirato, pensou que tal não passava de um costume caduco de razão aos olhos da atualidade e que tal aberração na tradição judaica se tinha diluído no tempo, da mesma forma que os sacrifícios sangrentos sobre o altar. Estava enganado no seu conceito, porque a família Weisz ainda se regia pelo código que mantinha em vigor essa lei mosaica, que sustentava um aglomerado familiar tradicional, que manietava todos os seus membros ao juramento herdado dos antepassados. Por este preceito de honra, o nome do defunto marido de Chakira continuava a errar sem continuação no quadro da obrigação mosaica do levirato. Ele tinha desvalorizado essa realidade que se tornava, dentro daquela família, uma imposição à vindicta e que, ao mesmo tempo, limpava a honra do morto. Neste caso em que a esposa era suspeita de o ter assassinado, a imposição desse costume de honra até servia para purificar a conjetura que pairava sobre a sua morte. Berger tinha esquecido que Chakira, para se livrar daquela terrível ameaça inserida na lei mosaica, se tinha abrigado sob a proteção da Irgun para não ser vítima do levirato, sujeitando-se assim a ser cúmplice dos crimes daquela organização terrorista. Berger não sabia ainda se aquela família teria conhecimento da filha de Chakira e que, por isso, à face da lei, ela se tornava uma herdeira. Sabia, isso sim, que tal iria acirrar mais os ânimos de revanche, porque o ato era uma grave ofensa à probidade de uma família de vínculos ancestrais.O oficial sentia-se duplamente culpado. Confiara na farda do exército para livrar a esposa de ameaças. Ela tinha-lhe confessado os seus medos, que incluíam a vingança da família do marido morto. Chakira tinha-o livrado a ele dos fantasmas que lhe tolhiam a alma e a vida e Berger tinha-a entregado de mãos atadas à fobia dessa lei sem nexo. Jamais poderia esquecer que ela arriscara a sua vida ao proporcionar-lhe aquela oportunidade de salvar a menina, para assim pagar os antigos pecados que infernizavam a sua alma. O remorso da culpa fazia-o sofrer e auto denominava-se néscio, por ter descuidado da sua mulher ao esquecer que aquela maldita família Weisz ainda se regia pelo ritual da lei infame, que tinha sujeitado Tamar à cópula com Onã e este, fazendo dela uma prostituta, tinha mandado às urtigas o espírito da Lei que daria descendência ao irmão defunto — preferiu derramar o sémen no chão a fecundar a cunhada.

Imbuído nos pensamentos de culpa que lhe obscureciam a mente, Berger tentou arquitetar um esquema para se livrar das suspeitas sobre a morte do Russo e do Zanaga, pois tinha ainda em mente o juramento de solidariedade entre os elementos da Irgun e, nesse aspeto, teria de se acautelar, principalmente com Jeremiah, que tinha sido o chefe direto daqueles canalhas e que, como tal, iria investigar o desaparecimento súbito dos seus companheiros e subordinados.

Logo que entrou no bazar, encarou com o olhar grave de Gilad, que lhe sinalizou a porta que comunicava com a sua habitação, mas ele, com o seu treino na informação militar, resolveu esperar e informar-se primeiro sobre o âmago dos fatos ocorridos. Assim, abraçando o amigo com emoção e agradecimento, inteirou-se do acontecido e então, já bem informado, aparentou um sangue frio que era um arremedo ao que sua alma sentia — trespassou a porta que comunicava com o salão da casa de Gilad e, já sem surpresa, ouviu o desabafo de Shira:

— Minha querida amiga, nós sabemos que Berger atuará de maneira a livrar-te de suspeitas sobre estas mortes, mas pela tua parte terás de fazer por esquecer esse sonho mau e aparentares a calma necessária para não seres inserida na confusão que levou ao homicídio dos bandidos. Assim facilitarás o trabalho de Berger.

Quando o oficial entrou na cozinha, logo ficou ciente do abatimento de Chakira que, com os cotovelos apoiados na mesa, aparentava tal prostração, que nem deu conta da entrada do marido.

— Olá, pessoal! Isto parece a vela de um funeral e eu, pensando que a minha querida e estremada esposa se atiraria para os meus braços para alegrar o nosso encontro. Assim até fico desiludido com tal frieza!

Ao ouvir a voz do marido, Chakira levantou-se num repente e correu a abraçar Berger. Só que com a emoção misturou a alegria com o pranto do desespero.

— Oh, Berger, querido, que desgraça!

O oficial, para desanuviar a tensão, soltou uma gargalhada e expressou:

— Ai, minha querida, onde está aquela mulher valente que ajudou a libertar-me das aventesmas que tornavam a minha vida num inferno? Onde está aquela companheira amada que enfrentou a sua adversidade pessoal e me fez apaixonar perdidamente? Ai, amor, nesta hora temos até que aparentar o que não sentimos e fazer do faz de conta uma certeza. Vamos tomar um chá desses que o meu amigo importa da Turquia, para assentar a serenidade, e depois, em conjunto, achar uma solução para a tragédia que neste momento já deixou de ser. Beija-me, amor, pois neste momento já sinto saudade do teu carinho, essa ternura que preenche a minha solidão quando estou longe de ti.

Ao ouvir as palavras calmas do militar, a desolação foi banida da cabeça de Chakira e foi Shira que, sempre circunspeta, soltou uma gargalhada de ânimo e se afoitou a abraçar Berger.

Depois do almoço, todos aparentando boa disposição, aceitaram uma bebida oferecida pelo dono do bazar e iniciaram uma conversação sobre as últimas aquisições contrabandeadas por Gilad e também sobre outros negócios que o cigano tinha em mente. Quando o casal abriu novamente o bazar para o serviço da tarde, Berger, com aparente calma, expressou a Chakira:

— Minha querida, tudo tem solução! A primeira coisa a fazer é visitar Majib e livrá-lo das suspeitas perante a polícia. Depois teremos três tarefas prioritárias a cumprir: fazer desaparecer as armas, enterrar os mortos e inventar um álibi que torne Daniel Weisz uma vítima dos feddayin. Serei eu a arquitetar essa história e a levar o seu cadáver aos familiares. Quanto aos terroristas da Irgun, serei eu próprio a dissipar as suspeitas, quando interrogar Jeremiah sobre o seu paradeiro.

Agora, minha querida, vamos visitar Majib ao hospital e limpar o seu cadastro com a desculpa de que ele é meu informador e de que atentaram contra a sua vida em virtude de uma delação que originou uma vingança dos feddayin. Vem daí, vamos procurar o carro que transportou os bandidos até nossa casa.

Ao ouvir as palavras de Berger, o dono do bazar riu-se e, com ar cúmplice, esclareceu:

— O carro era do Daniel Weisz. Eu consegui comparar os documentos com os papéis que ele ainda tem na carteira.

Berger encarou o amigo e, rindo-se, expressou com ironia:

— Caramba, ainda não perdeste qualidades. Pode ser que um dia eu necessite dessa tua habilidade!

Quando Berger, acompanhado por Chakira, dirigiu-se à receção do hospital e indagou por Majib, a funcionária informou-o:

— Lamento, meu senhor, mas este doente está sob a alçada das autoridades e não pode receber visitas.

— Posso saber porquê, cara menina, e de quem partiu essa ordem? Sou capitão do exército e esse doente estava ao meu serviço. Por favor, contate quem deu essa ordem e dê uma olhada nesta credencial. Depois informe as autoridades e diga-lhes que o Sr. Majib está sob a proteção do exército.

A funcionária sorriu-lhe com simpatia e pediu:

— Por favor, permita-me que informe a polícia.

— Esteja à vontade, menina, e cumpra a sua obrigação.

O polícia à paisana plantou-se frente a Berger e indagou:

— É o senhor o oficial do exército que deseja contatar o ferido do quarto sete?

— Sim, se ele é o meu homem, desejo que não o perturbem com perguntas, porque ele é um colaborador nosso e eu pretendo saber quem o alvejou.

— Esteja descansado, que vou já dar ordens aos meus homens nesse sentido. Prazer em conhecê-lo, capitão. Fique à vontade. A um sinal de Berger, a enfermeira deixou-os a sós com o ferido e este, ao encarar Berger, desabafou:

— Reconheço que me enganei. Agora só uma pergunta: quando posso ver a minha irmãzinha?

— Se tudo correr como planeamos, a minha filha Faiga chegará da Suíça dentro de uma semana, pois já terminou o seu estágio como doutora em economia e direito comercial.

— Não entendo. A minha irmã é sua filha?

— Sim, Majib, foi a única forma de a legalizar. É uma longa história que eu e a minha mulher depois esclareceremos.

Majib sorriu e encarando Chakira pediu:

— Não se esqueça, minha Senhora, que nós os árabes guardamos especial sentimento pelos nossos familiares e gostaria de ter esse medalhão para matar saudades de Faiga. Foi a vez de Berger encarar Majib com simpatia e lhe dizer:

— Antes de mais, desejo agradecer de todo o meu coração, por ter salvado a minha mulher. Isso jamais vou esquecer. Também desejo dar-lhe algumas instruções para sua segurança. Como sabe, ao ser aqui internado com ferimentos de arma de fogo, tornou-se suspeito pela polícia e, por isso, eu peço-lhe que nada conte sobre o que aconteceu. Neste momento, as suspeitas sobre o meu amigo já foram dissipadas. Eu vou responsabilizar-me por você. Depois, esclareceremos isto à volta de uma mesa familiar e, se possível, já com Faiga presente. Agora convém o máximo de discrição e que se ponha em forma o mais rápido possível.

A prioridade era dar sepultura aos bandidos mortos e levar o violador à sua família e, se possível, com uma versão de heroicidade, talvez como vítima dos feddayin. Berger sabia por Chakira que a família Weisz tinha a sua sede comercial em Jerusalém e que eram oriundos de uma pequena aldeia junto a Betânia, onde tinham residência. Tal não seria difícil encontrar pelo nome familiar. Olhou Gilad com amizade e, comovido, pediu-lhe:

— Sei que posso contar com a tua ajuda, amigo. Assim, não preciso implorar. Toma este bilhete e entrega no moshav Herzog. O dono deve-me favores e não fará perguntas. Aí estão dois nomes. Eles são palestinos que só irão indagar o que é preciso fazer. Só tens que lhes apontar os mortos e eles escolherão o destino a dar-lhes. Esperarás por eles no moshav do meu amigo Herzog. Obrigado, Gilad!

Foi no jeepão do exército que depositou o cadáver de Daniel Weisz e, depois de verificar se as suas armas estavam municiadas e aptas para a ação, fez-se ao caminho.

Foi ao deixar para trás Hebron, que pensou na distância já percorrida e que teria ainda outro tanto a fazer até o destino na fazenda dos Weisz. Sentiu-se próximo quando começou a visionar aquelas grandes extensões de terra trabalhada para as sementeiras recentes e uma tabuleta rudimentar que lhe apontava à direita um nome escondido no mapa e que lhe tinha sido indicado por Chakira. Na dúvida, seguiu o letreiro artesanal que assinalava Bem-Der e, andados três quilómetros, encontrou-se frente a uma enorme mansão estilo árabe, que primava pelo silêncio.

Buzinou três vezes e apareceu um sujeito de meia idade, alto, que o inquiriu com respeito:

— Boa tarde! Deseja alguma coisa?

—Sim. É aqui a residência dos Weisz?

O palestino aquiesceu e disse:

— Neste momento, só cá se encontra a senhora e a cunhada. O resto do pessoal está nos campos.

Muito bem. Então, queira chamar a sua patroa e informe-a de que um oficial do Exército lhe deseja falar.Era uma mulher ainda jovem, que aparentava cerca de trinta anos e que vinha acompanhada de uma outra senhora que seria um pouco mais velha, ambas lindas e bem apresentadas. Foi a mais jovem que o convidou a entrar.

— Queira estacionar o carro ali no largo e, como está na hora do lanche, queira aceitar o nosso convite.

Esperaram que ele arrumasse a viatura e fizeram-lhe sinal para subir. Admirado com a amabilidade e simpatia das mulheres, seguiu-as escada acima até uma sala cómoda e, depois de se pôr à vontade, a mais velha indagou:

— Podemos saber qual a missão que o trouxe a este deserto?

— Cara senhora, é uma incumbência bem triste. No jeepão transporto o corpo de Daniel Weisz. Julgo que foi mais uma vítima dos terroristas. Encontrei-o no Neguev a sul do Mar Morto. Ao pronunciar o nome do morto, deu pelo sobressalto da mais jovem senhora, mas nada que demonstrasse profundo desgosto.

— Sabe, por acaso, o que ele faria ali naquelas paragens? A pergunta pairou no ar até que a criada palestina surgiu com uma bem fornecida bandeja que carregava o lanche e, antes da resposta que aguardava, uma nova ordem da mais nova para ela surgiu:

— Temos um convidado. Traga mais uma chávena.

Berger não insistiu e, como não desejava estragar a refeição, uma vez que também estava com apetite, optou por servir-se. Só no fim do repasto é que a mulher mais velha indagou.

— Mas o que teria levado o meu cunhado para aquelas paragens? Ele tinha dito que iria tratar de um negócio e, como era normal ser ele a fazer as compras para abastecimento, não fizemos qualquer reparo ao fato.

— Desculpem-me, ele bebia?— Bem, esse era esse o pior vício dele.

— Porque diz que era o pior?

— Ora, tome o meu dito como um desabafo, mas não era homem muito bem visto por aqui; era demasiado quezilento e o que lhe valia era o nome da família Weisz, que ainda é muito respeitado na região e até em Jerusalém. Vou então mandar o meu pessoal descarregar o corpo e avisar o meu sobrinho para tratar do funeral. Ele é advogado e representa os interesses comerciais da firma. Neste momento, acho que deve ser ele a responder às questões que nos queira colocar. O jantar é às 19 e, se tem alguma bagagem, é melhor que a traga para cima. Vou chamar uma empregada para lhe preparar um quarto e não gostaria que recusasse a minha hospitalidade.

Como a evitar alguma recusa, uma criada apareceu e fez-lhe sinal para a seguir até o aposento que lhe tinham reservado.

Desceu para tomar o seu saco de viagem, mas quando voltou já não encontrou as senhoras. Assim, limitou-se a esperar na biblioteca que o chamassem para a janta. Admirado e ao mesmo tempo expetante, foi com uma série de interrogações na mente que folheou distraidamente alguns volumes bem encadernados que o distraíram, no afã de obter respostas e tal o levou a questionar-se: porquê aquela frieza demonstrada pela viúva ao receber a notícia da morte do marido? O que estaria por detrás daquela opaca demonstração? Foi com estas cogitações a agitar o seu pensamento que esperou pela hora de jantar e foi com alívio que ouviu dali a pouco a empregada chamando-o.

O apetite foi espevitado com aquele aroma do cabrito assado e, quando lhe perguntaram se bebia vinho, deram-lhe a escolher entre marcas italianas e francesas, a lista estava bem fornida de escolhas. Para não estragar a refeição às suas lindas hospedeiras, não quis abordar à mesa o assunto que ali o trouxera. Permitiu que as suas interlocutoras lhe perguntassem coisas sobre o mundo social e até abordaram o turismo na região de Eilat, uma vez que tinha sido lá que a viúva passara a sua lua de mel havia já quatro anos, mas que era ainda a única boa recordação daquele matrimónio. Fora essa a única ocasião em que estivera fora daquele meio onde tinha sido criada. Desconcertado com aquele desabafo, perguntou à cunhada do defunto se ela também ali morava. Esta sorriu-lhe amavelmente e respondeu:

— Sim, o meu cunhado tanto insistiu depois da morte de nossos pais, que eu acabei por concordar em vir viver aqui na companhia da minha irmã, uma vez que já não tinha qualquer laço familiar que me prendesse em Telavive.

Aos seus olhos, ela pareceu-lhe pouco à vontade com o que lhe relatava e tal levou-o a suspeitar que haveria ali algo mais do que uma simples proposta de convivência familiar. Não quis interferir com alguma pergunta das muitas que tinha no pensamento antes da chegada do advogado da família, mas estava ciente que, naquele relato, havia algo de insólito. Como o propósito primordial dele era livrar-se do corpo de Daniel Weisz, deixou que a dúvida ficasse a pairar na sua mente até altura mais conveniente e, depois de tomar café e um conhaque, sentiu-se predisposto a retirar-se para o quarto que lhe tinha sido indigitado. Como tinha levado um livro de história da biblioteca da casa, sentou-se num sofá a ler, até que o sono o chamasse para os braços de Morfeu. Ainda surpreso com a relação daquelas mulheres, ficou com a certeza que se tivesse apostado num interrogatório a sério, teria descoberto algo mais do que lhe foi narrado. Sorriu para consigo e resolveu deitar-se.

Seria cerca das três da matina, sentiu o atrito do fecho da porta a mover-se. Devido ao treino da sua atividade, o sono era leve e assim rodou o corpo na cama, tomou a arma sempre à mão e rolou para o tapete do outro lado onde, em silêncio absoluto, aguardou. Habituado à escuridão, só ouviu o sussurro:

— Capitão, perdoe-me, mas necessito desabafar com alguém a minha desdita!

Já mais tranquilo, Berger aproximou-se da viúva por detrás e ciciou-lhe no ouvido, com meiguice:

— Estou acordado. Deite-se aí ao lado e fale baixo e devagar.

— Sr. Capitão, ele era um monstro, um bêbado incorrigível, que me acusava de não dar-lhe filhos e foi com esse pretexto que aliciou a minha irmã para vir viver connosco ou me faria a vida num inferno. Ela, com pena de mim, acedeu a tudo o que ele queria, inclusive a ter relações sexuais com ele. O canalha obrigava-me a assistir às sessões de sexualidade com a minha irmã e às suas aberrações de tarado sexual. Tinha-nos aqui como prisioneiras e escravas sexuais dele, mas comigo não queria nada, só me obrigava a presenciar o gozo da sua anomalia e exigia que eu o limpasse após a ejaculação. Sei que não me fica bem dizer isto, mas senti uma enorme alegria quando o senhor me comunicou sobre a morte dele. Que alívio experimentei! E perdoe-me este desabafo, mas o senhor é um homem lindo e eu há já dois anos que sinto desejo. Por favor, não me rejeite!

Quando acendeu a luz do abajur, Berger ficou extasiado com aquele corpo deitado ali a seu lado e só coberto com uma combinação transparente. Instintivamente e sob a intuição primordial, desejou aquela mulher e, para facilitar a relação, sentiu sobre seus lábios a pressão daquela boca feminina fresca, como uma romã e com a ânsia de uma ninfa faminta de amor. Repentinamente, sentiu-se transportado ao arroubo sensual. Ainda pensou em Chakira, mas a tentação foi mais forte que a proibição. Ali a seu lado estava uma mulher atrativa e tentadora e só isso era suficiente para desencadear a tempestade lúbrica que em todos os tempos tinha subjugado o macho humano. Neste momento, era ele a vítima daquele encanto e, incapaz de se conter, foi obrigado a transgredir o compromisso da fidelidade. A simpatia e o charme daquela

mulher tinham acirrado a sua libido. O alento escaldante
dela batia-lhe no rosto e era um acicate sensual que desafiava
a sua virilidade. Sentia-se como uma haste frágil implantada
numa seara que era açoitada pelo vento suão e se dobrava ao
prazer sexual. Sentiu-se aprisionado pelo erotismo despertado pelas carícias dela sobre a sua boca e as mãos dela sobre
seu pescoço aconchegavam-no a si, com a sanha de uma gata
em cio. Porque os dedos têm olhos e ouvidos e são tão sensi-
tivos como os sentidos, fixaram-se nas ancas feminis, usu-
fruindo da suavidade da pele enfebrecida e impregnaram-se
da matéria da qual Sara era feita. Aqueles sons entrecortados de suspiros que ela emitia fincaram-se nos seus ouvidos
e enlevaram o seu espírito do amor. Acariciou a pele sedosa
daquelas coxas, que se abriam para ele e, depois de saborear
o licor da boca de Sara, descendeu em meiguices inventadas
no momento até às colinas daquele peito arfante de desejo e
cujos bicos se roçagavam em seus mamilos. Sentiu-os eretos
e lúbricos de carinhos sob a polpa de seus dedos e, inebriado
de paixão, beijou-os demoradamente. Acariciou com delicadeza aqueles seios de tecido sensitivo e sugou o rocio matinal
em seus mamilos róseos, como se fora um bebé esfomeado.
Ela implorou com a boca encostada em seu ouvido:

— Ai, amor, há quanto tempo não sentia este carinho, estas carícias, tal afabilidade. Por favor rasga as minhas carnes em fogo, que desejam ser devassadas por ti! Ai querido,
faz-me tua!

Berger estava completamente submergido naquela sedução carnal que excitava o seu instinto primordial e foi como
homem casado e prevenido que teve a coragem de perguntar:

— Amor, preciso de pôr preservativo?

— Oh, meu querido, sou sem sexo há três anos e só desejo
ser tua!

Sem possibilidade de resistir à atração libidinosa, o oficial debruçou-se frente a ela e, com um beijo, saudou aquela
púbis florida, ainda escondida sob o tecido das cuecas ren-
dadas, e deu pela lascívia daquele chumaço já húmido de

fluidos vaginais. Sentiu os dedos de Sara pressionando sobre seus cabelos e ele, com o frenesi da excitação, arrancou o tecido que desafiava a sua língua e, imbuído do mesmo querer, beijou delicadamente a flor do amor, enquanto as investidas de Sara sobre a sua cabeça se intensificavam. Acariciou aqueles lábios vaginais vermelhos de exaltação e deu uma dentadinha amorosa no clítoris ereto de tesão; baixou mais a boca e introduziu a língua no interior da vagina. De repente, as coxas dela abriram-se, o corpo de Sara agitou-se, como se sacudido por um vendaval, e ele correspondeu com a língua quente e húmida que, saboreando o cálice da luxúria, inebriou-se do espírito daquela bonina libertada ao êxtase sensual. Deu pela feminilidade dela a anunciar-se num gemido prolongado, que ecoou pelas paredes do quarto até aquela cama que, queda e muda, assistia ao aflorar das águas felizes feminis que irrigavam a prolongada secura de três anos de celibato forçado.

— Oh, amor, obrigada meu querido! És um anjo que desceu do etéreo para me oferecer este gozo celeste!

Berger ergueu-se e, segurando Sara pela cintura, fundiu-a em seu corpo ávido de volúpia. Quase com rudeza, deitou-a ao comprido sobre o leito e, sempre a contemplá-la com desejo, foi aos safanões que começou a despir as calças do pijama. A viúva, de olhos arregalados, observou fixamente aquele pénis inchado de tesão e, tomando entre os dedos o sexo viril, com extrema meiguice introduziu-o em sua boca húmida e cálida, ao mesmo tempo que deslizava seus lábios ao longo da haste túrgida, até ao começo dos testículos empolados de esperma. Ela parecia com vontade de o chupar até à alma, mas Berger, tomando o controlo do orgasmo iminente, retirou-se de sua boca e voltou a beijá-la. Ergueu-lhe os joelhos face à sua face e, delicadamente, acariciou os lábios da vagina, beijou o umbigo da mulher como se quisesse fazer dele o seu ponto de universo e introduziu dois dedos na lubrificada bainha, acirrando assim o tesão de Sara que, afogueada de excitação, ergueu o seu ventre e clamou:

— Agora, querido, desejo sentir-te dentro de mim e sobre mim! Por favor, come-me, sou tua!

Quase com fúria arremeteu o seu sexo de encontro à suavidade vaginiforme e num ir e vir, num vir e ir em ritmo acelerado, sentiu o corpo de Sara agitando-se e, de repente, a sua boca gritou às paredes do quarto num longo gemido:

— Ai, ai, amor querido! Matas-me de prazer! Oh!

Quase não a deixou exprimir a volúpia do ardor. De repente, controlou-se e, em vez da ejaculação premeditada, voltou a acariciar os eretos mamilos e a sugar neles o orvalho da madrugada. Sara, uma vez mais, gemeu de volúpia àquele contato desejado e esperado. Ambos sentiam a pele um do outro, nunca antes tão próxima e tão precisa, e a pressão do homem sobre o peito dela era tão carinhosa como a intimidade do seu afeto materno. Era algo já ansiado desde o começo dos tempos. Ele olhou-a com redobrado desejo e disse-lhe:

— Querida, desejo introduzir-me por detrás. Quero sentir o teu corpo ao ritmo do meu desejo de ti!

Sara olhou-o com medo e disse:— Amor, nunca ninguém violou o meu ânus. Não sei se aguento!

Berger riu-se e acalmou-a:

— Não, Sara, não desejo comer-te o traseiro lindo, mas tão só segurar as tuas ancas por detrás e meter-me em ti.

Quando ela se virou e lhe mostrou a majestade daquelas nádegas bem moldadas, ele deleitou-se com o aroma daquela flor aberta para ele; segurou com força as ancas dela e quase com brutalidade entrou na bonina que se lhe oferecia, tal como a flor desfolhada da roseira que o sol tinha aquecido; segurou-lhe os seios que dançavam no vácuo do vaivém ao ritmo sensual e, de repente, ela gemeu novamente ao anunciar o seu gozo e, Berger não podendo controlar por mais tempo o orgasmo iminente, soltou um prolongado urro de prazer, que se prolongou no eco do gemido dela, que mordeu os lençóis com o gozo sentido, porque não podia abraçar aquele corpo viril que a cavalgava e a segurava numa ânsia de posse.

Ela olhou-o com gratidão e expressou-lhe:

— Querido, como posso compensar-te?

Ele olhou-a com carinho e pediu-lhe:

— Sara, senta-te aqui no meu colo. Desejo mergulhar nos lagos do teu olhar e sentir a plenitude da tua beleza!

Ambos desnudos, olhando-se com afeto, enlevaram-se no espírito do amor. Ela reparou que os dedos dele, em vez de mimarem os seus mamilos eretos de tesão, aproximaram-se de sua boca lúbrica e introduziram-se entre os seus lábios. Ela, não podendo conter tal emoção, sugou-os da mesma maneira que tinha chupado o seu pénis. A mulher, novamente excitada e afogueada de tesão, olhou-o com extrema ternura e perguntou-lhe:

— Desejas-me outra vez, meu anjo?

De repente, o sexo de Berger já erguido reclamou novo prazer e foi ela quem o introduziu em si. Novamente, Sara gozou a intensidade daquele sexo que não mais se aquietava de lhe oferecer o intenso gozo sensual. Ambos estendidos ao lado um do outro compartiam a modorra da afeição. Sara, acordando do devaneio emocional que tinha vivido, olhou-o com emoção e, a sós, a sua mente cogitou:

— Que pena seres casado. Tenho a certeza que encontraria contigo o caminho do destino!

Ele era o desejo que a consumiu, que a tinha elevado ao cimo da montanha e a fez libertar do medo da escuridão que tinha sido o seu casamento. Sentiu-o abrir os olhos e, ao vê-la de pé ao lado da cama, perguntou-lhe:

— Querida, tu és uma mulher na plenitude do amor. Fizeste-me culpado desta afeição que me embriagou. Esvaziaste-me o corpo e me engoliste a alma. Obrigado, querida. Tenho-te como uma amiga cara e discreta.

— Sim, podes estar descansado, jamais esquecerei que me fizeste flutuar no teu encanto e foste a fonte que matou a minha sede de amor. Até sinto a tua semente agitando-se em meu ventre. Oxalá frutifique! Obrigada por teres irrigado esta árvore que estava seca. Vivificaste esta feminilidade que já estava apagada! Oh, bendito seja para sempre este momento teu e meu!

Ela retirou-se com um sorriso cúmplice para o seu quarto, para, assim, camuflar aos olhos da irmã a noite do seu renascer como mulher.

Foi no despertar que Berger voltou à realidade da sua missão e quando a criada lhe bateu à porta para indagar se desejava tomar ali o pequeno-almoço, ele respondeu que se ia aprontar para descer.

O advogado era ainda um jovem e, por sinal, simpático. Foi-lhe apresentado já à mesa do pequeno-almoço e, sem fazerem reparo na missão de que estavam imbuídos os dois, não tocaram no assunto que os envolvia enquanto decorreu o desjejum. Foi como que por acaso que no fim da refeição ambos se afastaram e o jovem o pôs ao corrente da situação financeira da empresa da família Weisz. Ao saber que o oficial era casado com uma das viúvas, riu-se, com ar fatalista, e desabafou:

— Este clã dos Weisz está um caos e eu sinto-me impotente para continuar em frente com a administração desta empresa, onde cada um trata de si, surripiando o que podem sem dar contas a ninguém e muito menos a mim, que estou encarregado de a gerir. Eles pensam que, por eu ser novato e inexperiente, não dou conta deste derrapar financeiro. Das seis empresas que pertencem à família, somente uma apresentou as contas direitinhas. Foi esta aqui, que só trata do amanho das terras e da cultura dos cereais. Assim, e para salvar este império exangue, que já se desmorona, é preciso alguém de fora e com vasto conhecimento de economia e direito comercial porque eu, um primo nascido do outro lado da família, não tenho capacidade para administrar e restaurar o esplendor financeiro deste património que é agora dos herdeiros. Quando o tio Daniel me contratou e atirou sobre mim o encargo, já isto estava a derrapar e foi ele que afundou a minha confiança ao sonegar os lucros emanados do comércio de cereais. Fico com a impressão de que ele me contratou somente para mascarar essa atividade nefasta perante os gerentes das outras empresas ligadas ao grupo, que por sua vez atuaram da mesma forma. É meu desejo reunir-me com as viúvas e acabar de vez com esta delapidação machista dos bens, que as rouba descaradamente. Sei que elas são duas e, até à sua informação, não dava com o paradeiro da viúva de Jacob. Também já me informei no registo de familiares dos Weisz e sei que existe uma filha desse matrimónio, nascida após a morte do marido.

Berger riu-se e, em jeito de picardia, disse:

— Amigo Johannes, já tem a solução para o seu problema de administração e para reparar o descalabro.

— Como assim, Sr. Capitão?

— Meu amigo, em breve apresentar-lhe-ei a viúva do primogénito dos Weisz e será essa filha amaldiçoada pela família que o irá ajudar a repor a ordem económica das vossas firmas. Ela é formada em economia e direito comercial por uma universidade suíça e fez o seu estágio numa empresa que se dedica à extração de minerais e que tem uma filial em Eilat, na qual eu também investi. Em breve terá notícias dela e, deixe-me dizer-lhe, confie-lhe tudo, porque ela é jovem, mas das duras na sua especialidade e tem capacidade.

Simpatizaram um com o outro e despediram-se com um abraço.

Majib, um indivíduo habituado à liberdade desde a tenra idade, sentia-se manietado física e espiritualmente, ali naquela cama hospitalar onde convalescia da delicada intervenção cirúrgica ao ombro e à coxa, os pontos do seu corpo que tinham sido atingidos durante a refrega heróica para salvar Chakira da desonra. A sua disposição psicológica estava um caos, era um misto de surpresa e confusão, uma vez que desconhecia a sua situação perante a polícia, embora confiasse na boa vontade do capitão. A sua surpresa era devido ao tratamento amável que tinha recebido. O pessoal médico e de enfermagem dispensava-lhe amizade e cuidado. Até a sua enfermeira, fazendo jus à sua alma dedicada, distribuía-lhe um sorriso todas as manhãs e lhe perguntava se sentia alguma dor ou incómodo de qualquer espécie, ao mesmo tempo que, com um ademane engraçado, lhe indicava o botão da campainha de chamada, explicando com uma vénia de carinho:

— O paciente aqui é um cliente e a nossa política de atuação é prestar-lhe todo o cuidado e conforto. Nós estamos ao serviço dos nossos doentes.

Sentia-se confundido com o volte face da sua atuação: em vez da vindita planeada ao longo daqueles quase oito anos com seu irmão, para vingar o estupro da irmãzinha querida, viu-se envolvido numa intervenção ousada em favor do seu inimigo Berger, que agora era um oficial do odiado exército sionista. Ainda aturdido pelo desencadear da ação, interrogava-se como, sem ter provas concretas, ele e o irmão tinham condenado aquele indivíduo, que tomara em seus braços o corpo semidesnudo da sua querida Faiga, quando agora estava ciente que tal ação tinha sido para a salvar da violação e morte por parte dos outros facínoras que tinham chacinando a sua família. Tinha sido Alah quem providenciara para que ajudasse a evitar o estupro da esposa do seu inimigo, tal como interviera quando, ainda excitado de sensualidade, perdoara a virgindade e a honra daquela jovem mulher que estava no sítio errado aquando da vingança sobre aquela família judaica que tinha violado o solo sagrado da família Assad. Jamais esquecera aquele olhar agradecido da jovem Zaida e, tal como não olvidara o seu gesto de misericórdia, também jamais esqueceria que salvara da violação uma mulher judia que era afinal a esposa de um odiado inimigo. Agradecia a Deus aquele percalço que o libertara de cometer uma injustiça e lhe trouxera o alívio de conhecer a verdade. Teria que arranjar uma forma de avisar seu irmão Ali sobre aquele juramento que alimentara por tantos anos um ódio que não tinha razão de existir. Falaria sobre isso com o capitão Berger e este providenciaria maneira de fazer chegar ao irmão a sua mensagem. Agora com o coração livre de ódio, até ansiava as visitas dos amigos do outrora inimigo e se divertia com as aventuras narradas pelo cigano Gilad quando este, sempre bem disposto, enveredava pela veia de contista. Também a esposa do capitão lhe levava sempre miminhos da sua especialidade culinária e ele, eterno guloso, saboreava-os com prazer e assim desertava das refeições rotineiras da cozinha hospitalar. Havia no entanto um prazer que lhe atenazava a mente porque ainda não tinha sido satisfeito. Sabia que chegaria esse dia ainda não aprazado, a promessa tinha sido feita e por isso a ansiedade mais se fazia sentir; era a visita da sua querida irmãzinha Faiga. Todos os dias, logo nas suas orações matinais, suplicava a Alah que lhe trouxesse esse dia luminoso e tinha de tal modo inculcado na mente a visita de Faiga, que até já chegara ao ponto de se interrogar sobre as palavras que pronunciaria após a abraçar com carinho e aquele amor de tantos anos. Até já ensaiara na sua mente:

— Olá, minha irmãzinha doutora! Ainda dispensas amor a este irmão quase analfabeto, mas que te ama muito?

Riu-se consigo próprio ao imaginar o encontro.

Havia ainda um outro sentir, mas muito interior, que passara a ser o seu segredo mais íntimo. Ao voltar a reler aquele bilhete que lhe chegara dentro de um pequeno envelope sobre o tabuleiro do pequeno-almoço, aquelas promessas faziam-no comover-se e enlevavam-lhe a alma. Lembrava-lhe que afinal ainda havia quem guardava dentro de si uma boa recordação dele e as palavras carinhosas contidas dentro do pequeno subscrito faziam-no desejar mergulhar nos lagos daquele olhar que um dia lhe suplicara a honra e a vida; eram uns olhos cor de avelã com cobertura de mel e cujo nome gravara na mente: Zaida! Lembrava-lhe um dia enguiçado mas que, mesmo azarado, o fizera ter aquele lampejo de piedade que salvara uma vida. Não resistiu e releu:

Olá, Majib! O nosso encontro deu-se já há alguns anos num local errado e a uma hora agoirada por uma vindicta da qual tu parecias ser desertor. Sim, jamais esquecerei que me perdoaste a honra e a existência e puseste a tua em risco ao desobedeceres às ordens do teu irmão sénior, a quem devias obediência. A tua ação me devolveu confiança no género humano, numa terra violenta em que o valor sagrado da vida nada significava. Ali eu vi que o homem, sendo capaz do pior, também conhecia o valor da paz e do amor. Graças a ti, sou médica e, quando vi o teu nome na lista de urgências deste hospital, de imediato solicitei a um colega a intervenção cirúrgica que lhe tinha sido designada. Quando senti a tua carne sob o meu bisturi, chegou-me ao pensamento o sangue derramado naquele dia em que o teu irmão te obrigou à vingança sobre alguém que violou a terra regada com o suor dos teus ancestrais, mas que nada teve a ver com a chacina dos teus familiares. Mas, enfim, eram tempos difíceis, onde a vindicta imperava sem importar a noção ou o equilíbrio moral do que era ou não justo. Aqui te deixo o número do meu telefone privado e, se ainda sentires o lado bom da tua alma como o que usaste para mergulhar na aurora do meu olhar naquele fatídico dia, então liga-me para podermos testar a veracidade de algo que, nesse mesmo dia aziago, nasceu no meu coração. Que sob esse signo nascido no fundo do teu alento e que eu visionei no espelho dos teus olhos ainda esteja presente e possamos reencontrar essa mercê que nos marcou o destino até este momento. Quiçá, podemos sondar o que na altura não foi possível e também aprofundar o ditoso momento que senti que naquela altura não foi possível esclarecer. Também para que, juntos e presentes, voltemos a recordar o tal lampejo que me marcou a alma e que no momento em que agora te vi voltou a ser presente.

Estava decidido — aquela nostalgia voltara a enlevar o seu ânimo. Assim, iria à descoberta do que um dia tinha visionado nos olhos daquela jovem que poupara à sua lascívia e que agora era a doutora Zaida. Sim, aquele último olhar dela continuava vivo no fundo da sua alma!

Capítulo 11

APÓS A SUA CHEGADA A ISRAEL, Faiga abraçou amorosamente Chakira e murmurou-lhe no ouvido:

— Muito obrigada, minha mãe, por tudo quanto tens feito por mim e por me contares sempre a verdade, mesmo que isso te seja doloroso às vezes e porque até nem olvidaste o que me diz respeito e isso jamais vou esquecer. A tua franqueza só faz com que o meu coração te ame ainda mais.

Berger, também fardado a rigor, foi receber Faiga no aeroporto e isso fez com que a jovem recém chegada, com humor, expressasse:

— Que sumidade eu sou, neste momento. Até pareço uma personalidade política, para ser recebida por um oficial do Exército sionista de quem, com muito orgulho e amor, sou filha.

Com um de cada lado escoltando-a, mãe e pai, eles seguiram para o carro militar que estava aguardando no parque e foi com um sorriso gaiato que Faiga entrou para o assento da frente, pedindo desculpa a Chakira:

— Ai, mãe, perdoa-me, mas tenho tantas saudades do pai, que desejo ser conduzida por ele e a seu lado!

Uma saudável gargalhada foi o comentário da esposa de Berger, que aproveitou para indagar:

— Tu tens *carnet* de condução, querida?

— Sim, mãe, a esposa do nosso amigo Kaufman inscreveu-me numa escola de condução suíça e lá fiz a instrução. Levaram-me ao exame obrigatório, fiquei aprovada e consegui a licença, mas aqui é Israel e necessito de mais prática.

Gilad e Shira esperavam-nos à porta do bazar e a mulher, olhando para a jovem com ar admirado e um sorriso picaresco, cutucou o marido:

— Olha para isto, Gilad! Como este fedelho se tornou uma mulher linda! Ó minha querida, abraça-me com força para eu saber que és a nossa Faiga, que voltou. Rapazes, tenham cautela, ela vai partir os vossos corações! Ó Faiga que o meu deus te proteja e te dê a graça da felicidade e da saúde!

Gilad comentou com carinho, olhando a garota árabe que agora era um mulher na plenitude feminina:

— Deixa, Faiga. Ela continua, mesmo judia, a ter manifestações ciganas, mas estás linda, querida!

Depois de um lauto almoço com iguarias judaicas e árabes, Chakira disse para Faiga:

— A primeira missão tua em Israel será visitares o teu irmão menor, Majib, que está no hospital e suspira por te ver. A pedido dele, irás sozinha. Recordas-te ainda da sua cara? Ele é mais novo que tu.

— Sim, mãe, lembro-me bem dele e também de Ali.

— Então, minha querida, só peço a Deus que o vosso amor fraterno vos inunde o coração.

— Pai, antes de ir ver o meu irmão, desejo mostrar-te o que escreveu a vossa amiga historiadora Debra Luski, que me ensinou muito sobre o sionismo, assim como me apresentou a muitas personalidades hebraicas da vida académica e que comungam das suas ideias. Ela ajudou-me muito na universidade e tenho comigo a entrevista que ela deu a um grupo de jornalistas sobre a criação de Israel. Peço-te uma coisa — quando leres essa conferência, diz-me a tua opinião sincera e se o que ela expressou nesta entrevista impressa é ou não verdade.

— Sim, querida. Sabes que de mim só conhecerás a verdade e não é por ser um oficial do exército que irei distorcer os fatos.

— Obrigada, pai. Aqui tens para ler.

— Minha querida, agora vais tomar um banho e vestires-te com roupas apropriadas a este clima. Depois, iremos ao hospital para tu fazeres a tão ansiada visita ao teu irmão.

Depois de um telefonema à doutora Zaida, Majib sentiu a dita de ouvir a sua voz e tal o comoveu profundamente. A emoção levou-o a retroceder no tempo e, embora doloroso de recordar, a entonação daquele verbo cristalino associou-se ao olhar profundo que ele sentiu naquele tempo, como um desfio sem medo a mergulhar no seu. Agora entendia o porquê daquela figura nunca se ter dissociado da sua mente e do seu coração. O caricato da situação é que ele se sentia de tal modo embriagado de alegria que pensou, ao ouvi-la pelo telefone, estar a ter um sonho; era como se sentisse sob o efeito inebriante do fumo do bango. Ela tinha permanecido durante todos aqueles anos sempre na ternura do seu sentir. Nenhuma outra mulher tinha mergulhado tão profundamente na sua alma. Foi com lágrimas deslizando no seu rosto e com voz entaramelada que, depois de suplicar perdão pelo mal acontecido naquele dia fatídico da vingança, lhe confessou:

— Zaida, podes não acreditar, mas ainda guardo o teu olhar no meu consciente, com a mesma intensidade do dia em que te conheci. Devido a essa atração, a minha alma tem permanecido fiel a este sentimento, que jamais se apagará de mim.

— Querido Majib, acho que é recíproca a nossa emoção. No âmago da minha alma escuto a ternura da tua voz, tal como naquele dia.

Ao pousar o auscultador, Majib conheceu o sabor da felicidade, que, apostada no porvir, tinha como base aquele amor prometido e a graça daquela ventura continuava e se acumulava com o encanto do encontro que teria dali a pouco com sua irmãzinha querida. Foi devido à ansiedade da espera que o nervosismo fê-lo cortar-se ao desfazer a barba. A enfermeira que lhe segurava o espelho riu-se e comentou:

— Ai, o amor faz milagres. Nunca o vi tão animado, Sr. Majib!

Ainda a terapeuta estava a arrumar a bacia com a água e o toalhete com que lhe limpara o rosto escanhoado, quando a porta do quarto se abriu. A figura que apareceu à contraluz fê-lo pestanejar, porque a claridade ao entrar de chofre estava esbatendo o rosto animado e feliz de Faiga. Ela também estacou no umbral até afazer a vista à mudança de cromatia, entre o interior e exterior daquele quarto onde a mente avivou a nostalgia que bulia na sua alma havia tantos anos. Foi tão longo e atribulado esse tempo que até chegou a fazer sangrar o seu coração e a sua alma.

Foram dois gritos em simultâneo que saudaram o reconhecimento que a saudade empolara. Faiga correu feita uma louca para a cama de Majib que, sentado, abriu os braços de par em par para comungar do anseio fraterno de a sentir junto de seu coração. Aquele abraço juntava tantos anos de recordações tristes que, felizmente agora, desaguavam naquela ternura imensa, que o sangue juntava numa fraternidade una.

— Ó, meu irmão querido, quantos anos houve de mágoa e de incerteza até esta felicidade que agora nos une!

— Ó minha Faiga querida, passei tantos anos com uma rapariguinha na mente e reencontro-te como uma mulher! Estás tão linda, que até te confundo com a nossa mãe, Madona. Diz-me coisas de ti. Já tens namorado? És uma doutora política ou economista? Como devo tratar-te eu, que sou quase um analfabeto?

— Muito simples, irmão querido. Chama-me sempre irmã! Sinto tanto orgulho de ti! A minha mãe Chakira contou-me tudo. Admiro-te e espero que fiques bom para confraternizamos como uma família, para me fazeres sempre companhia. E não esqueças que desejo de todo o coração encontrar-me com Ali.

Foi na companhia de Chakira que Berger iniciou a leitura do documento que Faiga lhe tinha entregado sobre a entrevista que a sua amiga Debra Luski dera aos jornalistas.

Senhores da informação, ciente de que muitos de vós podem distorcer o que vou dizer, confesso-me judia e envergonho-me deste governo de Israel de raiz sionista, essa maldita organização fundada por Vladimir Jabotinsky, que exigia na sua estrutura fascista de «homens até à morte», jovens judeus que vestissem camisas pardas, como os membros dos comandos de assalto nazis. Não foi por acaso que Mussolini considerou-o um dos seus e lhe deu o título de «cidadão fascista».

Perguntava ele: «que queremos nós? Um império judeu!»

Mussolini teve como colaboradores cinco judeus e entre eles estava César Sarafatti, que era irmão de uma das amantes do «Duce». Ele chegou a dizer para o rabino de Roma:

As condições para o êxito do Movimento Sionista são possuir um estado judeu, uma bandeira sionista e uma língua judaica.

Em 1935, foi fundada a nova Organização Sionista e, no seu seio, foram admitidos os grupos armados da Irgun e o grupo Stern. Era necessário acabar com os ingleses na Palestina. A Irgun, sob o comando de Begin, era apologista de uma revolta imediata contra os ingleses. A Stern desejava essa revolta ainda antes de terminar o conflito mundial. Era favorável a uma aliança com Itália para ajudar a terminar o mandato inglês na Palestina e pela fundação de um estado hebreu de caráter corporativo satélite do Eixo. Foi com esse fito que, na altura, foi oferecido a Hitler uma força de 40.000 judeus procedentes da Europa Oriental, para combater os ingleses, mas Hitler decidiu apostar na carta árabe por causa do petróleo. Por aqui, vê-se quais os tortuosos caminhos escolhidos pelo Movimento Sionista para atingir os seus objetivos.

Sinto-me feliz por saber que a grande maioria dos judeus no mundo são pela verdade e, assim, um povo não pode ser julgado por entre eles existir uma caterva de assassinos desonestos nas convicções e corruptos, porque não existem povos errados nos seus anseios de liberdade, mas sim pessoas atacadas de loucura fratricida, que desejam o poder. Como não podemos incriminar todos os judeus, também eu não acuso todos os jor-

nalistas como apoiantes da Indústria do Holocausto. Acuso sim os judeus sionistas, essa pequena parcela de loucos, homofóbicos e assassinos, que fazem de Israel a vergonha das vergonhas ao serem o último baluarte do apartheid no mundo atual.

O Holocausto foi praticado em diversos países europeus e não só na Alemanha, embora este povo tivesse aumentado o pretexto para cumprir o mito religioso judaico talmúdico que diz: «retornarás com seis milhões a menos» ou «tu retornarás à terra de Israel com menos seis milhões». Foi este mito histórico religioso que permitiu aos judeus alcançar um estado, porque o mundo, perante a grande mentira proclamada pelas organizações sionistas e tantas vezes repetida, teve remorsos e, perante a choradeira sobre os seis milhões imputados aos alemães, tornou-se, em vez de um mito talmúdico, num fato histórico. O caricato da questão é que a fábula dos seis milhões já vinha sendo propagandeada havia muitos anos. Ora, vejamos as provas: em 11 de junho de 1900 foi publicado no New York Times o discurso do rabino Wise, que se lamentava:«Há seis milhões vivendo e sangrando.» Não disse aonde, mas todos sabiam que era um argumento a favor do sionismo.

Em 1902, na décima edição da Enciclopédia Britânica, foi escrito: há seis milhões de judeus da Roménia e da Rússia sendo degradados e sistematicamente deslocados.

Em 1906, um publicista grita que haverá um iminente holocausto de seis milhões em virtude do primeiro levantamento comunista na Rússia.

Em 1910, no relato do comité judaico americano, é reclamado que a Rússia tenha uma política para expulsar e exterminar seis milhões de judeus.

Em 1919, pouco depois de terminar a primeira guerra mundial, os judeus reclamam que houve um holocausto de seis milhões — não foi longe essa história, porque ninguém acreditou.

Em 1921, patriotas russos brancos ganham terreno sobre os bolcheviques da sua nação, na tentativa de disfarçar o seu passado envolvimento. Os judeus reviraram novamente o mito dos seis milhões.

É por estas datas que se prova que a grande mentira dos seis milhões não passa de um mito, que os sionistas, depois de tanto a propagandear, tornaram uma realidade e à sombra dessa propaganda criaram a Indústria do Holocausto, que lhes permitiu extorquir dos bancos suíços biliões de dólares e sugar a Alemanha e o seu povo.

Em 1921, os russos já fartos de verem os judeus como usurpadores bolcheviques na sua nação, começaram a persegui-los e estes, numa vã tentativa de disfarçar o seu envolvimento, reviraram novamente o mito dos seis milhões. Assim, o holocausto, forjado ou não, enalteceu a religião judaica.

Tal como o coletivo do povo alemão levou Hitler ao nazismo, também o sionismo levou o clero judeu, que se fundamenta assentemente na Torá, num misto de hierocracia e ditadura fascista e, assim, deram livre curso ao instinto da sua criação. Na visão do sionismo, um sistema de governo que tem por base filosófica o engrandecimento da nação judaica com vista ao domínio do mundo precisa da hierocracia para unir o povo em volta de uma fé que os líderes não têm e conseguir o primordial: a unidade. Assim, o sistema, não contando com as tensões políticas, torna-se uma ditadura que impede o povo de ter outro pensamento. Ora, se a hierocracia dá livre curso ao instinto e à vontade do seu Deus, Javé ou Adonai, que é egoísta e volúvel e criou o seu povo com os mesmos defeitos e o mesmo desprezo absoluto pelo restante género humano, porquê agora, com a nação bem escorada pelo capitalismo liberal dos americanos, não fazer o mesmo que os egípcios fizeram no tempo de Moisés? — Escravizaram-nos durante 430 anos. Agora, também o sistema ditatorial do sionismo está apto a exercer a sua vontade sobre os verdadeiros donos da Palestina. À falta de documentos válidos para a política internacional, existe o que a hierocracia está apta a argumentar: a vontade do seu deus, que fez a doação daquela terra há tantos séculos ao fundador da sua raça, Abraão: «dar-te-ei, a ti e à tua descendência depois de ti, o país em que resides como estrangeiro, toda a terra de Canaã, em pos-

sessão eterna, e serei teu Deus» (Génesis 17, 8). Para os judeus, este será o mais válido argumento para expulsar os palestinos da sua terra e, ao mesmo tempo, um ato de obediência ao seu Deus Eterno. Para os judeus, este deus tão semelhante ao seu povo é a defesa do seu semitismo, que lhe dá a grandeza na terra e uma saída no céu, que eles desejam criar na Palestina.

O mundo, depois de se sentir culpado pelas atrocidades cometidas pelos hebreus, pergunta-se agora como foi possível ter sido ludibriado na sua fé e não deu crédito às palavras avisadas do conhecido rabino, Joshe Freund, que ficou horrorizado com os massacres levados a cabo pelas organizações terroristas da Aganah, Irgun e Stern, cujos chefes roubaram, mataram, torturaram e violaram famílias inteiras e arrasaram centenas de aldeias e povoados pobres. Há documentos e relatos terríveis sobre essas atrocidades desvairadas e hoje esses mesmos criminosos são ministros e generais do exército de Israel. Eis alguns desses nomes tenebrosos: Menagem Begin, Ytzhak Shamir, Ehud Barack, Ariel Sharon e tantos outros patifes.

«Não é porque eles são sionistas que eles são malfeitores. É porque eles são malfeitores que eles são sionistas.» Assim se expressou o conhecido rabino Joshe Freund.

Também o fundador de Israel, Bem Gurion, foi explícito:

«As fronteiras de Israel serão decididas pela força e nunca pelo diálogo.» Também a professora de história antiga, Debra Luski, afirmou: «os terroristas do sionismo, ao queixarem-se do terrorismo, querem fazer esquecer que Israel é uma nação construída sobre uma base terrorista.»

Todos já ouviram falar de Deir Yassim, mas poucos conhecem a verdade depois das mistificações elaboradas pela Agência Judaica para tentar denegrir a veracidade do horror do genocídio. Para os historiadores da Palestina, esta forma de eliminação étnica já não é nova. O método foi usado em 1600 a.C. pelos hebreus comandados pelo cruel Josué, o tal que eliminou sete etnias apontadas pelo seu deus, Adonai:«O Deus vivo está no meio de vós e não deixará de expulsar diante de vós os cananeus, os heteus, os ferezeus, os heveus, os gergeseus, os amorreus e os jebuseus.(Josué, 3, 10).» Agora, tal como naquele tempo, também Bem Gurion deseja aplicar a mesma política: a anexação de todas as terras destinadas aos palestinos e a expulsão destes para lá das fronteiras do Estado Judaico, que ele desejava cem por cento hebreu. Era a tal limpeza étnica a repetir cerca de 2.000 anos depois. Por isso, as suas palavras encerram uma ameaça:«as fronteiras de Israel serão decididas pela força e nunca pelo diálogo.»

Era uma noite como tantas outras e os habitantes de Deir Yassim, cansados de trabalhar nas pedreiras, deitaram-se cedo. Todos os habitantes trabalhavam nas minas de calcário e viviam do corte dessas pedras, que eram aplicadas na construção civil. A comunidade era composta por árabes, palestinos e judeus e todos tinham trabalho no complexo mineiro. Estes moradores tinham feito um acordo com os líderes da coletividade vizinha de Givat Shaul para uma passagem apeada ou em veículos para o transporte das suas pedras a caminho de Jerusalém. Depois do cobarde ataque, o «mukhtar» foi chamado a Jerusalém para explicar o atentado e afirmou perante o Supremo Conselho Árabe que os moradores de Deir Yassim, árabes e judeus, sempre se respeitaram e viveram em paz.*

Nessa malfadada noite de 9 de abril de 1948, os moradores descansavam da dura faina do dia e, nos arrabaldes, um grupo de 120 assassinos da Irgun e da Stern espiavam o sono dos residentes e planeavam o massacre. Era o início da madrugada, mas a escuridão era total quando o primeiro grupo dos exterminadores se dividiu entre os casebres ocupados pelos árabes e, partindo os vidros das janelas, arremessaram para o interior dezenas de granadas que, ao explodir, mataram dezenas de vítimas. Os que escaparam ao massacre das granadas, atarantados e em pânico devido às explosões que destruíram os tetos e as portas, tentaram esgueirar-se para o exterior. Pensando estar livres da matança do interior, nem deram

---

* N. do A: Mukhtar — líder da aldeia

conta das balas que os dizimaram, ao enquadrarem-se com a saída das casas semidestruídas e, às dezenas, foram abatidos ainda antes de porem pé no exterior. Não contentes por terem dizimado como carneiros no matadouro tantos seres humanos indefesos — homens, mulheres e crianças — ainda tiveram o sangue frio de, ao nascer aquele fatídico dia de 9 de abril de 1948, juntarem algumas mulheres sobreviventes, algumas só feridas, e, em série, como animais, estuprarem-nas em frente dos moradores judeus, rindo à descarada das miseráveis vítimas que, ainda assim, lhes pediam piedade. Foram 254 os padecentes do cruel atentado, seres humanos cobardemente massacrados na aldeia de Deir Yassim. Quando os líderes do Estado Judaico quiseram justificar o genocídio numa carta enviada ao Rei Abdullah I da Jordânia, este, enojado com a barbárie do ato, negou-se a aceitar as desculpas. Mas Deir Yassim só foi o início dos horrores. Este massacre foi executado ainda antes da retirada dos ingleses da Palestina, porque em seguida o genocídio continuou em cerca de 200 lugarejos e aldeias a ter o mesmo destino, com a mesma tática. A crueldade destes monstros judeus já vem desde cerca de 1.600 anos, aquando da conquista de Jericó pelo cruel Josué, relatada na Bíblia com toda a barbárie do ato: «Tomaram a cidade e votaram-na ao anátema, passando a fio de espada tudo o que nela encontraram: homens, mulheres, crianças, velhos, inclusivamente os bois, as ovelhas e os jumentos» (Josué 6, 21). É caso para dizer que a história repete-se e vinga a própria história!

Perante este holocausto em prática contra os palestinos, gostava que me informassem se foi para assistirmos a este degradante espetáculo que as Nações Unidas, naquela ignóbil votação de 29 de novembro de 1947, votaram a favor da criação deste estado que cedo demonstrou a crueldade que ia exercer sobre os desgraçados que tiveram a sina maldita de serem donos das terras aráveis da Palestina. Estes atos miseráveis de Israel e dos seus dirigentes sionistas são a prova cabal da injustiça mais ignóbil à face do Direito Internacional. Mas que ações mais consonantes se podem esperar dos dirigentes sionis-

tas quando eles próprios foram terroristas cruéis? Que se pode esperar de um povo cujos membros sionistas fizeram de uma profecia uma verdade histórica, para se banquetearem com milhares de milhões de dólares e marcos alemães?

Não foi o nacionalismo judeu que mobilizou a solidariedade humana em prol do seu povo. Foi, isso sim, a ganância pelo dinheiro dos bancos suíços em cumplicidade com os americanos. Será que ainda há líderes tipo Osvaldo Aranha, que se deixam corromper pelo capital judeu? Não digo sim nem não: as provas estão à vista.

O Sr. Neville, Cônsul Geral de França em 1948, depois de contemplar com horror o vandalismo perpetrado pelas guarnições judaicas nas igrejas e nos templos cristãos da Palestina, afirmou:«Esta guerra de 28 dias ganha pelos judeus, ensinarou-me mais sobre este novo fascismo do que vinte anos sob o regime de Hitler!»

Porquê é que os mesmos que ajudaram a propagandear o holocausto — americanos, russos e ingleses — não geraram uma campanha contra as atrocidades que foram cometidas pelos judeus na terra santa da Palestina contra as três religiões monoteístas? Porque é que os católicos permitiram que as suas igrejas e monastérios fossem vítimas dos sacrílegos atos dos judeus? Aqui vos deixo uma lista de algumas das barbaridades dos sionistas:

1. O Convento de S. Jorge, pertencente aos gregos ortodoxos, foi ocupado à mão armada em 15 de maio de 1948.

2. A Hotellerie Notre Dame de France, dos padres assuncionistas, foi ocupada pelas tropas sionistas em 15 e 18 de maio de 1948 e sistematicamente profanada e saqueada.

3. O hospital francês foi ocupado militarmente pelos sionistas em 15 de maio de 1948 com a presença das irmãs de S. José e dos enérgicos protestos do doutor Baner, médico diretor, apesar das bandeiras desfraldadas da Cruz Vermelha e da tricolor de França.

4. O Convento das Irmãs de Marie Reparatrice foi incendiado e demolido pelos sionístas em 15 de maio de 1948.

5. *O hospital italiano, colocado sob a proteção da Cruz Vermelha Internacional, foi ocupado pela Aganah e utilizado como fortaleza e base militar.*

6. *O Palácio do Sr. Delegado Apostólico, bem como a Igreja e o Mosteiro dos padres beneditinos alemães, foram ocupados com violência pelas tropas sionistas em 18 de maio de 1948, apesar da bandeira pontifícia que os devia proteger.*

7. *A escola inglesa do Monte Sião e o Convento de S. Jorge dos gregos foram ocupados igualmente na noite de 18 de maio de 1948.*

Esta lista de ocupações e destruições poderia alongar-se indefinidamente, se me pusesse a enumerar todas as avarias causadas pelos obuses sionistas propositadamente enviados sobre a cidade velha e fora de qualquer objetivo militar.

8. *A Basílica do Santo Sepulcro, cuja cúpula foi destruída pelos obuses caídos nos santuários contíguos em 17 de maio de 1948.*

9. *O Convento e Igreja de S. Tiago dos arménios ortodoxos foram atacados por uma cintura de bombas que causaram a morte de centenas de refugiados e padres que ali se abrigavam.*

10. *O Seminário de Santa Ana e as igrejas de São Constantino e Santa Helena foram sacralizadas por vandalismo em 17 de maio de 1948 — também o Patriarcado Sírio ortodoxo em 16 de maio de 1948.*

11. *O Convento dos gregos ortodoxos foi vandalizado e sacralizado em 18 de maio de 1948.*

12. *O Convento dos coptas ortodoxos em 23 de maio de 1948.*

13. *O grande Convento dos frades franciscanos em 19, 23 e 24 de maio de 1948, bem como a Basílica de São Salvador, onde organizaram grandes festas profanas e vandalizaram tudo quanto era sagrado.*

14. *O Patriarcado latino foi ocupado e vandalizado em 23, 26, 27, e 28 de maio de 1948 e serviu como casernas e latrinas das organizações terroristas sionistas.*

15. *O Patriarcado Melequita, a Igreja de Santa Verónica e o Patriarcado arménio católico foram vandalizados em 28 de maio de 1948.*

16. *O Convento de Santo Estêvão foi ocupado e vandalizado em 27 de maio de 1948.*

O nome Deir Yassim é lamentavelmente célebre na História da Palestina e tão tristemente lembrado como o de Cacham ou Bubhenwald na Alemanha.

É sumamente lamentável a atrocidade destas hediondas profanações sobre estes locais nomeados, que foram sistematicamente vandalizados com ódio.

Após as profanações das capelas da Hotellerie Notre Dame de France, estas foram transformadas pelos soldados sionistas em salões de baile e dormitórios para combatentes dos dois sexos.

A venerável Basílica dos Beneditinos foi transformada em dancing e é um depósito de lixo. Além de profanarem, vandalizarem e saquearem, ainda abusaram dos frades franciscanos sob a vista da autoridade sionista.

Não satisfeitos com as violações e os roubos, sacralizaram sacrifícios e imagens sacras e chegaram ao paroxismo do ódio de transformarem igrejas em latrinas públicas, fazendo as necessidades sobre crucifixos e imagens consagradas, propositadamente.

Imaginem quantas patifarias e sevícias foram perpetradas sobre estas religiões cristãs e os países que foram vexados por esta corja sionista. Demonstraram bem que afinal o seu Deus soube escolher o seu povo ou seria mesmo a esta corja sionista que Ele se referiu:«Porque és um povo consagrado ao Senhor, teu Deus, o Senhor teu Deus, escolheu-te para seres um povo especial entre todos os povos que estão sobre a face da terra, um povo do Senhor» (Deuteronómio 7, 6).Caros senhores da informação, muito mais teria a contar sobre o terrorismo praticado pelos bandidos sionistas, mas como judia que sou, sinto-me envergonhada e só tenho a pedir perdão ao mundo que se solidarizou com o nosso povo após o fim da guerra.

Os dirigentes de Israel são escolhidos entre os criminosos da Aganah, da Irgun e da Stern, os grupos de extermínio que são agora os senhores de Israel. Há documentos e relatos terríveis sobre as desvairadas atividades dessas organizações terroristas. A completa ausência de arrependimento ou remorso mostra o amoral comportamento dessas sinistras personagens, que não aprenderam com a História. Estamos falando de um povo que usa as forças armadas para usurpar as terras dos seus legítimos proprietários. Será que este meu Deus Adonai permite que estes malditos terroristas continuem na sua sanha assassina sob a sua bênção?

Os sionistas aproveitaram-se do discurso de Himmler para inventarem os fornos crematórios, quando os mesmos foram construídos para evitar a contaminação pelo tifo, que fez milhões de vítimas a partir de 1942. Muitos escritores têm negado o holocausto dos seis milhões: David Irving, Richard Hatwod e até o coronel John Beaty, do Serviço de Inteligência Militar do Departamento de guerra dos E. U. A. se riu com as provas apresentadas.

Porque Churchill e Eisenhower, tão pouco Charles de Gaulle, nada mencionaram sobre o holocausto? Porque a cúpula de Yalta, em 1945, dos líderes da Rússia, dos Estados Unidos e de Inglaterra, tão pouco o Vaticano ou a Cruz Vermelha Internacional, se pronunciaram sobre qualquer cifra longe ou perto dos seis milhões da profecia?

Foi a partir da farsa do holocausto que, mais do que qualquer outro motivo, o sionismo ganhou a simpatia do Ocidente, com a ajuda dos russos e americanos, pelos motivos já apontados, e foi por isso mesmo que a famigerada Assembleia da O. N. U. de 1947 forjou o estado de Israel, para desgraça dos inocentes nativos muçulmanos e cristãos.

É espantoso como as forças de defesa sionistas invadiram as terras palestinas e, imediatamente, depois de destruir qualquer vestígio dos nativos, instalam aqueles bandos de colonos enlouquecidos pela sanha dos seus fanáticos rabinos; usam a tática de ladrões de terras dos gangsteres da máfia: primeiro barbarizam e aterrorizam os cidadãos e depois negoceiam.

Esses bandidos armados com metralhadoras Uzi e fuzis M16 são apoiados pelos tanques do exército e por platafor-

mas de vigia. Neste momento, o horror do holocausto acontece do outro lado.

Que devasso Deus é este que induz os seus adoradores ao roubo e assassínio? Que sinistros rabinos são estes que abençoam o hediondo genocídio do povo palestiniano? Que espécie de gente é esta que constrói o lar sobre os cadáveres das suas vítimas? Será para fazer jus à profecia?

«O Senhor Deus te dará grandes cidades que não construíste, casas cheias de todas as coisas boas que não fabricaste, e de cisternas que não cavaste, e de vinhas e oliveiras que não plantaste» (Deut. 6, 10 e 11).

Quando terminou a leitura daquela cópia da entrevista de sua amiga e antiga companheira de Birkenau, que fazia parte do complexo de Auschwitz, as lágrimas corriam-lhe abundantes sobre o seu curtido rosto; era um pranto sentido de raiva, de mágoa, de impotência. Ele sabia o quanto doíam aquelas barbaridades, porque assistira e fora protagonista em algumas dessas patifarias e, à medida que fazia em mente a retrospetiva de alguns factos por ele próprio vividos, mais se adensava o negrume sobre o passado de Israel. Para desanuviar a meditação sobre aquelas terríveis medidas que avassalavam o seu coração e marcavam a sua alma, resolveu tomar uma bebida forte para adormecer a consciência. De uma coisa tinha a certeza: não iria mentir à sua Faiga, dir-lhe-ia a verdade e o sentir de seu coração, embora escondesse a sua alma.

Foi com um sentimento desabitado de culpa, mas negro pelo passado vivido, que ouviu a pergunta direta de sua filha:

— Então, pai, o que pensas sobre o que escreveu a tua amiga Debra?

— Minha querida, tudo o que ela afirma é verdade e permite que recalque como minha opinião isso que ela afirmou aos jornalistas desta forma: O terrorismo que o sionismo despoletou aqui na Palestina durante o mandato dos ingleses só veio provar que os terroristas não praticam o terror por acaso ou por sanha do seu caráter. O terrorismo nasce da aversão sentida por um povo, que se sente continuamente oprimido por outro povo que o não deixa aspirar à liberdade a que tem direito. Assim se prova que um terrorista é um produto da opressão exercida por um sistema ditatorial.Sabes o que disse o fundador de Israel, Bem Gurion, quando interrogado sobre as relações com os árabes? «Se eu fosse um líder árabe, nunca assinaria um acordo com Israel, nós tomamos o país deles!» Os dois, pai e filha, olharam-se. Ambos estavam mergulhados na aurora de um franco olhar e Faiga, enleada com a amargura que contemplava no rosto do capitão, exprimiu:

— Obrigada, meu pai, por teres a coragem de enfrentar a verdade!

Quando a doutora Zaida pedira à sua colega para trocar de turno e de álea de serviço, foi com a intenção premeditada de encontrar-se com Majib, ao mesmo tempo que o consultava como médica, mas o destino fora-lhe aziago e, por paradoxal que pareça, a entrevista amorosa que tinha planeado, em vez de alegria e felicidade, tinha despoletado o seu ciúme. Como disse Séneca*,«uma mulher ou ama ou odeia» e naquele momento em que a raiva de ser traída tomou conta do seu discernimento, a doutora Zaida sentiu a dor aguda do ciúme transformar o seu mais belo anseio sentimental num ódio feroz, que a incitava à violência sobre tudo o que a rodeava e sem discernir ou ouvir o que a sua alma, educada como médica, a obrigava.

Majib encontrava-se abraçado a sua irmã Faiga e sentia pela primeira vez a felicidade fraterna que pensara durante muitos anos como impossível. O anseio há tanto tempo dado como interdito tinha-se realizado e a nostalgia acumulada no tempo tinha estacionado naquele abraço que os fundia e fa-

---

*   N. do Ed.: Lúcio Aneu Séneca ou Sêneca foi um dos mais célebres advogados, escritores e intelectuais do Império Romano. Conhecido também como Séneca (ou Sêneca), o Moço, o Filósofo, ou ainda, o Jovem, sua obra literária e filosófica, tida como modelo do pensador estoico durante o Renascimento, inspirou o desenvolvimento da tragédia na dramaturgia europeia renascentista. (fonte: Wikipedia)

zia sentir a sua presença física e espiritual. Naquele contato de amor fraterno que empolgava os dois num mesmo sentir, -se o terminar de uma saudade que os tinha marcado funestamente durante tanto tempo e que até os fazia esquecer de onde estavam. Majib, vivendo intensamente aquela felicidade, esqueceu por completo a lembrança de sua enfermeira que, em sigilo, o informara que naquela mesma tarde seria a doutora Zaida quem faria a ronda médica naquela álea do hospital, porque tinha trocado com uma colega aquele serviço. Tinha sido com eufórica alegria que tinha recebido aquela sigilosa notícia e, tão radiante ficara, que até exprimira:

— Bendito seja Alah, que num só dia me concede tantos anos de desejo e felicidade!

Aquele dia ficaria assinalado como um período benfazejo em sua vida.

Irmão e irmã ainda se encontravam envolvidos, naquele amplexo feliz, quando a doutora Zaida abriu a porta do quarto, com a intenção de analisar o estado clínico de Majib e surpreendeu aquela cena que pensou surreal. Chocada com o que pensou ser uma traição ou um engano visual, voltou a fechar a porta, confirmou novamente o número do quarto com uma segunda mirada de observação e, sem manifestar a sua repulsa por aquilo que considerou uma infidelidade, seguiu em frente na sua ronda pelos pacientes. No entanto, quem tivesse reparado no franzir de seu rosto, observaria a crispação daquelas lindas feições, vincadas pela amargura da desilusão. Os malares contraídos demonstravam desespero e aqueles lábios bem moldados que faziam lembrar as pétalas de uma rosa damascena eram um traço indefinido sem graça, nem cor. Tal mudança na fisionomia foi detetada pela enfermeira de serviço, que transportava no seu carro o stock de medicação para os pacientes daquela álea e que, ao saudar a doutora, estranhou a sua indelicadeza. Foi ela própria que, ao encontrar Majib e Faiga naquele amplexo fraterno, compreendeu a mudança de atitude da médica e, por isso mesmo, entendeu o porquê. Sorrindo, fez-se anunciar e indagou:

— Olá, Sr. Majib. A doutora Zaida esteve a observá-lo? Ao ouvir a enfermeira interrogando o seu irmão, Faiga endireitou-se e sorriu para a terapeuta, mas Majib tinha entendido e foi com o rosto anuviado que exprimiu:

— Ela não me observou e nem dei fé da sua presença, oh! Onde está ela agora? A doutora não compreendeu. Por favor, Faiga, vai procurá-la e explica-lhe.

Foram estas palavras de desespero que alertaram Faiga para o enredo que elas denunciavam e foi com um sorriso de tolerância e alívio que ouviu a enfermeira:

— Acho que deve estar no seu gabinete e o rosto dela não augurava nada de bom humor e não mostrava aquele sorriso amável que costuma distribuir por todos nós. Antes pareceu-me aborrecida e estava pálida.

O nervosismo de Majib afetava de tal modo a sua preocupação, que insistiu com a irmã:

— Por favor, minha irmã, faz o possível por falares com a doutora e explica-lhe o motivo por que estavas aqui! Agora entendo a origem da sua indelicadeza com a nossa enfermeira aqui presente.

Faiga era mulher e a sua agudeza de espírito logo detetou o embaraço do irmão. Sem perguntar, adivinhou que entre a médica e Majib havia algo a que se podia chamar enleio amoroso. Foi com a alma agitada e preocupada com a falsa conjetura a que dera azo que indagou onde era o gabinete da médica e, com os nós dos dedos, cutucou a porta e ouviu uma voz ríspida responder:

— Já disse que não estou para ninguém. Terei que chamar a segurança?

— Por favor, Doutora, só lhe peço um minuto. Eu compreendo que não queira ser importunada, mas eu necessito explicar-lhe.

— Acaso você é surda? Já disse que não estou para ninguém!

Aquele grito alertou um segurança que se abeirou de Faiga e interrogou:

— Quem é você e o que faz aqui?

— Eu sou a doutora Faiga e sou irmã do vosso paciente Majib, que é um doente da doutora. Vim visitar o meu irmão e sou filha do capitão Berger.

Ao ouvir o nome do oficial como pai de Faiga, a doutora Zaida abriu a porta e, encarando a irmã de Majib, fez-lhe sinal para entrar. Esta, olhando-a com simpatia, sorriu-lhe e comentou:

— Agora já acredito no amor. Perdoe, Doutora, o meu juízo. Ao mesmo tempo, dou graças, porque esse arrebatamento ainda não me atingiu.

A médica, cujo pudor estava escrito na face, ficou sem palavras para responder e, inibida pelo atrevimento daquela outra jovem como ela, expressou timidamente:

— Perdoe-me, mas estou tão confusa, que não tenho palavras para lhe pedir perdão pelo equívoco. Você é então aquela irmã de Majib que estudava na Suíça?

Faiga soltou uma gargalhada e, abraçando a médica, murmurou-lhe ao ouvido:

— Ai, querida, você está mesmo enrabichada por meu irmão e não conseguiu disfarçar o ciúme! Disseram-me que o amor é mesmo um mistério e que só os enamorados podem compreender as suas particularidades.

A doutora Zaida soltou por sua vez uma gargalhada soez de alívio e segredou:

— Sabe, a medicina ensinou-me tudo sobre a parte biológica do ser humano, mas nada me ensinou sobre este estranho enleio que me ofusca o discernimento e acelera o coração!

Capítulo 12

FAIGA, COM UM MONTE DE PAPÉIS NA MÃO e ainda mirando-os com semblante franzido, muito embebido em sério profissionalismo, aproximou-se de seu pai e disse-lhe:

— Pai, estive a analisar este balancete e, como não gosto de fazer juízos precipitados, fomentar intrigas ou contribuir para criar instabilidade, acho que deves pedir um relatório de contas mais pormenorizado para eu ter espaço de análise e fazer um juízo aprofundado e técnico sobre a contabilidade desta sociedade. Hoje tenho capacidade intelectual e profissional para poder objetivar as boas ou más intenções em qualquer sociedade financeira que siga as boas regras e em igualdade de possibilidades entre todos os seus associados. Tenho pena, mas, por amor à verdade e não pelo benefício direto que me concerne, uma vez que me considero parte inerente dos interesses do meu pai, tenho a informar que este relatório de contas da Eilat Tourism está contaminado.

— Queres dizer que as contas não estão certas?

— Sim, meu pai, acho que estás a ser lesado.

— Minha querida, a técnica és tu. Que devo fazer?

— Calma, por enquanto não fazes nada. Vamos ao notário para me nomeares tua representante na sociedade e, com usufruto de decisão, uma vez que tens direito a voto na Assembleia Geral Administrativa, a partir daí deixas o caso comigo.

— Queres então dizer que, a partir de agora, quando for convocado, devo fazer presença e não confiar o meu voto de decisão à Sr.ª Katz?

— Sim, pai. A partir de agora serei eu quem representa os teus interesses na Eilat Tourism. Acho que, para começar, vou primeiro conseguir algumas provas de gestão danosa ou transgressão das regras contratuais e legais sobre os concursos de abjudicação de obras a executar e vou tentar saber algo sobre essa obra do parque aquático. Tenho um engenheiro conhecido na firma que está a construí-lo e tenho fé que ele, mesmo sem intenção de prejudicar a sua empresa, me vai fornecer dados para eu analisar a legalidade do contrato e quais as entidades que irão beneficiar do mesmo, pois segundo os estatutos da sociedade Eilat Tourism ninguém ligado à administração pode concorrer aos concursos de abjudicação de obras. Vou atuar com serenidade e muita discrição e sem me deixar dominar pelo impulso do interesse, de maneira a poder beneficiar do ponto de vista dos outros para melhorar o nosso. Pelo que li dos regulamentos, a vossa Sociedade foi formada numa base de confiança mútua entre os seus fundadores, mas tu estiveste muito tempo afastado e sempre entregaste o teu poder decisório à família Katz, que são os maioritários na gestão, uma vez que possuem a maior parte das ações. No entanto, há aqui algo que não está conforme os estatutos, pois existem membros que entraram muito depois da formação da instituição e conseguem ter mais regalias que os associadas mais antigos e, embora alguns deles sejam da família Katz, isso não deixa de ser uma transgressão. Eu sei que tu tens muita consideração por esta família, mas em negócios devemos sempre cingirmo-nos a regras e nunca aos nomes ligados ao interesse comum, que é e deve ser pelo benefício de todos. Tu, como um oficial de informação, sabes tão bem como eu que existem na mesma família pessoas de diversos carateres e, pelo que sei de ti, és um indivíduo do tipo de dar a palavra com o empenho de a cumprires, porque és um homem honrado. Só esqueces que existem muitos tipos que não a respeitam, esquecendo que, mais tarde, terão que enfrentar a sua falta de honor, mormente dentro de uma sociedade onde cada um tem uma tarefa específica a cumprir. Esse é o tal símbolo de alguém que é pouco inteligente e que, como lhe deram uma missão maior do que a sua capacidade, ele se vê obrigado a seguir outro membro mais idóneo que ele, mas que usa artifícios para alcançar os fins. Assim, o nosso homem sente-se inseguro com a palavra empenhada e está pronto a dar o dito por não dito. Tens também o colaborador vaidoso que deseja fazer boa figura, mas não tem capacidade nem experiência para tal e é obrigado a defender-se com mentiras. Como não consegue atingir o objetivo, subverte a verdade e acusa os outros como culpados do seu falhanço. Existem muitos outros e, por isso, nem vale a pena alongar-me na análise de tal versatilidade de carateres.

— Meu Deus! Fico estupefato contigo. Como adquiriste essa capacidade de discernimento e conhecimento dos outros?

— Pai, tu conheces a esposa do teu tenente em Auschwitz, a Rena?

— Sim, querida. Conheço-a. Ainda não há muito tempo estivemos todos num almoço aqui em Eilat.

Faiga soltou uma risada e pondo uma mão sobre o ombro do pai, disse-lhe:

— Não, pai, não a conheces, mesmo. Ela é uma psicóloga de alto gabarito, dá aulas na universidade e fez o favor de me transmitir o seu conhecimento sobre as pessoas.

— Pois, minha querida. Achei-a tão simples no trato, que nem dei por essa faceta dela. Queres então ficar com esse encargo de pores a limpo essas contas e também as dos nossos amigos?

— Sim, pai, deixa isso a meu cargo e, agora, enquanto o trabalho de consultoria não aperta no meu escritório, desejo começar por espreitar as finanças do grupo Weisz.

O capitão riu-se e abraçando a filha disse-lhe no ouvido:

— Deus, não são só os rapazes solteiros que se têm de precaver contigo!

Quando tomou a sua pasta de executiva e se preparou para sair, já tinha planeado na sua mente o que iria fazer. Em primeiro lugar, tentaria que a sua abordagem ao Eng.º Martin parecesse um fortuito acaso e, a partir daí, haveria duas hipóteses de concretizar a missão daquele almoço de dupla finalidade, mas, antes de tal, tinha o encontro com o contabilista sedutor e tão elogiado por Gilad e também por seu pai. Ambos afirmavam que o egípcio americano era uma sumidade em eficiência e experiência e que era graças a essa competência que ainda não tinha sido expulso de Israel, pois tanto as finanças locais como a própria polícia já tinham recorrido aos seus serviços para comprovar alguns desvios fiscais ou crimes de contabilidade enganosa. Ao descer os dois últimos degraus para a saída de sua casa, dirigiu-se ao seu Mercedes negro ali estacionado e avistou o seu personagem que, ao dar por ela, encaminhou-se na sua direção com um andar peculiar e sempre mirando-a como se desejasse mergulhar nos lagos do feminil olhar. Faiga Weisz contemplou-o com analítica psicologia e catalogou-o como um homem interessante, mas de imediato alertou as suas defesas antissedução e olhou-o firme, como que desafiando o charme machista daquela criatura que se julgava um Don Juan e a fitava sem um mínimo de inibição. Mesmo só vestido com umas simples jeans e uma camisa branca amarrotada, tinha uma presença física superelegante: 1,80 de altura e robusta constituição corporal a raiar o atlético, um rosto moreno de linhas estilizadas entre o saxão e o nobre egípcio, cabelos negros escorridos e bem penteados, boca polpuda e bem desenhada, entre a feminilidade de Adónis e do terno Cupido; era, de fato, uma tentação e aqueles olhos de verde-escuro matizado com o cerúleo marinho tornavam a sua mirada um atrativo encanto. Logo que ele ficou a um metro de si, olhou-o com descaro e quase a raiar o desdém estendeu a mão com a palma para baixo, em sinal de superioridade, e ficou com as palavras suspensas no gesto de etiqueta, esperando o toque masculino a completar o cumprimento. Shamir, no entanto, ludibriou a sua expetativa ao segurar-lhe os dedos e, com um delicado ademane, levá-los aos lábios e neles depositar o ósculo galante. Ao mesmo tempo que soletrou o seu nome, exprimiu:— Muito prazer em conhecê-la, doutora Weisz. Será uma honra trabalhar para si.

— O agrado é meu, Doutor Smith, e espero que seja frutuoso o nosso conhecimento.

Sentiu os olhos dele acariciarem o seu rosto e, numa entoação cavalheiresca, ele expressou:

— Permita que lhe renda a minha homenagem de admiração, porque estou perante uma mulher que, além de minha ama, é uma jovem bela!

De imediato, os olhos de Faiga mostraram ao economista formado por Yale que o seu galanteio não era bem recebido.

— Doutor Shamir Smith, desde já, quero-lhe deixar bem vincado que nas nossas relações profissionais jamais permitirei a superficialidade do gracejo como intróito à ação e fico satisfeita que esta seja a última vez que dispare para mim o seu encanto másculo. Estou informada acerca da sua competência e uma vez que aceitou as condições contratuais com a minha empresa, desejo pôr de imediato em execução as prerrogativas mais urgentes da nossa relação. Em primeiro lugar exijo que o meu adjunto use um vestir condigno com o cargo que desde agora está a ocupar. Aqui tem um cheque em branco para adquirir o seu vestuário e saiba que, como estou no início de carreira, não estou lá muito abonada de dinheiro. Isto não quer dizer que seja parco no gosto, porque eu própria gosto de vestir qualidade. Agora aqui está outro cheque que se destina à compra de uma viatura para o seu serviço. Permita-me que lhe adiante que, como caraterística da mesma, seja robusta o possível para enfrentar trilhos rurais, porque dentro de uma semana será destacado para uma povoação perto de Jerusalém e que não prima por boas estradas. Assim, aconselho-o a adquirir um veículo que supere esses caminhos. Por último, desejo que passe pelo nosso escritório onde será recebido pela menina Mariane que, creio, foi sua colega na contabilidade do Hotel Continental. Ela foi mais uma vítima do Dr. Abba, de quem tem uma filha, não assumida por ele. Leia com atenção o contrato de trabalho que vai assinar na presença dela. Agora, quero informá-lo sobre a minha ideia primordial — vou daqui até o restaurante onde o Eng.º Martin costuma almoçar, porque preciso de algumas informações sobre o contrato de adjudicação da Eilat Tourism à sua empresa. Estou prevenida sobre a sua fama de namoradeiro e, por isso, a pensar na hipótese de ele me conseguir requestar, ou eu própria não parecer o suficiente simpática para conseguir o meu objetivo, assim como sei da reputação dele, desejo que você apareça na altura certa para libertar a dama das garras do sedutor. Shamir riu-se com a picardia e aconselhou:

— Doutora, se a minha experiência pode servir de prevenção, tenha cautela com esse figurão. Pode ser muito competente na sua profissão, mas é muito mais eficiente no seu papel de sedutor. É alguém que tem a fama e o proveito e muitas senhoras aqui da alta roda já foram por ele seduzidas. Por favor, acautele-se.

Faiga riu-se e, a título de lembrete, respondeu-lhe:

— É mesmo por isso que estou alertando o meu colaborador. Agora, queira aceitar esta quantia para as suas despesas pessoais antes de receber o seu vencimento. Essa verba ser-lhe-á debitada depois. Também o seu guarda-roupa, agora financiado, será posteriormente debitado na parte salarial e na percentagem dos lucros que está apensa ao seu contrato de colaboração.

Faiga tomou assento no seu carro e dirigiu-se ao centro da cidade, onde estava situado o restaurante que tinha referenciado para o encontro pseudo-fortuito com o engenheiro Martin Mayer, onde teria de tomar o seu almoço a sós, se a sua estrelinha da sorte não lhe oferecesse o seu apoio e a sua benignidade...

Entrou no parque do restaurante e, de imediato, um empregado de uniforme com galões dourados aproximou-se do seu carro e lhe ofereceu os seus serviços para estacionar. Faiga saiu da viatura, tomou a sua pasta, tirou da bolsa uma nota de dois dólares e, com um sorriso cativante, perguntou como por acaso se o Eng.º Martin já tinha chegado. O empregado, com um sorriso simpático, respondeu-lhe depois de um olhar abrangente aos carros ali estacionados:

— Creio que sim, Madame. Ali está o jeep dele.

Apontou um Land Rover cinzento. Faiga sorriu-lhe com simpatia e, embrulhando a nota entre os dedos, disfarçou a gorjeta com um ademane.

Logo que entrou na sala de refeições e alongou o olhar antes da chegada do mestre-sala, lobrigou-o junto da vidraça que mostrava a panorâmica do golfo.

— Madame, deseja uma mesa com vista para a marina ou para a cidade?

Ela, sorrindo com amizade, apontou-lhe a vista aquática. Como se estivesse lidando com um dos seus habituais e ilustres clientes, o funcionário, muito delicadamente, fez-lhe sinal para acompanhá-lo e puxou-lhe a cadeira de acesso, onde ela se sentou de face para a esplêndida panorâmica das águas da marina que, àquela hora, recebia em cheio o clarão brilhante do sol do merídio. Estava ainda a consultar o cardápio quando o mestre--sala se aproximou da sua mesa e disfarçadamente lhe entregou um cartão azul onde, em letras douradas, estava apenso o nome da firma, Mayer & Son, e, por detrás, numa caligrafia elegante:

— Gostaria de tomar a minha refeição na companhia da mais linda partner do baile de beneficência.

Ela olhou disfarçadamente a figura do engenheiro e o seu adónico rosto, contemplando-a sem rebuço, enviou-lhe um sorriso de esperança; tomou novamente a sua pasta de executiva e dirigiu-se para a mesa do seu convidante que, de pé, a aguardava com um rasgado sorriso.

— Bem-vinda, menina Assad! Será um prazer compartilhar este almoço em tão bela parceria! Está em serviço ou em lazer?

Ela olhou aqueles olhos grises e, agradada também com a afeição dele, respondeu sem mirá-lo:

— Poderia dizer-lhe que entre dois afazeres não sei ainda qual deles definir como prioridade, mas uma vez que tive a dita de ser convidada, talvez aproveite para lhe fazer uma perguntinha de interesse para a minha firma.

— Tenha a bondade de dizer e, desde já, tem a minha disposição em ser-lhe prestável.

— Ora, caro Engenheiro, estamos num local de lazer e, como tal, não devemos estragar o apetite com questões profissionais.

— Tem razão, Doutora, mas depois de saciarmos o apetite, estarei à sua disposição para servi-la, pois não é todos os dias que tenho a honra e o prazer de ter por companhia uma partner tão bela!

Faiga mirou-o com simpatia e, ao mergulhar nos lagos daquele olhar, sentiu dentro de si o temido flash tentador. Ele era lindo, um belo exemplar de homem, como costumava dizer a sua amiga e mestra, Rena: «Minha querida, a um homem lindo e galante, oferecemos-lhe primeiro o sorriso para o prender e, depois, soltamo-lo na praia da fantasia!»

Agora já não era a menininha mimada e ainda donzela que entrara na faculdade de economia, não; aprendera muito e estava apta a baralhar as cartas para ser ela a dar. Embora encandeada pelo tal clarão da utopia, pensaria na missão que a levara até àquela tentação máscula. Tinha na mente aquela máxima muito utilizada pela sua amiga: «Nunca mistures conhaque com trabalho!» Disparou o seu encanto feminil e, como a demonstrar-se a si própria autoconfiança, depois de consultar a ementa, deixou que ele fizesse o seu pedido para, com um sorriso de esperança, expressar para o empregado:

— Por favor, vou no mesmo!

Tal escolha mereceu da parte dele o dito vaidoso:

— Bom gosto! Que tal um tinto seco para acompanhar?

— Obrigada pelo alvitre, mas não, sou abstémia, tomo água às refeições.

Os olhares entrecruzavam-se todas as vezes que ele levava o garfo à boca e a tal mirada de simpatia dela se alongava mais e mais e dava azo a que ele mergulhasse totalmente nos lagos do seu olhar. Foi após a sobremesa que Martin, contemplando-a sem rebuço, deu-lhe a esperada oportunidade de abrir o livro das suas perguntas:

— Engenheiro, você recebeu também o balancete com os lucros da Eilat Tourism?

— Sim, Doutora. A minha companhia até aumentou a quota obrigacionista para termos a primazia de concorrer aos próximos investimentos por ajuste direto.

— Sim? Eu sei que a Mayer & Son é um dos acionistas com voto na administração, mas a minha pergunta é se acha que o balanço esteja correto?

— Oh, aí nada posso responder sem o parecer dos nossos economistas. Sou engenheiro e não financeiro. Que opinião tem a doutora?

— Acho que as contas estão contaminadas, mas ainda tenho outra questão que acho que pode ser da sua alçada.

Ele sorriu bonacheirão e com um ademane de boa vontade, assim como com um olhar acolhedor, expressou:

— Tenha a bondade, menina Assad. Continuo à sua disposição.

— Só desejo saber se o Sr. Albert Katz é um dos vossos acionistas.

Martin olhou-a com afabilidade e, fazendo-se pesaroso, retorquiu:

— Lamento não possuir aqui os elementos para responder com certeza à sua pergunta, mas se dispõe de tempo, pode acompanhar-me ao meu apartamento e podemos consultar juntos os ficheiros e organogramas da minha companhia e assim obterá uma cabal resposta.

Faiga sorriu a demonstrar o seu reconhecimento pela confiança ou quiçá um à vontade que já não experimentava e, uma vez mais, confiou na sua estrelinha porque, em abono da verdade, ela se sentia já derrotada e derrubado o seu escudo protetor ante a tentadora presença varonil daquele homem. De imediato, o seu corpo alertou as proteções defensivas sobre o efeito charme e, embora com a mente possuída pela intensidade sedutora daquele varão que tinha a virtude de desencadear a perturbação da sua feminilidade, não conseguia jamais esquecer aquele conselho da sua mestra Rena:

«Minha querida, nós mulheres nem sempre nos podemos vangloriar da nossa castidade, porque a atração sexual nos faz desejar e o desejo nem sempre pode ser satisfeito pelo dedo que mantivemos durante a puberdade como único visitante do nosso sexo».

Ela já tinha experimentado a volúpia no prazer da libido; foi numa altura em que o lazer explodiu na curiosidade e naquela noite um colega da faculdade de medicina um pouco mais experiente murmurara-lhe coisas lindas no ouvido junto ao lago e tinha conseguido, com as suas carícias auriculares, que ela baixasse as suas defesas e as calcinhas. Então, aconteceu o desfloramento e, ao contrário do que esperava, até foi muito delicado e nada como lhe tinham pintado sobre a dor do sangue derramado. Ela desfrutou o momento com toda a intensidade e sensibilidade dos terminais nervosos do seu sexo.

O luxo do apartamento dele era algo com que não contara. Do hall à sala de estar, um museu autêntico com bibelôs raros e originais, assim como carpetes persas e quadros inéditos, uma coleção de muitos milhares de dólares e de gosto requintado. Quando ele lhe deu o caminho para o escritório, ela ficou banzada com tal fausto: uma enorme secretária em mogno polido com embutidos e os pés em forma de garras e manufaturadas em ébano puro. Aquelas cadeiras giratórias estofadas a pele de camurça tinham uma comodidade fora do vulgar e as duas estantes livreiras mostravam uma coleção de obras encadernadas a pele em letras gravadas em ouro, que a extasiaram. Ele, observando a admiração de Faiga, ajeitou-lhe o cadeirão de alto respaldo e, com uma mão na sua cintura, convidou-a a sentar-se.

— Ora, minha cara doutora, será que poderei satisfazer a sua curiosidade acerca do Sr. Albert Katz?

— Não sei, caro Engenheiro. Só o senhor pode avaliar quais os segredos do presidente da assembleia deste império à beira mar plantado e do qual somos ambos acionistas, quiçá enganados por este senhor.

— Enganados, Faiga?

— Sim, a julgar pelo balancete que nos foi enviado por este representante todo poderoso da empresa, sobre a atividade económica do ano transato.

Martin riu-se com a observação da jovem e, por cima da secretária, conseguiu tocar as mãos de Faiga num gesto que pareceu espontâneo e de cariz cordial, ao mesmo tempo que, com o seu sorriso sedutor e olhando-a intensamente, aproveitou para lhe comunicar:

— Acho que tenho aqui um ficheiro que lhe interessará.

Apontou com o olhar e um ademane para o móvel a seu lado. O coração de Faiga acelerou porque ela deduziu que atrás daquela oferta estaria implícita uma proposta maliciosa. Foi com uma mirada entre o inocente e a admiração que exprimiu:

— Meu caro, num negócio, a proposta só o valida quando é demonstrada!

Com uma expressão burlesca nos lábios, Martin abriu a gaveta e de lá tirou um dossier e abriu-o no sítio onde estava assinalado por uma etiqueta: «Trabalhos no Oriente Médio». Depois de folhear algumas páginas, mostrou a Faiga.

— Cá está, cara doutora, um dos organigramas da minha companhia, cuja sede é em Boston. Como pode ver, aqui consta o nome do doutor Albert Katz, designado como diretor do departamento de obras para esta zona do globo. Os olhos de Faiga deram sinal do seu contentamento e, tal era o seu aprazimento, que permitiu que Martin se pusesse de pé e que com os braços abertos a envolvesse num abraço circunstancial, de satisfação, ao mesmo tempo que exprimia:

— É pena você ser abstémia, porque esta seria uma ocasião ideal para comemorar. Como eu não sou, vou até o bar preparar uma bebida. Se tem uma câmara, aproveite porque deixo o dossier aberto.

Era um convite ao desgarre. Faiga, de tão contente com a sua estrelinha, tirou a sua minicâmara da bolsa e, num frenesi, começou a tirar as provas que comprometiam o presidente da assembleia da Eilat Tourism. Tão eufórica se sentia, que não deu pelo regresso de Martin que, com um copo na mão, a abraçou por detrás e lhe murmurou no ouvido:

— Minha querida Doutora, respondendo à sua metáfora de há pouco, não acha que num negócio rentável se devem distribuir «luvas» a quem o facilitou?

— Oh, meu caro Engenheiro, acaso eu não sou uma mulher de negócios e, como tal, a pessoa mais apta a dar o valor justo a quem o mereceu?

Martin fez que não ouviu o alvitre de Faiga e continuou envolvendo por detrás a jovem em seus braços. Ela sentiu o sexo dele roçagando-se em suas nádegas e a respiração varonil ofegando em seu pescoço. De repente, notou a atração máscula tão eficaz no charme e deu-se conta do desmoronar das suas defesas antissedução. Quando a cativante figura a beijou no pescoço e as suas mãos deslizaram para as ancas suaves que sustinham as coxas feminis, ela sentiu-se derrotada e de tal modo afogueada que forçou a posição para ficar face a face com Martin. Foi na altura em que as bocas de ambos se preparavam para saborear o licor um do outro que a campainha da porta zumbiu com intensidade. Pensando que seria algum assunto de trabalho, o Eng.º Martin, com uma expressão feroz no rosto e na boca uma soez imprecação, abriu a porta com rudeza e encarou com Shamir Smith na sua frente. Este, sem mesmo o olhar, gritou:

— Doutora, o seu pai tem um assunto muito importante e urgente para lhe comunicar e enviou-me à sua procura. Ele disse-me: imediatamente!

— Foi já a caminho de casa que Faiga agradeceu a fidelidade do seu colaborador:

— Foi uma boa desculpa, Doutor. Estou a gostar da sua eficiência e essa roupa dá-lhe um ar de austeridade tal que o torna um temido fiscalista.

Ambos riram e Shamir, falando sério, expressou:

— Acho que seu pai tem mesmo algo importante para a Doutora.

Majib tinha sido convidado pela Doutora Zaida para jantar em sua casa e essa invitação atarantou-o de tal modo que ficou sem saber ao certo como havia de comparecer ante ela, se como simples convidado ou como seu escolhido. Isso implicava dar a entender que ela era a sua dama mais querida e mais amada. A sua intuição dizia-lhe que tal seria uma certeza e, embora o convite fosse já esperado, a forma de o fazer tão prosaicamente é que foi um tanto ou quanto inopinada — não fora assim que sua mente concebera o ansiado encontro. Na sua cabeça de apaixonado, misturou uma simples invitação de amigos ou namorados como um dever ou obrigação social, em que receberia o convite com o cerimonial de um cartão fechado num envelope. Isto porque, como homem de ação e de facetas várias vividas na vida dura, nunca esperou que tal ato de tomar uma refeição na casa de uma jovem senhora se processasse com um simples telefonema e fosse correspondido, em caso afirmativo, com o simples «sim». Foi pois com a alma em alvoroço que contou a Shira o sucedido e esta, constatando a atrapalhação dele, aquietou-o:

— Ai, Majib, que sorte a tua! Ela ama-te e o amor é algo de tão sério que se torna uma janela de esperança à vida. Tu, meu amigo, tens que corresponder com o coração em festa e nada melhor que a beleza da natureza para atestar o teu sentimento. As flores, meu caro, são o certificado ideal para essa demonstração, porque só uma mulher sabe apreciar a oferta de uma flor e o seu significado afetivo. Assim, deixa comigo esse atestado significativo e poético, que demonstra o quanto tu lhe queres também. Para mim, a bonina do amor é a singela gardénia.

Foi com esse compromisso que Shira aliviou a sobrecarga emocional de Majib e, de imediato, imaginou um majestoso bouquet de jasmins do cabo em tom branco, pois a pureza da cor era a sua escolha de mulher ainda apaixonada. Ela fechou-se no seu quarto e aí, no segredo da sua intimidade mental, começou a elaborar o ramo que Majib ofereceria à sua amada. Tal isolamento por parte da sua mulher chamou a atenção de Gilad, que não se coibiu de observar para Chakira:

— Será que todas as mulheres pensam o amor pela criatividade?

A esposa do capitão riu-se do comentário e expressou:

— Gilad tu esqueces que nós, ao contrário de vocês, nos cingimos ao ritmo da vida, para expressar o que de mais delicado e artístico temos no coração, porque este dom nosso nos permite até ouvir e sentir a melodia de uma flor, mesmo antes de desabrochar. Temos até a capacidade de imaginar a cor das flores pelos próprios brotos na planta. Não é por acaso que nós interpretamos o amor como o único sentimento capaz de resolver os conflitos da alma, porque o espírito dessa afeição está no «dar e receber». Ai, Gilad, que sorte a tua! Shira sente nos outros o que lhe vai no coração e tu podes considerar-te um homem privilegiado pelo que ela está a sentir.

Já o entardecer ia dando lugar ao crepúsculo, quando Majib, vestido a rigor e com um largo sorriso animando o seu rosto, entrou no bazar de Gilad para recolher o bouquet que Shira executara para ele. O próprio marido dela, também feliz e comovido, abraçou-o e desejou-lhe boa sorte. Foi já na saída que Chakira o intercetou e lhe ofereceu um embrulho em tom rosa, decorado com fitinhas de seda amarela, recomendando-lhe:

— Majib, as mulheres também adoram chocolates e estes são suíços!

Ambos se riram e, no abraço de amizade, Chakira expressou:

— Que sejas feliz, caro amigo! Tu mereces!

O nervosismo de Majib era bem patente, até na maneira como conduzia o seu carro a caminho da casa de sua amada. A sua cabeça era um turbilhão de pensamentos e, à mente, chegava-lhe a recordação daquela jovem ainda estudante e estagiária, naquela casa já por Ali condenada. Eram lembranças vivas daquele maldito dia:— «Jurei matar todos aqueles que ousaram profanar esta terra que foi roubada a meus pais e onde eles foram mortos com sanha pelos teus irmãos sionistas!»

— «Pronto maldito, sei que me odeias e me desejas, porque esperas»»

Duas lágrimas deslizaram em sua face ao recordar as palavras dela, mas foram essas mesmas sentenças que deram azo à sua piedade e ao perene reconhecimento de Zaida:

— «Tu és bom, que o meu Deus esteja sempre contigo. Jamais te esquecerei!»

Ele também, em momento algum, tinha esquecido aquele olhar manso e carinhoso dela. A mirada que o tinha marcado como uma cicatriz e o acompanhara todos aqueles anos era como se fosse um sortilégio. Naquele momento, até bendizia os ferimentos que quase o levaram à morte, pois foi graças à sua ação heróica que o destino o fizera voltar a encontrá-la. Foi com estes pensamentos inundando a sua mente e perenes em seu coração que se encontrou com Zaida pois esta, da janela de sua casa, avistou o carro de Majib e atravessou o jardim a correr para vir ao encontro dele. Foi ali mesmo, em público, que ela, não podendo conter por mais tempo a ansiedade que inundava o seu coração, afoita e olvidando o complexo do recato feminino que a tinha aprisionado no hospital devido à sua missão profissional, aproximou a sua boca da dele e o beijou. Majib, embaraçado com a atitude de Zaida e, ao mesmo tempo, impotente porque tinha as mãos ocupadas, não pode corresponder ao carinho dela. Estendeu a mão direita na direção de sua amada e, embaraçado como uma criança, expressou num murmúrio:

— Desculpa, até me esqueci que este bouquet é para ti!

— Oh, que lindas! Tens um gosto apurado, as gardénias são as flores das noivas. Será que me estás a propôr casamento, Majib?

Ambos soltaram uma gargalhada nervosa e, por surreal que pareça, desafiaram a convenção do recato e deram a mão um ao outro em público. De mão na mão, aproximaram-se da entrada de casa dela e Zaida, rindo como uma criança travessa, expressou:

— Será que o amor verdadeiro se exprime assim como eu o sinto ou continua a ser propriedade de quem é capaz de o cantar num poema ou senti-lo no gorjeio de um rouxinol? Ai, eu dou por ele tão profundo e ao mesmo tempo tão belo, que só pretendo segurá-lo na tua pessoa, meu querido!

Majib sentia-se avassalado por aquele momento único, que era mágico e ao mesmo tempo bem real. Tantos anos vividos com aquela mulher guardada no cofre de seu coração e, ao mesmo tempo que ela exprimia em palavras o que sentia, ele continuava prisioneiro daquela timidez que o fazia tão emocionado como uma criança no seu primeiro dia de recreio escolar. Foi Zaida que, notando o seu embaraço, para o trazer à realidade, lhe apontou a mesa preparada para o repasto e exprimiu com alegria:

— Querido, fiz um comer que vais adorar.

Foi a partir daquele convite à gula que ele voltou a si do enlevo em que tinha mergulhado e, mirando-a intensamente, suspirou:

— Ai, Zaida, como me sinto envergonhado da minha ação daquele maldito dia! Será que poderás algum dia perdoar-me?

Ela sorriu com ternura e, com um simples meneio de cabeça, murmurou:

— Que prova mais real desejas, se te amo. Majib, querido, este é o nosso momento. É o presente. Por favor, não voltes ao passado porque, embora aziago, foi nesse dia que tu encontraste o meu olhar e eu senti o meu coração preenchido por ti, meu amor! Que esse maldito dia de raiva seja por nós olvidado para sempre e que só este instante do aqui e agora sirva de partida para a meta do nosso porvir.

O aroma da coalhada de leite era intenso e até condimentado com as mesmas ervas aromáticas que a sua mãe costumava usar. Sentiu-se regressar à recordação dela quando preparava a refeição para a família e ao seu apurado olfato chegou o aroma agradável das costeletas de anho que ele tanto apreciava. Duas lágrimas soltaram-se de seus olhos e um soluço emocionado estrangulou a sua garganta. Incapaz de articular por palavras o que sentia, estendeu por sobre a mesa a sua mão e, prendendo com ternura a de Zaida, sorriu docemente e, com a voz entaramelada, exprimiu com carinho:

— Que posso fazer para te merecer, luz dos meus olhos, dona de meu coração?

Ela mirou-o com o olhar eivado de ternura e, entrelaçando os dedos na mão dele, pronunciou emocionada:

— Simplesmente me amares como eu te amo!

— Querida, há tantos anos que te moldei entre o céu e a terra, numa alvorada que nasceu radiosa de sol e te contemplei na janela desta esperança do agora.

— Tantas vezes pronunciei o teu nome querido na bruma dos meus pensamentos! Oh, todos estes anos te sonhei bela e doce como agora e vindo ao meu encontro na aurora de cada dia. Querida, confesso-te algo que faz parte do meu mais íntimo segredo: viciei-me em ti e a partir desta paixão nenhuma outra mulher violou a minha castidade!

— O que me contas, Majib, querido? Eu contemplo-te e sinto-me renascer no espelho do teu olhar,. Eu também resisti a todas as tentações e o pensamento em ti guardou-me inteirinha e impoluta para o meu amor! Ai, será que este sentimento é mesmo por direito pertença só nossa, uma vez que temos impoluta a corola das nossas rosas?

— Ai, Zaida, tenho medo de não poder resistir ao fulgor do teu olhar!

Foi a partir dali que o pudor os libertou de suas cadeias. Eles sentiram a pele um do outro tão próxima e tão carente, que as suas mãos, afagando e acarinhando delicadamente a suavidade de seus corpos, empolgou-os aos beijos e carícias que, ao princípio, desastradas e tímidas, foram aos poucos ganhando gosto e estética e arrastou-os à plena intimidade, numa torrente desenfreada na busca do prazer, essa volúpia que os transportou à memória do instinto primordial da carne palpitante e do desejo!

O complexo do embaraço, se algum ainda restava, desmoronou-se completamente nela quando sentiu os primeiros eflúvios, que já afloravam húmidos e quentes do seu sexo e molhavam a sua cuequinha. Era um gozo novo e mais intenso que o da masturbação solitária. Naquele momento, presa do desejo obsessivo pelo pénis dele e daquela lascívia que lhe perturbava a alma, pela primeira vez, arrependia-se da sua virgindade. Majib beijava-a intensamente e a sua língua defrontava a dela num bailado lento e ao mesmo tempo vigoroso enquanto seus dedos indiscretos e frenéticos deslizavam por dentro do decote, sobre as colinas do peito dela.

Não podendo calar por mais tempo aquele fogo intenso que punha ao rubro a sexualidade deles, foi Zaida que, afogueada de excitação, convidou:

— Ai, meu querido, não posso esperar mais! Vamos para o meu quarto!

Ela seguiu apressada em direção ao seu privado aposento e, ainda antes de alcançar a maçaneta da porta, deixou cair no chão a saia rodada que lhe cobria as ancas e as pernas e quando ele, admirado com o despudor dela, a alcançou, não pôde resistir ao encanto daquela nudez de deusa sensual. Alcançou-a na entrada, segurou-lhe os ombros já desnudados e, de imediato, sentiu na polpa dos dedos o calor e a suavidade daquela pele cada vez mais próxima e apelativa ao seu desejo. A visão das coxas dela atiçou ainda mais a excitação dele, que não resistiu à sedução de encostar seu pénis ainda aprisionado pelo tecido das calças àquelas nádegas que o atraíam irresistivelmente e, mesmo ali, ainda na ombreira, roçagou-o desajeitadamente sobre as ancas e as coxas dela que, ao senti-lo vibrante e pujante sobre o tecidos de suas calcinhas, virou-se para ele e, já com os seios desnudos, sorriu-lhe e exprimiu:

— Oh, que belo e avantajado; está mesmo carente!

Majib, embora intimidado com a magnificência do corpo de Zaida, segurou-lhe delicadamente a cabeça e, atraído por aqueles lábios doces e ternos, bebeu na boca dela o licor que lhe molhava as palavras. A sua língua uma vez mais explorou a sexualidade daquela fonte pródiga de orvalho que, excitada também, exprimia em murmúrios intercalados por suspiros e anelos o que lhe ia na alma. Zaida, afogueada pelo desejo de sentir a carne dele, começou a desapertar um a um os botões da camisa que cobria o peito amado e este, com um safanão dos ombros, fê-la cair a seus pés. Ela, contemplando com luxúria aquele peito amplo e másculo, beijou seus mamilos e atiçou-os para a sexualidade de seus lábios, que não resistiram ao apelo de os sugar. O frenesim feminil pela carne dele era tão intenso que lhe cravou no pescoço os dedos retesados que, ao resvalarem na pele de Majib, deixaram os sulcos vermelhos a testarem sua ânsia sensual.

Soltando-se da boca dela, ele espraiou os seus carinhos até às orelhas, aos olhos e em todos os contornos daquele rosto belo e atrativo que o encantava e subjugava como um feitiço. Espraiou a sua ternura pelo peito de Zaida e, à vista da artística configuração daqueles seios virginais, circundou com a língua e a polpa dos dedos as curvas suaves daquelas colinas até os bicos róseos e eretos, que desafiavam a sexualidade que palpitava em suas veias. Em suas artérias, em cada fibra de seu corpo e até as quase impercetíveis e azuladas veias que irrigavam os montinhos suaves da nívea carne não escaparam à sua ternura. Ela, excitada de tesão sexual ajoelhou-se frente a ele e, com a boca entreaberta, ia gemendo a volúpia que lhe ia no corpo e era incrementada pelo gozo das carícias dele nos peitos dela. Freneticamente, procurou a fivela do cinto que lhe segurava as calças e, embora desajeitadamente, fez que estas chegassem ao chão e ficassem expostos os genitais cuja soberba haste era empinada. De olhos fixos no sexo dele, que inflamado de tumefação estava na plenitude do orgulho, ela lançou um gutural murmúrio de admiração e apontando-o:

— Oh, que carente estás de mim, meu amor!

Deslizou os dedos sobre a glande vermelha e inflamada de excitação e, sem embaraço, beijou-a ternamente, mas quando ele, embriagado de tesão, lhe segurou a cabeça para fazer durar aquela carícia, ela desviou-se e, segurando-o pela mão, convidou-o:

— Ai, amor, não aguento mais esta fome de ti, vamos!

Puxou-o para a cama e, abraçados, deitaram-se um ao lado do outro. Majib debruçou-se sobre aquele corpo amado, beijou-lhe os mamilos entumecidos e, com a ajuda dela, deslizaram o elástico das cuecas delas pelas pernas até os pés. Ao contemplar aquele tufo de cabelinhos negros entre as coxas dela, o árabe não conseguiu evitar a tentação de seus dedos atrevidos saborearem aquela flor e de acariciarem as suas pétalas. Aqueles lábios vaginais e o clítoris exaltado de rubro pendão incendiaram ainda mais o pénis tumefato que se erguia majestoso entre as coxas dele. Ela ergueu as ancas e, ardente de exaltação, levantou os joelhos face à face de Majib e implorou:

— Ai, meu querido, esperei por ti e sonhei por tantos anos este momento. Tu és o meu amor! Toma-me e faz-me tua! Desflora esta virgem que tem o prazer único de te entregar as primícias. Anda, amor, quero ser tua e só tua até à morte!

O homem, fixando-a intensamente e ao seu sexo, debruçou-se sobre Zaida e colocou-se entre aquelas pernas belas e sensuais que o convidavam. Foi-se aproximando da tentação afrodisíaca que exibia a flor carnuda e húmida. Muito delicadamente, encostou a glande aos lábios interiores e, como lhe tinha ensinado seu mestre, a roçagou ao de leve sobre a junção dos lóbulos na parte superior da vulva e, depois de uma breve massagem sobre aquele apêndice inflamado e não podendo reter por mais tempo a desesperação do seu tesão, forçou a entrada e, de uma estocada, entrou dentro dela que, arquejante de desejo, ergueu a bacia e o obrigou a penetrar profundamente ao mesmo tempo que a dor do desfloramento a fez soltar um gemido agudo e quando brotou o sangue virginal que irrompeu pelos lábios da vagina, ele, com pena dela, quis interromper o ritmo do ir e vir, do vir e ir, mas estava preso pelos rins entre as coxas dela e ouviu o seu apelo:

— Ai, amor, não pares, dá-me tudo, sou tua!

Eram rogos à volúpia da sexualidade e, naquele ritmo de sensibilidade, ela intensificou o movimento e gritou:

— Ai, Majib, querido, que delícia, meu amor! És meu e só meu! Oh, que prazer me dás!

Ele, não podendo conter a intensidade da volúpia, seu primeiro prazer vaginal, lançou um urro de fera ferida e, naquele grito gutural, ia todo o seu gozo de macho viril e amante escolhido! Tinha ultrapassado a fronteira do aqui e agora no etéreo do fascínio amoroso. Foi alcançada a glória da sensibilidade do instinto primordial.

Extenuados pelo delíquio gozo usufruído, os dois, estreitados um no outro e na modorra dos sentidos, murmuravam ternos poemas às sensações vividas e renovavam juras de amor eterno, enquanto trocavam carinhos e beijos, que glorificavam o presente, tecendo aleluias ao advir.

Capítulo 13

FAIGA TINHA ACORDADO CEDO, como era apanágio seu desde os tempos da faculdade. Quando tinha algum teste como desafio difícil, para enfrentá-lo com êxito, fazia a preparação mental com antecedência. Sua amiga Rena predispunha-lhe a mente para fazer face às dificuldades. Ela aconselhava-a:

— Minha querida Faiga, para encarar qualquer problema, a primeira coisa a fazer é adquirir confiança. Uma convicção tão segura que nos dê capacidade de lutar para vencer. Será essa segurança que nos incentivará a inteligência a descobrir a forma mais estimulante para conquistar e então, com esse objetivo como escudo, vamos à procura do entusiasmo que também é uma força que, além de ajustar a ousadia, fornece-nos a energia que se transforma em ímpeto e fé para dominar. A inspiração é como uma explosão dentro de nós, que nos faz avançar com a certeza de sermos capazes e de que nada nos pode deter. Assim, um só pensamento nos incita à vitória.

Também tinha em mente um outro conselho da grande psicóloga e amiga:

— Faiga, nunca esqueças que, depois de definido o teu objetivo, tens uma coisa importante a combater. Parece simples, mas é fundamental para o embate final. Depois de definida a tática, os prós e os contras já controlados e a data da atuação, vais sentir uma vontade indómita de antecipares o combate e a isso se chama ânsia; é a ansiedade que descola as pessoas do momento presente e corrói a sensibilidade no relacionamento. Para contrariares essa tendência, terás que ter um domínio absoluto da mente e evitar o pensamento negativo que acompanha a euforia da confiança. Tal pode fazer com que percas a confidencialidade da tática que vais usar e pode levar-te a cair nas garras da inquietação, empolgada pela vaidade do que definiste como meta para enfrentar com sucesso o objetivo a que te propuseste e que te custou tanto esforço mental, que se desvanece no conhecimento que era pessoal e assim passou a ser de todos. Então, aí desfalece o entusiasmo que te incentivou à luta. Perdeu-se o sentido do que sonhaste como mira para a vitória, perdeste a oportunidade do fator surpresa e, como tal, não haverá argumentos que sirvam como armas de diálogo para convencer, uma vez que todas as táticas só se tornam ativas com a convicção de que vão surpreender. Assim, com esse fator perdido, terás que enfrentar a prevenção dos adversários e voltamos ao axioma: para defrontar há que prevenir e «homem precavido vale por dois».

Faiga tinha 24 anos, sentia-se forte e segura, estudara afincadamente para se tornar uma especialista em economia e direito comercial, sentia-se preparada para cumprir a missão a que se propusera e, embora essa missão englobasse algumas metas já por si definidas na ordem e no tempo, aquela que era a mais ambicionada seria a de se tornar uma autoridade financeira dentro daquela cidade em desenvolvimento. Era esse o objetivo nuclear para iniciar a vingança da sua Palestina. A primeira parte já estava a ser elaborada. Ali fizera um depósito de um milhão de dólares como fundo de maneio para a empresa recém formada de sua irmã: *Faiga Weisz, Consultoria Financeira*. Seria a partir desse fundo, mais o capital de seu pai aplicado na Eilat Tourism, que ela começaria a ascensão para o cimo da montanha. O poder económico tinha sido a arma usada pelo sionismo para legalizar aos olhos do mundo a compra de terras palestinas aos seus legítimos proprietários. Eva Luski tinha-a elucidado acerca dos truques usados nessa manigância sionista. Segundo a política expansionista do fundador do estado judeu, Bem Gurion, as fronteiras de Israel seriam decididas pela força e nunca pelo diálogo. Foi assim que depois da guerra de 1948 o sionismo enveredou pelos atos terroristas sobre a população indefesa árabe em 350 povoações, que foram destruídas a ferro e fogo pelos bandos da Stern e da Irgun. Tais assaltos noturnos e cobardes sobre as pequenas propriedades palestinas começaram a ser conhecidos e, para camuflar perante os média essa atuação cruel e cobarde, o Estado resolveu aproveitar o dinheiro dos exploradores banqueiros Rothschild, que doaram uma fortuna destinada à compra legal das pequenas propriedades rurais aos seus legítimos donos. Só que essa legalidade nunca existiu. Os grupos terroristas infiltraram--se na organização estatal como protetores dos funcionários e acabaram por corromper de tal sorte essa missão, que a compra de grande parte dessas pequenas fazendas foi feita a custo zero, pois depois de assinados os contratos os miseráveis eram humilhados, o terror era mais forte e os árabes acabavam por aceitar uma décima parte do valor e partir sem receber, muitas vezes. A assinatura ou a marca do dedo eram já manchadas de sangue. A corrupção naquela negociata enriqueceu muitos dos terroristas que faziam a proteção dos funcionários estatais e, assim, aquelas terras que tinham custado tanto suor e lágrimas ao longo de gerações aos seus verdadeiros proprietários, acabaram por ficar uma pechincha ao estado corrompido pelos seus agentes no terreno. Tudo foi feito à revelia da legalidade e à mercê das mesmas organizações que usaram o terror para se apossarem da Palestina. O caricato da questão é que Israel conseguiu uma aquisição legal das terras árabes à face da comunidade internacional, para quem só os documentos interessavam. A assinatura ou a marca digital dos donos legítimos da terra estava ali plantada sobre os papéis. Uma vez mais, usava-se a *Halachá* — permissão de espoliar os não judeus, onde e quando, em qualquer povoação, os hebreus são fossem fortes. Essa maldita manha estava contemplada no Talmude e tinha, mais uma vez, triunfado. Estava escrito e era a lei!

Debra Luski explicara e comprovara aos média que o sionismo tinha construído o país sobre os cadáveres dos antigos proprietários, usando o terrorismo como arma para os assassinar.

Ela se chamava Faiga Weisz e estava registada como uma cidadã israelita e descendente de uma venerável e tradicional família, porque a sua mãe, Chakira, era viúva do primogénito dessa respeitável linhagem: Jacob Weisz, de quem, segundo o registo notarial, ela era filha. Ainda sob a influência macabra das soturnas recordações do que lhe narrara Chakira, aquela mulher valente que, como uma escrava negociada, casara sob a chupa e com a bênção de um rabino, conforme os preceitos que autorizavam o seu dono a exercer as mais humilhantes sevícias sexuais, pelo rito judeu que era lei, ela, naquela farsa de matrimónio, passara a ser não esposa, mas antes uma propriedade do seu homem. Esse esposo que, mesmo depois de morto, ainda a deixara à mercê do seu irmão e, como tal, sujeita à lei do *Levirato*. Sua mãe foi livrada desse maldito ritual pela intervenção heróica de seu irmão Majib que, em missão de vingança, ali se encontrava para exercer a represália encomendada por Ali, esse irmão mais velho que ainda não conhecia, que julgara sua irmãzinha vítima de abuso de violação, naquele tempo incerto e violento marcado pela predestinação de perder toda a família. Mas Majib, ao testemunhar aquela aberração inumana, desviara o desejo da revanche para o ardor da justiça e assim salvara sua mãe Chakira daquele último aviltamento. Sim, seu irmão Majib lhe contara toda a história do que acontecera naquele dia aprazado pelos Weisz para o exercício do *Levirato*. Ele encontrava-se ali para vingar o estupro dela própria e descobrira que afinal seu irmão Ali se enganara e, graças a Deus, naquela mesma tarde, Chakira se livrara de ser vítima de uma violação e de um homicídio. Ela, Faiga Assad, encontrara um irmão que julgara perdido e ficara a saber que ainda tinha outro, Ali, o mais velho, que se alegrara ao saber que ela era viva e feliz. Ao pensar na maneira como Ali e Majib se salvaram da carnificina, o seu pensamento voltou em retrospetiva àquele aziago dia em que a sua família foi vítima dos negociadores sionistas. Sim, ela recordava muito bem a chegada do rebanho tangido por Ali e Majib já no crepúsculo. Também a descarga de disparos que assustou os animais e os levou à debandada foi a rajada de metralhadora que dera o mote para os seus irmãozinhos se esconderem entre os pedregulhos, num terreno anexo à fazenda. Visionou em mente a humilhação do seu querido e honrado pai, cuja cabeça encanecida não mereceu um mínimo de respeito da parte daqueles bandidos. Logo de seguida aos últimos tiros, recordava-se bem, fora ela quem saíra de casa aos gritos, porque seu irmão tinha sido atingido e então aquelas manápulas rudes e feias que a agarraram e, ali mesmo, lhe rasgaram as roupas e a desnudaram em frente de todos. As palavras despudoradas ameaçando-a de humilhação lúbrica. O bandido aprisionou-a pelos membros superiores a uma velha oliveira e, acariciando alarvemente o seu corpinho imberbe de menina ainda criança, aviltou-a lubricamente na tentativa de a violar. Foi o seu pai, Berger, e sua mãe, Chakira, que fazendo frente ao canalha a salvaram das garras do facínora sionista. Levou as mãos à cabeça para tentar apagar aquelas malditas cenas de sua mente e recordou que se encontrou dentro de um jeep envolta num dólman militar, que cobria a sua nudez e que cheirava a suor. A partir dali, tinha iniciado um novo ciclo com o carinho estremado de Berger e Chakira, que a fizeram olvidar a desgraça que caiu sobre os Assad. Foram estes pais adotivos que a tinham provido das armas necessária para iniciar a sua carreira e agora também seu irmão Ali, que até à data tinha financiado a formação de feddayin para as fileiras da O.L.P., lhe enviara uma ajuda grande para o seu fundo de maneio. Faiga apreendera as técnicas dos Rothschild para uso da sua vingança, porque só o poder económico contava para usurpar aos sionistas uma parte do que tinham roubado aos palestinos. Ela edificaria o seu império em memória dos oito membros dos Assad que os facínoras sionistas tinham assassinado e também não esqueceria aqueles que tinham humilhado sua mãe, Chakira, esses mesmos adeptos do «celibato mosaico», que não passavam afinal de sádicos energúmenos que prestavam um mau serviço ao seu Deus vingativo. Estava nestas lucubrações, quando a sua mãe invadiu o seu gabinete de trabalho e, depois de a abraçar e beijar, com carinho a interpelou:

— Minha querida, tens que ter mais cuidado contigo própria. Levantar cedo, eu sei, é a tua rotina, mas vires para aqui sem ao menos tomares uma chávena de café é um atentado à tua saúde e eu não gosto dessa atuação, minha querida; desejo ter uma filha que, além de linda, seja também saudável e forte. Estamos todos à tua espera para tomar o pequeno-almoço em família. Até o Dr. Johannes, que o teu pai foi buscar a Bem-Der para te ajudar com as coisas do direito cívico, para enfrentares a família Katz. Olha que ele mesmo sem te conhecer já fez perguntas a teu respeito, vê-se bem que é um advogado curioso, mas vou informar-te, como mulher, que ele é um bom bocado. É bem parecido e parece simpático! Segundo me informou, assim por alto, parece que a fortuna dos Weisz está agora nas mãos de duas viúvas. Não conheço a outra, mas se estava casada com o bandido que intentou violar-me, tenho mesmo pena da desgraçada.

Quando entrou na sala de jantar, ficou admirada e até encabulada por sentir toda a gente com o olhar em si. Foi seu pai que, levantando-se, deu início às apresentações e, chamando o jovem advogado, manifestou-o a Faiga:

— Minha filha, este é o fiel depositário dos bens da família Weisz e, como homem de leis, ajudar-te-á também a desvendar todo este imbróglio de interesses com a família Katz.

O jovem Johannes mirou Faiga nos olhos e, com um sorriso simpático, estendeu-lhe a mão, mas antes que iniciassem um diálogo apareceu Chakira que, vinda da cozinha com uma cafeteira na mão, fez parar todas as conversas e, na companhia de Zaida, começaram ambas a servir o pequeno almoço.

— Meus amigos, agora é hora de desjejum. Façam o favor de apreciar o comer e tu, Faiga, vê se te alimentas como deve ser antes que apanhes alguma fraqueza e me dobres o trabalho; fiz para ti a compota que mais gostas e espero que me dês os parabéns.

Foi sob uma gargalhada de bom humor que todos começaram a saborear os ovos mexidos com bacon, a marmelada, o pão ainda quente e Chakira até aplaudiu o apetite daqueles amigos do coração, que pareciam não comer há dois dias. Já no fim do repasto, Berger chamou Faiga à parte e informou-a:

— Minha querida, se vais iniciar o teu combate com o todo poderoso Dr. Albert Katz, toma esta nota onde apontei a minha última entrevista com ele e peço-te que, logo que assimiles o que escrevi, deves destruir esse papel, porque é ainda uma informação confidencial do meu serviço oficial.

Shamir Smith aproximou-se de Faiga e passou-lhe uma pasta para as mãos, ao mesmo tempo que se inclinava para ela e lhe murmurava ao ouvido:

— Aí está o registo completo das dívidas do Dr. Abba Katz ao casino. O que ele desviou da contabilidade do Hotel Continental ao tempo gerido pela Dr.ª Mariane está também aí especificado, mas os vales singulares e por ele assinados continuam em poder dela. Ela vai-se disponibilizar a apresentá-los na altura certa, com a acusação de ter sido por ele violada e desse ato ter nascido uma filha que o Dr. Abba se recusa a reconhecer.

Faiga passou os olhos pelos documentos da dívida e, sorrindo, pousou a mão sobre o ombro de Shamir e saudou-o:

— Fez um bom trabalho, Doutor. Agora, gostaria de acrescentar à minha lista de representados o nome do Sr. Abe Douglas. Isso seria um bom trunfo pois, segundo informações, ele tem negócios não muito lisos com o Dr. Albert Katz.

Shamir sorriu com ar cúmplice e expressou, confiante:

— Acho que consigo dar-lhe a volta, Faiga. Quer que eu vá a casa dele com o argumento da falha no balancete?

— Sim, Shamir. Faça-me esse favor. Será mais uma arma para convencer a Assembleia Geral da Eilat Tourism.

Depois de dispensar o seu colaborador financeiro, Faiga fez sinal ao advogado e os dois conversaram a sós durante alguns minutos. Nessa conversa, estava o conteúdo da nota confidencial que o seu pai lhe passara. Depois de abanar a cabeça num indício tácito, o Dr. Johannes sorriu e os dois tomaram as suas pastas e entraram no carro. Faiga aproveitou o momento para acender o isqueiro e atear fogo à missiva confidencial que seu pai lhe passara. Seu rosto, embora impassível, não conseguia dissimular a satisfação de poder surpreender o senhor todo poderoso do empreendimento da família Katz, esse baluarte que ela tentaria conquistar como suporte à primeira base da sua escalada.

O palacete de Albert Katz primava pelo bom gosto exterior e era rodeado por um jardim arborizado defendido por uma alto muro. Foi Johannes que acionou o manípulo da campainha tradicional e esta emitiu um som sineiro, que se repercutiu para além dos muros. De imediato, ouviu uma voz feminina inquirindo:

— Quem é e o que deseja?

Explicaram-lhe em correto inglês e passaram cerca de dois minutos até que a mesma voz lhes respondeu:

— Queiram entrar. O doutor Albert vai recebê-los.

Esperaram numa saleta ricamente mobilada e sentaram-se nos fofos sofás que rodeavam uma mesinha de cocktail e, logo de seguida, a mesma empregada lhes trouxe café e biscoitos, ao mesmo tempo que repetiu:

— O senhor doutor já vai recebê-los no seu gabinete. Manda dizer que aguardem só uns instantes. Entretanto, tomem um cafezinho.

Enquanto aguardavam o poderoso homem da Eilat Tourism, o advogado Johannes, com o seu faro de homem de leis, olhando em volta para detetar algum micro escondido, murmurou num sussurro, depois de informado sobre o conteúdo da nota confidencial.

— Esta informação vai abalar e muito as defesas desse senhor, além do encargo de ocupar outras funções que colidem com as obrigações de administrador. Este caso tem algumas semelhanças com o que se passa na organização dos negócios da família Weisz, onde cada um dos associados parece ser o patrão absoluto da propriedade comercial que lhes foi atribuída para exploração pelos ancestrais da família, mas não lhes pertence. Este abuso redunda num grande prejuízo para a verdadeira proprietária, que, neste caso, é a sua mãe Chakira, que é viúva do primogénito Jacob Weisz. Uma vez que este morreu sem descendentes, pois na altura era desconhecida a sua existência, foi nomeado herdeiro seu irmão Daniel Weisz, que depois de descobrir o paradeiro da viúva, tentou cumprir a tradição da família, aplicando a receita do prescrito na Lei mosaica à sua cunhada. Ora, se este era também casado com Sara e, uma vez que deste matrimónio também é desconhecida qualquer descendência, será a viúva dele também uma herdeira legal. Assim, todos os familiares que ocupam cargos como gerentes associados no negócio da família terão que prestar contas às herdeiras, o que torna o caso mais complicado.

Meu caro doutor, como parte interessada e representante dos interesses de minha mãe, vou exigir que todos aqueles que beneficiam do estatuto de associados cumpram as suas obrigações legais com retroativos e depois de investigar as suas contas, exigirei os montantes em dívida até o último cêntimo. Se a viúva Sara aceitar os meus serviços de representação, lutarei também pelos seus interesses.

Johannes tremeu com a determinação da filha de Jacob Weisz e, mirando-a de frente, apercebeu-se de que aquele trejeito decidido que rodeava os seus lábios feminis e que semicerravam o seu olhar, com uma auréola de ousadia fria e resoluta, estavam em sintonia com a sua vontade férrea. Depois de ouvir as razões de Faiga, o advogado não precisou recorrer aos prós e contras dos cânones. Embora informado acerca da lei que vigorava na família sobre as doações em sociedade à exploração, sabia que na base legal que vigorava no país, a razão estava com ela. Um só objetivo lhe restava para apaziguar a querela que se avizinhava: fazer que o encontro entre eles se tornasse cordial. Aquela aura tenebrosa que detetou na sombra feminina não augurava nada de bom e muito menos bonança. Sentiu algo mexer com a sua interioridade, caso raro na sua maneira de atuar, e tal causou-lhe um instintivo arrepio, algo que não sabia explicar, mas que o fez balançar no seu conceito da razão e que, ao mesmo tempo, levou-o a acrescentar uma cautela ao abono da realidade; ele estava bem ciente que todos aqueles transgressores do acordo tradicional naquela família praticavam a fraude no lucro. Eram talvez movidos pela má índole genética. Seguiam, na prática, o mesmo trilho instintivo: negociar e enriquecer dentro do restrito conceito da velha lei familiar. Era esta uma prática constatada ao longo de gerações e não seria estranho que, mesmo sendo herdeira à face da lei, lhes arrebataria aquilo que eles consideravam seu por direito e de uso fruto continuado. Era assim que funcionava o código comercial dos Weisz, foi assim desde a fundação do sistema já adotado da antiga lei de progenitura varonil e sempre com base na regra do patriarcado. Segundo o hábito não escrito, neste contrato familiar eles tinham direito a 60% dos lucros e nada lhes era debitado no desgaste das instalações, cuja manutenção continuava a cargo da sede em Bem-Der. De repente, a voz da funcionária quebrou o seu raciocínio ao anunciar:

— Senhorinha Weisz, o Sr. Dr. Albert deseja recebê-la no seu gabinete. Queira acompanhar-me!

Ao constatar que o Dr. Johannes se preparava para seguir Faiga, a secretária fez um reparo:

— Queira esperar um momento, porque a ordem do Dr. Albert só diz respeito à menina Faiga e, assim, tenho que perguntar se ele permite a sua presença.

Não foi necessário, porque o próprio Dr. Albert, surgindo à porta do seu gabinete, com um ademane simpático, expressou:

— Deixe, Sandra. Esse senhor é o advogado da Doutora e pode entrar.

Ele acomodou-se na sua cadeira giratória por detrás da ampla secretária e, envolvendo ambos no seu olhar de homem de negócios, foi com um sorriso simpático que abordou Faiga.

— Doutora, ainda não tivemos o prazer de nos conhecermos pessoalmente, mas sei que é a representante autorizada de seis dos nossos acionistas e congratulo-me que seja a sua firma a tratar diretamente com a nossa administração. Assim evitamos mal entendidos que se tornam sempre onerosos em tempo e hoje isso é um desperdício. Sei que não é por isso que pediu a sua entrevista, mas, sim, devido a um erro contabilístico na elaboração do balanço que enviamos a todos os nossos prezados titulares, mas, se me permitir alguns dias de tolerância, comprometo-me a corrigir este lapso e os seus representados terão um balancete correto e sem mácula, pois é timbre nosso a lisura de contas.

Faiga, admirada com a inusitada simpatia do homem forte da Eilat Tourism, retribuiu esse mesmo sorriso e, com igual amabilidade, expressou:

— Dr. Albert Katz, uma vez que aqui estamos reunidos, aproveito para esclarecer alguns dos outros assuntos pendentes que aqui me trazem, além da correção do balancete.

O homem poderoso da família Katz franziu o sobrolho, mas não demonstrou animosidade. Pelo contrário, incitou-a a prosseguir.

— Doutora, faça então o obséquio de indicar-me o teor dessas matérias que tem em mãos e me dizem respeito.

— Sim, Doutor, e desde já agradeço a sua disponibilidade. O senhor sabe que meu pai é um cofundador desta organização. Será talvez o terceiro e, por caricato que pareça, nunca beneficiou desse estatuto que, segundo as normas regulares da companhia, e praticadas com todos os elementos da administração teria direito a um vencimento regular, devido à sua posição de investidor basilar durante estes cerca de doze anos, tal como o Doutor e a Sr.ª Ashira Katz. Ora, por estranho que pareça, o meu pai jamais foi contemplado e, além disso, como membro de pleno direito na administração, nunca foi consultado sobre as nomeações para a entrada de novos membros, de família ou não, nos lugares cimeiros da organização.

Se sentiu o impacto, Albert Katz não o demonstrou, até sorriu e explicou:

— Cara Doutora, você até está correta na sua apreciação, mas não deve esquecer que seu pai delegou na senhora Katz os direitos decisórios da sua atuação no concelho da administração e, como tal, uma vez que não desempenhou qualquer cargo, os seus benefícios têm sido os dividendos inerentes a qualquer outro investidor.

Foi a vez de Johannes intervir:

— Doutor, sou o representante legal da Doutora Faiga. Dá-me licença que lhe remeta uma pergunta?

— Tenha a bondade, estou aqui para esclarecer qualquer dúvida.

O sorriso de Faiga animou o seu advogado.

— Dr. Albert, pode mostrar-me essa declaração do Capitão Berger, que autoriza a Sr.ª Ashira a usar o voto da sua representação?

— Sabe, Dr. Johannes, naquele tempo ainda vigorava a confiança pessoal, cujo aperto de mão tinha o valor de um contrato assinado. Assim, com base nesse acordo tácito, o Sr. Capitão foi representado pela nossa presidente na administração. Estou convicto de que ela investiu na organização os dividendos do capitão como mais valias e sem necessidade de qualquer contrato burocrático. Foi a vez de Faiga intervir:

— Doutor, uma vez que não existia qualquer vínculo assinado, o meu pai passou a ser um investidor secundário, sem direitos e, a ver outros elementos, neste caso familiares dos Katz, a sobreporem-se a ele nas decisões administrativas e em direitos exercidos ilegalmente, porque os investimentos devidos aos vencimentos não cobrados não constam como acúmulo do seu capital investido.

— Como assim, Doutora Faiga? A nossa administração costuma atuar com lisura no que concerne aos investimentos efetuados. No caso do seu pai, como já lhe expliquei, isso terá que discutir com Sr.ª Ashira. Faiga enervou-se e quase perdeu o controlo; soltou uma gargalhada escarninha e, ao mesmo tempo determinada, intempestivamente levantou-se do seu lugar e, olhando diretamente para Albert Katz, interpelou-o. Naquele gesto estava contido todo o repúdio que sentia pela atuação dos sionistas contra a sua raça. A sua mente voltou a entrar em retrospetiva e, por detrás daquela secretária, que muda e queda assistia à sua rejeição, ela não visionou o administrador da Eilat Tourism, mas antes os carrascos de seu pai que, íntegro e firme no seu direito de proprietário da fazenda dos Assad, desejava uma transação digna e honesta e que, afinal, foi traído, humilhado e assassinado por aquele bando de miseráveis sem escrúpulos, que representavam o estado de Israel; sentiu vontade de esbofetear aquele canalha que tinha ludibriado o seu pai, mas a voz da razão alicerçada nos conselhos da sua amiga e professora ainda gravados na sua mente alisaram o seu raciocínio e, muito interiormente, um agradecimento brotou de sua alma: obrigada, amiga Rena!

— Sim, Doutor, quem autorizou o Dr. Joel, que fugiu para a América depois de alguns escândalos que lesaram em milhões a Eilat Tourism, a exercer funções na Administração? Quem nomeou o Dr. Abba, ainda com um cargo na cúpula da empresa, e que está em dívida de 1 milhão e 200 mil dólares ao casino e ainda cerca de meio milhão que surripiou da contabilidade do Hotel Continental? Sabe que esses vales por ele assinados estão na posse da Dr.ª Mariane, que hoje é minha secretária?

Albert Katz deixou de repente cair o seu sorriso de simpatia e a sua face transformou-se numa máscara pálida de náufrago que tenta manter-se à superfície no mar agitado que era sua consciência, mas Faiga continuou, só que agora, em contraste com a sua raiva anterior, em seu rosto estava escrita a mais aliciante das amabilidades.

— Porque essas verbas que representam abusos de poder, mas não passam de roubos, não são constantes no balancete enviado aos investidores? O senhor sabe que eu represento, além do meu pai, que tem estatuto de fundador, mais cinco investidores e isso dá-me o direito de exigir urgentemente uma Assembleia Geral, de emergência, para obstar a que a nossa empresa seja vítima de administradores sem escrúpulos que estão delapidando a sua propriedade, como está acontecendo no Casino e no Hotel Continental? Sabe que nessa assembleia eu serei candidata à cadeira de Presidente da Administração e, a partir daí, ordenarei uma investigação profunda a todas as atividades atuais e passadas? Mas ainda não terminei, Doutor; desejo saber também porque o Presidente da Assembleia dá um exemplo perverso e fraudulento ao não cumprir as normas contidas no regulamento da Eilat Tourism?

Ao ouvir as acusações diretas e irritadas de Faiga, o Dr. Albert Katz, ainda pálido e fragilizado pelos ataques da jovem economista, só viu uma solução provisória para se esquivar da justa e patente agressividade da defensora dos direitos dos acionistas da companhia.

— Eu compreendo a sua irritação e revolta, cara Doutora, mas peço-lhe, por favor, e como homem de bem, que me oiça por um momento e aceite um acordo em privado comigo e com a Sr.ª Ashira. Tenho a certeza de que abafaríamos este escândalo com a satisfação das suas revindicações e com vantagens acrescidas para o seu pai, para a Doutora e para os seus representados. Também, além de uma boa indemnização, um pródigo lote de ações podem reforçar a sua candidatura ao conselho administrativo.

Novamente a fibra lutadora de Faiga, alicerçada nos conselhos e conhecimentos transmitidos pela sua mentora, Dr.ª Rena, na Suíça, vieram ao de cima: «Minha querida, molda o ferro enquanto ainda está quente!»

— Dr. Albert Katz, antes de mais, permita que o volte a informar, este senhor é o meu advogado e, como tal, exijo que ele esteja presente e a par de tudo o que vamos negociar. Exijo que o Dr. Johannes seja presente nessa secreta reunião a dois que o senhor irá aprazar; reivindico aqui e agora uma caução de um milhão de dólares, para compensar o dolo de meu pai e imponho que, por escrito, seja imposto o imediato afastamento do Dr. Abba de todos os cargos que detém na Eilat Tourism. A partir desta base concretizada já, pode ser que eu esqueça a falta grave do presidente atual da Assembleia Geral. A partir de agora, concedo-lhe trinta minutos para executar o meu pedido primeiro. Então, depois de satisfeita a minha exigência, vamos marcar a nossa audiência com a Sr.ª Presidente da Administração.

Na saleta da receção, os biscoitos continuavam sobre a mesa e a empregada renovou a bebida com duas novas chávenas fumegantes e aromáticas de café. Foi então que Johannes, para quebrar a tensão, ergueu um dos biscoitos e desafiou:

— São de delicada gustação. Prova, Faiga!

Ambos com uma salutar gargalhada iniciaram o consumo das gostosas e delicadas bolachas, ao mesmo tempo que os seus olhares, até esse período contidos pelos afazeres, foram-se libertando das amarras da obrigação e, como faróis de um destino que apontavam no horizonte, quiçá, uma primavera a florir de olhares e desejos, faziam a vontade à mente. Ambos aperceberam-se daquilo que os unia e os fazia convergir para um mesmo ponto e ali mesmo iniciaram o seu primeiro diálogo mental, na esperança de que a raiz do charme que está dentro do coração de cada jovem faça rebentar a flor da alegria colorida do Amor. Era lindo ver na ternura de cada olhar os olhos dos dois a faiscar.

— Não foram necessários os trinta minutos concedidos por Faiga, dois advogados da companhia apresentaram-se com o documento da demissão do Dr. Abba. Um deles, exibindo uma pasta negra e lustrosa, contou para Faiga a verba exigida como indemnização ao capitão. Um aperto de mão selou o encontro próximo, que a jovem economista considerava que desde já e com esperança acumulada iria mudar toda a estrutura da Eilat Tourism e seria a base da sua ascensão ao cume da montanha do poder.

Na intimidade do seu escritório, Faiga, Johannes, o capitão e Chakira comentavam o triunfo sobre o poderoso Albert Katz e foi Berger que, num arremedo de orgulho, afirmou:

— Esse doutor só tem uma solução: abandonar de imediato Israel e assim livrar-se de uma acusação mais grave, que pode ir até a traição. Assim, e para não piorar a sua situação perante a lei, deve abandonar todos os cargos que exerce e comprar uma passagem para um país estrangeiro que lhe permita ficar a salvo de uma extradição. É por consideração à minha amizade com Ashira que não ordeno de imediato uma execução contra o seu cunhado.

Estavam nestas cogitações mais ou menos familiares, quando Mariane os interrompeu para anunciar a chegada do Dr. Shamir Smith que, com um ar bonacheirão e festivo, dirigiu-se a Faiga:

— Foi difícil convencer o homem, mas quando lhe falei nas tropelias do Dr. Albert sobre os seus investimentos e o engano que o prejudicava na distribuição dos rendimentos, o investidor que morava nele explodiu em blasfémias e, além de confirmar as suspeitas do Sr. Capitão sobre os dois rapazinhos que ele teria alugado ao Senhor da Eilat Tourism, afirmou que os mesmos são seus empregados e registou-os como tal na Instituição do Trabalho. Eles têm 14 anos e neste momento fazem parte da tripulação do seu iate. Para confirmar o que disse, até me ofereceu boleia para eu admirar a sua embarcação de recreio ancorada na baía e conhecer os tais rapazinhos por quem está enrabichado. Tenho os seus papéis, como investidor em ordem, assim como o acordo de representação dos seus interesses à nossa empresa.

— Obrigado, Shamir. Foi um bom trabalho e tal vem a reforçar a nossa posição na próxima Assembleia Geral da Organização. Os interesses de Mr. Douglas estão em boas mãos, serão defendidos com honestidade e competência.

O capitão Berger, comovido com a vitória de Faiga, aproximou-se dela e murmurou-lhe no ouvido:

— Minha querida, só te peço que, antes de marcares a tal reunião com a presidente do Conselho Administrativo, me informes, pois a minha amiga Ashira Katz é uma boa pessoa e tenho a certeza que ela nem sonha com os desvios praticados. Em nome da nossa velha amizade, tenho a certeza que ela te vai facilitar o acesso à administração e ainda mais. Ela é um coração mole, que não merece as falcatruas dos filhos e do cunhado; tenho a certeza que também foi enganada na sua boa fé.

— Sim, pai, estou de acordo com o que me dizes e até tenho pena dessa senhora, mas agora vamos tratar de outros assuntos pendentes, que têm que ser resolvidos a par do trabalho de organizar a minha candidatura à cúpula da Eilat Tourism. Dr. Shamir, já tenho o colaborador que me pediu; foi o irmão da minha mãe quem o enviou, é um contabilista credenciado e com muita prática de trabalhar com comerciantes judeus. Chama-se Abraim e já está informado sobre as funções que vai exercer. Desejo que você parta o mais urgente possível para Bem-Der, na companhia de Majib, que está por dentro do problema com a família Weisz e dos seus desvios ao contrato oral e tradicional de um conselho de família. Logo que possível, o doutor Johannes irá para resolver os assuntos à face da lei. Em seguida, irei eu na companhia de minha mãe e de meu pai, para atuar com o rigor do direito de defensora dos direitos da viúva de Jacob Weisz e, se a herdeira de Daniel Weisz desejar, também defenderei os seus direitos, pois acho uma vergonha que essas merdícolas sanguessugas tentem sugar duas viúvas, porque o seu código mosaico, embora imposto, afirma que as mulheres que perderam o seu amparo devem ser protegidas não só pelos familiares, mas também por toda a congregação.

Chakira, logo que ouviu o maldito nome dos Weisz, sentiu dentro de si um arrepio de asco. Jamais poderia esquecer a tentativa do exercício do abjecto ato do *Levirato* e, enojada, abandonou a sala em direção ao escritório privado do capitão Berger. Em sua mente, um turbilhão de ódio e raiva fizeram com que a sua memória retrocedesse cerca de vinte anos e foi nessa perspetiva que sua alma reviveu aquela aversão maldita que lhe tinha marcado o espírito com a tatuagem negra e maligna: aquele maldito a quem sua família a entregara e que a desposara num ritual sagrado sob a chupa e com a bênção de um rabino! A sua cabeça abanava de um lado para o outro, como se ela fosse um ramo frágil e pendente sob a ação destrutiva de um vendaval. Era a recordação daquele malvado obrigando a sua virginal esposa às abomináveis sevícias sexuais: àquela ignóbil sodomia, como se ela fosse uma puta dos caminhos. Ele obrigara-a a encostar a cabeça à charrete que os transportava a casa e que devia ser engalanada, como era tradição, pois atestaria perante a congregação o seu estado de noivos. Foi ali mesmo, em pleno descampado, que ele lhe arregaçou a saia, lhe desceu as bragas e, com os dedos lambuzados de um asqueroso creme de gordura fedorenta, tentou à primeira arremetida penetrar o seu ânus e que ela, como uma cachorra amedrontada, desviara. Foi a chibata de tanger o cavalo que, massacrando as suas nádegas mimosas, a obrigou a aceitar dentro de si o tumefato sexo do violador judeu, esse ato que era considerado como anátema na sua crença judaica. O seu dono, perante a lei do Deuteronómio, não teve piedade pela sua dor, pelos seus gritos de terror, pelas lágrimas de uma mulher indefesa. O maldito Jacob Weisz, depois de se vazar como um varrão dentro de sua esposa virgem, ainda a achincalhou: «anda puta miserável aí te deixo o gozo do teu dono e senhor!» Ela jamais esqueceu o que estava escrito na Lei: a partir do dia em que a esposa fica sua propriedade, não se diz mais esposa, mas atributo de um homem. Ela chama-lhe Senhor, como é dever de um escravo. Ele poderá repudiá-la, se lhe achar alguma «tara», diz o Deuteronómio. Contudo, não tem o direito de a vender, mas pode vender uma filha.

Ela não se pode divorciar, nem herdar, a não ser por falta de filhos varões; será sempre uma perpétua menor.

Chakira jamais pôde esquecer aquele asqueroso fluxo de sangue e sémen que escorrera de seu esfíncter para suas coxas. Também jamais olvidara aquela vez em que ele a agarrara pelos cabelos e a obrigara a engoli-lo, até a garganta e a chupá-lo até à alma, mesmo vomitando tudo o que tinha em seu estômago. Sim, tinha sido sempre humilhada até àquele dia, junto daquele desfiladeiro, quando, com toda a coragem de mulher abusada, conseguira tomar em suas mãos o pesado tarolo de madeira que servia de travão à carroça e, surpreendendo o maldito junto à berma do precipício, o agredira na cabeça e aproveitara o seu desequilíbrio para o fazer mergulhar no abismo da Barreira da Morte.

— Obrigada, meu Deus! Desagravaste-me! Naquela altura, sentiu um gozo sublime, que inundou de paz a sua alma, mesmo quando tentou explicar à família dos Weisz o que tinha acontecido e aquele outro maldito irmão, o Daniel, a apontara:

— Tu mataste-o, cabra maldita! Tu liquidaste o meu irmão, tenho a certeza! Tu empurraste-o para o abismo!

Sempre soube que a partir dali seria uma vítima daqueles malditos! Não se sobressaltou quando deu pela chegada de Berger e, ainda com lágrimas deslizando em sua face, se atirou para os seus braços. Foi como se dentre a neblina de seu pensamento um raio de sol nascente despontasse para a dissipar. As mãos dele, delicadas e sensíveis, passearam em seus cabelos e suas costas, como se a polpa de seus dedos fossem o refrigério que acalmavam o seu espírito e seu corpo.

À sua memória voltou recordação daquela noite em En--Guadi, junto ao Mar Morto, quando um ao outro devassaram o negrume do seu passado. Foi depois de suas almas comungarem aquela solidariedade que iluminou seus espíritos, que a harmonia de seus corpos descobriu o Amor, ele surgiu intenso, colorido e arrebatador. Foi algo tão belo e delicioso, que o saborearam com a mesma intensidade até agora. Naquele mesmo instante, ela sentia as mesmas vibrações, novamente aquelas carícias voltaram a fazer pulsar as retesadas cordas do violino que era seu corpo em sustenido. O fascínio dele estava presente na mulher subjugada ao amor que sentia por ele. Berger, ao dar também conta da carência dela, alisou com a polpa dos dedos aqueles cabelos húmidos de choro que deslizavam em sua face e, instintivamente, sentiu o roçagar daqueles bicos resvalando no encontro com seu peito; voltou a ter sede do licor da boca dela e, fitando-a intensamente, mergulhou nos lagos cristalinos daquele olhar. Os lábios uniram-se, os corpos fundiram-se como se desejassem ser um em dois e Chakira voltou a sentir entre as coxas aquele vulto que se erguia dentro das calças dele e se roçava de encontro à sua púbis excitada. Se os corpos estavam em sintonia, também as bocas dos dois, na ânsia de beberem até à última gota o cálix da ambrósia amorosa e sensual, fundiram-se no beijo terno e apaixonado que era seu timbre. Instintivamente, as mãos dele começaram a abrir botão a botão a frente da blusa dela e Chakira, com sofreguidão, iniciou a abertura do cinto, que segurava as calças dele e, desviando os estorvos que escondiam o seu fito, deu um puxão até as fazer cair sobre os pés. Então, ardente de desejo, tomou entre os seus dedos o ereto pénis e, delicadamente, manuseou num deslizar voluptuoso, desde a glande até aos testículos, inchados de tesão. Ficou de joelhos frente a ele e a humidade quente da boca dela fez com que Berger semicerrasse os olhos e, acariciando os cabelos da esposa, murmurou enlanguescido:

— Ai, amor, ai! Tu fazes-me flutuar no etéreo desta sensação deliciosa! Amo-te, querida!

Ela pôs-se de pé e, fixando os seus olhos no olhar dele, pronunciou com emoção:

— É delicioso voltar a colher o fruto da nossa paixão e, enquanto me perco na profundidade desse sorriso que parece abraçar o mundo, sei que a nossa vida tem o sentido do Amor e que a luz inunda nossas almas. Amo-te, Berger! Chakira tinha a certeza de que ela e o marido estavam em sincronia com o amor, mas, sedutora como sempre, também desejava sentir-se possuída pela mesma embriaguez sexual. Assim, com os seios livres e flutuando entre os dedos de Berger, baixou as calcinhas e, subjugada pela atração varonil, murmurou com garridice feminil:

— Meu querido, desejo-te e amo-te. Por favor, desfolha esta flor que já sente a fertilização do teu ardor. Anda, amado, toma-me e delicia-me com o teu anelo!

Chakira, como se fosse ainda uma noiva ansiando as primícias da volúpia sensual, sentou-se sobre a secretária e arregaçou até às ancas a saia de cambraia que vestia. Exibiu-se perante o marido, que lhe contemplou as coxas de lasciva beleza e de pele suave e não resistiu ao impulso de acariciá-las e senti-las sob a polpa de seus dedos. Ela abriu as coxas para receber o seu homem, mas Berger, sempre no desejo de a surpreender, em vez de arremeter seu sexo entre as pernas lindas, debruçou-se sobre a púbis feminina. Beijando os lábios vaginais de Chakira, roçagou a sua língua sobre o clítoris ereto e carnudo e sugou-o como se fosse a sua primeira vez. Ao sentir as mãos da esposa sobre os seus cabelos, afastou mais as coxas femininas e mergulhou intensamente a língua sobre os lábios internos do sexo da mulher, fazendo explodir de volúpia aquela vagina, que se alagou de águas felizes, enquanto ela gemia o seu gozo com a cabeça erguida e a boca aberta, numa prece de felicidade:

— Oh, Berger, querido, sempre ofertando-me o prazer que está em teu amor! Oh, querido, eu desejo retribuir esta volúpia que me faz delirar! Vem, amor! Entra em mim!

Capítulo 14

SOZINHOS NO AMPLO E ORGANIZADO ESCRITÓRIO e embrenhados no trabalho, quase não deram conta daquele avermelhar do crepúsculo sobre as águas calmas da baía. Alisando as minutas sobre a secretária, Johannes ergueu o olhar e, numa mirada à vidraça em frente, perguntou maquinalmente:

— Que horas são?

O eco da sua voz pairou por segundos no ar até que a resposta de Mariane se fez ouvir:

— São neste momento 19 horas e um quarto, Doutor.

— Obrigado, Mariane. O tempo passou tão indelével, que nem dei conta.

Foi o ruído das vozes que despertou a atenção de Faiga e, erguendo a cabeça, deu por si a mirar o seu advogado ao mesmo tempo que lhe dirigia a palavra com um sorriso:

— Parece que a concentração no trabalho nos fez esquecer que existe vida lá fora! Você, Mariane, não tem uma filha para tratar?

— Tenho, sim, Doutora, mas este é o meu emprego! — Faiga soltou uma risada bem humorada e, piscando-lhe um olho, fez um ademane com o indicador dobrado. Era um convite para ir à sua mesa de trabalho e ali, frente a ela, encarou-a com simpatia e perguntou-lhe, em voz baixa, com cumplicidade:

— Mariane, você gostaria de voltar a exercer funções no Hotel Continental, mas com responsabilidade dobrada?

— Hum, Doutora, só se for uma ordem, porque aquele lugar não me faz boa memória, você sabe porquê.

— Sim, Mariane, mas também sei que tenho na minha frente a melhor diretora de um hotel como aquele. Ainda não posso garantir uma certeza, mas creio que em breve serei a administradora da Eilat Tourism.

Abrangendo, no mesmo olhar cúmplice, o seu advogado, convidou:

— Doutor, não acha que merecemos ir os três jantar ao melhor restaurante de Eilat?

Todos soltaram uma gargalhada, mas a secretária, escusando-se delicadamente, expressou:

— Fico muito agradecida, Doutora, mas tenho a minha filha!

— Eu compreendo, Mariane, vá à sua vida!

A pergunta em si era banal, mas, devido ao momento, tornou-se um tanto ou quanto bizarra:

— Doutor, você estudou em Israel?

— Não, como filho de um oficial do Exército Britânico, tive o privilégio de frequentar uma universidade inglesa.

Faiga, admirada com a filiação do seu advogado, insistiu:

— Então como adquiriu a matriz de judeu?

— É simples, Doutora. A minha mãe era judia e ao casar com o meu pai, foi pura e simplesmente renegada pela família Weisz e até perdeu o apelido. Se ler com atenção o meu nome completo, constatará que tenho dois apelidos saxónicos, no entanto as pessoas que conheceram a minha mãe continuam, ainda hoje, a tratar-me como seu descendente.

— Então, a sua mãe preferiu ser execrada pelos familiares a desistir do amor.

— Sim, Faiga. Ester, a minha mãe, sofreu na pele o conservadorismo dessa raça e, além de abominada, foi também irradiada de qualquer pretensão como herdeira.

— Quer dizer, Johannes, que você, com sangue judeu pelo lado materno, não é um semita?

— Não, Faiga, não sou e tão pouco me considero membro dessa família, mas pelo comportamento abnegado de minha mãe, nutro ainda pela sua memória um amor e uma admiração que raia o egoísmo. Ela mostrou-me que o amor é um sentimento tão nobre que vence a conceção da própria vida e que, ao contrário da corrente moderna sobre a filosofia amorosa e sensual que se expressa como um produto a usar e deitar fora, eu ainda espero a minha amada num passarinho encantado, que quebre o sortilégio e se transforme na fada sonhada que faça acelerar o romantismo que está em mim e que tento ocultar desta sociedade materialista.

Faiga soltou uma gargalhada e expressou:— Ai, Doutor, você saiu-me mesmo um sonhador. Eu ainda não pensei a sério no sentir nesses termos. Prefiro aplicar nesse campo as regras de valor do Mercado. Desejo uma história de amor já confecionada, bem embalada, para ser agradável à vista e, se não a conseguir transacionar com lucro, então uso-a em meu proveito e, depois de bem curtida, ponho-a no lixo. Acho que esse sentimento é insonso, do ponto de vista comercial, e não tem força para valorizar ou fazer crescer nada. Não alinho nesse seu sonho. Vamos vestir-nos e passar do trabalho à diversão?

— Sim, Faiga, vamos então jantar a esse tal restaurante que eu não conheço.

Faiga era daquelas mulheres que aliava a sua capacidade de lutar com o entusiasmo que punha em qualquer decisão e fazia-a lembrar, a cada passo, a vontade de conseguir. A montanha estava lá na sua mente e ela não era mística ao ponto de esperar que ela viesse a si. Riu-se com o pensamento e murmurou para consigo:

— Eu, Faiga Assad, subirei a ti!

Sim, ela jurara que subiria ao cume, manteria o olhar virado nessa direção e, como tal, manteria também o entusiasmo necessário para o conseguir. Tentou afastar a mente do objetivo profissional e sorriu ao pensar no romantismo do seu advogado. Foi com um trejeito sorridente, aflorando os lábios, que entrou na cabine do duche. Permitiu que a água afagasse as linhas belas de seu corpo lindo, ao mesmo tempo que limpava as ideias materialistas de sua mente, agora ocupada com a diversão que sonhara para essa noite. Esfregou-se com energia para ativar a circulação e pôr em movimento as articulações. O pensamento, talvez coagido pela beleza refletida no espelho, envaideceu-a. Um sorriso espontâneo entreabriu aqueles lábios lindos de tom carminado, ao natural. Tomou um soutien negro, mas, ao mirar o escuro no cristal do espelho, decidiu trocar por um cor-de-rosa, que condizia com a tonalidade de seus mamilos e, com essa assimetria na visão, tomou umas cuecas da mesma cor. Vaidosa de seu físico e de sua feminilidade, mirou por momentos a sua figura e a memória, brincando com o seu pensamento, deu em visionar o engenheiro Mayer, o ardor que ele pôs na conquista de seu corpo, quase a sucumbir ao charme do másculo encanto. Sentiu um arrepio de volúpia percorrê-la e novamente o sorriso brejeiro aflorou em seus lábios. Abriu o guarda-vestidos e, sem hesitar, escolheu aquele conjunto de tweed macio que lhe enaltecia as ancas. Sem reparar mais na sua figura, meteu a mão na malinha e tomou um bloco de notas, onde escreveu em letras bem visíveis:

— Mãe, não te aflijas se eu resolver dormir no Continental!

Saiu do quarto e, ao abrir a porta, estacou admirada, ao contemplar a figura de Johannes, que a aguardava. Hum, sua mãe tinha razão, ele era de fato um bom bocado! Tinha tudo no lugar e até a elegância! Este mirou-a também com surpresa e não se coibiu de expressar com admiração:

— Permita que lhe manifeste o meu apreço, Doutora. Estou a contemplar uma fada no seu encanto?

Faiga sorriu, enlevada com o galanteio, e, mirando-o agradecida, respondeu-lhe:

— Quem sabe, Doutor, mas acho que falta o passarinho mágico!

Tirou as chaves da mala de mão e, sorridente, entregou-as ao seu advogado, pedindo:

— Conduza você, Johannes. Eu indicar-lhe-ei o caminho.

Sob a iluminação do parque de estacionamento, apareceu o mesmo criado que lhe tinha sido simpático, aquando do encontro com o engenheiro Mayer. Ele dirigiu-se-lhes e ofereceu os seus serviços. Foi Faiga que, perante a hesitação do seu companheiro, tomou a gorjeta e aceitou com um sorriso o serviço do empregado do restaurante.

A sala de jantar estava bem concorrida e valeu a ela ser já conhecida como cliente, para que o mestre sala viesse ao seu encontro. Num murmúrio cúmplice, comunicou-lhe:

— Que sorte, senhorita! Ainda tenho um lugar de frente para a baía.

Consultaram ambos o cardápio e o advogado, sentindo-se um forasteiro no ambiente requintado, solicitou a Faiga:

— Estou indeciso, mas tenho fome. Importa-se de escolher por mim?

Faiga acedeu com gosto e, fazendo sinal ao criado, solicitou:

— O que aconselha hoje o chefe?

— Acho que as costeletas de borrego estão divinais!

— Muito bem, mande fazer para dois e fica ao seu critério a escolha do vinho.

Comeram com prazer e, em amena conversa, para não quebrar o encanto do repasto, foi Johannes que, bom observador, alertou:

— Ali, naquele canto, está um sujeito que não tira os olhos da minha partner!

Faiga sorriu e disfarçadamente deitou uma olhadela na direção indicada. Num murmúrio, informou:

— É o tal sujeito a quem pedi a informação sobre o Dr. Albert Katz. Ele é o engenheiro responsável pelo projeto do parque aquático.

— Ah, o tal trabalho entregue por ajuste direto?

— Sim, esse mesmo, mas, por favor, estamos em período de diversão! A noite é ainda uma criança. Gostaria de dançar, Johannes?

— Sim, Faiga, adoro, mas não sei aonde!

— Eu sou o seu cicerone esta noite. Deixe-se levar na brisa do acaso. Quem sabe se não encontraremos o seu passarinho encantado?

— Ai, seria maravilhoso, e lembraria para toda a vida esta noite luminosa. Animados pela companhia um do outro e pelo encanto daquela abóbada celeste que se refletia numa luz prateada sobre as águas tranquilas, entraram no Yacht Clube e o porteiro fez uma saudação a Faiga, ao mesmo tempo que repetia:

— A menina é filha do Capitão Berger, tem uma mesa reservada!

Logo que se sentaram, uma empregada ofereceu-lhes uma taça de champanhe e Faiga, admirada com tal liberalidade, pensou que tal se devia ao conhecimento de seu pai, até reparar no sorriso do Engenheiro Martin, que encostado ao balcão a saudava. Levantaram-se e Johannes enlaçou-a pela cintura, embalou-a num slowly harmonioso, que os fez aspirar o perfume um do outro e, nessa mesma sintonia, se deixaram acalentar de olhos cerrados, como num sonho e, novamente, Johannes voltou a ouvir aquele murmúrio romântico, agora sobre o seu pescoço:

— Gostaria de ser o teu passarinho inefável!

— Sim, querida, seria um belo sortilégio!

Dançaram os últimos acordes daquela música encantadora e ambos mergulharam na magia de seus olhares! Quando se preparavam já para abandonarem a sala, apareceu o Engenheiro Martin, que, com uma vénia cavalheiresca, pediu a Faiga:

— Seria um grande prazer se me concedesse a próxima dança!

Johannes levantou-se de repente e, encarando de frente o engenheiro, disse-lhe secamente:

— O cavalheiro está a ser inconveniente. A minha dama tem todas as danças ocupadas.

Só havia duas formas de ripostar e o inoportuno escolheu virar as costas.

Se o porte de Johannes já a tinha despertado na magia da virilidade, aquela ação de homem protetor mais despertou a sua feminilidade e foi com um sorriso enamorado que deu o braço ao seu partner.

Já a caminho da saída, a sentir a proteção do seu companheiro, na mente de Faiga voltou a bailar o fascínio do sortilégio e, no fundo da sua alma, muito profundamente, ela sentiu a memória daquela noite na Suíça, quando aquele jovem estudante de medicina a tomou nas asas da aventura ao pronunciar em seu ouvido:

— Querida, tenho beijos nos lábios e suspiros no coração; sou a libido que deseja desflorar-te e desenhar caminhos húmidos na tua púbis!

Jamais esqueceria aquele momento único, que a marcou para sempre com aquela cicatriz mágica que a fez gemer, primeiro de dor e logo em seguida de luminosa volúpia, cujo gozo perdurava ainda em sua mente.

Ao contemplar a maravilha daquela lua que se mirava no espelho daquelas águas tranquilas como um sonho lindo, lembrou-se também do seu sortilégio e, no seu íntimo, desejou que aquele companheiro se transformasse no seu paladino e a erguesse até sua montada. Ouviu-o recitar com admiração:

— Que bela paisagem para esquecer a vida e sonhar com o amor!

Faiga riu-se com o subjetivo comentário e, pertinente, voltou a expressar:

— Só te falta o passarinho mágico, Johannes!

— Sim, Faiga, mas acho que o sortilégio desta lua já me está a apresentar a fada e eu estou sentindo a química que a despertará do sono!

Ela deu pelos braços dele envolvendo-a e os lábios de ambos ficaram tão próximos que foi o próprio encanto que os uniu. Descobriu o sabor do licor que era da boca dela e, como um caminhante perdido e sequioso, mergulhou na fonte límpida da volúpia. Ambos, no silêncio daquele beijo, deram livre curso ao tato de seus dedos, que despidos de pudor, passearam-se pelos contornos íntimos e suaves. Foi ela que, inebriada pela libido despertada, suplicou:

— Leva-me no teu romantismo, Johannes; vamos namorar no Continental, eu deixei um bilhete à minha mãe!

— Isso foi premonição, Faiga?

— Sim, querido, desejei realizar o teu sonho e libertar o passarinho!

O Hotel Continental, uma das pérolas da Eilat Tourism, estava na onda da magia deles como casal, quando Faiga pediu um quarto suite para aquela noite luminosa.

Olharam um para o outro e, como se aquele encontro ali e nesse mesmo instante refletisse um desejo há muito sonhado, caíram os dois sobre o amplo sofa, na urgência da paixão. Ela sentiu a língua dele na boca, nas orelhas, no pescoço e em todas as partes erógenas de seu rosto, apertando-a de encontro ao tal passarinho mágico, abraçando-a como se quisesse fundir o corpo dele no seu!

A cada carícia, iam-se desnudando, até que suas roupas se dispersaram a esmo pelo chão, até que o pudor foi esquecido como guardião da castidade, porque grande era a urgência da libido. Ambos tinham percebido a pele um do outro tão precisa e tão próxima, que haviam desencadeado o instinto primevo que fez explodir o enlevo sensual. Ele era o desejo que a consumia e a elevava ao cimo da montanha. O alento escaldante dele bateu no rosto dela e incitou as mãos feminis até ao seu pescoço; era Johannes o seu paladino e ela apertou aquele corpo com a sanha de uma gata em cio. Ambos imbuídos do mesmo querer buscaram o sonho que está na realidade do amor e que é carinho e tolerância. Nesse mesmo afã, procuraram juntos a ternura do afeto que os unia numa simbiose triunfal de sentimento amoroso e sensual. Estão sôfregos do encontro apoteótico e sublime que os levará ao outro lado da fronteira transcendente, onde encontrarão o verdadeiro enlevo do amor!

Foi no êxtase erótico que Faiga o aceitou dentro de si, cruzou-lhe as pernas sobre os rins, como uma echarpe estranguladora, e gemeu inebriada de volúpia. Ela sentia-se arroubada pelo sensual momento. Aspirou deliciada o odor lascivo da carne e até o aroma já esquecido da sua primeira vez, mas que a fazia vibrar de intensidade no presente. Uma vez mais, ela provou do cálice da luxúria e embriagou-se no capitoso sabor. Não podendo conter mais o arrebatamento do prazer que a ultrapassava, gemeu no pescoço de Johannes:

— Ai, amor, porque não te conheci há mais tempo? Oh, que delicioso é sentir-te em mim! Só tu és o meu homem!

Não havia espaço para outros pensamentos ou outros sonhos, porque longe se encontrava também a fealdade do mundo. O corpo feminino é belo; é a essência da alma do homem. Johannes tinha-lhe provado, ao possuí-la, que só o amor real pode fazer vibrar o corpo e saborear cada sensação na visita aos jardins privados! Ambos, enlanguescidos pela volúpia terna e sensual, continuaram abraçados na raia da fronteira transcendental e sem vontade de descer à terra.

Já os primeiros fulgores da aurora penetravam pelas raias das persianas, quando acordaram do enlevo e Faiga, ainda estremunhada, contemplou fixamente Johannes e voltou a desejar aquele corpo perfeito e viril, que era seu. Sem réstia de pudor, passeou a polpa de seus dedos pelo excitante bosque semeado de cabelos louros.

Johannes, ainda aturdido pela pulcritude e pela sensualidade de Faiga, voltou a entrar na magia dos sentidos e estreitou-a novamente de encontro a si. Ambos, rindo como crianças no recreio da escola, encaminharam-se para o banheiro. O primeiro jato de água despertou-os de vez para a fealdade do mundo real e perverso, que os sustentava, mas que eles, embriagados de luxúria, tinham esquecido. Agora, novamente irmanados do mesmo desejo de amor, soltaram uma gargalhada feliz e foi ela que, mergulhando no olhar dele, lhe ciciou ao ouvido:— Querido, depois de conhecer o teu carinho, a tua virilidade e a tua delicadeza, jamais voltarei a desejar o amor empacotado. Tu és o meu homem adorado e eu desejo ser para sempre a fada do teu encanto!

Ele não lhe respondeu, o seu olhar amoroso revelava o que lhe ia no coração. Na sua frente, estava uma fêmea desnuda e apetecível e tal era o suficiente para desencadear a sua empatia com a terra mãe que, embora cruel, às vezes, regia aquela paixão arrebatada, que novamente florescia dentro dele!

Outra vez exaltado pela beleza tão próxima e amorosa que estava na sua frente, nem raciocinou se era ou não perversa a sua atitude abrasada e deixou-se arrastar pela sensualidade impetuosa do instinto primordial lúbrico, que era, na sua natureza, desde o princípio do tempo. Faiga, mais uma vez admirada com a fogosidade dele, sentiu a batida fálica do sexo varonil novamente despertado e inchado de desejo roçagando as suas nádegas. Virou-se de frente para ele, sorriu enlevada de paixão e acariciou delicadamente o membro dele. Sua boca era húmida, quente e aveludada, tinha o sabor do sensual enlevo!

Ela acolheu-o outra vez num misto de dor e gozo, no jardim da sua intimidade. O fogo era de cariz lúbrico e palpitava em todas as suas artérias, nas fibras dos músculos. A sua intensidade era de tal forma sentida, que até estava penetrando em suas almas. Cada toque suave do ir e vir, do vir e ir dele no ventre dela fazia gemer de volúpia aquela mulher que sentia e vivia o seu amor. Ela suspirava a cada batida fálica e logo lhe exigia mais e mais carícias, que ele, solícito e amorosamente, inventava a cada instante.

Uma vez mais, ele saboreava daquele cálice a luxúria que o inebriava de espirituoso sabor e, sem poder conter o arrebatamento que o ultrapassava, assim expandiu-o num urro sonante de fera ferida, que ecoou ondulante pelas paredes do quarto que, quedas e mudas, assistiam àquela prova que uma vez mais se repetia: o amor é pertença de quem tem condições para amar!

Faiga fazia-o estremecer no prazer da libido despertada e ele sentiu o perfume do sexo dela que, mesmo depois de saciado, continuava a estar em sua mente.

Faiga era uma mulher cheia de sonhos, aspirações e também, embora fosse uma mulher realista, sentia em si paixões contraditórias. Precisamente naquele momento em que a água deslizava sobre a sua pele mimosa e suave de fêmea jovem, um sorriso entre os seus lábios acompanhou-lhe o pensamento: será que a ambição de subir a montanha com denodo se tinha adiado com a descoberta da sensualidade que era adormecida em si? Sentiu a mente discordar e pedir mais concentração no tal lugar íntimo onde sempre tinha forjado os sonhos e, talvez por isso, depois de sentir Johannes atrás de si, quando se arranjava para sair, disse-lhe:

— Hoje é dia de trabalho, meu querido e, pela primeira vez acontece-me que não faço ideia por onde começar.

O companheiro sorriu e, como alheado das suas palavras, debruçou-se sobre o ombro dela e, muito ternamente, murmurou-lhe:

— Amo-te, Faiga!

Aquela frase, tão simples e banal entre namorados, mexeu com o espírito da mulher e uma vez mais ela experimentou em sua alma a dúvida sobre a ambição. Sentiu abanar o seu denodo de trepar aquela montanha, tal como se tinha proposto antes. Tentou inibir-se do pensamento negativo e apelou ao companheiro:

— Querido, dá atenção ao relógio ou saímos daqui já para o almoço.

Ouviu a gargalhada vinda do duche e, por estranho que pareça, também ela aboliu da mente a premência do trabalho e enveredou pelo relaxo que seu corpo exigia. Depois de todas aquelas sensações do perfume das rosas que usufruíra naquela noite memorável em que até a sua vontade se entregara à volúpia sexual, exigia, isso sim, tal como sua alma, um pouco mais de concentração, que a tentação afastou para se embalar nas coisas boas da vida e satisfazer o capricho daquele novo sentir que latia dentro de si.

Ao sair do hotel de mão na mão com Johannes, sentiu, vinda do seu âmago, uma vontade incontrolável de o beijar ali mesmo e, quebrando todas as regras e grilhetas exigidas pelo bom senso do pudor e conveniências sociais, não se coibiu de em plena rua segurar o seu advogado pelo pescoço e beber do licor que lhe molhava as palavras. Para se liberarem do embaraço dos mirones, ambos soltaram uma gargalhada de crianças no recreio e Faiga, mergulhando no olhar dele, expressou:

— Querido, que se dane o escritório hoje. O dia é nosso!

Ele olhou-a com estranheza, mas talvez porque era mais ponderado nas decisões, desabafou:

— Faiga, ontem, quando estávamos a preparar-nos para sair, dei conta que a tua mãe estava a ultimar os preparativos para viajar para Bem-Der.

— Tens razão. Nesse caso, passemos por casa para saber novidades e depois vamos almoçar.

Foi com surpresa que Faiga encontrou aquele bilhete sobre a mesa da sala de estar e, tomando-o entre os dedos, leu e releu a missiva: *Querida, não te esqueças que a Sr.ª Ashira te espera às 15 horas em sua casa. Por favor, sê cortês e delicada com ela. Teu pai.*

Faiga sentiu um baque no peito. O seu sexto sentido repetia a premonição: depois de um prazer, restava sempre o tal contratempo esperado, que adiava a loucura que prometera ao seu corpo. Uma vez mais, constatava que o trabalho jamais podia ser adiado. Chamou Johannes e mostrou-lhe o bilhete do pai. Este, num gesto delicado, pôs-lhe a mão sobre o ombro e expressou:

— Afinal, eu tinha razão. Eles já seguiram e ainda bem que eu deixei prontas as minutas para a reunião.

Uma vez mais constatou que os administradores da Eilat Tourism viviam como príncipes e este palacete da Sr.ª Ashira nada ficava a dever ao do seu cunhado, Albert Katz. Só que ali não existia a presunçosa sineta, mas antes um simples botão para premir, que emitiu um besouro agudo, que alertou uma empregada que, mesmo antes de eles se apresentarem, expressou:

— É a Sr.ª filha do Capitão e o Sr. Doutor? Queiram entrar. A Senhora vos espera!

— Madame Ashira era imponente tanto no aspeto físico como na cortês amabilidade de receber à porta os seus visitantes e sem aquele aparato de conferência em privado.

— Vamos ali para a minha saleta de lazer tomar um cafezinho e falar de coisas de mulher, antes de entrar nas coisas estúpidas do trabalho. Sabes, Faiga, que eu já amei o teu pai?

Como a filha do capitão tomasse aquela afirmação pelo lado humorístico, a senhora confirmou algo que Faiga desconhecia ainda.

— Sim, querida, foi verdade. E se tua mãe não tivesse sido mais ligeira, neste momento seria eu a esposa do capitão. Mas as coisas são como são e eles tiveram a sorte do amor e conseguiram o equilíbrio espiritual, depois do trauma que ambos viveram. Essa experiência teve o dom de criar condições para a benfazeja aparição da menina, que passou a ser filha desse casal afortunado. Foste tu, Faiga, o tal talismã que ambos esperavam. Tu trouxeste-lhes a harmonia que eles desejavam. Eu, como ex-amante e amiga de teu pai, te saúdo! Obrigada, Faiga! Sei que te pareço misteriosa, mas um dia saberás o porquê. Agora não é tempo de perguntas. Este doutor é o teu namorado ou ainda é só advogado?

Perante o rebuço dos dois, atingidos pela sua picardia, a toda poderosa senhora da Eilat Tourism soltou uma gargalhada bem humorada e já de semblante sério expressou:

— Agora vamos ao trabalho.

Tomou uma pasta sobre a mesinha de cocktail e, segurando uma folha de formato A4 que entregou a Faiga, com ar grave recomendou: isto é uma declaração de paternidade de meu filho Abba, para a tua secretária Mariane.

Como Faiga afetasse alguma estupefação, Ashira insistiu:

— Comigo a justiça e a lisura são predicados essenciais da vida e assim estão em primeiro lugar.

Tomando um dossier de pequena espessura, passou-o para as mãos de Faiga, explicando:

— Aqui estão todas as contas de teu pai, desde que se tornou meu sócio número dois e assinou a declaração de

princípios como associado da empresa. Também o numerário com que fez a sua entrada de capital como acionista e
me passou a sua representação. São cerca de dois milhões
de dólares que, a partir de agora, passam a ser geridos pela
tua firma e, se algo não estiver conforme, depois reclamas.
Agora, tenho uma oferta importante a fazer-te e aqui já exijo
a lei na figura do teu advogado. Necessito fazer a nomeação
da nova administradora da Eilat Tourism, conforme os requisitos legais.

Como Faiga se mostrasse embaraçada com a proposta, a
Sr.ª Ashira explicou:

— Minha querida, acho que chegou na altura de soprar ar
fresco nesta empresa. Ela necessita ser limpa de corrupção
e dos vícios que já crescem por rotina. Faiga, sê a nova Presidente do Conselho da Administração. Eu já me sinto velha
para o cargo. Doutor, trate da papelada inerente ao processo.
Pôs-se de pé e, segurando Faiga pelos ombros, com toda a familiaridade, beijou-a na testa e disse-lhe:

— Gere a empresa com competência, minha filha, mas
nunca esqueças a bondade e o perdão!

Enquanto Johannes entrou no escritório para elaborar o
contrato de passagem de testemunho, a senhora continuou o
diálogo com Faiga.

— Eu sou uma judia que decidiu abandonar a Diáspora
para assentar o futuro nesta terra que, segundo a Torá, foi
oferecida aos descendentes de Abraão e nada tenho a ver
com os desmandos sionistas neste pedaço da herança que
mana leite e mel. Foi a esta terra que entreguei o meu destino
e nada tenho a ver com os malditos sionistas que a envenenaram com o seu ódio e os seus interesses. Eles tornaram-se
os dominadores. Decidiram tudo entre eles, distribuíram os
cargos e, contrariando as leis da Torá, tomaram também a
administração da sua justiça, escarnecendo o povo que já cá
estava; desprezaram-no e humilharam-no. É por isso que eu
compreendo e tolero a luta do teu irmão Ali. Entendo também que o teu povo deseje o dia do resgate e da libertação,

mas condeno veemente os ataques terroristas cegos pelo ódio a tudo o que é judeu, sem discernir que ao cometer a vingança pelo terror, estão a justificar os crimes cometidos pelos sionistas. O terror pelo terror gera mais ódio. A História um dia julgá-los-á porque ela se repete e vinga a própria História. Nunca esqueças, Faiga, que a minha administração permitiu a admissão de cerca de 70% de colaboradores palestinos e nunca consentiu segregação racista entre eles e o pessoal judeu. Não sei como vais preencher algumas vagas importantes na organização, como os casos da direção do casino ou a presidência da Assembleia Geral. Deixo essa batata quente nas tuas mãos. Agora, tenho um alvitre para apresentar-te a bem dos nossos colaboradores. Desejo que eles sejam protegidos por um programa de saúde e pensei associar a nova clínica do Doutor Abramowicz à Eilat Tourism.

Faiga olhou para a Senhora com admiração e, no seu foro íntimo, sentiu uma sensação de paz e de bondade. Compreendeu ali mesmo que a política do amor nada tinha a ver com o interesse egoísta e prometeu a si própria extirpar a vingança segregacionista em sua atuação profissional.   Antes de chegarem a Bem-Der, Johannes pediu a Faiga:

— Querida, antes de seguirmos para o casarão, gostaria de apresentar-te uma pessoa que me é muito benquista e, assim, aproveito para dar uma vista de olhos à correspondência atrasada e liberto a mente para o assunto que aqui nos trouxe.

— Não tenhas problema com isso, querido; vamos então primeiro a tua casa e, assim, até planifico um modo amigável para conhecer a nova herdeira dos bens dos Weisz.

Quase não foi necessário fazer as apresentações. Aquela senhora simpática que lhes abriu a porta cumprimentou-os com um amplo sorriso e, saltando as regras da etiqueta, olhou Faiga e exprimiu:

— Você é a Doutora Faiga, por quem o meu sobrinho tem uma admiração que raia o que estou adivinhando?

Não foram precisas mais palavras. No abraço de saudação estava escrita a afeição mútua.

Jane Auskin, a tia de Johannes, era uma senhora que irradiava afabilidade e, de imediato, soube conquistar o seu coração. Johannes tinha-lhe dito que ela era escritora e foi com essa informação na mente que Faiga a abordou:

— A Senhora tem escrito sobre a Palestina?

— Sim, eu tento, mas deparo com muita resistência por parte dos residentes, ao falar do tempo da colonização britânica.

Faiga sorriu-lhe com deferência e, em jeito de promessa, informou-a:

— Eu conheço alguém que a pode ajudar. Um ex-correspondente da Agência Herold, que hoje é capitão do Exército de Israel. É o meu pai.

— Não sei, Faiga. Ele é militar e como tal deve ter um certo pejo em infringir o seu código de honra.

Faiga sorriu e, aproximando-se da escritora, segredou-lhe:

— Antes de ser do exército ele foi um jornalista e a senhora sabe como esse bichinho curioso gosta de desabafar!

Jane fitou-a com surpresa e, no seu olhar de dúvida, contemplou o sorriso cúmplice de Faiga, que lhe devolveu a esperança. Ela encarou-a mais uma vez com afabilidade e inquiriu-a com curiosidade:

— A Jane era irmã do pai de Johannes e o hospedou em sua casa quando ele foi estudar para Inglaterra. Assim, posso afirmar que lhe aturou a adolescência para homem.

— Sim, é verdade. E depois da morte de sua mãe, fui eu quem acabou de o moldar.

— Posso então fazer um convénio com a senhora?

— Bem, depende do tipo de acordo.

Ambas soltaram uma gargalhada de cumplicidade e Faiga continuou:

— É simples. A escritora Jane fornece-me dados sobre o coração do meu namorado e eu, em troca, favoreço o encontro da escritora com um jornalista reformado, que agora é capitão do Exército de Israel.

Jane segurou as mãos de Faiga e em seus olhos brilhou a tal luzinha da curiosidade.

— Ai, Faiga, será que precisas mesmo de conhecer o caráter do meu sobrinho? Em teus olhos eu vejo amor e paixão e conhecer o amor é como provar a delicadeza da alma. Tenho a certeza que mesmo que te diga algo em seu desabono, continuarás a ouvir em teu coração o cantar do tal passarinho com voz de criança, a lembrar-te que o amor está lá.

— Muito agradecida, Jane. Essa informação só vem aumentar o que sinto por Johannes e, como sei que a escritora também vive em sua alma curiosa, não faça cerimónia, eu também pertenço ao tal grupo de nativos que odiaram a presença dos ingleses, mas nada tiveram a ver com a atuação dos bandidos sionistas que praticaram o terrorismo judeu para expulsar da sua terra os legítimos donos da Palestina. É uma vergonha para a maioria dos judeus passarem a ser cúmplices de uma história que não ajudaram a fazer. Os verdadeiros judeus nada têm a ver com os bandidos sionistas que praticaram terrorismo contra o exército inglês e contra o povo palestino. Hoje, esses bandidos são a cúpula do exército e, para vergonha do povo hebreu, são o governo de Israel.

Eu sei, Faiga. Tenho notado a resistência dos média em abordar os atos dos líderes da Stern ou da Irgun, essas hediondas organizações terroristas que cometeram verdadeiras chacinas e que hoje ocupam altos cargos no exército e no governo. Aqui nomeio alguns desses facínoras: Menagem Begin, Ytzhak Shamir, Ehud Barack, Ariel Sharon, Shimon Peres e muitos outros. O meu marido o tenente Harrison foi uma das vítimas do cobarde atentado contra o Hotel Rei David. Esse ato vergonhoso que ceifou dezenas de militares britânicos, mulheres e crianças. A agressão foi de tal sorte odiosa, que o próprio exército inglês evita citá-lo na sua história colonial.

A boca de Jane era uma linha de lábios crispados e sua testa alta e orgulhosa estava embrulhada por uma névoa de angústia quando, com lágrimas deslizando em suas faces pálidas, murmurou:

— Estive todos estes anos à espera que alguém tivesse a coragem de me dar a terrível informação sobre a morte de meu marido. Nem o meu irmão, o pai de Johannes, que na altura era capitão do nosso exército colonial aqui na Palestina, teve a coragem de carregar o meu luto com o vexame da morte do tenente Harrison, que foi um dos soldados que, depois de mortos, ainda foram enforcados. O vergonhoso ato dos bandidos sionistas, que não recuaram perante a desonra de dois cadáveres que foram sujeitos ao opróbrio do garrote, mesmo depois de vitimados. Um deles foi o tenente Harrison. O destino reservou-me esta mágoa, que me foi escondida pelo pudor do exército e pelo tempo. Foi um soldado que fez aqui o seu serviço, quem, durante uma missão minha no voluntariado, me relatou o triste e vergonhoso episódio, que abalou de tal maneira a minha alma, que aqui estou ao serviço da minha pena!

As duas envolveram-se num abraço fraterno de solidariedade e Faiga desabafou:

— Sabe, Jane, a história do povo judeu é demasiado rica para se rever nos atos cobardes de alguns sionistas. Quer acompanhar-me até à moradia dos Weisz em Bem-Der e assim aproveito para lhe apresentar o Capitão Berger Stein, ex-jornalista da Herold e meu pai?

— Sim, Faiga, é com todo o prazer que lhe faço companhia. Minha amiga, você não é sionista, mas aos olhos do mundo é uma cúmplice deles e, assim, quando esta geração de palestinos tiver a oportunidade de descarregar a sua raiva, a minha amiga poderá também ser uma vítima.

Faiga sorriu tristemente em atenção à escritora, mas em seu espírito morava também o ódio que jamais poderá ser apagado: a História repete-se e vinga sempre a própria História. Os jovens palestinos assistiram à morte e humilhação do pai, da mãe ou de um irmão e só lhes resta o desejo de revanche para vingar o sangue dos seus. Este é um ódio que ficou inquinado e está a alastrar-se, mas que ainda é sobre as suas cabeças como uma maldição!

Jane colocou-se em frente de Faiga e, segurando-lhe o braço com delicadeza, olhou-a nos olhos e expressou, num tom sussurrante:

Você sabe, minha jovem amiga, que judeus e árabes sempre viveram em boa harmonia e que a História os condenou a esta espécie de simbiose desde a Antiguidade? A Palestina sempre foi um cruzamento de culturas e desde tempos imemoráveis existiu sempre uma relação de amizade entre judeus e muçulmanos. Vou contar-lhe um costume que era habitual entre mães judias e muçulmanas, que habitavam o mesmo bairro em Jerusalém. Quando, na mesma rua, por exemplo, nascia uma criança judia e outra muçulmana, o bebé árabe era alimentado no seio da mulher judia e vice-versa. Ora, tal costume dava origem a um reforço de amizade entre vizinhos; era uma espécie de irmandade reconhecida pela religião judaica e pelo Alcorão. Esta amizade perpetuava no convívio entre as crianças como um juramento de sangue, mas caiu em desuso no século XX. Porquê? Você sabe que foram os árabes quem durante as perseguições antissemitas na Europa aceitaram os judeus fugitivos? Em Marrocos e na Tunísia, muito depois de 1945, houve ministros judeus integrando governos árabes e, tanto quanto sei, envidaram sempre esforços para proteger os seus súbditos judeus. As relações entre os dois povos foram envenenadas pelas nações europeias e pela América, mormente pela Rússia e pelos EUA, porque desejavam apagar os seus crimes de guerra. Só esqueceram que a Palestina sempre foi uma encruzilhada de culturas e que, ao implantarem um estado sionista nesta terra, iriam construir uma sociedade maldita e envenenada pelo racismo. Os sionistas, ao inventarem a Indústria do Holocausto, tinham em mente a fundação de uma nação que subjugaria a independência ou autonomia dos outros povos da região e, ao serviço dos americanos, seriam eles os polícias do Médio Oriente, que controlariam a política dessa mesma região. O sionismo não vacilou ante o apartheid para justificar o assassínio e a expulsão do povo palestino. Como usaram o terrorismo para afugentar os ingleses, aplicaram o mesmo método, só que mais cruel, para expulsar os nativos árabes. O dinheiro chegava a rodos da Europa e ao culpabilizar o povo alemão pelo holocausto extorquiram à Alemanha biliões de dólares, num caudal que manteve um fluxo de capitalização por muitas décadas, assim como continuaram o assédio aos bancos suíços, por contas que nunca foram provadas. Usaram sempre a mentira para apagar os seus crimes na Palestina e são os seus líderes terroristas que continuam a dirigir os interesses de Israel, mas estes bandidos já começam a ser conhecidos não só pelos árabes, mas também pelas democracias do resto do mundo, com exceção dos EUA, porque são eles os seus lacaios no Médio Oriente.

Ao avistar a mansão dos Weisz, Johannes parou o jeep e apontando o horizonte a Faiga informou:

— Toda essa extensão de planície que se estende aos nossos olhos são as terras de cultivo da herdade e hoje, por sinal, até se encontram todas de verde vestidas; é uma auspiciosa apresentação, pois há já muitos anos que tal não acontecia. Ainda bem que a viúva Sara aceitou o investimento de teu pai e os conselhos do meu amigo agrónomo. Este ano a colheita vai ser abundante e a herdade vai fazer bom negócio com os cereais. Por falar em tal, como vais resolver o problema das rendas atrasadas?

— Deixa, Johannes, eu pensei em ser inflexível com os retardatários, mas depois dos bons conselhos da senhora Ashira Katz, acho que acima de tudo vou ser humana.

— Eu também pensei assim, mas aqui tens que ter cautela com Isac Weisz. Parece que não concorda com o trato ancestral e já ameaçou que vai recorrer, mas não adianta, ele até ampliou o que lhe foi alugado e isso implica transgressão: fez obras sem autorização e deu-se ao luxo de pagar à viúva somente um terço das rendas devidas. Tu sabes que tal é proibido por lei e pode até implicar uma ordem de despejo. Todos estão notificados para amanhã de tarde se apresentarem aqui no escritório da moradia. São eles: Isac, Moisés, Jubal e Daniel Weisz.

O portal da mansão já se encontrava aberto para recebê-los e até Majib, que se tinha deslocado a Jerusalém ao serviço da sua firma de fosfatos, Aron & Mike, encontrava-se presente. Os dois irmãos abraçaram-se e Faiga murmurou ao ouvido de Majib:

— Meu querido, já sou a presidente do Conselho de Administração da Eilat Tourism. Tenho o lugar de diretor do Casino à tua disposição.

— Obrigado, Faiga, mas agora que sou casado com a mulher mais linda do mundo, não a quero perder com a tentação dos vícios desse antro de pecado. Desejo desfrutar a doçura do meu lar ao lado de Zaida.

Faiga apresentou Jane ao capitão e este, contemplando a escritora com simpatia e amizade, sorriu e disse:

— Minha cara Jane, você faz-me recordar a saudade da pena. Esteja descansada, que lhe darei matéria bastante e até pormenores escabrosos sobre as atrocidades da Irgun, pois fiz com eles a campanha da compra de terras. Ao mesmo tempo que proferia as últimas palavras, levantou a mão direita e rodou-a no sentido retrógrado, esse movimento que a escritora bem entendeu.

Chakira apresentou a sua filha à outra herdeira, a viúva Sara, e discretamente chamou Faiga de parte. Num murmúrio, disse-lhe:

— Ela é uma boa mulher e, tal como eu, sofreu também as aberrações do sadismo machista dos Weisz. Ainda bem que vai encontrar a felicidade ao lado do Doutor Smith, ele parece um bom homem!

Faiga ficou admirada com a notícia, mas nada comentou. Em seu pensamento bailou a ideia de oferecer o lugar de diretor do Casino ao seu secretário, Doutor Shamir Smith, e assim teria o cavalheiro mulherengo preso por um emprego fixo e bem remunerado.

Encontrou o seu secretário saindo da biblioteca com Johannes e este, afastando-se do seu namorado, abordou-a:

— Parabéns, Doutora. O amor até a faz mais linda. Fazem um lindo par e eu ofereço-me para apadrinhar o auspicioso enlace.

Como Faiga apresentou uma expressão de surpresa, ele rematou.

— Aqui o nosso advogado já me deu a notícia!

Faiga sorriu, mas expressou, em jeito de crítica:

— Que linguareiro me saiu esse doutor. Só esquece que é ele quem terá que marcar a data e ainda não pediu a mão da noiva aos seus pais!

Os três riram à gargalhada e Faiga, segurando o ombro de Shamir, murmurou-lhe ao ouvido:

— Doutor, de certeza que Johannes já o informou acerca da administração da Eilat Tourism. Na mesma sintonia, eu pensei no nome do meu secretário para ocupar o lugar de diretor do Casino.

Shamir Smith riu-se e, muito sério, agradeceu, mas logo com a mesma educação a informou:

— Minha cara doutora, também vou casar e assim aproveito a proximidade para convidar-vos como padrinhos do evento. Também aproveito para informar à minha patroa que Sara, a que vai ser minha esposa, deseja-me a tempo inteiro na cama e o Casino não é o lugar certo para um homem recém-casado.

— Eu entendo, Doutor, e também preciso de alguém para dirigir a nossa firma. Agora necessito dos seus apontamentos acerca dos arrendatários, porque logo vou enfrentar esses retardatários.

Shamir riu-se e comentou:

— Ai, Doutora, não vai ser tarefa fácil e a paciência não é o seu forte!

Ambos riram à gargalhada e Faiga em jeito de boa paz informou que sim, que iria ser paciente e humana!

Eram já cerca das 17 horas quando Abraim, o contabilista de Faiga, chamou o Sr. Isac Weisz para a reunião com a sua patroa, que era a representante das viúvas herdeiras. O visado aproximou-se da secretária e quando Faiga lhe pediu para se sentar, Isac, na sua pose arrogante de homem orgulhoso, declinou o convite e, mesmo sem ser convidado a isso, botou palavra:

— Estou aqui, não como arrendatário, mas antes como comprador do comércio que meu tio, ancião dos Weisz, me ofereceu para gerir.

— Perdão, Sr. Isac Weisz, eu chamei-o a esta entrevista em virtude do seu atraso no pagamento das rendas ajustadas, aquando do seu contrato, e o senhor, em vez de tentar explicar essa demora, deseja que eu lhe conceda o trespasse desse comércio, que é agora propriedade das viúvas de Daniel Weisz e de Jacob Weisz, legítimas herdeiras do património da família Weisz? Não, caro senhor, eu não desejo vender, mas adquirir e, como tal, acho que a partir de agora vou emitir-lhe um novo contrato de arrendamento, a contar já com as instalações que o senhor construiu sem a minha autorização, para montar a sua empresa de transportes. Se não aceitar as condições, só tem que entregar-me as chaves das instalações e se despedir como arrendatário. Isac Weisz olhou friamente para Faiga e, num tom arrogante e ofensivo, falou-lhe:

— Você, doutoreca pedante, está enganada comigo. Eu sou um combatente das milícias que ergueram Israel e não tolero a sua linguagem nem as suas ameaças, tão pouco a sua autoridade sobre a propriedade dos meus ancestrais. Mude o tom do seu palavreado ou então estamos muito mal de relações. Uma vez mais, volto a lembrar-lhe que eu pertenço à gesta dos que marcaram as fronteiras deste país e costumamos lembrar que temos por divisa: «quem não é por nós, se torna nosso inimigo!»

Faiga olhou-o com lástima e, erguendo-se da cadeira, fitou-o com valentia. Tomando uma nota escrita sobre a secretária, repisou as palavras:

— O senhor foi um dos terroristas da Stern e foi com perfídia que tomou a casa da família Mendanha, esses coitados palestinos a quem o senhor expulsou para lhes sonegar os bens.

Isac fitou-a rubro de cólera e foi com ódio que apostrofou:

— Vale-lhe ser mulher. Se fosse um homem, eu ia esbofeteá-la, mas, para sua informação, eu não tomei nada da família Mendanha. Proporcionei-lhes transporte e segurança, além de protecção do outro lado da fronteira. Ainda lhes acautelei o ouro, para lhes ser devolvido logo que eles me peçam.

Faiga riu-se com ar de dúvida e, para rematar a questão, apontou-lhe a porta, informando:

— Receberá uma intimação para abandonar as instalações do seu comércio!

O Sr. Moisés pediu licença para entrar e com uma inclinação de cabeça cumprimentou Faiga, que com um sorriso amável lhe pediu para sentar-se:

— Ora, o Sr. é nosso arrendatário do comércio de tratores e equipamentos agrícolas e, neste momento, está com três meses de arrendamento em falta. Quer explicar-me o motivo desse atraso?

— Sim, Doutora, não me vou queixar do negócio. Foi o Sr. Isac que me informou que o contrato verbal que me nomeia gerente do meu comércio não é legal, mas já verifiquei a legalidade e dei ordem ao meu contabilista para pagar o que devo. Queira desculpar-me, Doutora.

— Está bem, Sr. Moisés Weisz. Nesse caso, o senhor concorda com o mesmo trato verbal para o arrendamento?

— Sim, Doutora, não vejo motivo para alterar. Passe bem!

Seguiu-se o Sr. Jubal, que, sorridente, pediu licença para entrar, cumprimentou Faiga com urbanidade e completou gentilmente:

— Como vai, Doutora Faiga? Permita que lhe diga: a menina é linda e o seu sorriso mostra simpatia, o que facilita a nossa relação de inquino e senhorio. O meu comércio é de cereais e sementes e devo neste momento dois meses de arrendamento, que estou pronto a saldar.

Muito bem, Sr. Jubal, fico-lhe grata pelos encómios e permita que lhe manifeste a minha simpatia. O senhor é educado e muito gentil. Tenha sorte no seu negócio. Dá gosto tratar com um cavalheiro!

Depois de chamar por Daniel Weisz, apareceu uma senhora ainda jovem, de figura airosa e de aspeto imaculado no vestir, mas de semblante triste. Faiga observou por mo-

mentos a figura feminina que tinha na sua frente e, antes que
ela se apresentasse, indagou:

— Desculpe, minha , mas eu chamei o Sr. Daniel Weisz!

A mulher fitou-a com seus olhos azuis turquesa, que revela-
vam uma tristeza infinita e, evitando fitá-la de frente, respondeu-lhe com humildade:

— Queira perdoar-me, Doutora. Eu sou a esposa, porque
meu marido está paraplégico e não pôde deslocar-se até aqui.
Ele foi vítima de um desastre de moto que o incapacitou para
sempre, ficando em estado catatónico irreversível.

Faiga sentiu a dor daquela mulher e, erguendo-se da secretária, estendeu-lhe a mão e apertou a de Miriam com
afabilidade!

Rodeou o seu lugar e colocou-se ao lado da mulher, num
gesto de solidariedade.

— Entendo o seu pesar, Miriam, e vou ajudar você a vencer
essa crise!

— Ai, Doutora, lamento o atraso da renda, mas as despesas
são tantas e o trabalho é de tal sorte cansativo, que não sei o
que fazer!

Faiga deu pelo olhar de lástima de Abraim e, alerta sobre
o sentimento que unia o contabilista à sua arrendatária, fez
sinal ao seu funcionário e este abandonou o seu lugar junto à
porta e se aproximou. Com extremo carinho, poisou a sua mão
sobre o ombro de Miriam, sentou-se ao lado dela e, encaran-
do-a, perguntou-lhe:

— Que idade tem o seu esposo, minha querida?

— Tem já 70, Doutora.

— Entendo, Miriam, a vida não lhe tem sido nada be-
nigna, mesmo! Permite-me uma pergunta atrevida, de mulher para mulher?

— Sim, faça, Doutora!

— Somos quase da mesma idade. No entanto, talvez pela
educação que me foi transmitida, o meu pensamento é livre
dos engulhos da tradição. Eu sei que a sua religião a obriga
a ser subordinada ao esposo, mas você é uma mulher jovem

e carente. Sente necessidade de amor e ternura e também de alguém que lhe alivie a canseira, não é verdade, Miriam?

— Sim, Doutora. Além do problema económico, sinto falta de amor. De muito amor! E a senhora já adivinhou.

— Deixe, Miriam, arrume para lá o embuço. Eu sei que você ama o meu contabilista.

Miriam suspirou alto e, olhando Faiga com um sorriso triste, murmurou-lhe com pejo:

— Sim, só que ele na sua fidelidade patronal sente-se preso ao emprego e só a Doutora o pode libertar.

Faiga sorriu e perguntou:

— Miriam, você já lhe deu a entender o seu enlevo por ele?

— Sim, ele até me correspondeu, mas confessou-me que tem medo de perder o seu lugar, uma vez que é palestino.

— Deixa comigo, querida. Agora vamos tratar do seu negócio, que é o setor dos adubos químicos, não é verdade? Eu vou falar com Majib e ele vai-lhe abonar um crédito mais longo e você, Miriam, vai abrir um anexo na sua loja, para vender tapetes persas, chá turco, perfumes, cremes, enfim, essas coisas que atraem mulheres e homens e dão muito lucro; confie em Majib. Agora, vamos ao seu conflito amoroso. A Miriam gosta mesmo de Abraim?

— Sim, Faiga, eu amo-o muito e ele também gosta de mim.

— Entendo, minha querida, mas permita-me que seja curiosa. Você casou por amor com Daniel Weisz? Ou foi por imposição da família?

— Ai, Doutora, eu tinha 16 anos quando me atiraram para os braços dele e ele, infelizmente, nunca soube interpretar a minha necessidade de amor e romance. Fez de mim o seu objeto sexual e, sem preparação, nem ternura, me possuiu, apesar do meu protesto e da minha dor.

O pranto brotou daqueles olhos ainda lindos, mas de missangas apagadas e Faiga, com infinita piedade, abraçou-a e beijou as suas faces molhadas. Em sua mente, pairou a confissão da sua mãe, Chakira, acerca das aberrações sexuais de Jacob Weisz. Foi com o coração compungido de solidariedade que chamou o seu funcionário:— Abraim, você conhece esta senhora?

— Sim, Doutora, e acho que fiz o meu trabalho no seu comércio com honestidade e eficiência.

Faiga sorriu com a inocência do seu empregado e, encarando-o olhos nos olhos, indagou, com um sorriso brejeiro na face:

— Abraim, você acredita no amor?

O contabilista ficou embaraçado e, poisando o seu corpo num pé, ora no outro, com a face muito vermelha, não se resolvia na resposta. Foi com suma paciência que Faiga, também enredada com a indecisão de Abraim, resolveu ser mais direta:

— Abraim, vou fazer-lhe uma pergunta um tanto ou quanto indiscreta e desejo que você me responda com a verdade e só a verdade! Olhe para esta senhora. Ela já me confessou que o ama. Agora toca a você dizer o que sente por ela. Gosta dela, Abraim?

— Ai, Doutora Faiga, estou tão envergonhado. Perdoe-me! Sim, eu amo-a!

Faiga sorriu e impeliu-os um para o outro.

Meu Deus! O amor é tão lindo! Beijem-se, jovens, e amem-se! Sr. Abraim, a partir deste momento, o senhor continua como meu empregado, a olhar pelo negócio da Sr.ª Miriam. Exijo que seja diligente e a faça feliz.

Ao abandonar a sala de reuniões, Faiga sentiu-se enternecida com aquele exemplo de amor entre uma judia marcada com a ancestral sigla dos Weisz, apaixonada por um palestino. Tal paradigma é a contradição do que Vladimir Jabotinsky, líder sionista, afirmou, quando vaticinou que jamais seria possível e não vislumbrava no futuro uma reconciliação entre judeus e árabes. Ele tinha razão, porque não passava de um filósofo da desgraça, um ser apologista do sionismo radical, mas hoje toda a gente já sabe que este movimento nasceu para criar o apartheid e o ódio na Palestina e que essa maldição levou à cruel chacina dos palestinos na sua terra.

Depois da guerra de 1948, o sionismo enveredou pelo terrorismo, para expulsar os palestinos e assim 350 povoações árabes foram cobardemente destruídas a ferro e fogo pelos bandos da Irgun e da Stern. Mas como tal política de violência estava a minar o conceito dos judeus no mundo, o estado de Israel resolveu adotar uma estratégia de compra e venda das terras árabes e para tal usou o dinheiro oferecido para o efeito pelos banqueiros Rothschild. Assim, legalizaria esse arremedo de compra. Foi por causa dessa mistificação que os judeus ortodoxos classificaram esse tenebroso comércio como um produto dos Rothschild satanistas e mais afirmaram: «Se alguém é um bom judeu, não pode ser um sionista!»

Faiga jamais poderia esquecer a chaga ainda sangrando em seu coração: a cruel chacina da sua família. Como tal, sabia que o sangue dos massacres tinha-se transformado em ódio, numa raiva surda e muda, que ficaria para sempre na memória do tempo. «A história sempre se repete e vinga a própria história!» Por isso, a vingança dos palestinos jovens que assistiram ao assassínio dos seus pais, irmãos e outros familiares, ficaria marcada nos seus genes e no seu sangue. Pelo sangue jurado sobre suas cabeças, eles continuam à espera, com convicção, que a vingança se concretize. Ela será fria e cruel.

fonte Tiempos Text
papel Pólen Soft 80 g/m²
impressão Podiprint
tiragem 250 exemplares